小説 ヴェスプリー・タワーズ

Vespirie Towers A Novel

セオドア・ワッツ＝ダントン 著
Theodore Watts-Dunton

河村 民部 訳

英宝社

目次

第一部　ヴェスプリーの幸運

第二部　ロンドンのヴァイオレット・ヴェスプリー

以下の訳の底本は、Theodore Watts-Dunton, *Vesprie Towers A Novel*
(London: Smith, Elder & Co., 1916, second impression) を使用した。

小説　ヴェスプリー・タワーズ

第一部　ヴェスプリーの幸運

第一章　虹の黄玉《トパーズ》

遅くともエリザベス朝の終り頃までは、ヴェスプリー家を凌ぐほど豊かな家庭は殆どなかった。ヴェスプリー家の者は、つねにその富と同様にその荒々しい冒険的気質のせいで、突出していた。ヴェスプリー家の者は、ヴェスプリー・タワーズ（ヴェスプリー家の館）が家族の住居だというよりも家族そのものであると感じていた。どう考えてみても、ヴェスプリー家の人間には、一方を他方と切り離して考えるなどということは誰にもできはしなかった。

この点においては、他の多くの点においてもそうであるが、ヴェスプリー家はイギリスの家というよりはスペインの家の方に似ていた。

祖先から受け継いだ遺産は、ヴェスプリーの継承者の誰にとっても神聖なものであると思われた。この偉大な家の遺産である如何なる絵、武器、武具、宝石など、一つとしてどの部屋や大広間やギャラリーから持ち出して、それをお金に換えるなどということは嘗てなかった。戴冠用宝玉といえども、神聖さの点ではヴェスプリー家先祖伝来の家財には及ばなかった。ヴェスプリー家の者は自分たちの次のような特殊性に基づいて事を起こしたことはなかったが、このように思っていたようだ――つまり、息子は、自分の方が父よりも多くの祖先を持っている限り、自分を産んでくれた父よりも神聖さの度合いが一段上であるというように、である。だが、一つの家がこのような系譜に則って自らを維持しようとするためには、その家にはヴェスプリー家が保持しているよりもっと優れた精力が必要となるのである。

世代が進むにつれて、ヴェスプリー家は次第に貧しくなり、地所の抵当額も次第に重くなっていった。というのも、ヴェスプリー家は、ギャンブルを支配的な悪徳とする家々と同様なやり方に流されていたからである。

だが、地所を元に如何なる借金をしようとも、土地は一インチたりとも売り払われることはないというのが、ヴェスプリー家の信仰の一部であった。事実、「ヴェスプリー家の幸運」と呼ばれる或る神秘的な力が、絶体絶命の時にはつねに働いて、ヴェスプリーの土地を救ったのである。

ヴェスプリー家がグレート・ブリテンの他の家父長家に伍してその地位を保つことができ、人生の戦いに力強く立ち上がることができる限り、ヴェスプリー家は活発に活動をしているお蔭で、この「幸運」なるものについて考えをめぐらす時間はあまりなかった。だがこの家がそのあるべき境遇から落剝した時、つまり、家のエネルギーが巨大な麻痺を引き起こす貧困というやつのせいで痺れてしまった時、その時になってはじめてこの家は家の持つ「幸運」について熱弁を振るい始めるのであった。

この家には幸運が付いているという思いは、いろんな形で表明された。例えば、家が一文無しになっても、家の者はまだ自分たちがヴェスプリーの地所や、屋敷の中にある絵画や古い家具の所有者であると思っていた。というのも、彼らの言い分では、自分たちはヴェスプリーの幸運の継承者ではないか、というわけであったからだ。

　家の者たちの信念では、自分たちが*レディー・ゴダイヴァの血統であることは、時には「ゴダイヴァの宝石」と呼ばれ、また時には「ヴェスプリー家の幸運」と呼ばれる一つの黄玉を所有しているという事実が十分証明しているというのである。

　ヴェスプリー家にはある言い伝えがある。それによると、レディー・ゴダイヴァが自分の財産の全てをコヴェントリーに僧院を創設するのに寄進した時、彼女は優れた金細工師を招聘し、彼女の持っている全ての金銀を用いて十字架と聖人の像を造らせ、それを寺に寄進したが、一つの黄玉だけは手元に置いた。それがヴェスプリー家の家宝となった。

　ヴェスプリー家の幸運が別の姿をとって現れたのも、このことと関係がある。それは湖あるいは戻り水の静かな水面に映る虹であった。この現象は（それを映す水が漣を立ててはならないので）めったに見られないものだから、家の近隣では、全くの迷信ではあるが、ヴェスプリー川と呼ばれる戻り水にのみ限られる印であると信じられるようになった。

　この現象あるいはこの現象の創造者と関係しているのが、「ヴェスプリー・タワーズの幸運」と呼ばれる力であった。ヴェスプリー・タワーズの幸運が或る現象——「虹の石」を支配している精霊——なのか、それともその現象そのものなのかは、はっきりしなかった。それは、しかし、タワーズとその領地全てに付き纏っている力であった。事実、この力というものがヴェスプリー家の守護神という発想になったようである。それは様々な姿を帯びた。それを見る者がヴェスプリー家の息子であれば、それは可愛い少女の姿となった。またそれを見る者がヴェスプリー家の娘であれば、それにもっと相応しい美しい若者の姿となった。大抵これらの力や兆しによって齎《もたら》されるこの幸運は、望ましい結婚の姿となって現われ、そうしてヴェスプリー家に誕生した女後継者は数知れない。そして家の経済事情が再び悪化したような時には、家の代表者がヴェスプリー魔力の全てを持った女性——この女性については、多くのことが十八世紀の記録に見られる通りである——となるといったことが、時々起ったのである。そうした場合、或る裕福な男がきっと姿を現わして、その娘と結婚し、国王から与えられた特許状によってその家の名前と紋章を受け継ぐのであった。

上記の最後の事実、つまりヴェスプリー家の財産が再三にわたって裕福な男と結婚したその家の女性によって回復されたという事実は、ヴェスプリー家の者にその家系の女性代表者に対して特別な態度を取らせることになった。それはジプシーの一族がその家系の女性に対して取る態度と同じものである。封建貴族の理論では、家系の特質は人の場合にのみ男性の後継者に継承されるというものである。ジプシーの理論では、或る家系においてはその最も顕著な特質は例外的に女性に継承されるという。そしてこれに似たことがヴェスプリーの家訓となったようである。

だが、仮令《たとえ》結婚市場の好機が浮上しない場合であっても、ヴェスプリー家の幸運は決して邪魔をされたことはない。

これについての不思議な出来事を一、二述べれば事は足りよう。ヴェスプリー家の幾世代にもわたる言い伝えによると、この家は嘗てヨーロッパにおいて最大の量の純金製食器類を所有していたという。そして実際或る古い財産目録によると、「金製食器」といえば本物の純金製を意味するのであって、このような場合に大抵もれなく言われるような単なる銀メッキではなかったのである。

ヴェスプリー家の言い伝えは疑いなく真実であり、その食器類は莫大な値打ちがあったに違いないのである。

今ではこの金食器類の痕跡はヴェスプリー・タワーズの中には何処にも見出せない。言い伝えでは、それはあれこれの理由、或る者は債権者のかぎ爪を逃れるためだと言い、また別の者は護国卿*の兵士たちからそれを守るためだというが、そうした理由から隠されてしまったという。領地が抵当支払いのために売られるという前夜に、家に雇っている或る農夫が湖で流し釣りをしていると、彼の釣針が何かを引っかけた。彼は穏やかだがしっかりとした手つきで引き揚げてみると、水面には金の食器が一枚上がってきた。後ほどそれはチョコレート容れであることが判明した。だが問題の品が水面に上がってきた時、それは釣り糸を切って、再び湖の底に沈んでしまった。農夫はすぐさまタワーズに戻り、ご主人様に出来事を述べた。それで湖はただちに浚われ、金食器や銀食器が大量に引き上げられた。当時のヴェスプリー家はこうした食器類を家に留め置きたいという強い気持ちはあったのだが、地所の方を家に留め置くことの方がさらに大きな目的であった。決定的な家宝には入らない食器類は売られ、莫大な金となり、そこから抵当借財が支払われたのである。

或る時にはヴェスプリー家の或る者が、家の財産を回復しようとしてヴェスプリー家の名誉の言い伝えには推薦できないやり方を用いようとしたことがあったようだ。ギャンブルがごく一般であった頃、家の或る男が思いついて、タワーズにギャンブル仲間を招待し、ヴェスプリー家の幸運を頼みに自らに有利に勝ちを収めようとした。勝負の間、彼は胸に潜めて、「虹の黄玉」を身に着けたが、その効力のせいで、彼は次々と客から大勝ちをせしめ、ついには誰もヴェスプリー・タワーズでは勝負をしないようになったという。

ギャンブルと浪費とその他の悪弊は何十万という金を蕩尽させうることがあったであろうし、実際そうしたことがあった。ヴェスプリー家の地所は再び抵当に入れられることを繰り返したのであった。

だが何があってもヴェスプリー家はまだそこそこの財産の所有者として君臨しえたことであったであろう、ヴェスプリーの幸運についての新たな狂気がなかったとすればの話であるが。

イギリス全土が*鉄道王ジョージ・ハドソンに熱狂していた頃、マーティン・ヴェスプリーは鉄道に途方もない投機をやってのけたのである。彼は一介の家庭人がそのリンネンル生地商人と結びうる限りの友情を結び、ハドソンが彼に提供した「投機情報」の全てに子どものような一念で飛びついた。そしてその鉄道マニアが一八四八年にその頂点に上り詰める頃、ヴェスプリー氏は一文無しどころか、支払い能力皆無となり果てたのであった。

第二章　貧困の孤立

この時からヴェスプリー家は同じ地主階級からは隔絶されるという事態が始まった。*穀物条例廃止の影響は、勿論近隣の大半の領地にも及び、その結果、その殆どの待ち主が変わった。

例えば、或る地所は裕福なサラサ製造者の息子が購入したし、別の地所は数名の資本家の購入するところとなった。彼らはトルコとエジプトの債権をそれらが大暴落の時に買い戻すことで大儲けをした連中である。また別の地所はアルゼンチン有価証券がアルゼンチンで大暴落する前にそれに投資した者が購入した。これら裕福な連中はヴェスプリー家の者が「青い血」（貴族）であるというので、一家の者と喜んで交わろうとしたのであったが、当主ヴェスプリーも、奥方も自分たちがつねに身に纏っている上流社会の気風のために、この連中を近付けようとはしなかったのである。

これら成金の侵入の最も楽しい結果の一つは、彼らのお金の蕩尽であったが、これは近隣全土の風俗を完全に壊乱してしまった。ヴェスプリー家の当主は貧しかったが、彼も奥方も農夫や田舎者からは、特権を持たない階級が特権を待つ階級に対してつねに喜んで表わすあの敬意を示された。ヴェスプリー老婦人は、ヴェスプリー村で買い物をして、彼女の少ない資金の許す範囲で婦人慈善家を演じようとして、ポニー馬車で出かけると、予期通りつねに当然と思えるお辞儀を受けた。だが無一文で婦人慈善家を一年間演じることは明らかに落胆を引き起こす。新成金の奥方たちが代わって婦人慈善家となり、そしてついにヴェスプリー家は田舎者の視界から次第に消え去って行った。学校通いの少年からはお辞儀も、少女からは膝を折っての挨拶も受けることは稀になった。そして大人の労働者はというと、彼らはその油じみた帽子に手を当てることもしなくなったのである。

ヴェスプリー家の者は誇りの鎧に身を包んでいるので、労働者たちの態度のこうした変化などは感じなかったであろうと、人は思ったかもしれない。だが誇りが虚栄心と混じり合った時には、事態は零落《おちぶ》れた者には違ったものになる。ヴェスプリー家の者はそのことをとても強く感じたのであった。

ヴェスプリー家が当然その中で活動するはずであった階級から貧困によって孤立状態になった結果、彼らの外を動いていく毎日の生活に対する自身の態度は、まるでドン・キホーテの時代のスペインの生活に対する彼の態度によく似ものになった。今のヴェスプリー家の者にとっても、自分たち独自の世界は、これまでのこの家の継承者の誰の人生においてもそうであったのと同様、何ら変わらぬ絵のようなものとして存在していた。そして現当主ヴェスプリーは前世紀の風習をあらゆる姿において大切に保持していたのである。

だがもし彼らの生活の孤立化が当主ヴェスプリーに強い影響を及ぼしたとすれば、それは彼の幼い娘には一段と明白に現れた。だがこの子どもの態度物腰は父親のものとは似てはいなかったし、同様に彼女と同じ身分と年齢の若い子どもの誰のものとも似てはいなかった。

この時代を最もよく特徴付ける印は、ヴェスプリー家のような古い家が貧困だけのせいで自分たちの属する階級から完全に締め出されてしまうことが起こりうる、という点である。

もしヴェスプリーが地位を得ている州の裕福な連中がヴェスプリー家を彼らのサークルから完全に排除して、この家の名前が決して口に上らなくなるようなことがあるとすれば、それがこの家の必然的な運命であった。人生は短い——家でのパーティや仮小屋での集合などといった社交の集まりに充てられる時間は、一日のうちのごく僅かの時間であり、一週間のうちの数日であり、一年のうちの数週間でしかない。そしてもしヴェスプリー家の者が貧し過ぎて招待に応じられなかったり、あるいは自宅に招待できなかったりすることがなければ、これらの州の人々も、彼等を喜んで迎え入れてくれたであろう。

兎に角、彼ら州のお金持の衆は、金持の石鹸製造人あるいはブラジルのダイアモンド商人といった人の田舎の屋敷ないしは町の住まいでのお金のかかる祭典に出かけていくよりは、恐らくヴェスプリー・タワーズ乃至はヴェスプリー家の所有するロンドンの屋敷でのお金のかかる祭典に出かける方を選んだであろうと思われる。だがその場合、なくてはならないのは、お金のかかる祭典であって、もしヴェスプリー家がお金のかかる祭典を提供できなければ、それは俺たち金持のせいではないというわけある。

ヴェスプリー家の驚くべき孤立化の別の原因はこれである――つまり、当主ヴェスプリーの父親マーティンの時代までは一家はローマ・カトリック教徒であり、彼らの友人たちの大半は同じ信仰の持ち主であった。だがヴェスプリーの父親がプロテスタントに宗旨替えした時、一家は既にローマ・カトリック教会から親《おや》らしい気づかいをしてもらうにはあまりにも貧しくなり過ぎていたし、プロテスタントの教会の貴族たちにとっても一家は貧し過ぎて問題にはならなかったのである。だからローマ・カトリックとプロテスタントとの二つの腰掛の間から、一家は、前述した鉄道熱で大損をする前にさえ、既に地に転落していたのである。

ヴェスプリー家は多産系というわけではないが、殊《こと》の外《ほか》強くて健康な血統であった。ヴァイオレットと兄のロレンスはヴェスプリー家の素晴らしい体格を継承していた。

全ての家庭内の仕事は、今やヴェスプリー夫人と二人の子ども、それに古くからの召使ジョーダン夫人によってなされねばならなくなった。ジョーダン夫人は今やイギリスでは殆ど消滅した古いタイプの召使の敬愛すべき模範であった。彼女にとってヴェスプリー家への忠誠は、殆ど信仰に近かった。彼女は中年女性で、青い目で色白でそばかすがあり、幾分砂色の巻き毛の髪で、密集していて短く、ニューファンドランド犬の背中のようであるが、羊のウールのように均質であった。

この家庭内の仕事の分担で、少年ロレンスのする仕事は朝起きて、暖炉に火をつけ、ナイフと靴を磨くといった類のことであった。少女ヴァイオレットは沢山の責任を背負った。色々ある中に家禽類と鳩小屋の世話があった。動物、特に小鳥への彼女の愛情のせいで、この仕事は彼女には特に楽しいものであった。鳩が特に好きで、鳩への彼女の愛着は鳩からも報われた。

ヴェスプリー家の者は全て魚釣りが得意で、川や湖は魚、特にトラウトが豊富であったので、魚料理が頻繁に出された。

子どもたちを真の家父長的性質とは無縁の方針に則って育てることは阻止するというのが、ヴェスプリー夫人の特権階級の貴族的感性であった。それでも尚、子どもたちは自分たちが、敵とは言わないまでも、よそ者によって取り囲まれている捕虜収容所に暮らしているというように感じていた。

ここ数年間に社会を襲った大きな変化の最も著しい印は、ヴェスプリー家のようなとても由緒ある一家が、ただ貧困であるが故に、他の州の家々との接触を完全に遮断されることになったという事実である。

ロレンスはとても変わり者の少年であったが、明らかに顕著な才能を付与されていた。彼はヴェスプリー家の手に負えない想像力というものを共有していて、他の事柄では散文的な発想をするのだが、その心は父親や妹の心同様にヴェスプリーの幸運に支配されていたのである。彼はつねに自分たちの貧困を息巻いていたが、それを不名誉としてではなくて、人生の障害としてであった。何とかして一家を立て直さんがために富を得るという一族の義務が（一人息子である）彼に帰《き》されて以来、ヴェスプリーの幸運という思いは滅多に彼の心を離れたことはなかった。彼は子ども心にもこのことを知るには十分賢明であった、つまり、一家が陥った貧困の深みを考えると、遺産相続の女性と結婚することでヴェスプリーの幸運を実現するのは不可能であるということを。彼の頭は、植民地に出かけて行って、金持になることで、ヴェスプリー・タワーズをその元の栄光に復帰させるという夢で満ちていた。

植民地でお金を稼ぐのだと想像すると、その富が既にそこにあり、彼がそれを摑むのを待っているように思えるのであった。

二人の子どもは彼らの孤立に慣れ切っていたので、彼らは父親が村に行かせたがらなかったのと同様に、自らもそこに出かけたがらなかった。それで彼らの外《そと》の世界の覗き見は、パノラマを覗く程度のものとなった。ロレンスは如何なる状況にあっても自分が庇護できない同年輩の少年たちとは交際しようとはしなかった。そしてまた、仮令《たとえ》彼がそうしたがったとしても、一家の知れ渡っている貧困のせいで、彼がヴェスプリーの村で多くの子分を見出すことは難しくなった。だが、労働者階級に属する同年輩の者がいて、その少年と彼は間もなく仲の良い友達になった。それは優れた性質の若者で、ヴェスプリー家の幸運に主導的役割を果たす宿命にあった。

第三章 「人食い鬼」の訪問

この頃、当主ローランド・ヴェスプリー宛の一通の手紙によって家中が大いに期待を抱く状態になった。それはウォルトン&ウォルトン氏という弁護士事務所からのもので、次のように認《したた》められていた――

「当事務所の顧客であるブランドン氏、つまりヴェスプリー・タワーズの抵当権者は、一時的なイギリス訪問の予定であり、当事務所は彼にその地所を下見されるよう忠告しました。それで彼はそれを実行する決意をされ、今週中に貴家を訪問されることになります。」

一家全員はこの訪問者の到来を今や「警戒」することになった。日一日と過ぎていったが、抵当権者は姿を見せず、ついに、この侵入は延期されたか、もしくは断念されたかの何《いず》れかであろうと思われるようになった。だが或る日、当主ヴェスプリーと息子ローリーが川に魚釣りに出かけていて、ヴェスプリー夫人は置き去りにされて、居間のヴェスプリー家の紋章が付いて彫刻を施された樫の暖炉の傍に座っていた。部屋は樫の鏡版が嵌められており、窓の隅には樫の椅子が置いてあった。その部屋は心地よさそうで、小奇麗なとさえ思えたが、古いトルコ絨毯は使い古されて茶色に変色し、擦れて糸が見えており、実際に穴の空いている個所もあった。奥方は彼女の人生を支配している大きな日々の謎、つまり如何にして日々の生計を立てればよいかという問題について思いを巡らせていたのである。すると突然ドアが開いて、ジョンソン夫人が入って来て、興奮を抑制した声で、叫んだ、「あの人がやって来ました、奥方様！　どう見ても、法衣を着たメソディストの牧師のように見えますし、タラ《コッド》の頭と肩そのものみたいです。でもとても親切そうに見えます。」そう言って、夫人は奥方に「ミスター・ブランドン」と書かれた名刺を渡した。

ヴェスプリー夫人は彼が直々現れたのに大層驚いたが、それも不思議ではなかった。これまでこれほど大人しい顔をした紳士に出逢ったことがなかったからである。だが確かに彼は美男子ではなかった。彼は幾分猫背で、首が短く、色白で、頭の禿げた六十歳くらいの紳士であった。大きな青い眼にこの上ない慈悲深さを表しており、大きくて分厚く奇妙に突き出た唇は、そのような唇が通常示唆する動物的欲望を暗示するのではなくて、慈悲深い眼と調和しているように思われた。彼の口は決して全部が閉じられることはなかったが、それは彼がその口を通してまるで鼻に栓がしてあるかのように呼吸をしたからである。彼の声は、不愉快というわけでは全くなかったが、どちらかというと濁声《だみごえ》であった。

ブランドン氏が、偉大なる一族のこれらの代表者の一文無しの状態についてのみならず、そうした地位に屡々付随する増長した誇りについても、知っていたことは大いにあり得ることである。というのも、彼はヴェスプリー夫人にまるで彼女が侯爵夫人ででもあるかのように恭しく近付いたからであったが、それは恐らく恭しい物腰がこの貧しい淑女には楽園の印のように思えるであろうと推察したが故であった。

彼はヴェスプリー夫人に、訪問の目的は自分が忝《かたじけな》くも抵当権者になっているこの偉大な地所を見物することであると述べ、彼が見せてもらうのに都合のよいと思われるこの建物の部屋を見たり、地所を散歩することの許しを願い出た。

「お仕事のことで私の知る僅かばかりのことから判断しますに」とヴェスプリー夫人は、紳士が椅子に腰を下ろしてから、言った、「あなたの方が私どもよりもこの地所に関する権限をお持ちだと思うのですが。」

「いいえ、全くそうではありません」とブランドン氏は言った。「あなた様の方がまだ法律家が衡平法《こうへいほう》上の受戻権と呼ぶと思うのですが、それをお持ちでいらっしゃるし、事実あなた様はまだ、名目上であれ、この地所の所有者でいらっしゃいます。」

「ブランドンさん、もしあなたが私に私たちが如何なる立場に立たされているのかを教えてくださいましたら、とても感謝いたしますわ。」

ブランドン氏がこの面会をできる限り心地よいものにしたいという大いなる願いを抱いていたことは明らかであった。

「抵当の負債を支払いさえすれば、地所はあなた様のものです。」

「でも私の理解では」と彼女は言った、「抵当の負債は地所の価値よりも相当大きくなっています。それは小作人たちのとても多くが、自由貿易のせいで、恐れをなして自分たちの農場を放棄しているので、それで借地料が支払えなくなっていることに原因があると思います。」

「一時的にはおっしゃる通りです」と彼は言った、「でも土地の価値下落はほんの一時的なものに過ぎないと希望しましょう。奥方様、覚えておいででしょうが、イギリスの農業の破滅が——四六年に予言されましたが、そのまさに翌年には、小麦の輸入が増加したにも拘わらず、小麦の値段は過去何年もの間よりも高くなりました。」

「はい」と夫人は答えた、「でもあなたの弁護士がここを訪れた時に言いましたが、あれは全く偶然の出来事、一八四七年の大凶作、であったと、そして田舎の小作人たちの全員が今では借地料の減額を求めております。」

「前にも言いましたように、奥方様、最良のことを希望しましょう。」

「その間」と夫人は言った、「あなたは大損ですわね。」

「ええ」とブランドン氏は言った、「全くその通りです。私の法律事務所のウォルトン&ウォルトン氏は、以前の顧客ベッグズ氏が亡くなった後、私にヴェスプリーの地所の抵当権を推薦しましたが、明らかに穀物条例の廃止など見越してはいませんでした。それで私が今彼等の過ちの矛先を耐え忍んでいるというわけです。現状からして、ヴェスプリーの地所は、仮令売ったとしても、それを元に前借した金額を得ることはできないでしょう。」

「これはあなたには不運なことですね、ブランドンさん」とヴェスプリー夫人は言ったが、その口調には彼女が訪問者から、いわば、放射されている親切の雰囲気のようなものに心を打たれたことが表れていた。

「ええ、間違いなく、私にとっては不運なことです」と彼は言った、「でも私はまだ沢山持っておりますし、分けてやることもできます。全てが天の配剤です。それにこの地所の損失は私を失望させはしません――全くです、自分自身のためでしたら。」

「それでは、何のためでしたら失望させるのでしょうか、ブランドンさん？」

「ええっと、奥方様、本当にそれは全く私を失望させはいたしません。私が言いたかったのは、私は私の財産の全てを、私の妻の或る祖先が設立者の一人であった*モラヴィア教会の目的に資するために――つまり、見捨てられた少女たちに「*家《ホーム》」を提供するために――使いたいということでした。ですから、私の財産が減れば減るだけ、それだけその善なる目的に充《あ》てる分が少なくなるというわけです。ですからそれを残念に思わないではいられません。でも、申しましたように、奥方様、全ては神の摂理のままなのです。」

「わかりました」とヴェスプリー夫人は答えた、「今でも借金が返却できるのであれば、ヴェスプリーの地所は、これまで幾世代もの間そうであったように、ヴェスプリー家の所有となるのですね。」

「間違いなく」とブランドン氏は言った、「その通りです、そしてあなた様のためのみならず教会の善良な目的のためにも、私は心から希望します、ヴェスプリー氏が地所を取り戻すことが可能でありますようにと。」

「あぁ」とヴェスプリー夫人は溜め息をついて言った、「今日のような時代では、どう見てもそのような幸運はとても覚束ないようね！」

彼女の言葉は吃驚《びっくり》するような叫び声で中断された。

「ヴェスプリーの幸運よ、お母さま！　ヴェスプリーの幸運を忘れないで。」

「ヴァイオレット」とヴェスプリー夫人は、非難するように叫んだ。

その言葉は優しい子どもじみた声から発せられた。それは小さなヴァイオレット・ヴェスプリーで、彼女は日よけ帽を片手にぶら下げて、古い建物の壁の間に奇妙に挿入された近代的なフランス式窓の前を通っていて、母親と債権者の話の全てを立ち聴きしてしまったのであった。

少女は兵隊が「休め」と呼ぶ姿勢で立ったままでいた。体の重さの大部分は一方の足の重さで支え、もう片方の足は僅かに曲げていた。

ブランドン氏は椅子から立ち上がり、立ち止まってその子どもを見た。その子どもの上には日の光が斜めに落ちていたので、少女の顔の三分の二を照らしていた。彼のぼんやりとした青い眼は飛び出し、唇は大きく開かれたように見えた。ヴェスプリー夫人は、これほどの感情を訪問者に引き起こしたのは単に子どもの可愛らしさのみではないことを見てとった。別の何かがこの男の魂をその奥底まで揺さぶったのであった。ブランドン氏は自分の手を金髪の頭に乗せて、それを優しく得も言われぬほど愛おしそうに撫でたが、彼の眼には涙が浮かんでいた。それからヴェスプリー夫人の方に向きを変えて、彼はやっとのことで、言った、「あなた様は本当にヴェスプリーの幸運をお持ちですね。あなた様はこの所有物を当然私がするように大切にしていらっしゃる――ヴェスプリー家の全ての地所よりも、またその地所を元にした前借の借財の全てよりも大切に。」

子どもは彼の顔を見上げて、愛らしく微笑みながら言った、「あら、だってローリーと私はあなたのことをよく人食い鬼と呼んでいたのよ！　でもそれは私たちがあなたを知らなかったからなの。あなたはとても優しそうで…」

「ヴァイオレット！」とヴェスプリー夫人は、困惑した怒りの口調で言った。

「あなたはとても優しそうだから」と子どもは言った、「私はあなたに或る秘密をお教えするわ。私の兄ローリーが大人になると、外国に行って、お金を沢山たくさん持って帰ってくるの、それでローリーはとてもお金持になって、あなたに支払いするの。これは彼がほんの昨夜私に言ったことなの。でもあなたはお急ぎではないでしょうね。そうするには暫く時間がかかる、そうローリーは言うの！」

ブランドン氏の眼は前より一層涙を溜めて，こう言った、「キッスしてもよろしいでしょうか？」

「ええ」と子どもは言った、「あなたにそうしていただきたいの、だってあなたはとても優しそうに見えるのですもの。」

彼が身を屈めて、その額にキッスをした時、彼は自分の唇を人間の肉よりももっと神聖な何かの上に押し付けているかのように見えた。それから子どもは歩いて庭に出て行った。

ブランドン氏は黙って彼女のうしろ姿を見ていた。彼は明らかに子どもの出現が彼の内に引き起こした深い感情を克服するのが難しいようであった。やっとヴェスプリー夫人の方に向きなおると、彼は言った、「あの子の姿によって気が動転してしまった私をお赦しください。私にも嘗て子どもたちがいましたが、全て失ってしまいました。最後の子は、小さなエディーですが、ひと月前に亡くしました。彼女はあなたのお子様ほど可愛くはありませんでした。でも彼女は私の命そのものの一部でした。」

「あなたのように善良なお方がこれほどの恐ろしい喪失を我慢しなければならなかったなんて、とても悲しいことです。私は感じます、いえわかっています、あなたがとても善良な方であると。

ですから、あなたが私たちの不幸な出来事のために多額のお金を失われたことを思うと、堪りません。」

ヴェスプリー夫人は手を差し伸べたので、ブランドン氏がそれを握ると、貴族の奥方と平民のモラヴィア教徒との間の握手には何かとてもお互いを引き付けるものがあり、それを二人とも理解した。だが、事実を言えば、本当に善良な人にはつねに或る種の善良な育ちがあるということなのだ、ちょうど利己的な人にはつねに悪質な育ちがあるのと同じように。

ひと息吐いてからブランドン氏は言った、「あの子が私のことをよく人食い鬼を呼んでいたと言ったのは、どういう意味なのでしょうか？」

「おぉ」とヴェスプリー夫人はとても悔しそうに言った。「私の夫が子どもたちの前で家庭のことを愚かにも話してしまう癖があり、それで土地に対する抵当権者の力がとても強いので、子どもたちはその力を、その、理不尽にも、恨むようになったのです。」

「わかりました」とブランドン氏は笑いながら言った。「でもあの愛らしい子どもはただちに見抜きましたよ、人食い鬼が特に人を食らう様相をしてはいないってことをね。」

「私はあの娘《こ》があのように誰かを好きになるなんてことをこれまで眼にしたことはありませんでした。あの娘は好き嫌いがとてもとても難しいのです」とヴェスプリー夫人は言った。「あなた方二人には引き付けあうものがまさにあったに違いありません。」

「そう言っていただけると私がどれほど嬉しくなるか、おわかりにはならないでしょう」とブランドン氏は言った。

二人の間の言葉が途切れた。それからブランドン氏は言った、「私がヴェスプリー・タワーズを見て、その建物の上や庭園の中をぶらぶらする許可を是非あなたにお願いしたい気になったのは、主として私がこの建物に――この過去の遺物に感じた深い興味からなのです。」

「すみません」とヴェスプリー夫人は言った、「夫がちょうどの時に家に居なくて。」

「私は何よりも一人でここをぶらついてみたいのです」と、フランス式窓を通り抜けながら、ブランドン氏は言った。「まずはタワーズの外に出てみます。」

「この小冊子を参照されなければ、家の見取り図が殆どご理解にはなれないでしょう」と言って、ヴェスプリー夫人は立ち上がり、小冊子をサイド・テーブルから取った。「これは『ヴェスプリー・ガイド』で、私どもの地元の骨董商が編集したものです。」

ブランドン氏はお辞儀をしたが、それがとても誠実だったので、彼の体の奇妙な動きにも拘わらず、優雅にさえ見えた。そして彼はヴェスプリー夫人を一人にして立ち去った。

ヴェスプリー夫人は彼のうしろ姿を物思いに耽《ふけ》りながら見ていたが、それはブランドン氏が一目で娘に明らかに愛を感じた事が夫人を夢見心地にしたからであった。

第四章　小さな令嬢案内人

ブランドン氏はヴェスプリー夫人が貸してくれた小冊子を手に、遊歩道を散歩し始めた。だが、古い庭園やヴェスプリー寺院に感じ始めていた興味は翳りを帯びていった、あるいは恐らく彼が子どもに感じていた興味に吸収されていったのであろう。突然彼は馬小屋の庭でその子どもに出逢った。鳩の群れが彼女の周りを飛んでいたり、彼女の肩や金色の髪に止まっていたりしたが、その髪はとても豊かだったので、鳩の爪に困ることは少しもないように見えた。鳩の中にはまるで彼女にキッスをするかのように嘴を彼女の口に差し入れるのもいた。

「鳩に餌をやっておられるのですね？」

「はい」と彼女は言った、「それに家禽類にも。ジョーダンさんを除いて、奉公人の全てが居なくなってから、私がすることがとても、とても多くなったの。でもローリーは暖炉に火を点けて、靴磨きをするわ、それはもうピッカピカにね。是非見てほしいわ。さようなら！　私はこれから家禽類の庭に行きますから。」

一家のこの貧困の印がブランドン氏の琴線に触れた。だが一家のために、地代の他は、何もしてやれない無力さを感じた。この一家が誇りによってぐるっと取り囲まれていることを彼は知っていたからである。

「鳩はあなたを」大層好いておられるようですね、お嬢さん」とブランドン氏は言って、彼女のあとに従った。

「はい」と彼女は言った、「それに私も彼等をとても好きですから。彼等は皆ヴェスプリーの幸運について知っているし、それが何時来るかも。そうローリーが言うのです。」

それから彼女はヴェスプリーの幸運とその様々な印について喋り始めたが、その話からブランドン氏はこのようなことを推測した。つまり、ヴェスプリー庭園の小鳥とヴェスプリー家の者の間にはつねに共感が存在してきたこと、そしてとても珍しい小鳥、金色のコウライウグイスはこの一家と特に親しい間柄であり、ヴェスプリーの鳩はずっと昔からヴェスプリーの幸運と結び付いてきたということである。さらに、わかったことは、ヴェスプリー家の者にとって何らかの不幸ごとが近々起きようとしていると、それは鳩により、そしてまた事実ミヤマガラスやヴェスプリーの小鳥たち全てによっても報らされるということ、鳩とミヤマガラスはその数が減ってきており、クークーカーカーの鳴き声がそれほど頻繁ではなくなったばかりか、一層元気がなくなったということ、ウタドリでさえ近付く困惑の知覚を示したこと、さらにヴェスプリー家に幸運が接近するのは全ての小鳥たちがその快活さで報らせてくれるということである。このチャーミングなナンセンスは、それが子どものお喋りの口から出てくると、少しもナンセンスではなくなるように思えた。

ブランドン氏は黙想しながら離れていくと、ひとり呟いた、「愛しい、愛しい子よ！　地代は勿論受け取らないが、私がこの地所についてしようと思っていることを実行に移すまでは一家の者を困らせることなどしないぞ。」

彼は屋敷を見ながらあたりを散歩していると、あの子どもが彼のあとから走ってきたので、立ち止まった。

「私に宴会場とパネル画を見せて貰いたいですか？」とヴァイオレットは言った。

「その通り」とブランドン氏は言った、「これは願ってもないことです、そうしていただけるのでしたら。」

それで彼は彼女に家の案内をしてもらった。

彼女は彼を大きな玄関の広間に案内したが、その一角に階段があって、それを昇るように言った。そうして二人は閉ざされたギャラリーに来たが、それは建物の三辺の内側の部分を巡っていて、上層階にある部屋へと通じていた。

その子どもが宴会場と呼んでいる豪華な部屋、それは門口の上の広い空間を占めていたが、そこに二人が着いた時、その部屋は誰もいなくて空っぽであったが、明るい夏の陽が大きな縦仕切りのある窓から差し込んで、樫の急傾斜の天井と古い樫の彫像とパネル画のひび割れた残存物を照らすと、こうしたくすんだ光景にも活気が戻った。二人は大きな窓に進み外の「庭園《ホーム・パーク》」を見渡した。それから少女は彼に壁に掛けてある絵を指差した。

絵は彼の関心を惹いたが、ブランドン氏を夢中にさせたのは、この少女に備わった子どもらしさと組み合わされた知力の混合物であった。彼女は全ての絵を知っていて、描かれた人物の性格についても知っているようで、彼女のお喋りを聴いていると、彼は彼女の心の早熟さと幼さに交互に心を打たれた。

彼女は彼を連れて廊下を進み別の部屋に案内したが、そこにはとても大きな樫の骨董品の椅子があって、それがたちまちブランドン氏の関心を惹いた。形はアングロ・ノルマンで、元はきっとこのどっしりした樫は無地で、彫刻されてはいなかったと思われるが、椅子の両側と後ろは異なった時代の彫刻によって部分的に覆われていた。中でもチューダー王朝のものが目立っていた。

「あぁ！」とヴァイオレットが言った、「幸運の椅子を見ていらっしゃるのね。もしそれで寝てしまうと、ヴェスプリーの幸運が夢の中でその人にやって来ると言われているの。」

「ヴェスプリーの幸運だって！」ブランドン氏はひとり呟いた。「この子どもでさえとんでもない迷信に侵《おか》されているのだ。」

「それは昨夜もまたやって来たわ」とヴァイオレットは続けた、「そしてそれは素敵な夢だったわ。お話しましょうか？」

「ええ」とブランドン氏は言った、それは迷信への彼の恐れが、この子どもが話すであろうことを何でも聴きたいという欲求に打ち負かされたからであった。

「それはやって来たの」と彼女は言った、「ちょうど私がこの椅子に座って、ちょうど就寝前に眠りに落ちた時でした。今あなたを見ているようにハッキリと全てが見えたわ。今でもこうして眼を閉じると、その全てを再び見ることができるの。或る声がこう言うのを聴いたと思ったわ、『もしヴァイオレットが、御伽噺の王女様のように、ここにひとりで暮らせば、ヴェスプリーの幸運が彼女にやって来るだろう』と。勿論眠り姫のお話はご存知でしょう。彼女は塔の中で百年眠り、最後にやって来て彼女にキッスをして目を覚まさせる王子様に魔法を破ってもらうというお話です。それからローリーも父や母も私を置いてき堀にして、私は長椅子に横たわっていて、起きているとも眠っているともわからないような状態で、おまけにその御伽噺の王女様のように独りぼっちでいることがわかったの。私はひとりタワーズの中に横たわっていて、毎日ヴェスプリーの幸運を待ち望んでいるのだと思った。そして思ったわ、或る日ドアにノックが聴こえ、私が立ち上がってドアを開ける。するとそこに王子様が立っていて、彼は何かについてとても悩んでいるように見えたの。」

「続けて」とブランドン氏は言った、「とても面白い。」

「さて、王子様の眼にとても不思議なものがあるのに気付いたの。その眼は彼の考えていることを表わしているように思えたわ。それで私は言ったの、『あなたは誰ですか?』と。すると彼は言ったわ、『私はヴェスプリーの幸運です——ヴェスプリー家の幸運と私自身の悪運です』と。」

「おぉ、彼はそう言ったのですか?」とブランドン氏は言った、「そしてそのあと彼は何と言ったのですか?」

「彼は言いました、『外においで、そして私と一緒に歩いて、何が見えるか見てみよう!』と。そうして彼は私の手を取って、私を外に連れ出したの。それで私は見たの、私の周りの全てが、まるで妖精がそれを変えてしまったかのように変わっているのを。全ての場所が修復されていたわ——イチイの木は全て刈り揃えられて、美しい形になり、噴水は全て芝生から噴き出していました。それから彼は腕を私の腰に回して私の額にキッスをしたので、私は顔を挙げて、彼にキッスをしました。そこで目が覚めて、自分がこの椅子に座っていることがわかったの——不思議な夢でしょう?」

「実にとても不思議です」とブランドン氏は言った。この子のイメージが彼と貧しい少女のためのホームについての彼自身の夢の間に介入し始めたことを、彼は既に感じ始めていたのであった。

第五章　映し出された虹

ブランドン氏は、この子どもにとって、ヴェスプリー・タワーズは彼女自身の存在の一部であることを、今やはっきりと見て取った。彼女は自分自身の存在をタワーズと切り離して、あるいはタワーズを彼女自身と切り離して想像することはできない人のようであった。

「寺院の古いアーチと湖を見たいですか？　私ほどその廃墟をうまく見せられる人は他にいません。」

「勿論ですとも」とブランドン氏は言って、小さな柔らかい指を握った。

「だってそれには幽霊が出るからです」と彼女は言った、「それでローリーと私以外大抵の人は恐れているし、ローリーさえ恐れているように見えるわ、でも私がそう言ったって彼には言わないでね。」

「それじゃあ、あなたご自身は大丈夫なのですね？」

「勿論」と彼女は言った、「私はスピリットが好きですし、彼等も私が好きですわ、特に湖の水の妖精はね。」

「おぉ、でもあなたは湖の妖精のような野蛮なお話を信じてはなりませんよ！　唯一のスピリットはつねに私達を見守っている主の天使だけですから。」

そうこうしていると、二人の前にあった夏の雲が黒くなってきて、雨《あめ》が間近であるように思えた。だがこの二人はお互いに夢中になっていたので、そのことに注意を払わなかった。だがついにブランドン氏が叫んだ、「御覧、眼の前のあの美しい虹を！」

それから子どもは大変興奮した状態になり、彼の指を彼女の小さな絹のような指に絡めて言った、「走れ、湖まで走れ、太陽が映した虹が見られるかどうかみてみましょう！」

ブランドン氏は全く走るのは苦手であったが、子どもについて行けるようベストを尽くした。それで二人が湖の岸辺に着いた時には、水に映る虹の心ときめかす光景を見ることができたのである。

子どもは彼の手を放して、手を後ろ手に組んで呪文のようなものを唱え始めたのである――

「ヴェスプリーの幸運は決して絶えることはない、
　空に虹が浮かんでいて
　水に虹を描いている間は、
　息子と娘への印として」

それから彼女はじっと立ち止まったまま、眼を輝かせ口を開けて、虹が消えるまで見守っていた。それから彼女は廃墟を指さして言った、「あれがこれから行く所なの！」

ブランドン氏は立ち止まって暫く何も言わずにその廃墟を見つめた。二人が立っていたのは幾分岩のような高い所であったが、小丘以上の大きさではなかった。その傍に湖があって、その水は川のとても曲がりくねった戻り水が水源であった。この戻り水はもともと川であったが、イギリスの運搬の大半が水路を利用していた時代には、とても広くてまっすぐな運河が元の川の一方の入江から反対側の入江へと掘られた。この戻り水は古川と呼ばれていた。右手の蛇のような水路は、それが湖に近付くと、突然幅が狭くなり、暫くの間は小丘の下にある木々によって殆ど見えなくなる。その小丘の上に古い寺院の廃墟が建っていた。水路が実に曲がりくねっていたので、両岸の二つの不規則な木々の並木は視界の果てで出くわすように見えたが、シャフトのような開口部が残っていた――それは緑の葉でできた望遠鏡のようで、それを通って光が差し込んでいたが、その通路で和らげられると共に不思議なほど豊かな色合いを帯びるのであった。この緑の開口部を通って、小丘の上にヴェスプリー寺院の廃墟が見られたが、それはヴェスプリーの祖先の、過ぎ去った幾世代もの、静かで哀れを催す廃墟であった。蔦が一、二の孤立したアーチの天辺までと、これまた孤立した破風にも這い上がっていた。その破風は崩れた横壁と屋根を失って、ひとり孤独に長きにわたり「時」との闘いを続けてきたのである。

幅の狭くなっていく戻り水の流れに沿って歩む者は、突然湖に出くわす。湖は寺院の小丘の周りに横たわっている低地の広い領域を占めていた。

湖は楕円で次第に幅が狭くなっていき、ついには再び戻り水となって終焉していた。

二人は今タワーズの方に向きを変えた。ブランドン氏はフランス式窓からまた内に入ったので、子どもは彼を残して彼女の大好きな鳩の所に戻って行った。

第六章　情け深い抵当権者

ブランドン氏がヴェスプリー夫人を一人残して地所を散策したあとで元の部屋に戻ってみると、そこには夫人が一人でいた。

「私の小さな娘はあなたの案内役をしたようですが」と夫人は言った。「その事であの娘《こ》が少し私に話したことがあります。あの娘にはヴェスプリー・タワーズの案内役をすることほどお気入りのことはありません。あなたを退屈させせなかったのでしたら、よいのですが。」

「退屈させるですって、奥方様？」とブランドン氏は言った。その口調は、「天からの天使が私を退屈させるですって？」「彼女はとても素敵な子どもです、ヴェスプリー夫人、とても素敵な子どもです」と言っているかのようであった。

「あの娘《こ》にそれほどまで興味を持っていただくなんてとてもご親切なことです、ブランドンさん。でもあの娘は明らかにあの娘の最も良い所だけをあなたに見せようとしているのです。あの娘の欠点も知ることになりますよ。」

「欠点ですって？」とブランドン氏は上の空で言った。「どのような欠点をあのような子どもが持っているというのですか？」

「まず」とヴェスプリー夫人は言った、「あの娘は私の奉公人が言うところの本物のおてんば娘ですよ。あの娘がこれまで一緒だった同い年のただ一人の者は、あの娘の兄でして、その兄をあの娘は崇めているのです、それもその兄は運動選手のような所のある少年に見られる荒々しい気性の持主だというのに。あの娘はこれまで少女というものを一人も知らずにきましたし、男の子の遊びでない子どもの遊びを一つも知りません。木登りでは大抵の男の子を恥ずかしがらせていると思います。あの娘の遊びは、兄と一緒にするコマ回し、クリケット、フットボール、徒競走、それに――ボクシングです。」

「それはそれは」とブランドン氏は言った、「本当に素晴らしい子どもさんですね！」

「ええ、それにあの娘には愛らしい性質が多々あります。でも、おっしゃってくれませんか、ブランドンさん」とヴェスプリー夫人は言った、「ここでの私たちの立場はどうなのでしょうか？　あなたはあなたの利子の支払いのために土地の借地料をお取りになりますが、その借地料は利子を支払うのには足りないのではありませんか？」

「はい、おっしゃる通りです。」

「でもタワーズの建物はどうなるのでしょうか？　私どもの所に聴こえてきます噂では、あなたはそれをお潰ぶしになられるとか。」

ブランドン氏は返事をしないで、立ったまま、物思いにふけりながら、窓から外を眺めていたが、突然その顔には微笑が煌めいた。遊歩道を通っていたヴァイオレットが微笑みながら彼に投げキッスをしたからである。彼はヴェスプリー夫人の方に向き直って言った、「タワーズは目下法律上も全面的に私のものであるとしても、私がそれを潰したいと思うということにはなりません、尤も、確かに地所は二十世紀にモラヴィア教会に寄付したいという私の計画に打って付けではありますが。」

「でもどなたが居住者になるのですか、ブランドンさん？」

ブランドン氏は、自分の弁護士との話し合いから、この一家の単純で、道理に合わない誇りの高さのことを知っていた。また彼はヴェスプリーの幸運についての一家の幻想のことも知っていた。さらに、彼の心は驚くべき様《さま》でその子どもに向かって行ったので、一家の嫉妬深くて疑《うたぐ》り深い誇りを掻き立てずに、この子に恵みを与える時の来ることを願っていた。

「ヴェスプリー夫人」と彼は言った、「この建物はとても貸し出すには不適当だと思いますので、賃貸料を貰うなんてことに私は同意できません。この古い立派な建物がそれと繋がっておられる由緒ある一族の代表者の手に残されるというのは、私にとりましては実に親切な恩恵なのです。できることならヴェスプリー氏が私にこのことの差配をする特権をお与えいただきたいのです。」

この時、当のヴェスプリー氏が入ってきた。

「私はそのような差配に賛成はできない」と彼は言った。「そうすることは全く不可能であろう。私は単なる管理人になってしまうではないか。それに私にはこの抵当が支払われるであろう――いつの日か――という確固たる自信がある。」

ブランドン氏はヴェスプリー夫人に目をやると、当惑が怒りと混じり合っているような表情が見えた。ヴェスプリー氏の方を向くと、彼は言った、「では賃貸料を支払っていただけるとしますと、私は良心的な人間ですから、低い金額のみを申し上げましょう。ご提案いたしますのは、あなた様は私の銀行にタワーズの建物と庭と隣接した土地のために年間八十ポンドを支払ってくださり、鹿の園と湖の使用は全くの無料ということにして、この料金を四季支払、乃至は半年毎、乃至は年一度あるいはお好きな時に支払ってくださるということです。」

「年に八十ポンドだって」とヴェスプリーは言った。「私は商売には疎い男だが、確かにその料金は低すぎるではないか。」

再びブランドン氏はヴェスプリー夫人の方に眼をやると、前と同じ表情を見た。

「だって、果樹園の果物だけでも」とヴェスプリー氏は続けた、「果樹園の果物だけでも…」

「果樹園の果物ですって？」とブランドン氏は口を挟んだ。「ヴェスプリー様、今のお言葉だけでも如何にあなた様が商売に疎いのかがわかります！　その果物がコヴェント・ガーデンの十マイル以内であれば、きっと私はあなたにもっと多くの支払いを要求することでしょう。ですが、鉄道は法外な運送料を取ることから、市場用園芸を潰してしまいました。一年に八十ポンド」と彼は断固たる口調で続けた、「これが、私がヴェスプリー・タワーズに決定した『料金』です。」それから彼はさらに断固たる口調で言った、「年間八十ポンドです。」

ヴェスプリー夫人の眼は、彼を見つめて、感謝の念で潤んできた。彼女はよくわかっていたのだ、娘の魔力がこの抵当権者を完全に征服してしまったことを、そしてまたこの善良な男が、できれば借地料なしで一家の者を住まわせたいと願っていたことも。

「私は私の弁護人にあなたに同意書を送り、その料金でこの地所に居住することの署名をしてもらうように伝えます」と彼は言った。

そうして彼は暇《いとま》を告げた。

ブランドン氏が立ち去ると、ヴェスプリー夫人はわっと泣き出した。

「愛するローランド」と彼女は言った、「あなたは何という赤ん坊なの、それにこの家の誇りが何という破滅の元なのでしょう！　私たちは二人の子どもを無一文で育てねばならぬのです。あなたご自身はご自分の命を救うために五シリングを稼ぐこともできませんし、あなたの手で子どもたちは同様に無一文で育てられているのですよ。地代を別にしても、私たちがここに住んで、年間無一文から税金を支払い、食糧や衣類それに燃料を買うことさえできない、恐ろしい苦境に直面することになるところだったのですよ。」

「それでお前は一家を本気で慈善に縋《すが》らせようとしたというのか？」とヴェスプリー氏は言った。

「飢えるよりはね、でも」と夫人は言った、「私には私たちが所属している階級への真の誇りが、あなたよりもずっと多くあります！　慈善と飢餓との間の選択では、私は子どもたちのために慈善を選びますわ。」

「お前は問題を極めて無思慮に考えている」とヴェスプリー氏は言った。「それにお前はつねにその、ええっと、ヴェスプリーの幸運の影響力を無視しているようだ。」

「哀れな子どもたち！」と夫人は溜息交じりに言った。「私はこれ以上残酷なことを考えられません——子どもたちに自分らは無一文ではないと信じ込ませて、ヴェスプリーの幸運の夢を糧にするように育て上げるなんて！」

「あぁ！　お前はヴェスプリーの血ではない」とローランドは言った。そして彼は奥方を独りにして立ち去った。

第七章　支配的な情熱

前章に記した出来事から七年が過ぎ去ったが、ヴェスプリー家の者はまだタワーズに残っていて、まだ地代を支払ってはおらず、まだ如何なる地代も請求されたことがなかった。実に、ブランドン氏の代理人が、もしこの一家がそうすることに同意するのであれば、彼らに地代無料でそこに住まわせるようにとの指示を受けているように思えた。

果樹園と庭園の産物とヴェスプリーのギャラリーにある貴重な画の売却――後者は時折一家の慣習に反してなされたのだが――これで税金と固定資産税を支払い、ヴェスプリー家の者を鱈腹《たらふく》食べさせるとはいかないまでも、豊かに身を包むには十分であることがわかった。

一方、ロレンス・ヴェスプリーは苛々して怒りっぽくなり、ついにはひと儲けするために南アフリカに行くという意図を表明した。これは一家に失意を齎したが、一家の者はそれをヴェスプリーの幸運への一歩と見做した。

別の画が売られて、ロレンスはポケットに百五十ポンドを入れてケープ・タウンに出かけて行った。ローリーがヴェスプリー・タワーズを後にしてから一年が経つ頃、大そう厄介なことがヴァイオレットと彼女の父に降りかかった。ヴェスプリー夫人が突然死んだのである。それで貧困の孤立状態にあった住人はその数が二人、ローランド・ヴェスプリーと娘のヴァイオレットに減少したのである。

ヴェスプリー氏とヴァイオレットは腕の良いマス釣りの名人であり、また二人とも射撃の名手であったので、昼食と夕食の多くは二人の腕前のおかげであった。ヴァイオレットが家事の暇を見つけた時には、厚い靴と短い着物を着て、銃を担いで父の傍を嬉しがって歩いた。

だが今では彼女はタワーズの無数の部屋の内で、父と自分が使っている二、三の部屋でなされる全てのことを一人でしなければならなかった。朝早く起きて、彼女は父のコーヒーをベッドの父に運んだ――ヴェスプリーの一員として父はこれくらいの贅沢に与る特権があると思っていたからである――そして部屋を掃除し、家具の埃を払い、肉とパンとミルクを売りに来る何人かの御用聞きとやり取りをし、昼食にはオムレツを用意した――ヴェスプリー氏はオムレツがなくてはすまされない御仁であったから――それから父と散歩乃至は湖でのボート漕ぎに出かけた。

　彼女が自分なりに自らの楽しみに耽る時間を見出したのは、夕食の後であった。自分なりにとは、彼女が書斎で見つけることのできたシェイクスピアやあらゆる劇作家の劇を読むことであった。もともと彼女を引き付けたのは、これらの劇作家の中の詩的な部分というよりはむしろ劇的な部分であったと思われる。*「ロンドン・ステージ」あるいは*ベルの「ブリティッシュ・シアター」といったコレクションの笑劇やメロドラマやコメディーの一つとして、彼女が繰り返し読んで研究しないものはなかった。そして読んでいる最中に彼女は時折椅子から飛び上がり、その役を演じ、まるでステージにいるかのようにあちこちと歩き回ったのである。

　彼女はまさに生まれつきの役者であり、子ども時代に舞台女優として訓練されていたら、もしその気になっていたとすれば、彼女の前には素晴らしい経歴が開けていたことであろう。

　こうして二、三時間没頭したのち、彼女は沈黙に陥り、石のように黙りこくって座り、顔は両の掌に委ねていた。

　時折タワーズに届いた数少ない手紙の中に、配達人はローリーからの走り書きを届けてくれることがあった。そのどれもが近々大金持になれるという話ばかりであった。ヴェスプリー氏は、しかし、これらの法螺話を受け入れていた。

　だが、或る朝、ケープの不正規騎兵隊に参加していた息子が落馬して死んだという報せが届いた。この報せがヴェスプリー氏に齎した大変な衝撃は、完全なあるいは主に息子への愛情から生じたものではなかった。だがその報せは彼にはヴェスプリーの幸運の弔鐘のように鳴り響いた。この希望の幻想的な源に、父の人生の全ての巻きひげが巻き付き絡み付いていたからである。ローリーは何とかしてお金を作り、帰国して抵当を支払い、ヴェスプリーの幸運をヴェスプリー家に保持してくれるであろうと思っていたのだ。だが今や、ただ単に富を齎してくれる者がいなくなったというばかりではなかった。一家を維持し続ける者がヴァイオレットを措いて他にはいなくなったのである。それに一家がこれほどまでに貧窮してしまった今となっては、どうして彼が娘の裕福な結婚を望みえようか。それに裕福な結婚がなければ、どうしてヴァイオレットがヴェスプリーの幸運を実現することができようか。

ヴェスプリー家は根絶やしになるであろうとの思いから、ヴェスプリーの幸運に賭けた希望を失ってしまった彼は、今や日一日と影が薄くなり始めた。彼は無気力に一日中一つの部屋に座っているようになった。だがこの瓦解の最悪の姿は、彼がヴァイオレットを嫌ったことである――彼のことをとても愛《いと》しく愛した優しい子どもであったのに。彼は彼女が女であることに腹を立て始めた。彼女が男の子の可能性を押しのけて誕生したかのように思われたのである。これはヴァイオレットにとっては、胸の張り裂けそうなことであり、彼女は言い知れぬ悲哀を感じた。

兄を失った彼女の悲しみは大きかったが、それも忽ち父の愛を失った、より大きな悲しみに圧倒されてしまった。

或る朝ヴァイオレットが父のコーヒーを部屋に持っていくと、彼の中に途方もない変化が生じているのを見て取った。これまで散々見てきたあの憂鬱に、この上ない歓喜が取って代わっていたのである。

「ヴェスプリーの幸運に関して突然光が私に到来したのだ」と彼は言った。「私はいつものようにそのことについて一晩中考えていた、その時或る光明が私を刺し貫いた、それで私は人が変わったのだ。ヴェスプリー・タワーズは結局全く昔の計画通りに復活するであろう。私はいつも、タワーズに住むべきヴェスプリーの者がいなければ、ヴェスプリーの幸運は存在しえないと考えていた。だがお前こそがヴェスプリーであり、一家を存続させるであろうことが今わかったのだ。そうなのだ、その幸運を見出すのはお前なのだ」とヴェスプリー氏は言った。「お前が命を賭してそれを探さねばならぬ、そしてお前はそれを湖の中に見出すであろうと思うのだ。」

ヴァイオレットはとても当惑した。彼女は人間の心のあの不可解な法則のことを知らなかったからだ――それは文字通り、「願望は信仰の元」というやつである。ヴェスプリーの幸運は死滅したという思いが憂鬱を引き起こしたのであるが、彼の心は何時でもヴェスプリーの幸運についての昔からの考えを支持しようと頻りに踠《もが》いてきた、それでちょうど憂鬱が実際の狂気に移行せんとした時に、或る支配的な考えが戻ってきて、自己主張をはじめ、頭の歯車を元の方向に回転させたので、心はヴェスプリーの幸運についての別の説明を捜し、それを見つけたというわけである。

この時からヴェスプリー氏の心は宝物を見つけることに囚われるようになり、それが彼には偏執狂のようなものとなった。一日の大半をボートで湖の上か、あるいはその畔で過ごしたが、宝物を見つけ出すという考えが湖と関係していることは明らかであった。

ヴァイオレットは、これまでにも父の古い執着心に悩まされてきたが、ついに今回の新たなそれにも心配が募った。それで父にそれを辞めさせようと説得したが、無駄であった。彼女は或る晩、父の偏執狂が夢遊病を引き起こしたのを知って、さらに驚きを強くしたのだった。

その晩のことである。彼女は廊下で物音がするのに不安になった。部屋を出てみるとたちまち彼女は、父が寝間着姿のままで廊下を歩いて行き、ドアの閂を外し、遊歩道に出て行くのを目撃したのである。父が急いで湖の縁の方に移動するそのあとを追っかけた。それから彼女は父と並んで歩き、彼の顔を見つめると、父は夢遊病の状態になっていることがわかったのである。そして彼女は父がこう呟くのを聴いた、「ダイアモンドにルビー——ヴェスプリーの幸運！」と。

それから彼女は、父が岸に繋いである軽舟に向かってまっすぐ歩き、それに乗り込むと、オールを手にして、湖の中心へと漕ぎ出すのを見た。間もなく軽舟は止まった。すると彼はオールを右手に持ってボートの中で立ち上がり、それを水の中に突っ込んだのである。それから彼は再びオールを引き上げて座り込むと、船を舫《もや》っていた場所に漕いで帰った。

勿論彼女は知っていた、父が失くした宝物と、湖に隠されていると彼が信じている金の食器について夢を見ていることを。

彼はボートから降りると、それを係留柱に繋いで、もと来た道を引き返して行った。彼が傍を通った時、彼女は彼の顔にある表情を見た、それは満足と喜びの表情であった。そして、腕の中には幻の宝物を抱えているような様子で、大声で、勝利を囁くのが聴こえた、「ついに——ついに見つけたぞ！」そう言いながらタワーズの方に歩いて行ったのである。

彼女はそのあとを追った。

彼はぐっすり眠っていて、翌朝にはこのことを何も覚えてはいないであろうということが、彼女にはわかっていた。

この光景は屢々繰り返された。その度毎にヴァイオレットは彼の跡をつけたが、彼の眼を覚まさせることはしなかった。

ヴェスプリー氏の心の中の感情に加わる圧迫は、明らかに彼の体力に影響を及ぼした。彼は日毎に次第に弱っていくように思えた。でもヴァイオレットは彼の終焉がそれほど間近であろうとは夢にも思わなかった。

或る朝彼はとても加減が悪いと不平を洩らした。熱があるようで、頭がズキンズキンした。「ヴァイオレット」と彼は言った、「私は死んでいく、だが今では幸せに死ねる、それはお前にも言ったように、私は知っているからだ、ヴェスプリーの幸運がきっとお前にやって来るってことをな！だから、お前、私に約束してほしいのだ、私が死んでもヴェスプリー・タワーズを離れないで、何が起ころうと誰が来ようとここに留まるとな、留まってヴェスプリーの幸運を待つとな。誰もお前を追い出すことはできない。留まって待つのだ！　さらに私が幸せに死ねるよう約束してもらいたいことがもう一つある。それはこれだ――お前がここの継承者になる時――きっとなる――ヴェスプリーの幸運がお前を金持にしてヴェスプリー・タワーズの所有者にする時――全ての抵当から解放されてな、全ての抵当から――そして結婚の申し込みがお前になされる（きっと沢山）、その時、これまで全てのヴェスプリー家の者がしたようにせよ――つまり、ヴェスプリーの名を継がない男と結婚することは拒否することだ！」

ヴァイオレットは父のベッドの傍に座った。「ではお父様は確信しているのですね」と彼女は言った、「ヴェスプリーの幸運が何時かやって来ると――全てのことがそれとは真反対の方向を指さしているにも拘らず、確信をしているのですね？」

「そうだ、ヴァイオレット！　ヴェスプリー家の最も顕著な特質は或る信念なのだ――ヴェスプリーの幸運に対する已《や》み難き信念なのだ。」

「でもそれを継承する者は、お父様、誰もいませんよ、私を除いては。」

「それはきっとお前の所に来る」と彼は言った。「それがお前の所に来るという気がお前にはしないのか？」

「ええ、お父様、します。私にはヴェスプリーの幸運に対する信念と呼んでいいと思う何かがあります。」

「その何かを言葉にしてごらん、お前。お前の感じるものは何かね？」

「それはとても難しいわ。」

「やって見なさい、ヴァイオレット、やって見なさい」と父は言った。

「では」と彼女は言った、「私はただそれを未知のものの楽しい感覚――この貧困の小さな孤立の島の外にある偉大な人生のロマンスと素晴らしさの、楽しくて甘美な感覚としか呼ぶことができません、それと仮令私がヴェスプリー・タワーズから追放されたとしても、それは人生の無数の機会の中で、ヴェスプリー・タワーズの所有者に私をするためのぜっ、絶好の機会に、最後にはヴェスプリーの幸運のおかげで、出くわすために過ぎないのではないかと感じます。」

ヴェスプリー氏は暫く無言のままじっとしていたが、それから枕から弱々しく身を起こした。それでヴァイオレットは、彼が何か大切なことを言おうとしているのを察知して、彼の上に身を屈めて囁かれる言葉を一語たりとも聴き漏らすまいとした。

「ヴァイオレット」と彼は言った、「ドアの真上に忌中紋章――ヴェスプリー家の忌中紋章だ――を掲げておくのを忘れないように――何処にあるか知っているだろう。」

ヴァイオレットは約束した。それでヴェスプリー氏は再び枕に横たわった。彼女が彼の口から聴いた最後の言葉は、「ヴェスプリーの幸運！」であった。

そうして彼女の父は地所の上に建つ古いチャペルに埋葬されたのである。そこでは、祖先の霊魂は彼が加わらないと不完全な集合体になるであろうと、ヴァイオレットは感じた。

そうして哀れヴァイオレットは、この偉大なる一族の他の如何なる子孫も確かにこれまでする必要のなかったことをする羽目になったのである。彼女は梯子を取ってくると、ヴェスプリー村から来た商売人の一人の手を借りて、忌中紋章を自らの手でドアの上に釘で打ち付けたのであった。

それで今、仮令ヴァイオレットが何処に行くべきかを知っていたとしても、如何なるものをもってしても、絶対離れはしないと父に約束をしたこの家から彼女を立ち去らせることはできなかったであろう。さらに、タワーズは近隣では憑《つ》かれているという噂があるものだから、村人は館に近付かなかった。だからそこに一人暮らすという考えに恐れを全く感じなかったのである。

第八章　マーティン・レッドウッド

ヴァイオレットがヴェスプリー・タワーズで独りぼっちの生活を始めてからそれほど日が経たない頃、一通の手紙を受け取ったが、それが深く彼女の心に触れた。それはマデイラ島群からのもので、次のようなことが認《したた》められていた――

「若いお嬢さま、

「あなたは恐らく人食い鬼のことを覚えておいででしょう――何年か前、ヴェスプリー・タワーズとその美しい庭園を案内してくださって、あなたが大変親切にしてくださった或る老紳士のことです。私がその人です。そして私はあなたの愛しいお父様の死を深い悲しみで知りました。勿論私はあなたの今の計画がどのようなものかは存じませんが、あなたが今でもタワーズにお暮らしで、その館をあなたの麗しい存在で箔をつけていらっしゃると思うとこの上ない喜びを感じます。私のイギリスへの帰国は間もなくだと信じています。それまでに、もしあなたが友人の忠告あるいはその他のどのような親切な援助を必要とされるようなことがおありの場合には、あなたには誰にも引けを取らない、と思われる、まじめな友人がおります。

「人食い鬼」より

「追伸――あなたがヴェスプリーの幸運と呼んでおられるものと、私が天の配剤と呼ぶところのものを、どうか信じ続けてください。私はまるで自分がヴェスプリーの一員になったかのように、それを信じ始めているのです。」

ジョーダン夫人はヴェスプリー氏の死の報せを聴いて、今そこで暮らしているロンドンからやって来たのであったが、今ボンネットとショール姿のまゝで立っていた。その朝彼女はロンドンに戻る予定であったからだ。

ヴァイオレットがこの手紙を嘗ての奉公人に読んでやると、彼女は言った、「愛しい子よ、これは私を勇気付けてくれます。私はこれで暫くの間これまで以上に居心地よくあなたを一人残して行けそうです。いいですか、お嬢様、もしこの老紳士ご自身がヴェスプリーの幸運でないとしましても、彼はそれを齎してくださるご当人様ですだ！　このご老人はあなたがちっちゃい頃あなたに恋をしなさった。と言いますのは、あなたほど可愛い子どもはいませんでしたから、そのことは私が一番よく知っております、だってあなたの守をし、お乳を差し上げたのはこの私ですからねえ。いいですか、世の中にはあの時のあなたのような子どもに対する老紳士の愛ほど強いものはないのです、その老人が父親であれ、祖父であれ、叔父であれ、あるいは見知らぬただの老紳士であれ、です。彼は小さな足が歩いたまさにその地面を崇拝します！　そして彼があなたのためにしないことなど何もありません。勿論、あなたは『その他のどのような援助でも』というあのような言葉が何を意味するかはお判りでしょう。それは、『あなた、どれほど私はあなたにお金を送って差し上げたいことでしょう、ただそれができないのです、あなたが生まれもっての偉大な淑女だからなのです』と言うのも同然なのです。そして勿論、ヴェスプリーの幸運についてのあのような言葉が何を意味するかはご存知ですね。それは、彼が遺言を作成して、あなたにヴェスプリー・タワーズと土地の全てを譲るという意味なのですよ。」

「まあ、何というナンセンスをおっしゃることかしら、ジョーダンたら!」とヴァイオレットは、笑いながら言った。「何というナンセンスをおっしゃることかしら! でも、彼はとても親切な方です、それに、それに私も彼を愛していますわ!」そう言って彼女はその手紙を唇に押し当てた。

ヴァイオレットはその友人に手紙を書いて、色々話した中で、彼にこう告げた一文があった——ジョーダン夫人が自分を見舞いに来たが、目下ロンドンで下宿屋をしているので、町に戻らなければならない、と。

手紙を書き終えると、彼女は漫《そぞ》ろ歩きに出かけた。麗しい秋日和であった——とても輝いていて麗《うら》らかであったので、まるで六月の一日が迷い込んできたかのようであった。本当に小鳥たちはそう思ったようで、七月の間中沈黙していて、来年の春が来るまではそのままでいようとしているように思えた小鳥たちが、突然歌い始めたからである。

ヴァイオレットは歩を進めながら、爽快な気分になったので、雨雲が頭上を通り過ぎるのに気付かなかったのだが、ついに空に虹とは対照的なあの神秘的な得も言われぬ光のあることに気が付いた。すると突然或る考えが閃いて、彼女は足が運べる限り早く、湖の中へと延びている防波堤の広い部分に向かって走っていった。

「そうよ」と彼女は言った、「印があるの——水に浮かぶ虹があるの。」

そうして彼女は立ったままそれを見つめていた。虹は殆ど完全な形をしていたが、僅かに風が立って、流れを揺すったので、虹は消え去った。彼女は長い間湖面を見つめていたが、やがて向きを変えると、木々の間を見渡した。それはまるで枝から枝へと煌めいているオパールのようなかそけき遊糸の中に、或る顔を見ようとしているかのようであった。だが、ヴェスプリー樫の下にも木々の中にも如何なる顔も見えはしなかったが、一つの顔があったのである。それは水夫の着物を着た若者の顔であった。彼は眼を見開き、口を開けて、彼女を見つめて佇んでいた。彼女のすぐ傍にいたので、彼は彼女の言葉をはっきりと聴くことができた。「ヴェスプリーの幸運」という言葉が彼女の口から零《こぼ》れ落ちたのである。

第九章　レッドウッド一家

虹の現象の時にヴァイオレットに大層魅了された若い水夫というのは、ヴェスプリーのドラマにおいてとても重要な役割を演じるよう運命付けられている、既に述べた若者であった。彼はジェレマイアとジョアンナ・レッドウッドの息子であり、ソーントンというヴェスプリーの村に隣接する町に住んでいた。

ジェレマイア・レッドウッドは彼なりに有名人であった。彼は知る人ぞ知る「ストラットフォードのならず者」、とてもハンサムだが外聞の悪い男であった。

偶々不幸な時に、ジョアンナはジェリー（ジェレマイア）・レッドウッドと出くわしてしまったのである。彼は、二人が出逢った時には、素晴らしい体格の全てを付与された颯爽とした若い兵士の一人であり、ジョアンナの夢見心地の眼は、兵士に特に惹かれるものを感じたのである。それでレッドウッドが大酒飲みであるとすぐ知れたのだが、彼女は間もなく彼と連れ立って歩く姿が目撃されるようになった。そして彼がのちに無頼漢、碌でなし、密猟者、そして有名なプロボクサーになったにも拘わらず、彼女は彼の全ての欠点に眼を閉じ、あらゆる攻撃に耳を塞いだのである。この女の性格はこのならず者との結婚の当日にいやが上にも明らかになった。ジェリー・レッドウッドが彼女と出歩くことが最初に知れ渡った時、彼女は友達からそして特に彼女の先生から、そのような男と結婚することは自分のこれからの人生を台無しにすることだと警告されたのであった。おいおい泣きながら彼女は何度も繰り返し叫んだ、「仕方のないことでした！　抵抗はしたのですが、まるで流れに逆らうようなものでした！　それは私の不幸の一部でした――でも仕方のないことでした！」

彼女は最初から一家の稼ぎ手であった。ソーントンのような町では、ジョアンナのような立場にある女性には仕事の口といえば、ただ全くの肉体的な単調で嫌な骨折り仕事くらいしかなかった。だが彼女はそれに驚くべき勇敢さで従事した。彼女が一シリング稼ぐのに、針仕事であれ、洗濯仕事であれ、掃除婦であれ、畑仕事であれ、一切構うものではなかった。彼女はソーントンでの人気者の雑役婦であった、それは彼女が身を賭して行うすごい量の仕事のせいであり、畑仕事でも同じように優れていた。

ジョアンナ・レッドウッドは一つの大いなる情熱を抱いていたが、それが他の全ての情熱を飲み込んでしまい、彼女の人生のあらゆる行為を支配していた。それは彼女の子どもへの愛であった。二十四時間の内、目覚めている全ての時間の中で、一時間でも彼女の思いが、直接にしろ間接にしろ、子どものことに向けられない時があったとは考えられない。大抵の母親の場合、国や共同体の区別なく、彼女等が乞い願うのは男の子であり、その子が授かれば、他の子への愛を度外視して、その子だけを依怙贔屓《えこひいき》する。母親が特に神に感謝を捧げたのは、男の子のためであった。丁度アジアのある地域の共同体のような家父長的で原始的な共同体の場合、この息子への愛情というのはとても強いので、母親は娘に注ぐ愛情を僅かしか持ち合わせない。特にこの男の子への愛着が殊の外強いベドウィン族にあっては、女は、娘を生むことは恥ずべきことだと、思うのである。

そしてイギリス社会の無慈悲な世界にあっても——そこでは或る種の愛を除く他の全ての愛は枯れ果ててしまったように思え、そこでは若者が彼らの親よりも年老いていて、無関心で世慣れている——そのような場所でも、息子に対する母親の愛はこれまで通り力強い。高貴な性格の者にとって、ロンドンの社会を甘美で我慢できるものにしているのは、唯一この愛なのである。それがなければ、社会はまさに忌まわしいもとなるであろう！

女性の重要性と愛らしさを文明の中に齎したのは、我らがアングロサクソンの祖先であった。イギリス人とアメリカ人の中では、このアングロサクソンの女性観は、実際以上にその影響力を発揮しているのではと思うかもしれない。そしてこの問題をよく考えてみると、母と娘の間の結び付きの方が母と息子の間の結び付きよりも強い場合があることを知っても、我々（アングロサクソン）は驚きはしないのである。

母と息子の間の愛情が如何に強かろうと、そこには途方もない、避けては通れない障害がある——性の障害で、それ故、それは男と女の愛の関係においては、美しさの虹の橋となり、新たな予期しない楽園へと通じるものとなる。だが、母と息子、そして兄弟と姉妹の間においては、この障害は通行不能である。二人は触れ合えるとしてもほんの限られた点においてのみであり、しかもそれらは肝心の点ではないのである。

ごく稀で偉大で高尚な女性の魂にあっては、ジョアンナ・レッドウッドの場合がそうであるが、母と息子の間には、強い肉体的愛情を満足させるほどの精神的作用は生じない。そうするにはもっと親密な何かが必要である。それは母と息子の間にはあってはならない近親相関的感覚に違いない。

この親密な感覚というのは、母と娘の間にのみ見られるものである。そしてもし全ての女性がジョアンナ・レッドウッドのようで、母親の血を完全に穢《けが》して娘を自分のライヴァルにしてしまうようなエゴティズムと利己主義と虚栄心とは無縁であるならば、ここに言及している感情、つまり近親相関的感情というのは、世間一般にみられる普遍的な感情ということになろう。そして母と娘の間にはあの甘美な親密感が存在することになろう——それは自分の娘の中にあるあの妖精のような若さを再び生きるという天にも昇るような感覚であり、仮令戸口の前でオオカミが唸り声をあげていようと、ジョアンナの人生を彼女にとって天の恵みと思わせるものにしているのと同様の感覚である。ところで、娘のモリーはそのような母の愛情に値する子なのだろうか。紛れもなくそうであった！　モリーはジョアンナの力強い性格も意志も比類ない勇気も持ち合わせてはおらず、実に彼女は「母」の庇護のもとにずっと暮らしてきたのでジョアンナのこうした優れた特質は、元々娘にあったとしても、窒息死させられてしまっていたと思われる。だがモリーはジョアンナの全ての愛情深さと自己否定の本能を分かち持っていたし、おまけに美しかった。これが母親にとっては娘との絆を深める要因でもあった。モリーが平凡な顔つきで、障害のある娘であったとしても、彼女は母から普通の娘が殆ど勝ち得ないであろう程の豊かな愛を得たことであろう。だがその場合の愛は、ジョアンナが小さな時の娘に対して抱いた愛とは異なったものになっていたであろう。その娘は、とりわけ幼い頃は、何よりも母が編み物や縫物をしている時、母の足元に頭を載せて、あらゆる色の沢山の小さな布切れで作られた奇妙な編み方をした暖炉の前の敷物に横たわることが好きだった。そうなのだ、ジョアンナは戸口の前にオオカミが来ていたとしても、こうして幸せであったのである。

日毎に母と子の間のこの度を越した愛情は高まっていき、ついにはこの娘の若い脳が発達した結果その知性が母親のそれと肩を並べるようになった頃、二人の間には、同性の双子の間に時折存在すると思われるあの奇妙な類のものが生じたように思われた。

我々の知っているその奇妙な感応関係についての記録には、例えば、アレクサンドル・デュマに彼の最高傑作である『コルス兄弟』を書かせる源を提供した、ルシアンとルイ・ドゥ・フランシーの二人の兄弟の間に存在したものがあるが、そういったことの記録は今や十分にその真正性は認証済みのものであるから、物質論者によって破棄されることはない。この前も新聞が同様の信憑性《しんぴょうせい》のある話を掲載していた。それによると、シカゴのよく知られた法律家が、感応によって、マニラにいる双子の弟の死を知ったという。

だがこれらの話が文字通り本物として受け取られるべきか否かは別として、或るケースがある

――勿論稀なケースであるが――そこでは愛する母と愛する娘の間にはテレパシーとしか呼べないようなある種の力が存在する。

この二人の間にある神秘的な鎖は明瞭な思考の鎖では勿論なく、それは感情の鎖であり、感情という機能に働きかけて、意識半ばのセンセーションのようなものを作り出すのである。一人の方の精神が健全であれば、他方のそれも高揚するが、一方の方の精神が低調であれば、他方のそれも落ち込んでしまうのである。

話を元の母と息子のことに戻そう。この息子の水夫がヴェスプリー庭園を散歩ののち、虹の光に照らされたヴァイオレットの美しい姿に胸一杯になって、母の田舎家に戻ったその日、彼は彼女にその娘との出逢いのことを熱く物語った。母は黙ってそれを聴いていた。

さて、この女性、ジョアンナ・レッドウッドはソーントンというとても古い農民の家系の出であったが、その家の者は征服王ウィリアムが海を渡ってやって来た時、ソーントンの農地で生計を立てていたと思われる。この一家が当時「下層階級」に属していたかどうかは、誰にもわからない。というのは、ウィリアム・ルーファスを矢でもって倒した当人のタイレル*の子孫がつい最近まで*ニュー・フォレストに住んでいたからであり、さらに、つい最近まで本書の著者の生まれ故郷からほんの数マイルの所にあるキッタリングに住んでいたプラントという農夫はプランタジネット家の本物の子孫であったからである。つまり、サクソン時代のジョアンナ・レッドウッドの一家は世襲貴族ではなかったかということである。実際、ジョアンナの姿から判断するに、彼女の血の中には貴族の失われた気質があるといってもよいのではないか。それと比べると、ヴェスプリーの気質自体が色褪せて不確かにさえ見える。

「ヴァイオレット・ヴェスプリーだって！」とレッドウッド夫人はついに侮蔑の口調で言った。「ヴェスプリー同様に私たちにも祖先はいるよ。でも奴らの生活は違ってはいたがね！　奴らの祖先は人取り罠で密猟者を捕らえていた。私たちの祖先は捕らえられた方さ。お前はサー・ヒュー・ヴェスプリーの話を聴いたことがおありだろう、マーティン？」

「はい、お母さん」と彼は言った。

「彼が置き去りにした娘がどうなったか、お前は知っているかい？」と彼女は言った、「その娘はヴェスプリー家のあの祖先、サー・ヒューの甥の十字軍戦士によって彼女の権利を剝奪されたのだが。」

「いいえ。」

「古い話では、彼女は殺されるために或る樵《きこり》に預けられたのさ。その樵の名はソーントンと言って、私が結婚する前の名前だよ」と母親は言った。「だが彼女は殺されなかった。彼女は結婚した、しかも相手は樵の息子さ。だからお前、お前とお前の頭が今日の午後一杯になっちまったその女とどう違うというんだい？」

「違うと？　そりゃ、おっかさん、わかりきったことじゃあないか。俺はただの平凡な水夫、拳闘家の息子で、ヴェスプリー嬢は高貴な生まれの淑女じゃないか。この俺とあの美しい女性と何処が違うかだって？　わかりきったことさ、俺は今の身分ではあの女の靴も磨けやしないのさ！」

第十章 ヴァイオレットの友達

さて、こうして如何なる少女によっても生きられたことのないまことに驚くべき人生が始まったのである。ヴァイオレットは彼女の祖先の家で独りで生き、そして彼らの影たちと交流した。

様々な状況が寄り集まった結果、彼女の特異な性質の全てが顕著にその姿を現わすことになった。小さな家族の集まりの他に彼女にはひとりの友もいなかった。そして父の喪失への最初の強い悲しみが収まった今、ヴァイオレットは少しも孤独を感じはしなかったのである。彼女は全ての仲間を失ったが、彼女の祖先と彼等が生きてきたその家は残っており、それだけで彼女には十二分であった。これらのものがつねに彼女の主な仲間であったからだ。

恐らく読者は疑り深く言うであろう、「何だって！ 十七歳の少女がこのような侘しい生活をしていて孤独を感じないなんてことがあるものか」と。だが、そのような読者はヴァイオレット・ヴェスプリーのような性格の人を理解できないであろうから、そうした方はこの本を置いて、それ以上読まれるのをお止めになられた方がよろしい。

長い廊下や広くて何もない部屋を彷徨《さまよ》い歩き、シェイクスピアやその他の劇作家を声を出して読み、無の空間が彼女の暗誦を喜んでいるかのように、それに応えてくれるのを聴くのは、如何なる社交的な交わりよりもヴァイオレットにとっては喜ばしいことであった。

人間性というものは、その社交性によって得るものもあれば、失うものもある。人の心が文明の結果によってできうる限り涵養され豊かになったのちは、孤独こそおそらく知的発達の最後の結晶を齎すものとなる。孤独は瞑想を齎す。そして唯一瞑想こそが、よく考えてみると、真に生きるということであるとわかる。

　或る日彼女は古い本の中からチョーサーの版を見つけ、それを読み始めた。最初は古い綴りや古語がやや解り辛かったが、彼女は知的困難を好む質《たち》であったので、意志力でもってチョーサーに立ち向かい、間もなくチョーサーもシェイクスピア同様に容易く読めることがわかった。すると今度は何と楽しい世界が彼女に開けたことだろう！　シェイクスピアでさえこれまで、この楽しい中世の詩人ほどに、彼女の心の琴線に触れることはなかったのである。彼女は自分とチョーサーの間には真の類似があることを発見した。それもそのはず、詩*における健全性というものがありのままの世の中の美を気持ちよく受け取って、それを美しい響きの言葉で表現するものであるとするならば、チョーサーこそ如何なる文学に登場してきた詩人の中でも最も健全な詩人だからである。彼の喜びは表現することだ。全ての詩人の中で彼が最も純粋に芸術的な詩人である、だから彼は己自身と我々読者のために美しい絵を描くことができるのであり、その材料を何処から取り寄せたかなど全く気にしないのである。

　人生の豊かさと素晴らしさ――これらがチョーサーのテーマである――それは彼の時代におけると同様現代においても新鮮で楽しいし、また彼の詩と西洋の全ての想像力豊かな文学の基盤をなす過去の無数のロマンティックな冒険譚の全てが、*アーリア人の幼少期に舌縺《もつ》れで語られていた頃と同様に今も新鮮で楽しい。

単純素朴な俗世の詩人の中でチョーサーこそは王様である。

何週間かが経ったが、ジョーダン夫人は、待ち望んでいたようには、ヴァイオレットに逢いにロンドンから来なかった。彼女は自分の下宿人で精一杯だったのである。でもヴァイオレットは少しも気落ちはしなかった。反対に、彼女の感情は快活そのもののようで、独りで暮らすのに没頭していたからである。できる限り彼女は自分が独りで暮らしていることをソーントンの人たちに報せないように注意を払った。それで商売人のような人がジョーダン夫人を尋ねてくるような場合には、彼女は、夫人はとても元気ですと答えておいた。

恐らく読者にこの特異な少女の特殊な性質を理解していただく最善の方法は、彼女がブランドン氏から貰った手紙に認《したた》めた返事をそのまま全部見ていただくことだと思う。彼からの手紙は彼女が独りで暮らしていることへの彼の気懸《きがか》りを表明していて、彼女が毎日どのように過ごしているのかを尋ねたものであった。

「私の親愛なる、ご親切な友へ」と彼女は彼に書いた。「あなたのお手紙は私をとても感動させましたので、ご返事を書くのがとても難しいのです。あなたはとても親切にしてくださいましたから、私はあなたにお逢いしたいのです。でも私が独りで大好きな古い館に暮らしているからといって、私が少しでも不幸だなんて思わないでください。その反対で、私の毎日はすることが一杯なので、瞬く間に日が過ぎていくその速さに驚いております。朝は起きると朝食用に暖炉に火を点けます。そして冬であれば、入浴用に水を温めます。それから私のような元気の良い少女で私のような食欲を持った者の喜びがあります——夜明けに若芽を食べる鹿のような食欲で、独り朝食を摂ります。朝食が済むと、よくテーブルに肘をついて座り、窓から外を眺めて、このような美しい世界に住んでいる喜びに我を忘れます。前庭の全ての灌木、中間距離あるいは湖の向こうにあって、地平線に触れている全ての木々、これが私の愛する仲間です。私は芝生で囀るあらゆる種類の小鳥を知っているように思います。そして誰かお友達と一緒の場合よりも独りでいる方が、それをずっと楽しんでいるようです。

「私は夢から覚めたようにはっとして我に返り、その日の仕事にかかります。『仕事』と言えば、私が独りぼっちでなければ、とても散文的に聴こえるかもしれません。でも孤独がそれに詩を添えてくれるように思えます。木々を渡る風と小鳥の楽の音を除けば、私の心を乱す何の物音もなく部屋を掃除することさえ、神秘の女神『静寂』を寿ぐ神秘の儀式のようです。

「それから大きな古い階段をのぼり、私が眠っていた部屋に入りますが、そこにはベッドの上に朝日が燦々と降り注いでいます。私が東向きの部屋を寝室に選んだからです。それで私のベッドをひっくり返し始めますと、部屋係の女中のような気がします。それにそのように力強くて自分で何でもすることができるのは、とても素敵なことに思えます。おまけに、私は屢々ベッドをとても滑らかで心地よく見えるように設《しつら》えるので、その弾力性を楽しむためにもう一度その上に身を投げ出してしまいたい誘惑にかられます。それから階段を駆け下りて肉あるいはパン屋の小僧さん、あるいはミルク売りの小僧さんの呼びかけに応えます。それから自分の昼食の準備をし、料理をします。料理がどれほど楽しいお仕事かおわかりにはなれないでしょう、時折とても不快なほど熱くなることがありますが。それから朝のお庭と果樹園の散策、これは野菜の様子を見たり、春であれば、リンゴの花の光景を、秋であれば、その果実の美しさを楽しむためなのです。リブストーン・ピピン種のリンゴの香りほど、この世で甘美なものがあるでしょうか？　あるいはもし冬であれば、霜柱の美しさほど？

「そしてこの庭は、私の外には庭師はいませんが、もし私が庭師を雇うことができたとしても、その場合よりもずっとよく冬の寒さに耐えることができるということを知っていただきたいのです。それは、庭師は秋の間庭を小綺麗にすることを考えていますが、私は来《きた》る冬のことを考えているからです。ですから枯葉を掃き捨てる代わりに、私はそれを箒で集めて大きな山にしておくのです。それで冬が来ると、それをかけ布団のように床に広げてやるのです。するとその下の根は霜を笑い飛ばして、春を待つのです！

「それから昼食を食べます。私独りですから、とても楽しいです。午後には湖でのボート漕ぎがあり、それから夕食の用意をして、それを食べます。ご覧の通り、食いしん坊の娘は食べることばかりでしょう！

「では私の二つのお気に入りの劇が何であるのかお話しましょうか？　それは『お気に召すまま』と『夏の夜の夢』です。これらは丸暗記していますし、初めから終わりまで暗誦できると思います。でも何週間もの間私はチョーサーに浸りきっていました。彼の詩は新しい世界を私に開いてくれました。

「さてそれでは、あなたがお笑いになるであろうことをお話しします。時折、驚いたことに、これらの劇の一つからある一節を暗唱した後で、部屋の外の長い画廊から手を叩く音を聴いたように思うのです。一度この音を聴いたと思ったので、私はドアに駆け寄り、それを開きました。その時画廊を駆け下りていく足音を聴いたと思い、また或る人の影が月光に照らされた窓の前を通り過ぎるのを見たと思ったのです。

「でも勿論こんなことは全て自称女優の虚栄心から出たものです。

「あとで、夜が更けてくると、劇の私の仲間はもっと愛しい仲間に全て取って代わられます。壁に固定されたパネル画の中の祖先です。私はよくロウソクを取り上げて、画廊を歩きながら一人ひとりに話しかけては、私が勝手に作り出した話をしてあげるのです。母の教えのおかげで、迷信的な恐怖とはどういうものか知りません、尤も、そのことを本で読んだことはありますが。私の祖先の霊魂は私の保護者であると思っています。もし私が肩に手を感じたとして、振り向いて老十字軍戦士が私を見つめているのに出くわしたとしたら、私は少しも恐れないで、面と向かって微笑むであろうと思います。時折、物音が私の心臓をいつもより大きく波打たせることも実際ありますが、私はその音を生きた人のものと思っています。それは押し込み強盗の類《たぐい》の侵入者の立てる音かもしれません。ですから私は、つねに夜になると、鴨打弾を込めた二連式の猟銃をベッドに持っていきます。それで私は、父のお供をした猟の日には、いつもとびっきりの名人だったのです。

「時折、大抵はソーントンの村からの女性ですが、或る親切心から遊歩道をやって来て、ドアを叩く人がいます。若い娘が、仮令ジョーダン夫人が傍にいるとしても、そうみんなは思っているのですが、独りでこのような侘しい、とみんなは思っています、暮らしをしているのに急き立てられてやって来るのです。でも私はそのような侵入を歓迎はしませんので、最近はそうした人は全くと言っていいほど来なくなりました。

「なんと次々とお喋りをすることでしょう！ どうかこの手紙を全て読もうとはしないでください、面白いところだけを少し読んでください、そしてあなたに感謝しています友のお喋りをお許しくださいい、ヴァイオレット・ヴェスプリーより」

以上のようなことから、如何にタワーズに取り憑いているヴェスプリーの幸運がヴァイオレットに絶対に守られていると思わせ、独りで暮らしていても何の恐れも抱かせないでいるかが、おわかりであろう。

郵便配達夫の訪問は実に稀であった。そしてその場合には、それはヴァイオレットを殊《こと》の外《ほか》動揺させた。ブランドン氏からの手紙を除いて、手紙はつねに亡き父宛のもので、差出人は父の死を知らないでいた。

ヴァイオレットの心には、郵便配達夫といえば、つねに兄ロレンスの死に関する恐ろしい報せと結び付いていたのである。

ある朝郵便配達夫はブランドン氏からの手紙を持ってきた。それにはロンドンの消印があり、彼がイギリスに戻っていて、翌日ヴァイオレットを訪問する喜びを待ち望んでいると書いてあった。

これはヴァイオレットにとって嬉しい報せであった。それは彼女が屢々あの恵み深い人食い鬼を思い出しては、彼女をタワーズの屋敷に留め置いてくれることで、何年もの間彼女を友として遇してくれているのだと確信していたからであった。

翌日の朝、朝食のあと間もなくベルが鳴ったので、廊下を走り抜けて彼女はドアを開いた。するとそこにあの人食い鬼がいて、彼女を眺めていた。だが何も言わなかった。彼はこの娘の美しさの眩さに目が眩み、畏れ戦《おのの》いたからであった。

彼女は握手で暖かく彼を揺さぶり、自分が食事をしていた部屋に彼を案内した。「何と、何とご親切なことでしょう、ブランドンさん、私に逢いに来てくださるなんて！　昨日あなたからお手紙をいただいてから、私はずっと一つのことしか考えられませんでした、あなたのことです。」

ブランドン氏は座って彼女を眺めたが、まだ何も言えないでいた。話ができるようになった時、彼は言った、昨晩ソーントンに到着していて、「ジョージ」というホテルに泊まっていたと。

「あなたのお手紙を受け取った時」とブランドン氏は言った、「私はあなたに逢いに来るまで休むことはできませんでした。あなたのお手紙が書かれたその善良な精神のせいで、あなたが如何なる淑女もすべきではない独りぼっちの生活を送っておられることに眼を瞑《つぶ》っていることができなくなりました。それで私はあなたに私の力の及ぶ限りのお手伝いをさせてもらいにやって来たのです。」

「あなたはとても愛しいご親切な友です」とヴァイオレットは言った、「でも本当に私は大抵孤独には思わないのです。」

「信じられないことです」とブランドン氏は言った、「でも、あなたは落胆することはないのですか？」

「時折」とヴァイオレットは言った、「親兄弟を失ったことがとても耐えられなくなって、大層悲しくなる時があります。でもそれも過ぎて行きます。」

「でも、信じられません、ヴェスプリーさん、あなたがこうしてお独りで暮らしていらっしゃるなんて。怖くはないのですか？ 神経を悩ませるようなことは何も起こらないのですか？」

「滅多にありません」とヴァイオレットは言った、「でも奇妙なことが起こりました。」

「奇妙なことですか？ お手紙の中ではそれらのことをおっしゃいませんでしたね。」

「ええ、言おうとすれば、何らかの説明が必要になったからです。説明は或ることを除いては何もないのです。でもそれをあなたがお信じになられるとは思いませんでしたので。」

「どうかお話しください」とブランドン氏は言った。

「はい、それが最初に起こったのは、兄ロレンスの死の二回忌の時でした。私は子どもの頃兄と一緒に過ごした楽しい時を思い出そうとして彼の部屋に偶々入って行きました。驚いたことに、私たちの曽祖父が立てていたヴェスプリー・タワーズ修復の有名な計画をロレンスが模写したものがテーブルの上に広げられていたのです。それを私が最後に見た時には、それは丸められて、部屋の隅に立ててありました。私は自分の記憶の正確さをよく知っておりますので、その事を疑うことはできません。私はその場に釘付けになって、ロビンソン・クルーソーが砂の上に足跡を見つけた時のように、それを見つめていました！」

「確かにとても不思議なことですね！ 実に驚くべきことです。それはどういう意味でしょうか？」

そうしてブランドン氏は明らかに震えておりました、それは――人は生来人間性を全く持ち合わせてはいないというモラヴィア派の教えを共有していたので――人間に関するあらゆる恐ろしい考えがここぞとばかりに彼に襲いかかったからであった。

「本当にどういう意味なのでしょう？」とヴァイオレットも言った。「私もそのように自問しました。それで見つけた説明はというと、ローリーの霊魂が戻ってきて、タワーズの私たちの祖先の霊魂に加わったということだけでした。」

「ええ、少なくともそれはあなたの心が子どもの時に一杯であったあの水の精の場合よりも、幾分キリスト教的な考えではあります！　でもそれは奇妙で謎めいた出来事ですね。」

「疑いの微笑を浮かべていらっしゃる」とヴァイオレットは言った。

「とんでもない！　私は考えていたのですよ」とブランドン氏は言った、「この古いお屋敷にあなたを独りで置いてけ堀にした私の残忍なやり方のことです！　あなたはここを離れなければなりません。このような所にお独りで暮らすのはよくありません。」

「ヴェスプリー・タワーズを離れるですって！　あなたに追い出されるまでは絶対に出ません、ブランドンさん。」

「そんなことは絶対にいたしませんとも！　どうか、あなたのお話をお続けください。」

「私は自分の寝室に行き、ベッドに身を投げ出して激しく啜り泣きながら、呻き声を挙げました「ローリーは死んだ、ローリーは死んだ！」と。それからはっとして起き上がりました、それは私と同じく啜り泣く声で、「ローリーは死んだ、ローリーは死んだ！」と廊下で繰り返しているように思えたからです。でもすぐにドアの所に行って廊下を見渡しても、何も見えませんでした。」

「あの、ヴェスプリーさん、もしあなたがタワーズを離れないのであれば、我々は誰か素敵な女性のお仲間お一人かあるいは何人かを、あなたに見つけて差し上げねばなりませんね。我々はこの古い建物の中に、我々モラヴィア教徒が「聖歌隊」と呼ぶ者を置いて、あなたにそのリーダーになってもらいましょう。とにかくあなたはご自分のこうした空想の産物に囲まれてお独りで暮らすべきではありませんし、そうしてはなりません。それはそうした物が空想の産物以外の何物でもないからです、ヴェスプリーさん！　さあ、この奇妙なお話を続けてください。」

「でもそれは私の空想の産物ではありません、ブランドンさん！　翌朝」とヴァイオレットは言った、「台所に下りて行ってみると、明るい暖炉の火が燃えていて、薬缶が煮えたぎっているのを見て驚いたからです。この光景はテーブルの上の計画絵図以上に私を驚かせました。誰かがこの家に入って来たのではないか、と思いました。そしてもしそうであれば、何のために？　それから私は初めて恐れ戦いたのです。」

「私だってそう思いますとも！　あなたは鉄の神経をお持ちに違いありません」とブランドンは言った。「私などは、あなたが沢山の危険に身を任せてここで暮らしていると考えるだけで、身震いします。」

「でも私の勇気はすぐに戻りました」とヴァイオレットは言った、「それで階上に上がって鉄砲を取ってきて、建物の隅々まで探索しました。人っ子一人いませんでした。台所に戻り、恐怖で食欲が減退したわけではありませんでしたので、朝食の準備をしました。ご想像通り、朝のこの奇妙な出来事が昼の間心にかかっていて、夜になると私の神経は何時ものより少し弱気になっているようでした。回廊を何時ものように徘徊しないで、階上に上がると確か一度ならず後ろを振り返ってみましたた。そしてベッドに入る時も、それに飛び込み、そのあとも暫くの間ロウソクを点けたままにしておいたのです。」

「私だったらベッドになんか金輪際行きませんよ」とブラッドン氏は笑って言った。

「私はすぐに眠ってしまいました」とヴァイオレットは言った。「でも暫くすると、ドアの外の廊下で物音がするので眼が覚めました。それから私はドアを軽くノックする音を聴いたのです。私はロウソクを点けて、叫びました、『誰ですが、何の用事ですか?』と。私の叫びに部分的にしか聞き取れない言葉が返ってきました、『ロレンスだよ、ロレンス!』、それから『驚かないで』と。私の恐怖はたちまち消え去り、私は叫びました、『ええ、愛しのローリー、わかるわ、私にはわかるわ！　私を見守るために帰ってきてくれたのね。テーブルの上にあの計画絵図を置いたのもあなたなのね、それに暖炉に火を点けたのも！』それから私は眠りに落ちました。」

「あなたは何という素晴らしい若いご婦人なのでしょう」とブランドン氏は言って、眼には称讃の気持を込めて彼女を見つめた。「本当にあなたには驚かされます。でも、続けてください、全てをお話しください。とても興味があります。」

「翌朝階下に下りて行くと」とヴァイオレットは言った、「前のように暖炉の火が点けられていて、薬缶が煮えたぎっているのがわかりました。昼の間ロレンスがよくしてくれた他のことが、私のためになされているのに気付きました。私の靴が磨かれていましたが、ロレンスが生きていた時にそれを置いておくいつもの場所には置かれていませんでした。昼間必要なジャガイモやキャベツやその他の野菜は、食糧貯蔵室に置かれてありました。」

「何という現実的な霊魂だろう」とブランドンは独り言を言いました。「でも私は気に入りませんね、驚いているからです。それでこれらの不思議にあなたはどのような説明をご自分ではなさっておいでなのですか?」と彼はヴァイオレットに尋ねた。「超自然的な出来事とお考えですか、それとも人間の仕業であると?」

「まあ」とヴァイオレットは言った、「その点についてはそう強く攻めないでください。私の思う唯一の人間的解釈ですと、ロンドンに行ってしまうまで私と暮らしていた善良な魂のひと、ジョーダン夫人です、が私の孤独な状況を憐れと思い、密かに私を見守っているのではないかと。」

「でもその説明では、私は全然納得いたしませんよ。」

それからブランドンの質問に引きずられて、ヴァイオレットは彼女のこの異常な生活の中の出来事の多くを彼に話し始めた。話の合間毎に、この立派な御仁は勇気を振り絞って自分のこの訪問の目的は何かを話そうとしたが、できなかった。この輝ける女《ひと》、家父長の全ての代表者に、彼を彼女の養父として受け入れてほしいと、どのようにして言えばよかろう? それにこの大胆な提案がなければ、彼女に或る特別な類の援助を申し出ることができないではないか? 時を稼ぐために、彼は彼女に建物を案内して、全ての画をもう一度見せてほしいと頼んだ。こうしているうちにお互いにより親密になれるのではないか、そうすればその時には、勇気を出して自分のしたいことができるのではないか、と思ったのである。

ヴァイオレットは飛びあがって、自分がまたもや案内係になれるのを嬉しがった。それから二人は廊下を進んで行き、部屋から部屋へと移動した。時折これは好機と思えた時があった。でも彼のあらゆる努力にも拘らず、その好機を攫み取ることはできなかった。残念、彼はジョージ・ホテルの部屋に戻って、もう一度考え直さねばならなくなった。

ヴァイオレットは彼を案内して有名なロビン・フッドの画がある部屋に向かったが、ブランドンは自分の行動を再考するために独りになりたかったので、もうお暇してソーントンのホテルに帰る時間なのでと、彼女に伝えた。彼はとても動揺していたので、この面会をこれ以上引き延ばすことはできなかったのである。それで彼は立ち上がって、彼女に「さようなら」を言い、また翌朝お訪ねして、ロビン・フッドのパネル画を見せていただいてもよいかどうかを尋ねた。

「愛しい、愛しい友よ！　私はあなたにまた逢うまでが待ち遠しいのです」とヴァイオレットは言って、彼の手を自分の手に思いを込めて握りしめた。

第十一章　ならず者の息子

ジョージ・ホテルに戻ったが、ブランドン氏の心は今朝の出来事で一杯だったので、ウェイターが彼の前に用意した昼食のご馳走には僅かばかりしか箸をつけなかった。そして昼食が終わり、続く午後一杯、そして独りでの夕食時の間、そして夕方一杯、彼の心はヴァイオレット・ヴェスプリーのことに支配されていた。

彼の胸には愛の情熱が湧きあがっていたのだが、それは理解することも定義することも難しい代物であった。

子煩悩というのがこの愛の基盤にあった。だが如何なる父親といえども、ブランドンがヴァイオレットを愛したのと全く同じようには自分の娘を愛することはできなかったであろう。或る意味でそれは親の愛ではあるが、その愛を純化したものであった。それは人間の親が、自分が或る女神の父親であるとわかって、その発見に恥じ入っているようなものであった。

「私はすぐさまあの子の所に行こう」と彼は言った。「そうだ、行って私にあの子の父親代わりをさせてほしいと頼もう。あの子に私の氏素性を全て話そう――私のような立場の者をあの子が祝福できる方法で祝福してほしいと頼むことは厚かましいことであるとわかってもらい、そのうえであの子に私のものである一ファージングまで与えることにしよう。私に有る数少ない親戚については、彼等は私にとってどのような意味があるというのか。それぞれに一千ポンドばかりの僅かの遺産で十分満足であろう。私はあの子の夢を叶えてやろう！　ヴェスプリー・タワーズを荒廃する前の元通りの姿に修復してやろう。こう思うと私はまたしても若返ったような気になる。これで人生の目的ができた。」

だがこの決意に逢着するや否や、彼は自分を養父として受け入れてくれるよう彼女に願うことの厚かましさに驚愕して、立ち竦んでしまった。この立派な男の繁栄をもってしても、自らを*イーストチープの商店主以上の者として受け入れることはできなかったからである。

彼は肺病質の気《け》がある妻と結婚し、二人の肺病質の娘を授かった。そして家族全員がイギリスを離れてマデイラ諸島に住む必要があると権威の医者から言い渡されて、彼は自分の商売を売り払い、家族と共に*フンシャルに移住した。だが家族の者への彼の願いも何の役にも立たなかった。三年後に彼は寡《やもめ》で子無しとなったのである。

　彼が自分の抵当物件に関わる仕事でイギリスにやって来た時は、こうして家族を全て失くした直後であった。そして彼が子どものヴァイオレットに逢ったのはその時であった。彼がヴァイオレットに魅了されてしまったその異常さの説明の一端は、この時の出逢いにある。この時、彼がロンドンに戻って彼の弁護士ウォルトン&ウォルトン氏に逢って、ヴェスプリー一家のことを尋ねると、弁護士たちは一文無しのヴェスプリー一家の誇りとグロテスクと言ってもよいほどの祖先崇拝について、雄弁に物語ったのである。

　ブランドン氏ほど謙虚ではない人であれば、彼をそれほど魅了した可愛い子どもの一家に恩恵を施したいという新たに生まれた願いを全うする何らかの計画を考案するのに成功したかもしれない。だが「成金」の例に反して、彼は許され難い罪が思い上がりというものだと感じていた。それで彼の得た結論としては、この一家に十分役立ちうる唯一の方法は、一家の者にタワーズに滞在する許可を与え、彼らの能力に従って、地代の支払い、あるいは不支払い、を彼らに任せようということであった。もしヴェスプリー一家が彼の知っている通りの偉大な家系でなかったとすれば、そしてまた彼自身が己の低い素性をそれほど意識していなかったとすれば、もっとオープンで効果的な方法で彼らを助けるための何らかの努力ができたかも知れなかった。だがそうすることに惧れをなした。ヴェスプリーの地所をこうして活用しないでおくことから生じる収入の損失について、彼の弁護士がしきりに抗議をしたが、どうあっても彼は彼らの言うことを聴こうとはしなかった。

　そうして時が過ぎて行った。そして時折ヴェスプリー・タワーズとその地所、および鹿園への、あるいはヴェスプリー・タワーズとその地所のみへの望ましい申し出がなされることがあったが、弁護士たちを悩まし驚かせたことに、彼は全ての申し出を拒否したのである。彼がタワーズと地所に行った時に案内をしてくれたあの可愛い子どもが、美しい絵のように彼の記憶に生きていた。そしてフンシャルの家に一人座って、彼の妻と子どもの喪失を嘆いていると、何度となく、彼は水面に映る虹を見ようと彼を湖へと引っ張って行ったあの子どもの指が彼の手を摑んだ感触を思い出すのであった。

ヴェスプリー氏の死の報せを受けた時、彼はしたいと思っていたこと、つまり、この若い婦人に金銭的援助を申し出ること、をする勇気が出なかったのである。何とかやってのけることができたのは、ただ、もし彼女が必要とあれば、友としてお役にたちたいということを仄めかすことでしかなかった。

だが今朝食を取りながらじっと座っていると、今朝こそは自分がヴァイオレットに伝えたいと思うことを彼女に話そうと決意するや否や、別の一連の考えが湧き上がってきて、彼の心を乱すのであった。

モラヴィア派の信条の要点の一つに誇りを嫌うことがある。誇りは主たる罪の一つなのだ。ヴァイオレット・ヴェスプリーと話す時に、彼女の不屈の誇り、如何なる貧困や災難をもってしても抑えることができないであろう誇り、に打たれないでいることは不可能であった。彼がこの頑迷な者に富を与えることは正しいことなのだろうか、その富は彼の義理の父であるチープサイドの商人と彼自身の慎ましやかな苦労によって蓄えられてきたものであるのに。

彼の富、と言ってもその中核は妻に由来するのだが、それがもし彼に子どもがなければ、モラヴィア教会の偉大な布教活動に充ててもらいたいというのが彼の亡き妻の熱心な願いであることは、彼にはわかっていた。さらにイギリス、ドイツそしてアメリカの全てのモラヴィア教徒は、そうなるのが彼の財産の宿命であると、彼自らの誓いによって、完全に信じていることも、彼にはわかっていた。モラヴィア教徒のことを全く知らない人は、その尊敬すべき共同体におけるこの熱意が如何に強いものであるかを理解するのは難しいことであろう。一七三二年、彼らの最初の布教活動が西インド諸島に根を下ろした時、そこに出かけた高貴な情熱家は、彼等の目的を実行するために、必要とあらば、自ら奴隷となる決意を表明したのである。グリーンランドを異教徒の国から改心させたのは、彼等であった。ブランドンは何時間もこれらのことを考えた。彼は自らにレオナルド・ドーバーとデイヴィッド・ニッチマンの姿を思い浮かべた。彼等はセント・トマス島に行くのに、その島の奴隷に福音の光を与えないでおくくらいなら、自らを奴隷の足枷で縛る決意をしたのである。彼は彼等の自己否定と己の自己満足とを比べてみた。そして彼の魂がとても乱れたので、ベッドに寝ていても時折、呻き声を発することがあった。眠りがついに訪れた。そして眼が覚めた時最初に考えたのは、レオナルド・ドーバーのことでもデイヴィッド・ニッチマンのことでもなくて、ヴァイオレット・ヴェスプリーのことであった。

朝食のテーブルの上に広げていたのは印刷されたばかりの新聞で、インクの匂いがしていた。『ソーントン・ギャゼット』紙で、その朝出版されたばかりであった。彼は物憂げにそのページをめくっていた、それはこの種の新聞の報道が如何に遅いものかを知っていたからである。間もなく彼の眼は「マーティン・レッドウッド」という筆名の一つの詩に釘付けになった。それで彼はそれを読み始めた。詩の題名は「自然のバラ」であった。それが宣言していたのは、大そう美しくて愛らしい自然でさえ単なる無意識の、無愛想な母でしかないこの宇宙では、女性こそが唯一の詩である、ということであった。女性こそ美に関する自然の夢の最後の表れであり、文明が理解されるようになれば、女性は嘗て古代エジプトで人間の女王として君臨していた地位を取り戻すであろう。というのは、女性のまさに弱さと呼ばれるもののせいで、女性は男性に比べて、精神美により深く接触しており、より精神世界に深く接触しているからだ、と詩《うた》っていた。

「あぁ」とブランドンは言った、「これはまるで天が命じて、この詩が今日私の前に置かれるようになったようだ！　女性を育てることで、我々は人類全てに恵みを与え、ミレニアム（至福千年）に向かっての準備をすることになるのだ。」

彼は立ち上がって朝食を置き去りにし、外出すると鹿園を取り巻くヴェスプリーの牧場を逍遥した。ヴァイオレットを訪問するには少し早すぎたので、こうして逍遥しながら彼の心がそれで一杯になっている計画を彼女に打ち明ける勇気を奮い起そうとしていたのである。カブ畑の一角で突然年老いた羊飼いに出くわした。羊飼いは「おはようございます」と言って挨拶しながらも、その顔には旺盛な好奇心が漲っているのがわかった。

ブランドンは彼と話を始めたが、間もなくこの老羊飼いがヴェスプリー・タワーズとその憑かれた館に暮らす途轍《とてつ》もない若い女性について話すことに、熱心に耳を傾け始めたのである。

「だがわしはほかの誰も知らない、彼女についてのことを知っているんで」と男は言った。

「何だって、どういう意味かね？」とブランドンは尋ねた。

「ちょっとおかしなことがタワーズでは進行中なんで、わしは断言できますよ、おかしなことが進行中だと！　わしが見たことは実際のことなんで。誰にも言うつもりはございません。ヴェスプリーの奥方様はとっても良いお方でしたから、そのお嬢様のなさることには何も言うつもりはございません。でもわしは知っていることは知っているんです！」

ブランドンは何とかしてこの老人が言おうとしていることを聴き出そうと決意した。それでソヴリン金貨一枚で老人の口を開かせてしまったのである。

「さて」と彼は言った、「ソーントンに住む或る若者がおりますが、ローリー坊ちゃまとはとても仲良しででした。それにとても賢い子でした！　彼は『ソーントン・ギャゼット』紙にものを書いています。彼が『ストラットフォードのならず者』の息子にしては全く素晴らしいとわしは思います！　で、或る朝、とても早起きして、庭のシイタケを採ろうとしていた時、ふと若いお嬢さんが独りぼっちで住んでいなさる古いタワーズに行って様子を見ようという気になったのです。そうしたらわしが何を見たとお思いです？　わしが見たのは、あの若者ですよ、マーティン・レッドウッドという名前の…」

「マーティン・レッドウッドだって？」

「ええ、マーティン・レッドウッドです――わしは奴が台所の窓の一つからするりと抜け出してくるのを見たんです。それから奴の影が壁伝いにあとを追って、消えっちまって！――ああ、驚かせましたかね、旦那？」

一瞬ブランドンは仰天した。というのは、モラヴィア教徒であったので、密かに人間性の剝奪ということを信じてはいたからだ、特に性的関係に関しては。だがヴァイオレットの輝く姿が眼に浮かぶと、自分の生まれ育った信仰を恥ずかしく思う気持ちにもなった。それからまた別の思いが浮かんできた、それはヴァイオレットが語った、姿を見せずに彼女に奉仕する不可思議な人の話を、思い出したからである。

「私はあの娘にご執心のこの若者を知らねばならない」とブランドンは独り言を言った。「でもそれは間違っている、大変な間違いだ！　私はあの娘を若いモラヴィアの女性たちの聖歌隊で守らねばならない。」

「あの光景にわしも吃驚《びっくり》したのは、おわかりでしょう！　あれを見た時には、羽毛一枚でもわしを打ち倒すことができたでしょう！」と老人は続けた。「それでわしはうちの上さんに言ったんですよ、すると上さんは言うのです、『ジェーベズ』と言って、『明日の朝、日の出前に二人で起きて、監視しようじゃないか。』と。それでわしは言ったんです、『だめだ！　女がわしと一緒に監視するなんて！　わしは密告者ではねえ、それにもしお前が誰かに喋りでもしたら、わしはお前を始末せねばなんねえ！』そうしてわしは翌朝独りで出かけました。すると、ご覧あれ、同じことが進行していたんです！　それでわしは言いました、『ヴェスプリー家の者があんな事をするようになるとは！――ヴェスプリー家の者がストラットフォードのならず者の息子と交わるなんて！』と。」

「それであなたはこのことを誰にも話さなかったのですね？」とブランドンは言った。

「はい、あなたにだけです。」

「では、いいですか」とブランドンは言った、「もしあなたが誰にも言わない、そして女将さんにも誰にも言わせないと約束してくれるなら、もう半ソヴリンを差し上げましょう。」

だが実際には、羊飼いは知らなかったが、もう一人別の人が、彼がブランドンに語った全てのことを、見知っていたのである。それはマーティンの母親であった。そう、彼女は息子の心酔、ヴァイオレット崇拝に気付いていたが、それはマーティンの口からこぼれ出た言葉からではなくて、彼の顔の表情と毎日の生活の仕方からであった。息子に対する強い愛情から生じた素早い帰納力により、彼女は息子がヴェスプリー家の娘にぞっこん惚れ込んでしまっているという結論に達した。だが彼女は自分がその秘密を知っていることを息子には隠していた。彼女はとても賢明であったから、息子の心酔に反対すればその炎を煽るだけで、何ら良い効果を与えられるなどとは一瞬たりとも思ってもみなかった。自分のできることは息子に彼女自身の愛情を注いでやると同時に、彼女自身の一家がずっと昔ヴェスプリー家から被《こうむ》った仕打ちの話を彼の眼の前に示し続けておくことであった。

或る夜、この厄介な問題を考えながら寝付かれずにいると、息子の部屋のドアが開く音が聴こえ、それから階段をこっそり降りていく彼の足音が聴こえた。

彼女は直ちにこの出来事をヴァイオレット・ヴェスプリーと結びつけた。ヴァイオレットが独りで暮らしていることを彼女は知っていたからである。彼女はベッドから飛び起きると素早く着替えをして、息子が小屋の入り口の錠を外し、門を開けて外に出る物音を聴いた時、彼がタワーズに行こうとしていると確信した。それで彼女はかなりの距離を置いて息子を見失わないでいることができたのだった。彼女は息子が菜園を密かに横切って、台所の窓のサッシをゆっくりと持ち上げ、中に入るのを見た。それで彼女は自分の小屋に戻り、入り口を息子がしておいたままにして、ベッドに潜り込んだ。

「あの子は彼女が独りでいることを知っていて、彼女を見守る番犬になっているのだわ！」

第十二章　抵当権者との朝

ブランドンは老羊飼いと別れると、考え込みながらタワーズの方に歩いて行った。遊歩道に来た時、ヴァイオレットが歩き回って花の世話をしているのに気付いた。彼女はいつもより堂々としているようだと、ブランドンは思った。尤も、彼女はただ質素な普段の家庭着に、ゲインズボロー風の帽子を冠っていただけであったが。彼に逢った彼女の喜びは全く本物であったので、彼の勇気は高まり、心に抱いていることにアプローチをかけることができると確信した。

「お約束しましたね」と彼女は言った、「ロビン・フッドの画をお見せすると、そしてその物語をお話しすると。もう始めたくてうずうずしているのですよ。」

それで二人は正面の入り口から入って行った。廊下を通っている時、ブランドンが手首に鷹を乗せている紳士の画の前に立ち止まった。

「ヴェスプリー家の者が鷹狩の流行時には自分たちの鷹狩で名声を馳せたことは、お尋ねするまでもありませんね。パネル画を見ればよくわかります。」

「そうです」とヴァイオレットは言った、「夥《おびただ》しい数のヴェスプリー家の者が、おっしゃるように、手首に鷹を乗せて描かれています。その鷹の内の何匹かは、唯一決まった家系の者しか所有を許されていない鷹狩の優れた血統種の持ち主だったのです。」

彼女はこう言ったが、自分ではその言葉が何を意味しているのかについては全く知らなかった。でもブランドンは、その言葉に、彼女が彼女の家系と彼自身の家系の間に横たわる広い間隙について語った場合よりも、もっと脅かされたのである。

彼は彼女にとても目立った一枚の画について尋ねた。彼女の話では、それはジェイムズ一世と親しかったヴェスプリーの或る人物のパネル肖像画であった。

二人は大広間に入って行った。そこで、子どもの頃、ヴァイオレットは嘗て彼に無法者に関連したパネル画を見せたことがあった。ここは明らかに大層重要な部屋であったようだ。壁には様々な保存段階を示す画があった。その内の幾つかには湿気の印が見られ、傷んだ窓から雨が――今では近代的なガラスが嵌め込まれているが――しばしの間打ちつけたことを物語っていた。

その無法者の画の一つ――それをヴァイオレットは彼に見せるために連れてきたのであったが――は奇妙な画で、二部に分かれており、その一部は鷹狩の場面であった。その場面は紳士と淑女で一杯で、彼らは古風な衣装を着け、手首には鷹を乗せていたが、全員大切な鷹狩パーティ用の装備であった。彼らは三つのグループに分かれていた。一つのグループの中心には煌びやかなドレスを纏った若い女性がいて、数人の友と家来に囲まれていた。この者たちの中に背の高い一人の重騎兵がいて、とても警戒しているような素振りを見せていた。別のグループの中心には、これまた数名の友と家来に取り巻かれて、ひとりの紳士がいたが、彼は野原越しに第三のより大きなグループの方を幾分猜疑の眼差しで見つめていた。その大きなグループの中心人物は陰険な表情を浮かべて、傍の馬に乗っている男に何か囁いていた。それは明らかに、この大きなグループの中で小グループの女性に嫌がらせをしようとする或る陰謀が企まれており、小グループの中でそれに気付いているのはひとり背の高い重騎兵のみであることを物語っていた。

パネルの第二部は第一部とは大きな枝を広げた木で切り離されていて、この木の背後に大勢の男女が集まっており、緑のドレスに弓を携えていた。これらの者は木の葉の隙間から鷹使いを見つめており、明らかにその大きな一団を襲撃する好機を狙っていた。これらの画は、残念ながら遠近法に難はあるが、物語を素晴らしく伝えていた。

「どんな物語ですか？」とブランドンは尋ねた。

ヴァイオレットは画の所に行って、こう言った、「彼等はあの女性を誘拐しようとしています。それで有名な無法者は彼女を救出しようとするのです。あの女性は」とヴァイオレットは続けた、「ヴェスプリー家の有名な一員です。」それから小グループの中の紳士を指さして、「あの人は彼女の愛人の一人です――愛人ナンバーワン。」それから大きなグループの紳士を指さして、「あの人も彼女の愛人です――愛人ナンバーツー。彼がその女性を鷹狩パーティに招待したのです、彼女を誘拐して自分の城に連れ去るためです！」

それから彼女は画の別の部分に向きなおり、こう言った、「ここには*リトル・ジョンとフライア・

タック、それに有名な無法者全員、その何人かはジプシー、が、裏切り者の愛人が動き出したらすぐに弓を射かけようと待っているの！」

それから二人は別の画に移動した。その間ブランドンの心はそれらの画を半ば上の空で眺めていた。というのは、彼は心を満たす例の話題を切り出す機会を捜していたからである。これをやってのける最も容易な方法は、鹿園を通って湖まで、彼女が子どもの時にしてくれたように、散歩に彼を連れて行ってくれるようヴァイオレットに頼むことであった。以前の散歩の時の出来事を思い起こして、彼は話を切り出せるのではないかと思った。ヴァイオレットは散歩ができるのを嬉しがり、二人は一緒に出発して散歩道を歩き、鹿園を通って行った。

二人が「小悪魔の木」と呼ばれている有名な木に着いた時、ヴァイオレットは連れ合いが弾むような足取りでは歩いていないことに気付いて、その木の幹の上に腰を下ろし、彼に傍に座るよう手招きした。それから彼女はとても麗しく、とても心地よい響きで話し続けたので、単純素朴なモラヴィア教徒はとても魅了さてしまった。これまで彼は女性の魅力にこれほどまで身を委ねたことはなかったのである。暫くしてから二人は立ち上がり、ヴァイオレットのボートが舫《もや》ってある戻り水の所へと向かった。

「これはあなたのボーですね？」とブランドンは言った。

「ええ」とヴァイオレットは言って、それをまるで生き物のように愛おしい眼差しで眺めた。「私に数分間漕がせていただけますか？　なんとしてもあなたを戻り水から湖まで漕いであげたいのです。」

ブランドンが同意したので、二人はボードに乗り、ヴァイオレットは櫂（スカル）のひと漕ぎ、ふた漕ぎで、ボートを巧みに戻り水に乗せて川の方へと進んだ。

ブランドンはボートが滑るように進んで行く間、楽しい夢の中にいるように座っていた。自分の体がこの麗しい若い女性の技術と力によって運ばれていくのを見るセンセーションは、初めてであると共に楽しいものだった。そしてこの瞬間に二人がボートを降りて、彼がタワーズを辞してロンドンに帰っていたとすれば、確かにヴェスプリー・タワーズとそれに付随するものは全て、モラヴィア布教活動ではなくて、ヴァイオレット・ヴェスプリーの所有に帰していたであろう。

二人が戻り水の終わりに到着し、ボートがコリヤナギの小島の後ろにある突端をぐるりと廻った時、ヴァイオレットはボートを止めて、ブランドンに小鳥たちの歌う声を聴くようにと促したのである。

第十三章　予期しない暴露

ブランドンとヴァイオレットが小鳥の声を聴こうとして船を止めたまさにその時に、マーティンが偶々《たまたま》コリヤナギの小島で彼の母の傍に座っていたが、茂った柳の木のせいでヴァイオレットからは見えなかった。船の櫂（スカル）の音と続く二人の声が母と息子の耳に聴こえたのは、母と息子が立ち退くには遅すぎてからであった。その声のマーティンへの影響は、母親がすぐに見てとったのであるが、驚くべきものであった。ヴァイオレットの声は屢々聴いたことがあった。彼女は劇の場面を暗唱していたからだ。だが彼自身との対話でその声をこれまでに聴いた唯一の機会は、あの夜ローリーのことで彼が発した言葉への反応としてドアのパネル越しに聴こえてきたものだけであった。前屈みになってマーティンは舟の二人を木の葉越しに見ることができた。そこにヴァイオレットがいた、いつもより可愛い姿で、あのよく似合う帽子を被り、青色の縦縞の普段着を着ていたが、それが彼女の比類ない体のあらゆる曲線を示していた。そこに彼女がいた、ボートに座って、艫《とも》には年配の紳士がいて深い善意と愛情に満ちた顔つきで美しい女《ひと》を眺めていた。マーティン・レッドウッドは彼を知っていた、その朝のジョージ・ホテルでの噂では、ヴェスプリー・タワーズの抵当権者であると。

　二人の話す一つひとつの言葉が若者の耳に無慈悲にもはっきりと聴こえた。というのは、ヴァイオレットの声がまるで魔法のように彼をその場に釘付けにしたからであった。この音楽のような声の魔力から彼が逃れ出る力を持っていたか否かはわからない。二人の話の内容を知りたいという好奇心や欲求は全くなくて、一言ひとことの言葉について行けずとも、単に話し声だけでも聴いていたかったのであろう。だが彼の聴いた言葉は彼に深く関わることであったので、その話は彼の人生の流れを変え、彼の性格そのものさえ歪めてしまったのである。

　ただ会話の話題を探したいというだけの目的でブランドンは言った、「ロビン・フッドが登場するあの画はとても興味深いです。あの画の中の女性はあなたの家系の女祖先だと言われましたね？」

「ええそうです」とヴァイオレットは言った、「彼女はノッティンガムシャーの家系の一人で、莫大なノッティンガムシャーの地所をヴェスプリー家に齎したと、思います。でも、それは、他のもの同様、無くなってしまいました。彼女に纏わることで奇妙な話があります。」

「それは何でしょうか?」

「これは噂ですが、彼女は彼女自身の重騎兵の一人の途方もない情熱の対象であったのです。その男は後程ならず者になりました。あの画を十分理解するにはその話の或ることを理解する必要があります。それは「ロビン・フッドの救出」と呼ばれています。そのお話をいたしましょうか?」

「そうしていただければ大変ありがたいのですが」とブランドンは言った。

「では」とヴァイオレットは言って、話を続けた。「そのノッティンガムシャーの女後継者は二人のライヴァル、ノッティンガムシャーの貴族、から求愛されておりました。ウェイランドという正直な恋人とジャイルズ・ド・レイという悪漢です。ジャイルズ卿は鷹狩の時その女性を誘拐して、ウェイランド卿の地所に隣接した自分の城に連れ去ろうという姦計を企てていました。この企みは鷹狩の最中に恋人の重騎兵ラルフによって見破られました。それでラルフは彼女にとても大切なことでお話したいと囁き、彼女のよく知っている或る林間の空地にまで抜け出して行って、そこで彼女を待っていると申し出たのです。

「女性はその重騎兵の厚かましさに気付いて、最初は彼の申し出を断ったのですが、男の顔の熱心な表情に心を打たれて、ついに不承不承承諾し、言われた場所に行ってみると、ラルフが既に彼女を待っており、二人は鷹狩の一行からは見えませんでした。ラルフは彼女にジャイルズ・ド・レイの陰謀のことを話し、自分が守るから彼女の城まで直ちに駆け戻った方がよいと促しました。ところが、彼女はド・レイに好意を寄せていたようです。尤も、もう一人の求婚者のウェイランドは善良で立派な紳士でしたが。それに、彼女はラルフの善意に疑念を抱きました。それで彼の言うことを信じようとはせず、非難がなされたことにとても腹を立てました。彼女は自分の乗馬鞭を振り上げて、もし彼が同じことをもう一度言ったら、打ち据えてやると言いました。ラルフはそれでも繰り返しましたので、彼女は彼の顔をしたたか鞭打ったのです。丁度その時、裏切り者の騎士ド・レイが仲間と共に林間の空地に入って来て、女性とラルフを二人とも捕らえました。彼等はラルフを木に縛り、事態が二人にとって由々しいことになりかねないところに、ロビン・フッドと愉快な仲間がこの場面に駆けつけ、ド・レイとその一味を圧倒し、意気揚々と女性を彼女のお城に運んで行ったのです。」

「とても面白いお話しでした」とブランドンは言った。「でも私が特に興味を惹かれるのは、女主人を愛していた忠実な重騎兵のラルフです。彼はどうなったのでしょうか？　あのような立腹のあとで女主人にまた仕えられたのでしょうか？」

「立腹ですって！」とヴァイオレットは言った。「その男の無礼を考えると、それは言い過ぎではありませんか。あのような身分の男が彼女のような身分の女性に恋をするという厚かましさを、あなたはお忘れです。しかし、お話では、彼は鞭打たれたことに憤慨して、ならず者の仲間に加わったそうです。」

「で、その哀れな男の結末は、どのようになっているのでしょうか？」とブランドンは尋ねた。

「ええそれは、ロビン・フッドとの冒険で彼の犯した略奪行為の廉《かど》でノッティンガムで処刑されたと思います。」

この話の間、レッドウッド夫人は彼女の息子の顔を凝視していたが、頻繁に顔色が変わるのに気付いた。

では、その話のブランドンへの影響の方はどうなのか？　彼は重く口を閉ざして座ったまま、まっすぐ前を見つめていた。彼は身分の相違が人の善良な性質に及ぼす力がこれほどまでとは思ってもみなかった。彼の崇めるこの優れた女性が、人の胸の内にある最も神聖な感情について侮蔑するように話したのである。そしてその理由はというと、或る男が厚かましくも自分よりも上の階級の女性に恋をしたからだ！　哀れ、老人の心は打ち沈んでしまった。どのようにして自分と彼女との間にある間隙に橋を架ければよいのであろう？

ブランドンは明らかに会話をもっと面白い方向に向けようとして、ヴァイオレットに言った、「あなたの見せてくれた鹿園にあるあの奇妙な木を老いた小悪魔の木と呼びましたね？」

「ええ」とヴァイオレットは言った、「ロレンスがそれに深い関心を持っていました。」

彼女の兄ロレンスの名前がブランドンに、あの老羊飼いがロレンス・ヴェスプリーとその友のマーティン・レッドウッドについて語ったことを思い出させた。それで彼はこう言った、「今朝あなたのところに来る途中で私は或る老羊飼いと話をすることになりました。彼はあなたの亡くなったお兄さんのことと、またお兄さんの親しいお友達のことを私に話してくれました。」

「親しいお友達ですか？」とヴァイオレットは考えるようにして言った。「ローリーは私以外には、親しい友はひとりもいませんでした。」それからはっとして、彼女は続けた、「今思い出しました。兄が知り合いになったソーントンの少年がいました。でもその子のことをローリーの親しい友とは呼べませんわ！」

「ではあなたはお兄さんの若いこの知人をご存じないのですか？」

「はい、逢ったことはありません。」

「逢ったことはないですって？」

「覚えている限り、一度も」とヴァイオレットは言った。「ローリーは屢々その若者を私に紹介しようとしましたが、勿論私は断りました！」

「それじゃあ、彼の性格に何か問題があったのでしょうね？」

「私の聴く限りでは、何もありません」とヴァイオレットは言った。「でも勿論私が彼のことを知るのは不可能でしたから。」

「あなたの言うことがよくわかったとは申せません」とブランドンは言った。

「私が言いたいのは、ブランドンさん、ソーントンのどんな子どもも私に紹介してもらうことはありえない、ということです。でも、この他に、彼は低い身分の中でも最低の者——私の愛しい老婆の強い表現を借りれば——単なるどぶ鳥だったのです。その老婆は確かにその若者の家族に対して大変な偏見を持っていました。」

「低い身分の生まれの人は誰でもどぶ鳥ですか？」とブランドンは言った。「こう申しちゃなんですが、キリスト教徒の若い淑女がどのような階級の生まれであれイギリス人について抱くには、おかしな見方ですね。」

「彼は悪名高い拳闘家の息子です」とヴァイオレットは言った、「ソーントンに暮らした者の中で最低の悪漢だという噂です。」

レッドウッド夫人の指は突然彼女の息子の腕を締め付けたので、彼は痛みで叫び声を挙げそうになった。

「でも私は父親のことを尋ねているのではありません」とブランドンは言った、「若い人のことです——あなたのお兄さんの友達、でなければ、知人の。」

「私の父は私の見方を特に寛大な、ええっと…にしては、ええっと…」

「ヴェスプリー家の者にしては」とブランドンは言った。

「ええ、そう言いたかったのだと思います」とヴァイオレットは言った、「でも私でも何処かで線を引かねばなりません。この男の父親は拳闘家であるばかりではありません。彼は、人の噂では、低い生まれの最悪の者なのです。このことをローリーに何度も気付かせようとしました。でも彼はいつも言っていました、「あいつは仕方なくどぶに生まれたんだよ、ヴァイ！　それにね、ぼくには、小百姓と商売人は全く同じ階級なのだ。何処に違いがあるというのだ？　だとすれば、ぼくは商売人よりも小百姓と友達になりたいよ。」

「それであなたはそうした見方をされますか？」とブランドンは尋ねた。

「確かにそうですね！　私は小百姓が好きですから——彼等の身分なりに、ですが。」

ブランドンは自分の前をまっすぐに見つめ、グリーンランド、ラップランド、そして熱帯地方のモラヴィア教の布教所の姿を思い浮かべた。

「私の兄はこの友達に大層肩入れしていました、それでよくこう言いました、「マーティン・レッドウッドはとてもいい奴だ、ヴァイ！　彼はよく教育されているんだ、ぼくや君よりも立派にね、本当だよ。それに彼は詩も書けるんだ。或る時彼のポケットから書いた詩が零れ落ちたよ。ぼくはそれを見たんだ。それに彼の態度は立派だよ。それにね、ヴァイ、詰まる所、彼は我々と同じ生身の人間なんだ。」

「それで、この見方に対してあなたはどうおっしゃったのですか？　お兄さんに同意なさらなかったようなお顔をしておられますが。」

「ええ、」とヴァイオレットは言った、「血統というものがあります。或る馬と別の馬との間にある相違を見てください。」

「確かにありますね」とブランドンは言ったが、気乗りしない口調であった。

「ええ、馬にはどれほどの血があるか、馬の後脚と臀部そして肩をひと目見れば私にはわかります。それは兄も同じことでした。彼は馬喰《ばくろう》としてならひと財産作れたかもしれません。」

「でも、結局、あなたは男と女をそれと同じようには見ないでしょう？」

ヴァイオレットは微笑んで、言った、「ローリーが彼の友達のことを重視しているのは、兄がプロボクシング試合を称讃しているからなのです。それに私だって彼に逢うのに反対はしなかったでしょう、もし彼が己の分を弁えていれば。私は、言いましたように、小百姓がとても好きで、子どもの頃はよく外に出かけて行って、彼等の遊びに加わったものですが、最後は父に禁じられました。でも私はこの若い人と、ローリーの友そして私の友としては、逢うことができませんでした！　ヴェスプリーの人間が友達にできるのはただ紳士だけなのです。」

「それに対してあなたのお兄さんは何と言われましたか?」とブランドンは言ったが、その口調は、ヴァイオレットほど単純素朴でない者には、その心の内を暴露していたであろう。

「ええ、ローリーは言いました、『もし彼がストラットフォードのならず者の息子でなかったとすれば、ソーントンの少年なんかとぼくがつきあったとは思わないだろう? 誰の息子であるかを考えると、彼が紳士ではないことを忘れてしまうんだ!』でも」と彼女は突然言った、「何か別のことをお話しましょう。」それから彼女はボートの向きを変えて、戻り水の方へ漕いで行った。

ヴァイオレットはボートの中で身動きもせず、黙ったまま座っていた。有徳のモラヴィア教徒も座ったまま彼女の顔の表情の変化を見守っていた。

暫くしてブランドンは、この手持ち無沙汰の沈黙を破ろうとして、子どもの頃彼女が樫の木の椅子に座って見た夢について彼に語ってくれたことを、彼女に思い出させようとした。

「覚えておいででしょうか、ヴェスプリーさん、あなたがタワーズを案内してくださったあの楽しい日に、あなたの心をとても騒がせた不思議な夢について語ってくださったことを?」

「よく覚えています」とヴァイオレットは言った、「でももっと不思議なことがあるのです。それは時折あの夢が繰り返されることです。でもその時々で夢の中の人物が私の成長と共に成長し、私の年齢と共に年を取るってことなのです。」

「とても不思議ですね」とブランドンは言った。「あなたがつい最近見たその夢についてもう一度話していただけませんか?」と彼は言った。「あるいはよければ、その夢の中で話された言葉を教えていただけませんか?」

「言葉」とヴァイオレットは答えた、「それは、『私はヴェスプリーの幸運です――ヴェスプリー家の幸運であり私自身の不運である！』というものでした。でもそれはきっと何でもないことですわ。それにどうして私がそれをあなたにお話したのかはわかりません。」

すると貧しい少女のための「ホーム」の幻影が再び彼の前に姿を現した。それで彼はヴァイオレットの夢が神秘的な力を持っていることを感じ、暫く黙っていた。

「では」とブランドンは言った、「お別れしなければなりません。」

「お別れですって！」とヴァイオレットは言った。「だってまだあなたにお逢いしたばかりではありませんか。もうがっかりです。それにあなたにお逢いすることをとても長い間夢見ていたのですもの。」

彼女がこう話している時、ブランドンは彼女の眼に涙が満ちて来るのに気付き、すんでのところでこう言うところであった、「タワーズに戻りましょう、私は帰るのを延します」と。だが、この少女の抑えきれない世俗的な誇りと、彼が建てようとしているグリーンランドの布教の家、イギリス人のモラヴィア教会の姿と、貧しい少女のための「ホーム」の幻影が蘇ってきた。それで彼はこう言った、「今夜ロンドンで人に逢う予定です。それで予定の列車は十二時四十分発です。」

彼女は彼の手をしっかり摑んで、言った、「でも私に逢いに戻ってきてくださるのでしょう、ブランドンさん?」

「勿論ですとも」とブランドンは、立ち去りながら言った、「できることなら。」

「できることなら、ですって?」とヴァイオレットは言った、「あなたはこの世で私のただ一人の友なのですよ――ただ一人の。」

「ヴェスプリーさん」と彼は言った、「あなたはもうお独りで暮らしていてはいけません、あなたに相応しい私の友を二人送らせてください、その方《かた》は、私が帰ってきてあなたにまたお逢いするまで、どのようなことでもあなたのお世話を喜んでしてくれるでしょうから。」そうして彼は帽子を取って、木々のうしろに消えて行った。彼女はもう二度と彼に逢うことはなかった。

ブランドンとヴァイオレットを乗せた小舟が角を曲がって、視界から消え去ると、マーティン・レッドウッドは母の顔を凝視した。彼の眼は相変わらず輝いていたが、顔つきは五、六歳年老いたように見えた。彼の母は、息子の頬と眼の縁に明らかに歳の始まりの小皺があることに気付いた。魂の大きな悲劇が内面で進行していたのである。

それは魂の苦悩であったが、魂が焼かれている火が愛の火なのか、憎しみの火なのかがわからないような苦悩であった――

「我らが愛する者に激怒することは*
狂気のように頭に作用する。」

できるものなら、これまでとても深く愛してきたこの誇り高い少女を殺して、自分も殺してしまいたいと彼は感じた。彼が抱いてきた貴族的な考えへの愛は、稲妻のように消え去った。もしこの瞬間にイギリスで革命が進行中であれば、もし下層階級の蜂起、フランス革命時のような平民による貴族への反乱があったとすれば、彼はそれに参加して、嫌悪の叫びをあげて前線に飛び込んで行き、血に飢えた無慈悲さで貴族どもを左右に打倒したことであったであろう。詩人の誇り、貴族の誇りの一万倍も高いもの、が、貴族階級の牙でもってズタズタに切り裂かれてしまった。それで彼は全ての貴族的考えをひとりに体現させて、その者の首をギロチン台に乗っけてみたいと切望した。これが全てひとりの若い少女が不注意に洩らした言葉のせいであったとは！

彼のヴァイオレット・ヴェスプリーへの愛は強烈であったが、彼女への新たに生まれ出た感情——憎しみか将又《はたまた》別のものか？——は、それ以上強烈であった。

彼の母は数分前の息子と今の息子は別人であることに気付いた。それで一言も言わずに、彼の思うままにさせておいた。

この出来事が彼の人生に新たな章を開いたのである。

このようなことを経験すれば、大抵の者が顕著な影響を受けたことであろうが、マーティン・レッドウッドは理想主義者であり、詩人であった。そう、このことがこの不運な若者の信じられない宿命であったのだ。彼はならず者のプロボクサーの息子であった。彼は自分がならず者の父から素晴らしい体軀と、ケルトとサクソンの要素を合わせた稀な美を受け継いでいること、そして母からは知性とこれまた稀な知的敏捷さを受け継いでいることを、自分に誤魔化せなかった。彼の詩人としての才能については、もし我々がその由来を特定することができるとすれば、他にもあれこれと多くの謎が解明できるであろう。例えば、チャタートンの天才の謎とか、シェリーとキーツの天才の謎、そしてもっと神秘的なシェイクスピアの天才の謎も。貴族的なシェリーにとって不幸なことに、彼の魂は彼の親族と呼ばれる者たちとは何の似通いもない。これと同じことが平民のマーティン・レッドウッドにも言えた。彼は自分の関わった者の誰とも似通いもなかった。彼の魂は彼らの与《あずか》り知らない美の夢に満ちていたのである。その魂はこの宇宙のもっとも高貴なものの全てに調律されていたのである。だから自然の貴公子が彼なのであり、自分たちの存在に重きを置いてきたヴェスプリー家の者も遥かに及ばない存在であった。

ヴァイオレットをヴェスプリーの庭園で最初に見た時、彼とロレンス・ヴェスプリーが仲の良い友であった昔のこと、その時から彼の生まれ持ったあらゆる詩の精神が一つの対象に焦点化されたのである、美しくて、優雅で、偉大なヴェスプリー家の高貴な生まれの代表者のうえに。ジョージ・ホテルでブランドンの関心を大いに惹いた、あの女性に関する彼の詩にインスピレーションを与えたのは、彼女であった。

それが今、彼についてのヴァイオレットの抱く感情の恐ろしい暴露がなされたのであり、その瞬間からその暴露が彼の全人生を暗く染めたのであった。

第十四章　立ち退き予告

そして今や新たな変化と新たな災難がヴァイオレット・ヴェスプリーを待ち受けていた。

或る春の朝、彼女が家事の最中に、ヴァイオレットはドアを敲く音に驚いた。それは肉屋の御用聞きでもなければ、パン屋の御用聞きでもなく、ミルク売りの御用聞きでもなく、郵便配達人でもないのがわかった。彼女は行ってドアを開けると、高貴な容貌ではあるがたるんだ頬の、背の低くて猪首の紳士に出くわした。

「私がヴェスプリーですが」とヴァイオレットは背筋を伸ばして、まっすぐにその男を見ながら言った。

「ヴェスプリーさん」とその紳士は帽子を取りながら言った、「あなたがこの場所を長い間管理してこられたのですね？」

ヴァイオレットが自分の居場所から動かなく、また彼に中に入るように言わないので、彼は言った、「私は弁護士のウォルトンという者で、法定相続人と、亡きブランドン氏の受益者全ての代理人です。それでこの地所の全ては競売にかけられることになっております。私はあなたを大変お気の毒に思います、特に大きな遺産をあなたに残すというのがブランドン氏の意図であったことは、全く疑う余地のないことだからです。見つかった書類の断片からしてそのことは間違いありませんが、不幸にも彼は因循な人でして、ご自分の意図を正式な遺言状に認める前に死に捕まってしまったのです。」

「ブランドンさんが亡くなったと？　おぉ、彼は亡くなったのですか？　あの親切で、善良な方が亡くなったと？」

それから悲しみの表情がヴァイオレットの顔に広がった。

「はい、そうです、ヴェスプリーさん、彼は亡くなりました。」

それからウォルトン氏はヴァイオレットに、ブランドン氏が卒中で突然死んだこと、しかも遺言を残さないで死んだことを告げた。その結果、或るもめ事が近親者と法定相続人との間で起ったが、これらのことは自分が調停していると、その紳士は彼女に語った。

ヴァイオレットは利己的ではなく、また彼女のブランドンへの愛情は私利私欲のないものであったが、あの善良な紳士が彼女に示した異常なほどの関心を彼女が回想する時には、必ず時折、もしヴェスプリーの幸運が彼女に到来するというのであれば、それはこの親切な友と関係があるのではないかと思ったものである。

彼女は彼の死の報せを聴いて呆然としていた。そしてこれまでの人生の内で初めて全く独りきりになったと思った。だがヴェスプリーの幸運という思いは直ちに根絶やしになったわけではなかった。

「ご存じないですか」と彼女は言った、「ヴェスプリーの地所は売られるはずがないということを? 抵当が支払われれば、それは私の一族の所有物です。そして私は今一人ですが」と唇を震わせながら彼女は付け加えた、「私はヴェスプリーの一員ですし、地所は私を措いて売り払われやしません。これまでにも売ろうとしたことはありましたが、売れるはずがありません。」

「売れるはずがないですって?」と弁護士は、彼女を熱心に見つめながら、言った。

「ええそうです。愛しい父が死の床でそう言いました。それに私の兄は借金を支払うつもりでいましたが、死にました。でもいまだに幸運が――幸運が――」ここで彼女の気丈さが持ちこたえられず、誇りのせいで泣き出しはしなかったが、涙が頬を伝って落ちた。

「家は売れるはずがないわ」と彼女は続けて言ったが、ホールに入ってくる客人に通路を譲った。

「いいえ、残念ですが、売れます」と弁護士は言ったが、ヴァイオレットの悲しみに心を和らげられたことは確かであった。「それに私の知る限り、家の中のものは全て。」

「家の中のものは全て？」とヴァイオレットは叫んだ。彼女の落胆は弁護士の心に響いたようであった。「でも家具とか、画とかパネル画も売られるというのではないでしょうね？」

「もし私が自分自身のために行動しているのでしたら、はいと言いたいところです、ヴェスプリーさん。でも私はただ弁護士として行動しておりますし、私の義務から申しますと、あなたご自身の持ち物以外は全て売られることになります。弁護士であるがゆえに法律に厳密に従わねばなりません。私があなたに直ちに真実の全てをお話しないでいることの方が残酷でしょう、それがどれほどあなたにとっても私にとっても辛いことであっても！　ヴェスプリー・タワーズと、画も家の中に在るもの全てが競売によって売り立てられます。家具は近隣に売られることになるでしょうし、画はロンドンに運ばれて競売屋クリスティーズで売られるでしょう。」

「既に多くのものが売られてきましたので、今家の中に残っているものはヴェスプリー家の所有物に限られます」とヴァイオレットは言った。

よそ者の弁護士は立ち止まって暫くの間彼女を眺めていた。それから彼は言った、「ヴェスプリーさん、残念ですが、この家にあるものであなたの所有になるものは何もないと、繰り返し申し上げねばなりません。それは亡きブランドン氏の所有物であって、氏はこの地所を抵当にして多額の損失を被りました。ブランドン氏、あなたの恩恵者は地代を只でここにあなたの家族を住まわせてくれました、ここにあるもの全ての管理人として——失礼ながら実を申せば、貸主が予告なしに何時でも追出せる借地人として、です。もし私があなたの一家の弁護士として、私の力の及ぶ限り寛大な処置が講じられるのであれば、そうすることに吝《やぶさ》かではありません。」

「では勿論私はここを離れる、直ちに離れなければなりませんね。」

「残念ですが、その通りです」と弁護士は言った。「でも売り立ての日時は決定しておりませんので、あなたが準備をなさるお時間はたっぷりあると思います。あなたに不必要なご不便をおかけするようなことがあれば、誠に申し訳ありません。」

「何時立ち退かねばなりませんか?」

「おぉ、ひと月は、大丈夫です」と彼は言った。

「でも」とヴァイオレットは言った、「私は絶対に立ち退かないと父に約束したのです!」

「誠にあいすみませんが」と弁護士は言った、「私は全く無力でして。」

それからこの紳士はゆっくりとホールを移動しながら、画を値踏みしていた。

ヴァイオレットは昼食用の部屋に入って行ったが、そこでローリーの死から初めて甚《いた》く泣いた。

暫くして彼女は弁護士が廊下を通って玄関に戻ってくる音を聴いた。彼女は直ちに涙を拭いた。だがそうする必要はなかった。彼は明らかに彼女と再び顔を合わせるのを避けたからである。というのは、彼はヴァイオレットが立っている開かれたドアの所に立ち止まって、こう言ったからである、「さようなら、ヴェスプリーさん。あなたにこのような悪い報せをお持ちして、すみませんでした。でも私は全く無力、無力なのです。」そう言って、彼は歩いて庭園を通り抜け、向きを変え、途中眼に留まるものを眺めながら、湖に向かった。

ヴァイオレットは座って窓から外の芝生を眺めていたが、涙は頬を伝い落ち、絶望の夢の中にあった。ついに彼女は本当に独りぼっちになった。ヴェスプリー・タワーズは、これまで彼女には父、母そして兄の姿そのものであるように思えていた。その場所から引き裂かれることは、彼等から引き裂かれることであった。

この本の読者諸氏——その数は少ないかもしれないが——の中には、筆者が言わなくとも、座って窓から外を眺めている時にヴァイオレットの心を通り過ぎて行った思いや感情の数々を、理解してくださる人がお在りであろう。全てのイギリス人は「ホーム」という言葉が好きである。彼等が最も好きな歌は、『ホーム、スィート・ホーム、如何に貧しくとも、我が家に勝る家はなし』である。

それは確かなことである。だが大抵の人にとっての「ホーム」という言葉は、ヴァイオレットにとってのその言葉の持つ意味とはとても違っている。自分の祖先の家で生まれたわけではない人には、長い家系の祖先と結び付いている或る古い家の構造を連想させるような、子どもの頃の思い出の持主にとっての「ホーム」という言葉の持つ意味は、わからない。これら後者の人にとっては、庭園や地面の木々や灌木のみならず、建物の構造そのもの——それが建てられている材料の石そのもの——までが、意識的な生を付与されているように思える。そして古い地所の継承者にとっては、或る種の磁気的オーラが古い建物や愛する地面にさえ残っていることを誰が否定し得ようか、そのオーラが一族の者にはその神秘的な影響力を及ぼし、他の者には及ぼさない、ということを？

第十五章　別れの一巡り

川岸でのマーティン・レッドウッドの蒙ったその残酷な経験の影響は、日を追うごとに無残さの度を増し、間もなく驚くべき姿を取るに至った。この真面目で詩人の若者は、彼の船に乗る代わりに、ソーントンでブラブラして、貧しい居酒屋の一つの常連になり始めた。その店の亭主は、最近ロンドンから来た社会主義者で、無政府主義者という者もいた。マーティンは酒に溺れたが、ただゆっくりと、徐々にであった。飲酒は彼にとっては気の狂う蠍《さそり》の刺し傷を忘れさせるように思えた――安らぎと安寧を与えてくれるように思えた。

自分の意志とは反対に何かが彼を近隣に縛り付けていた。彼はそれが何かを知っていた。それはヴァイオレットへの狂気じみた情熱であり、ソーントン以外の場所の空気を呼吸することができないと感じていたのである。時折彼は戸外での仕事、柳の皮剝きとか地元の狩猟家の勢子のような仕事をすることがあった。彼の上品な物腰は次第にその身から薄れて行った。それでも尚、この若者のアクセントには、小百姓や労働者と彼を区別するものがあった。

マーティン・レッドウッドの母親はとても気を揉んで、息子を飲酒から引き離すよう精力的に努力した。彼が酒場にいる時には、悪天候の中でもその外をうろつきながら、息子の出てくるのを待っている姿を見るのは、哀れな光景であった。

彼の母との痛ましい言い争いで、彼女は彼に如何に飲酒が彼の父を破滅させたかを思い出させたが、そのあとの或る晩、新たな決意をマーティンはした。

海に出よう。

海では彼の人生を惨めにしたあらゆる連想から逃れることができるだろう。

これは彼の哀れな母にとってはまた別の苦い試練であったが、よくよく考えた後で、彼が出かける方がずっとましであるという結論に至った。

長い間マーティンはヴァイオレット・ヴェスプリーの姿を見なかったし、彼女の噂も聴かなかった。だが或る日ソーントンを離れて船に乗ろうとしていた矢先、彼はヴェスプリー村とソーントンの町を結ぶ橋の袂にプラカード見付けて、驚いた。

それにはこのように書いてあった——

予告。

「レドンホール・ストリートのスタージョン商会は謹んで以下のことを予告します。近々トークンハウスで素晴らしい地所の競売を行ないます。それはウォリックシャー州の「ヴェスプリー・タワーズ」で、二百エーカーの立派な地所に広い鹿園付です。地所は主としてリヴァー・ヴェスプリーの左岸にあり、イギリスの最高の土壌です。鹿園は、手入れがされず、牛の隠れ場になっていたが、全く傷んではおりません。木材は切られたことはなく、木々は全く手付かずです。タワーズと敷地はすぐに譲渡できますし、地所の他の部分は立派な借地人が短期のリースで所有できます。

「委細につきましては、競売の日時共々、間もなくお報せいたします。競売商、あるいはレドンホール・ストリートのウォルトン&ウォルトン氏、あるいはソーントンの地所周旋人ルック氏までお問い合わせください。」

「すぐに譲渡できる」とプラカードにはあったので、マーティンはヴァイオレット・ヴェスプリーが既にタワーズを立ち去ったと思い込んだ。

彼は深く心が痛んだ。

「一体彼女はどうなったのだろう？」と彼は言った。「何処に行ったのだろう、そしてどの友達が彼女を保護しているのだろう？　でも、いいや！　あの娘はもうどぶ鳥を見なくてすむのだから、そんな者と袖触れ合うことを考えただけでも身震いがしたのだからな！」

マーティンと母親がタワーズには人はいないと信じた理由は容易に理解できる。橋の袂のプラカードで読んだ「すぐに譲渡できる」という言葉は、商売人にとってのお馴染みの業界用語に過ぎず、その意味は、売買が完了したその日に譲渡が成立するということであった。

レッドウッドは善良なブランドン氏については全て知っていたので、所有者が死んだに違いない、そしてヴァイオレットは去ってしまったと思ったのである。

皮肉なことに、ヴァイオレット・ヴェスプリーはまだタワーズにいた。尤も、その日は弁護士が彼女に温情として与えてくれた最後の日ではあったが。

この朝彼女ははっとして目覚め、叫んだ、「私の最後の日――私の最後の最後！　あの人は言ったわ、ひと月は滞在してもいいと。それで私はそれを文字通りに受け取ってきたのね、だってそのひと月が今日で終わりなのだもの！」

それからもっと現実的な思いが頭を擡げた。

このことは毎日ヴァイオレットの心に浮かんでいたのであるが、彼女はそれに答えを出そうとはしなかった。それは、「自分は一体何をすればよいか？　如何にして生活すればよいのか？」という問いである。一家の貧困は間違いなく、或る意味で、彼女の社会的地位を考えてみれば、彼女にとっての特殊な教育となった。異なった境遇にある若い淑女であれば全くできないようなことで、彼女にできることが沢山あった。でもそれらは奉公人のする仕事であり、そのようなことを彼女は偶然習得したに過ぎなかったのである。

彼女は起き上がって小さなベッドをいつものように整え、タワーズでの朝食の準備にすぐにかかった。

そのあと彼女は古い馬小屋に行って、鳩に最後の餌をやった。小鳥が彼女の肩に止まって嘴を彼女の口に入れた時、彼女は心が折れて啜り泣き始めた。

それから庭園と敷地をぐるっと一周した。ミヤマガラスの大群はとてもうるさく騒ぎ立てたので、もうガックリしないわけにはいかなかった。

つぎに彼女はタワーズに戻り、前日の残りの冷たい食料でたっぷりの昼食を摂った。それからもう一度なじみの場所をぶらついて、霧を通して見るようにして全てのものを見た。つぎに彼女は庭を通り抜けて、鹿園に入り、湖の方に向かった。

湖の岸を彷徨い、帰りに鹿園を横切り、川とコリヤナギの林近くに在る戻り水の曲がり角――そこに軽舟が舫ってあった――に向かったが、彼女がこれまで限りなく使ってきたこの舟を見納めるためであった。

それからタワーズに引き返した。というのは、自分が持って出られると思った幾つかの物の荷造りをするという、極めて重大な仕事にかける時間を、これまで割いてこなかったからである。

ウォルトン氏は彼女に言っていた、この家にある全てのものはブランドン氏の代理人の所有物であるから、そのどれを持ち去っても盗みとなると。彼女は賢明であったので、そのことを理解した。つまり、もし彼女の父が債権者にこの土地と鹿園とタワーズの屋敷とその所属物の値打ち以上のお金を借りているとすると、全てのものが債権者の所有に帰すのは当然であると。父の死は、或る意味で、自分の死であると彼女は感じた。従って、万が一この地所の所有者のものであるどのようなものでも持ち去れば、それは一族の名誉の汚点となるであろうと。

彼女と彼女の一家の所有に違いないと思ったもの、彼等がずっと着てきた衣類を、ずっと以前、まだジョーダン夫人がいた頃、彼女は懐かしく思ったことがあった。それで老婆にそれらの衣類がどうなったのかと尋ねてみたが、その人の好い人物は、冬の間に石炭を買うために、それらを売ったと白状せざるを得なかったことがあった。

従って、彼女が正直に自分で持ち去ることのできる衣類は僅かのものでしかなかった――それと、勿論、ヴェスプリー・タワーズの幸運である虹の黄玉の宝石とである。

彼女は階上に上がって、引き出しから衣類とリンネルの彼女のものを取り出した。ものはほんの僅かであり、しかもその中にはとても着古されたものもあった。彼女はこれらの衣類の一番良いものと、母親譲りの僅かの装飾品を選んで、それをヴァイオレットの「ヴィ」が蓋に刻んである古い箱に詰め込み、鍵をかけ、自分で紐をかけ、それがすむと腰を下ろして、つぎに何をすればよいのかを考えた。

暫くして或る考えに強く心を打たれたので、彼女は突然飛び上がり、両手を握って、叫んだ、「そうだわ、そうすればいいのよ――そうすればいいのよ！　私は今日出発しよう。」

それから彼女は帳面の半枚を取って、その上に「ヴェスプリー嬢――ロンドン行きの乗客」と書いて、家の中に糊が見当たらなかったので、その紙を卵の白身で箱の上に張り付けた。

彼女はポケットから使い古した財布を取り出して、彼女の身に着けているお金を数えた。それはかなりの分量の野菜を最近八百屋に売った時の受け取りの残りであった。五ポンドと数シリングあった。

「これで十分だわ」と彼女は言った、「十二分だわ！」そうして彼女の決意は、こうしたディレンマの際の大抵の決意と同様に、彼女を一段と快活にしたのである。

冒険心が目覚めて、彼女は父がタワーズの外にある偉大な世界、特にロンドンについて彼女に語ったことのある全ての不思議なもののことを考えた。

それから彼女は家と敷地を離れ、快活に古い橋を渡り、ハイ・ストリートを下って鉄道の駅へと向かった。彼女は声をかけた赤帽とは顔見知りではなかったが、彼女の身には相手に威厳を要請するような雰囲気があった。

「ヴェスプリー・タワーズですか？　ぼくはどなたかがあそこに住んでいるとは知りませんでした――きっと幽霊だけかと。」

「私があそこに住んでいるのよ、それでこれから立ち去るのよ。だからあなたに私の荷物の箱を取りに来てもらいたいの。」

「わかりました、お嬢さん」と赤帽は言った。「ぼくの荷車を持っていきます。」

「そうしてちょうだい」と彼女は言った、「私はこれからすぐにタワーズに戻りますから。」

赤帽がタワーズの館に向かうのが大層遅かったので、彼が館に到着する頃には午後の列車が出発してしまった。それでヴァイオレットは彼に荷物を駅まで運ばせて、自分の出発は翌日を待つことに決心した。

赤帽が荷車をもって到着した時には、全ての荷物が準備されていた。だが彼女が翌日まで出発しないと知ると、彼はここをぶらぶらして大層な噂のあるこの神秘的な場所を眺めてみたいという気を起こした。そして勿論そうしたことであろうが、若い淑女の顔に威厳のある表情がなければ、の話である。

ヴァイオレットの心はあれこれの思いに忙殺されていたので、時の経つのが如何に早いかを知ったのは、夕方になってからであった。

光のある限り、彼女は家の中を、廊下から廊下へ、部屋から部屋へと歩き回った。そしてベッドに入る頃にはとても疲れていたので、すぐさま深い眠りに落ちた。だが夢を見なかったわけではない。その夜もヴェスプリーの幸運の幻で更《ふ》けていった。

翌朝はまた地所と鹿園をぶらぶら巡って長い時を過ごした。川沿いの曳舟道に着いた時、彼女はその道を進んで、最後に橋に到達した。

橋に近付いた時、週の市《いち》が川の向こうで開かれているように思えた。それでたっぷり時間があるので、それを最後に見物してみたいと思った。

あのコリヤナギの小島から、彼女はこれまで屡々向こう岸の市の光景を楽しんだことがあった。それで今度はその小島に行って、川向うを眺めることにした。

コリヤナギの林の草の上に広げられて、白く皮を剝かれた細枝が陽に輝いていた。皮を剝かれた細枝の幹はやや淋しげに見えた。あたりの空気は新たに剝かれた皮の放つ香りに満ちていた。

ヴァイオレットがこの光景――夢のように思える光景――に見惚れていると、彼女の背後に人の声がするのにはっとして、振り返ってみて、小百姓の一行のいるのに気付き幾分失望した。彼等はコリヤナギの皮剝き職人であり、彼女自身が通ってきた狭い地峡を渡って小島に来ようとしているのだとすぐにわかった。

第十六章　皮剝き職人

その日は年に一度の、コリヤナギの季節の終わりに行われる、コリヤナギ祭りに当たっていた。それでマーティン・レッドウッドと母親も参加する約束をしていたのである。

コリヤナギの皮剝きの時は、勿論季節の早い遅いによって移動した。あれこれの理由により、小百姓はこの皮剝きの間は他の季節――例えば、干し草作りとか収穫の仕事とか――よりも一段と喧しかった。そしてその日の終わりに或る遊びがあって、この小島に近付く者は誰でもその遊びに無理やり参加させる習わしがあった。その場所は実際には小島ではなく、奇妙な形をした半島で、とても長くて狭く、元はおそらく土手であったと思われる。コリヤナギの皮剝きの季節の終わりに、或る儀式があって、それには何処にもふしだらと呼ばれるような点はないのであるが、それが特に荒っぽくて喧騒に満ちており、それは「枝のキッス」と呼ばれた。

枝の皮剝きの季節の終わりに、祭りを催すのが皮剝き職人の習慣で、「枝のキッス」ゲームがその祭りの主たる出し物であった。

コリヤナギの皮剝きの季節の間に、コリヤナギの枝の一番立派なものを何本か選りすぐって、このゲームのために別に取り除けてある。その季節の終わりに、それらの選りすぐりの枝の何本かが一つひとつの束に縛られる――つまり、参加するコリヤナギの皮剝き職人の半数の柳の細枝が幾つかの束に分けられ、誰もが一つの枝に属する両端を区別できないようにしてある。

枝の皮剝きの最終日に、皮剝き職人たちは田舎の踊りのように二列に並べられる。それから彼らは柳の束に近付き、それを取り囲むのだが、男はそれぞれ枝の一方の端を摑み、女はそれぞれ別の方の端を摑む。勿論男も女も自分の相対している者が誰であるかはわからない。そして全ての準備が整ったところで、幾つかの小さな束を縛っている藤蔓が組頭の手で切られる。するとその時当然、或る枝の一方の端がある女性に握られていて、そのもう一方の端が或る男に握られていることが判明する。ゲームの面白さはまさにここにある。つまり、束にされた枝は巧妙に混ぜられているので、どの職人であっても、誰が男あるいは女の持つ枝のもう一方の端を握っているのかは、藤蔓が切られるまではわからない。つぎにそれぞれの組が一本の枝を握った皮剝き職人が再び二列に並ぶ。それからこのゲームの規則に従って、それぞれの女性は持つ枝に手を添えて相手の男に近付いていき、到達するとその男にキッスをすることになっている。女性の内の誰かが万が一彼女の相手が彼女には嫌な男であると判明して、キッスを拒絶するようなことがあれば、その男は残りの女性陣から辱めを受けて、仲間から放り出されるか、時折は川に投げ込まれるのである。このように追い出される屈辱はとてもきついので、男どもはその屈辱のもとで一年間ふさぎ込むという噂である。

　この風習はセルビアや中央ヨーロッパでの古い収穫の風習に似ている。このゲームの間にセルビアの農夫が歌ったり、詠唱したりする歌は、サー・ジョン・ボーリングにより一八二七年『セルビアの歌謡』に次のように収録されている――

収穫の歌。

「若者も乙女も、自分の葦を摑め！　そして刈り手の誰がキッスする人で、される人かを見るがいい。
それぞれの葦を摑め、最後には秘密が告げられよう、
年上が年下にキッスする運命か、それとも年下が年上にキッスする運命なのか。
若者も乙女も、自分の葦を摑め！　そして幸運が何を籤の引手に啓示するかを見るがいい。
それで誰かが拒絶すれば、神よ、その者を罰せよ――その者は呪われよう
その日の聖人、パラスケフによって！

さあ手を弛めよ――さあ手を弛めて見るがいい
刈り手の誰がキッスする人で、される人かを見るがいい。」

だが、これはイギリスの収穫の畑やコリヤナギの小島においては、通常見られる光景ではない。例外はこの物語が設定されている田舎くらいである――そこはコリヤナギの地方と呼ばれているような場所からずっと離れた所であり、半径何マイルもの範囲にただ一つのコリヤナギの小島があるといったような所である。

もし参加者の男と女の数が同じでない時には、皮剝き職人は近くの見物人か通行人を、身分の上下に拘わらず、摑む権利を実行に移すことができる。そうした場合、これを拒む見物人は力ずくで無理矢理に列の中に引き摺り込まれるのである。

皮剝き職人は、一旦みんな家に戻って体を洗い着物を着替えて、また戻って来て、儀式の準備に大わらわであった。

最初彼等は、彼等とヴァイオレットとの間に在る柳の繁みのせいで彼女に気付かず、この特別の儀式のための準備に精出していた。この儀式は、既に述べたように、皮剝きの季節の終わりになされるもので、ヴァイオレットは一度も見物したことがなかったものであった。

明らかに皮剝き職人たちの準備に障害があった。というのはその内の一人が言ったからだ、「でも彼は間もなくここに来るだろう。来ると約束したのだ。そうなるとひとり数が多くなってしまう。」

皮剝き職人たちは明らかに恐れていた、予定の男が到着すると大失敗が起こることを。そうなると誰か通行人の女性を、前述したように、このやんごとない掟に従って、無理矢理に従わせねばならなくなるからであった。

この時女性群の或る者がヴァイオレットに気付き、勝利の歓声をあげて、叫んだ「おや、川の向こうに立ってこちらを見ている娘がいるよ！　あの娘ならいい。」

「手荒くしてはいけないよ」と別の若いリッツ・カーティスという女が言った、可愛い、軽率な娘で、祖母と暮らしていた。「あたいが行って、あの娘に来るように頼むさ。きっとやって来るだろうさ。」

「きっと来るだろうだって？」と別の女が言った。「来なくちゃいけないんだ。喜んで来ない時にゃあ、無理強いしなければなるまいよ！」

リッツはヴァイオレットの所に行って、言った、「こんちわ、お嬢さん！　ここは初めてらしいね、お嬢さん——川越しでは牧場はよくは見えないだろう？」

「とてもよくは」とヴァイオレットは丁寧に言ったが、自分が誰か悟られていないことを喜んだ。だがヴァイオレットが小島の向こうを一瞥して、田舎の踊りの準備のようなものが見えると、自分が危険な状況にいることを悟った。しかし、彼女の勇気がこの場に臨んで沸き上がり、毅然とした様子が顔中に広がった。

「これは私たちのコリヤナギのお祭りなんです」とリッツは言った。「一人だけ女性の数が少ないんです。」

ヴァイオレットは突然ローリーが彼女に言ったことを思い出した。彼はコリヤナギの小島での細枝のキッスというゲームについて、もし必要が生じた場合には、皮剝き職人が通行人をその行事に無理矢理連れ込む権利を行使するということを話したことがある。それで彼女は思わず笑いの発作に取り憑かれた。これが女性群に誤解された。それで彼女は自分がその儀式に無理矢理連れ込まれることになることを明らかに悟った。

「一人多いので、ゲームが進められないんです」とリッツは言った。

「私があなたやあなたのコリヤナギのお祭りに何の関係があるのですか?」とヴァイオレットは言った。「男性を一人外せばよい。少なくとも、私を巻き込まないで!」

「問題はそこなんです。彼らの誰が外れるべきか、なんで。落ちこぼれる男は一年間不運を託《かこ》つことになるのです。それにそれをめぐって喧嘩も起こるし。ああ、ただ皮剝き職人たちがお互いに向かい合って二列になって立っているだけなんです」と彼女は付け加えた。

女はこのよそ者がゲームに参加するのを断るのではと恐れて、儀式のキッスの部分は口にしないように気を付けた。

「すみませんが」と女は言った。

「すみませんが?」とヴァイオレットは返事した、「何をせよとおっしゃるの?」

「コリヤナギのお祭りに来て、私の傍に立っていただきたいのです。ほんの一分でよいのです。」

ヴァイオレットは拒否の印に頭を横に振った。女はしつこく言いつのり始めた。

ヴァイオレットは、既に読者もご存知のように、小百姓を庇護するようなやり方で好いていたが、彼等の一人にキッスされることは彼女の許容範囲を超えていた。だがこの時、彼女は自分を怖《おじ》気付《け》かせる唯一の光景を見た。それは非常に恐ろしい敵、ジョアンナ・レッドウッドの姿であった。彼女には目付きと物腰の点で何か他の小百姓のそれとは全く違ったものがあったからだ。

二、三人の娘がやって来て、彼女に列に加わるように頼んだので、どの道そうしなければならないとわかり、無理強いされるよりは機嫌よく対応する方がましだと思った。でも最後の屈辱だけには屈しまいと決意した。そうして彼女は歩いてコリヤナギの皮剝き職人の所に行き、他の者と一緒に女性群の中の位置に着いた。

彼女がそうした時、欠けていた男が小島に姿を現わし、驚いて彼女を見て、彼女の対面の位置に着いた。彼は明らかに或る理由から船乗りの帽子を目深に被って、できる限り正体を隠していた。列の一番端の男と女は間もなく自分たちの役割を終えた。女は枝に手を添えて男の方に移動し、男の額にキッスをして、嬉しそうであった。二番目のペアーもそのようにして、三番目のペアーもそのようにした。だが第四番目のペアーには「メッグ」と呼ばれる近隣では人気者の年上の女がいて、彼女の相手の男は素敵な若いジプシーで、最高のジプシー衣裳に着飾っていたが、この男は少し離れたところの野営地からやって来ていたのである。

男はメッグが彼の方に近付いてくるのを見るや否や、びくっとして怯んだ。女の眼がたちまちきらりと閃光を発して煌めくと、彼女は言った、「そうとも、ジプシー兄ちゃんがキリスト教徒の女にキッスをされるのに戸惑いを覚えるのはもっともかもしれないねえ。でもメッグはあんたが思うほど澄ましているわけではないよ、兄ちゃん。あたいはこれまで黄色い肌のジプシーにキッスをしたことはない。だけどメッグはちょっとした誇りのために楽しいゲームに水を差す輩じゃないよ。だからさ、ほら。」そう言って彼女は前に飛び出し、男を両腕にしっかり抱えたので、彼は息苦しくて喘いだ。それから女は彼の唇にピストルの発射音のようなチュをやってのけた。

メッグの途方もない抱擁から解放されて、男は本能的に手の甲で口を拭ってキッスを消し去ろうとした。

「ああ、もう一度欲しいとわかっていたよ。キリスト教の女にキッスされたのは初めてだね、きっと。」忽ち男は再び、メッグの腕に羽交い絞めにされ、またチュの音が小島じゅうに響き渡った。「さあ」と彼女は言った、「もしあんたがもう一度して欲しいのなら、これも拭き取りな、そうすりゃ三番目もあげるよ！」

この言葉のあとには皮剝き職人と小島にいる他の者からやんやの喝采が続いた。

全ての人の注意がメッグと彼女の犠牲者に集中していたので、他のキッスは大した注目を浴びずに進行したが、やがてレッドウッド夫人の番がやって来た。彼女はちょうど中ほどにいた。夫人の様子には、何処か彼女の相手となる田舎者を、キッスの前に躊躇わせるところがあった。だが男は、明らかにそわそわしていたが、結局儀式を行った。

枝の一方の端に「よそ者」がいて、もう一方の端にマーティン・レッドウッドがいることに気が付くと、全くの静寂があたりを支配した。レッドウッド夫人は今や彫像のように微動だにせず、彼女の息子を眺めていた。

この非凡な女性の胸の内の相争う感情を記録するには、筆者の筆以上の力強い筆が必要であろう。ヴェスプリー家に対する彼女の嫌悪は、彼女の息子がその一家の最後の血縁者に気が狂うほど恋をしていることによって掻き立てられたものであった。だが、ヴァイオレットが置かれたディレンマに彼女が感じた勝利は、もしヴァイオレットが本当に慣習に従って息子にキッスをするようなことになれば、息子の彼女への気違いじみた情熱を増大させるに過ぎないという思いによって払拭された。つぎに、もし彼女が拒絶すれば、息子はこの場の笑いものになり、これまでに得た彼の自尊心を失い、飲酒の習慣に逆戻りすることになるという恐れに襲われた。この最後の思いは母には耐えられなかった。そんなことになるくらいなら、他の何であれ、ましだわ。どうあってもあの娘に慣例を守らせねばならない。

悲しい緊張の表情が彼女の顔に広がった。というのは、彼女は、ヴァイオレットへのマーティンの情熱とそれが息子の人生に及ぼす害悪を、知りすぎるくらい知っていたからである。

マーティンは立ち尽くしたままで、皮剝き職人の列を見つめていた。

ヴァイオレットは、彼女の知る限り、彼をこれまで見たことがなかったので、彼が誰であるかわからなかった。それで彼女は一瞬立ち止まり、唇に奇妙で可笑しそうな微笑――と言ってもそこには皮肉らしいものは些かもなかった――と、たっぷりのユーモアを浮かべて、彼を見た。そうしてゆっくりと枝を落とした。マーティンも同じことをして、眼を地面に向けた。

そうするとこの若い水夫に対して嘲りの叫びが起こった。「あいつを水に浸けねばならない――水に浸けねばならない！」と何人かが叫んだ。

「あの哀れな子が可哀そうだわ」とリッツが言った。「まずいことになるわ。」

「なぜ?」とヴァイオレットは尋ねた。

「だって、彼は次の十二か月の間ソーントンのみんなの嘲りの的になるのですもの。彼は大した学者だって言うし、立派な紳士になろうとしてきたのよ。でも勿論仕方がないわ——勿論あなたが彼にキッスできないのですもの、ねえお嬢さん!」

この時レッドウッド夫人が息子の所へ大股で近寄り、彼とヴァイオレットの間に立った。ヴァイオレットの方に向き直って、彼女は言った、「どうしてあなたは他の人がするようにできないのですか? あなたはゲームに参加したのだから、このゲームが何かを知っていたのでしょう。」

「彼女にかまうな、お母さん」とマーティンは命令口調で言った。

ヴァイオレットは黙っていたが、それがまた女を苛立たせた。それからヴァイオレットは言った、「ゲームのこの部分は堪忍してもらえるとお聴きしていましたので。」

「それは本当よ。私はそう言ったのよ」とリッツが言った。

「言ったかどうかは問題外だ。これは慣習だから」とみんなが言った。「それで彼女は強制されたのだから、することはしないといけないのさ。」

「彼女にかまわないでくれないか?」とマーティンは繰り返し言って、あたりを見回したが、今度は怒気を含んだ声だった。

マーティンのこの最後の言葉は皮剝き職人たちに強い効果を齎した。彼等はヴァイオレットとは顔見知りでないので、同じ平民によって軽蔑を加えられたと感じたのであった。

イギリスの平民は、如何に身分が低かろうと、あらゆる種類の身分の高さを装う態度を黙って受け入れるものだ、もしそうした態度を取る人が明らかにそして疑う余地のない貴族であればの話である。だが、そのことが明らかで抗いようのない事実でなければならないし、特にその人の着物によって証明されている必要がある。しかし、その人の不遜な貴族的で横柄な態度を取る権利がそもそも疑問の余地がある場合には、事情は別である。

ヴァイオレットは彼女の傍にいるリッツの顔を非難めいた目付きで見つめたので、女は挑戦的になって大声で言った、

「この娘にはただ参加しさえすればよいと私は言ったわよ。だからみんなこの娘に邪険にしないでよ――邪険にしないでよ。あの娘の知らない皮剝き職人や男にキッスをすることはあり得ないわ！」

「もし誰でも彼女を侮辱するなら、俺がそいつを次々と川に投げ込んでやる！」とマーティンは恐ろしい声で言った。

「くそ、あいつはそうするぞ！」と別の者が言った。それはブランドンが話しかけたあの羊飼いであった。「もしあいつがその気になればだが。あいつは『ならず者』と同じくらい強いし、自らの悪魔のような気質をも持っているのを、わしは知っている！」

こうなるとヴァイオレットの勇気が、ジョアンナ・レッドウッドに対しても沸き上がって来た。それで彼女は言った、

「もしその人に勇気があれば、やって来て私にキッスしなさいよ。私はそれには屈しはしません！」

「どうしてあの娘はゲームの規則に従わないのだろう?」とジョアンナは言った。「あの娘は私の哀れな息子を再び零落れさせてしまうよ。私が見張っていたからあの子は飲酒を克服したのに。」

母の方に向き直って、マーティンはかすれた囁き声で言った、「あれはヴェスプリー嬢だよ。」

「そんなことは全て承知の上さ。だからなおのこと一層あの娘はゲームの規則に従うべきなのさ」と彼女は答えた。それから彼女は声を和らげて、ヴァイオレットの方を向いて言った、「あんたは知らないだろうが、私は知っているさ——息子はあんたを崇拝しているのさ——あんたの歩いたその地面さえ崇拝してるのさ。」

「私をですって!」とヴァイオレットは呟いた。「私はこれまで彼に逢ったこともありません。それに今でも殆ど彼の顔が見えません、顔を隠しておられるから。」

「でも彼はあんたを何度も見ているんだよ」とレッドウッド夫人は言った。「彼は自分の命の全てをあんたに捧げているんだ、あんたが知らないだけさ。」

「まあ善良なお方」とヴァイオレットは言った。「私はあなたの言っていることが想像できません。あなたはきっと気が触れているのではありませんか!」

「誰がしたとお思いか」とレッドウッド夫人は言った、「朝には暖炉に火をつけ、靴を磨き、キャベツを持ってくる、これみなあんたの手間を省くためじゃあないか?」

ヴァイオレットはぽかんとした驚いた様子で女の顔を眺めた。

「そうさ、あんたが大きな屋敷に独りで暮らしていたからさ。彼は自分の家で一度だって寝たことはないのさ。こっそりとお屋敷に忍び入って、台所のゴキブリの只中で寝てたのさ、それもあんたを盗人から守るためだよ！」

「母さん、やめてくれないか？」とマーティンは言った。「そういった話はやめにして、彼女を行かせてやってくれないか？　やめてくれよ、母さん。でないと、無理矢理そうさせることになるぜ。」

だが、レッドウッド夫人は一段と声を張り上げて続けた、「それに哀れな息子の心を壊して、酒浸りにさせたのは、一体誰でしたっけ？　そりゃ、あんただよ！　彼はあんたがコリヤナギの小島であんたの友人の立派な紳士と話しているのを聴いたのさ。そうさ、人の言うように、息子はとても立派な子どもで、本の学習やよいものは全て好きだった。だがそれはあんたが彼を不機嫌にさせ、ダメにしてしまうまでのことさ、あのご立派な淑女の話でね！　そして今度はお高く留まってゲームの規則に従おうとはしないとくる。でも、やってもらわないとね！　ヴェスプリーの者がレッドウッドの者の所に行って、キッスをするんだよ。逃れられないよ。」

こうした言葉はヴァイオレットの上に途方もない効力を及ぼした、それで彼女は呟いた、「ローリーの友達、ローリーの忠実な友達、それが私の独りの時の私の友達だなんて！」

「それにあの子はみんなの笑いものになるんだよ」とレッドウッド夫人は続けた。「あの子は少し良くなってきていたし、あんたにイライラすることもなくなってきていたんだ。でもまた零落れてしまうよ、もしあんたがあの子を犬のように扱うのなら。みんながあの子を笑いものにするだろう、そうなるとあの子はまたしても零落れてしまうよ。」

娘はレッドウッド夫人を思慮深く見つめ、呟いた、「ローリーの友達！」

皮剝き職人たちは今やうまくいきそうだと思って沈黙した。このコリヤナギの小島に今音を立てるものはなかった。オオジュリンの囀りとアカライチョウの雌の「チーチー」という鳴き声だけであった。

マーティンは母親の所に行ってその手首を摑んで、引き戻しながら、「やめろ！」といった。「仮令彼女が俺にキッスをするためにやって来ていたとしても、俺はそうはさせなかっただろう――絶対に！　もし知っていれば、俺は絶対に彼女のあの高慢な唇が俺の顔に触れることはさせなかっただろう。」

「でもあの娘はするわ――するわ！」とジョアンナは言った。「どうしてしてはいけないの？　お前はあの娘と同じく立派なんだよ。ソーントン中でお前ほど立派な男はいないんだよ、母親の手前味噌かもしれないが。それにお前の本の学習をごらんよ。」

「母さん」とマーティンは言った、「そうしたくはないが、もう一言でも言ったら、あなたを乱暴に扱わざるを得ない。ぼくはあなたを捕まえて、この小島から放り出すことになる。ああ、確かにあなたはぼくにとってとてもいい母親だった、それに引き換えぼくは悪い息子だった。でももう一言でも言ったら、あなたを乱暴に扱わざるを得ない。」

「どうしてあの娘は他の者がするようにしてお前をソーントンのみんなの笑いものになることから救えないんだい？　ゲームの規則を破らないで、他の者と同じようにすべき人がいるとすれば、それはそいつの意地の悪い冷笑が私の息子を狂わせたこのご立派なお嬢様だよ。」

「ロレンス！」という言葉を呟きながら、ヴァイオレットは草の上から捨てていた枝を取り上げ、マーティンに近付いてそれを渡した。だがマーティンはそれを受け取るのを拒み、じっと佇んでいた。

ヴァイオレットは彼に歩み寄って、彼の帽子を持ち上げ、手を彼の髪の毛に置いて、彼の額にキッスをした。するとマーティンは顔をヴァイオレットに向けて彼女を見つめた。彼女は立ったまま彼を見つめたが、まるでその場に釘付けになったようで、こう呟いた、「あなたの眼は私の夢に出てきたあの眼と同じだわ――ヴェスプリーの幸運！　ああ、これはどういう意味かしら？　赦してください」と彼女は言った、「ローリーに免じて。」

震えがマーティンの身体を通り過ぎたように思えた。彼は彼女から尻込みして横を向いた。皮剝きの職人から喝采の大きな叫びが起こった。万歳の轟が次々と鳴り渡った。それに続いたのが、「あの娘は大したものだ――ヴェスプリーの者であろうと、生意気なナンセンスな所など微塵もない！」

ヴァイオレットはまた懐かしい古い家に戻って行った。

「タワーズに戻って、今夜はそこに寝て、明日の朝ロンドンに出発しよう。」

ソーントン・ブリッジを通って帰りたくはなかったので、彼女はブロードウッド・ブリッジまで約二マイルの距離を歩き、そうして鹿園に至るには歩道を行く決意をした。歩道はブロードウッドという森とブロードウッドの地所を通っていたが、これらは元は彼女自身の祖先の持ち物であった。

どの道も彼女には馴染みであった。

彼女が取った道は古くて廃墟となった塔の周りを廻っていた。彼女は立ち止まって、それを見た。

「何と奇妙なこと」と彼女は叫んだ、「今朝私がこの古い廃墟にお別れに来なかったなんて！」そして彼女はタワーズに鍵を掛け忘れてきたことをとても喜んだ。それでまた引き返すことになって、この古い場所を見る最後の機会を得たからであった。

彼女はこの廃墟の周りを徘徊しながら、そこで起こった、ローリーと一緒に出くわした出来事を次々と思い起した。それから彼女は壊れた石の階段をのぼり、ロレンスが家具を備え付けた部屋に辿り着いた。そこの手摺りの付いた台座には椅子とテーブルがあり、絨毯も敷かれていたが、その上に二人はよく座って、ヴェスプリーの幸運に纏わる互いの幻影についての話をしたものだった。

この部屋の魔力は相当なものであったから、彼女は時の経つのを忘れてしまった。彼女は持っているカバンからパンとビスケットを取り出したが、それはブロードウッドの小さな店で買ったものだった。それで夕食の代わりにした。この廃墟を去る時、彼女は例の小悪魔の木の傍を行きつ戻りつした。

彼女がタワーズに近付いた頃には、夕べの光は消えて夕闇になっていた。だが輝く月が出ていて、その光が森を魔法のように照らした。

ヴァイオレットには、小鳥たちの声は他のどの人の耳によりもより豊かで稀な声の響きに聴こえた。彼女には実に小夜啼き鳥は、彼女の祖先が、そう、十字軍戦士ヒューやガートルードがその歌声を聴いたのと全く同じ小鳥であった。彼女は優れた鳥類学者であったので、今鳴いている鳥が確かに嘗て幾世代ものヴェスプリー家の者たちに囀ってきた小夜啼き鳥たちの子孫であることを、よく知っていたのである。彼女は小夜啼き鳥の保守的な習慣と本能とに精通しており、その鳥はこれまでずっと歌って短い生涯を過ごしてきたのと同じ木に――つまり、その鳥の祖先が幾世代も巣を作り、歌を歌ってきたのと全く同じ木に――自分の巣を掛けることを知っていた。また彼女は次のことも知っていた、この鳥は、周りに若い木が育って如何に魅力的になろうとも、その愛する木を離れないことを。

このことは他の全ての小鳥たちにも、そして実にヴェスプリー庭園と敷地にいるあらゆる野生の生き物にも、当て嵌まるものであることを、彼女は知っていた。

だがこうした思いが彼女の心を支配していた時、或る音が彼女の耳朶を打った。それで彼女は喜びに手を叩いて、こう叫んだ、

「カッコーが夜に啼くと、
ヴェスプリーの幸運が明るく輝く。」

第十七章　月光の幻影

コリヤナギの小島での皮剝き職人との痛ましい場面のあと、マーティン・レッドウッドは愛と甚

だしい怒りがお互いに鬩《せめ》ぎ合う情念に苦しめられた。

その夜彼は、何処に行くとも知れず、ヴェスプリー庭園を彷徨ったが、それほどまでに想念に浸っていたからであった。月がタワーズの上に昇っていた。驚きに駆られて、彼は自分が館の入口のドアの前に立っているのがわかった。長い間彼は館の前に佇んで、それを眺めていた。「それは愛ではない」と彼は言った、「そうではない、そんなことはありえない。あってはならない！」

彼は正面の入口に行き、二、三度敲いた。だがドアの取っ手を回して見ると、それは、驚いたことに、鍵が掛けられていなかった。彼はドアを開け、立ち止まって巨大なパネル画のある広間を見下ろした。

彼は敷居に長い間立っていたので、イエスズメが明らかに彼を恐れる気持を全く失くしたようで、外に出てきて彼の足もとを飛び回った。

「お前たちはどぶ鳥に挨拶してくれているのかい？」彼はイエスズメに呟いた。「それともお前たちは俺をヴェスプリー家の一員と本当に思ってくれるのかい？　俺の属する一家は下《げ》の下《げ》であり、その肉はまさに全くありきたりの土塊《つちくれ》からできているので、貴族の御嬢さんがそれに触れると思っただけで身震いするほどで、触れるとしても、無理強いされてのことさ。或る国――その国は暴君の階級制度からの自由を除けば、あらゆる自由をこれまで勝ち取ってきた国だが――その国の最下層民がヴェスプリー家の最後の生き残りがちょうど明け渡したこの家に入るなんて！　しかもそれが拳闘家の息子だなんて！　ヴァイオレット・ヴェスプリーは何と言うだろう、万が一彼女がここに俺が立っているのを見たとしたら？　そして俺は何としよう、もし彼女が今ここに来合せたら？　一体何と？　俺は愚かにも誇り高い階級――その中でも当の女がその最も気位の高い存在である――その階級に対する俺の嫌悪を、あの女の美しい眼の光のために溶けて失くしてしまうことになるのだろうか？　もしそんなことをすれば、俺は直ちに庭園を抜けて湖に身を投げてしまうだろう。」

彼はホールに入って行き、部屋から部屋へと移動しながら、人生の不思議さと不可解さについて考えを巡らせていた。「俺にはこの世で一人だけ敵であり不幸を願う奴がいる――ヴァイオレット・ヴェスプリーだ！　彼女は俺とあいつの兄の間の邪魔をした。兄は運命が俺に烙印を押したあの焼き鏝《ごて》の苦悩を和らげるのに沢山のことをしてくれたのに。彼女は俺と俺が愛さずにはいられなかった一人の男との間の邪魔をした。彼女は俺を破壊し、滅ぼし、利己的で鼻持ちならぬ奴にした！その女が今帰って来たらどうなる？　俺はどうすればいいのだ？

「コリヤナギの小島で彼女の唇が俺の額に触れた時、俺の身体を揺すぶったのは愛ではない。唇には唇を、肉には肉をだ。それが俺たちの実態ではないか。貧しい女であるのに、俺の哀れな屁理屈がそやつを高貴な女にしてしまったのだ――貧しい女に貧しい詩人。俺はあの女が憎い！　あの女は俺が憎むただ一人の人だ！

「今あの女が帰って来たら、どうしよう？　ああ――ああ、帰って来はしないさ。どぶ鳥はあの女の巣とイギリスを永遠に立ち去る前に、その巣を探索することにしよう！」

彼は月光が南東の窓から煌いて差し込んでいる部屋を歩き回った。パネル画は生きていて彼に話しかけているように思えた。

「ヴァイオレットの祖先！」と彼は言った、「では『ならず者』の祖先は誰なのか？ 俺は思う、『ならず者』の息子にも直接の父親よりも遠い父方の祖先がいたのだ。あの洪水の前の俺の父方の祖先は一体誰なのだ？ ヴェスプリー家の血筋とレッドウッドの血筋の違いは何だ？ その違いが大きすぎるので原始のヴェスプリーの肉が原始のレッドウッドの肉に触れてはならないというのか？」

彼は暫く想いに囚われて、佇んだ。

突然辛辣な笑い声で叫んだ、「俺は何と言う馬鹿な男だ——何と言う馬鹿な奴だ！ 俺の仕事は俺の心からこの女を追い出すことではないのか？」

ついに彼は朝食の部屋にまで来た。小さなトレイに彼女が食べたそのパンが載っていた。そして食器棚にはもう二切れのパンがあった——それはパン屋の御用聞きが昨日置いて行ったものであった——それと乾いてしまったチーズの欠片、それに彼女が最後に水を飲んだタンブラーがあった。「そうだ」とまだ少しの水が残っているタンブラーを持ち上げて、彼は言った、「彼女は禁酒家なのだ。」

そうして彼はコップを回して彼女の唇がそれに触れた個所を見つけようとするような仕草をした。それから彼は自分の唇をそれに付けて、水を飲み干した。

それから彼はローリーの部屋に向かって行き、手をドアの取っ手に置いて、そっと回そうとした。だが彼の手はまるで中風のように震え、鍵がガタガタ鳴った。彼はドアを押し開けて、まるでそこに彼女がいると思っていたかのようにドキドキした。

ついに、さらにドキドキしながらも、彼は彼女がいつも眠るのを知っているその部屋に行った。その神聖なドアを開けるのに少し手間取ったが、彼はついにドアを開けた。

小さなベッドがあった。まるで彼女が今夜そこで眠るつもりであるかのように、最後のために整えられていた。小さな真鍮のベッドで、天蓋が付いており、それは彼の知っている彼女の好きな明るいピンク色の布で被われていた。

彼はそのベッドに歩み寄った。彼はベッドに身を投げ出してみたかったが、それはできなかった――そうする勇気がなかった。その代わりに、彼はベッドの傍に跪き両腕を掛蒲団の上に投げ出して、頭をその腕に、唇を蒲団の上に置いた。祈っているのであろうか？　恐らくそうなのだろう。この場面は神聖であり過ぎて、とてもこの若者の人生の物語作者が口にすることはできない。

ただこのことだけは言っておく必要がある。それは、人間の持つ愛の力は巨大ではあるが、この苦悩する詩人ほど情熱的に男が女を崇拝したことは嘗てなかったということだ。彼の父親は拳闘家であったが、彼はイギリスにおける最も偉大で由緒ある家系の最後の生き残りをそれほどまでに崇拝したのである。

愛がその絶頂に達するとどうなるかを真に知っているのは、唯一詩人である。というのは、ひとりの美しい乙女の美しさの中に、自然の心臓で鼓動する美を十分に読み取ることのできるのは、唯一詩人だけだからである。

暫くしてから、レッドウッドは立ち上がり、窓の所に行った。窓からは月光が明るく差し込んでいた。「幾度この同じ月が美しい顔を照らし、その周りの金色の巻き毛を輝かせたことだろう！」

少ししてから彼は窓を上にあげ、窓枠に腕を乗せて、夜の奥を覗き込んだ。

突然、彼ははっとして叫んだ、「ヴァイオレット――ヴァイオレットの生霊だ！――彼女は死んだのか――あれは彼女の霊魂か？ それともあの女の、今でも地上を彷徨っていると言われているあの祖先の女の霊魂か？」

枝を広げているヒマラヤスギの暗い影の中にヴァイオレットは立って、館を見つめていた。それからその姿は消え去った。

「あれは眼の錯覚だったのだ」と彼は言った、「だが俺の存在そのものがあの娘のイメージに支配されていることの証だ。彼女を嘲り、嫌うのが俺にとっての名誉であり、義務でもあるというのに。ここを離れるのが潮時だ！ イギリスを去ると決意して行動したことが如何に賢明であったかを感じ始めている所だ！ この建物全てが彼女のイメージに支配されている時に、どうして俺がここに暮らせよう？ そうだ、俺はヴェスプリー・タワーズからできる限り遠くに行くべきなのだ。俺は新しい人生を始めるのだ。俺はこの場から飛び去り、二度と再びこの場を見ることはないだろう。」

彼の黙想は突然破られた。それは木の枝が邪魔になってこれまで気付かなかった窓の一つに、或るものが現われたからであった。それはタワーズの館の一角にある窓の一つに見える灯りであった。それには間違いがなかった――赤い光で、外の月光と混じっていた。その部屋は彼がつい先ほど訪れていたローリーの部屋で、よく覚えていたからだ。

一体どうしたことだろう？ 彼はタワーズの競売の予告の言葉、「直ちに引き渡し可能」から推量して、タワーズはまだ誰も住んではいないと、思っていたのだった。だが、明らかに誰かが今そこにいる。それは管理人なのか、それとも自分のあとに誰かがそこに入ったのか？　あるいは誰かが自分と同じように不法にも侵入したのか？

その部屋のドアは少し開いていたので、彼はそれを押し開けて、中に入った。

すると彼の脈拍を止めるような光景に出くわしたのだ——ヴァイオレットの美しい顔であった。

そこに彼女はいた。前述したあの骨董の椅子に腰かけて。その椅子は、言伝えによると、彼女の祖先、チャイルド・ローランド*のもので、幸運の椅子と呼ばれていた。それと同じ骨董のジェイムズ一世時代のテーブルを前にして、頭を椅子の背もたれの彫刻を施した紋章に軽くもたせ掛けて、彼女はぐっすり眠っていた。ロウソクの暖かい光が彼女の顔と首に深いバラ色の光を投げかけており、彼女の頬と喉の周りに流れ落ちている小さな金色の巻き毛を、釉薬《ゆうやく》をかけたような豊かな色に染めていた。

彼女は、彼があのコリヤナギの小島で太陽の光を受けているのを見た時よりも、もっとずっと美しく見えた——彼が自分の心から追い出そうと必死になっている彼女の夢のようなイメージよりも、もっとずっと美しく。

彼は突然身を翻すと、静かに元通りの位置までドアを閉めた。

彼は廊下を通って行ったが、そこは彼がたった今置いてきたばかりの光景によって光り輝いているようであった。

彼の胸の内で進行している葛藤する感情の争い、誇りと憤りが愛と争うことが凄まじく、玉のような汗を額に浮かべながら、彼は手探りで階下に下りて行った。階下の床に着くと、階段の一番下の段に座り込み、風の中の木のように身体を揺らせていた。

若かったが、マーティン・レッドウッドは確かに、彼の時代のどの詩人よりも様々な種類の感情を知っていた。というのは、今日詩人は波乱*に富んだ生涯を送ることはないからである。だが、マーティンの人生における大きな危機が、こうして彼が階段の下に座っている時に、作用していたのである。

「彼女の顔には、起きている時よりも眠っている時の方が、種族の誇りがもっと出ている」と彼は独り言を言った。「彼女が自分一人だと思っている時に、俺は誰もいない部屋を行ったり来たりしながら、彼女を屢々観察してきた。そして俺のこれまでの愚かな日々でさえ、あの美しい口と、あの首と肩の誇り高い容姿によって撥ねつけられた。だが、彼女がああして座って眠っていると、日鼻立ちの全てから種族の残忍な誇りが放出されていて、それが俺に彼女を嫌悪させる。そうだ、俺の魂と肉体を焼いているのは嫌悪なのだ！　嫌悪に相違ない。愛などではない、ありえない！確かに俺はみすぼらしい奴だ、だがそれほど悪人ではない。もしそれが愛だと知れたら、俺はすぐさま行って湖に身を投げてやる。いや、まてよ、神よ助けたまえ！　あの残忍な唇のことを考えると、それを一度でいいから自分の唇に触れさせることができれば、俺がこの世の屑から生まれ出たと知る前に嘗て抱いていたあらゆる願望を捨ててもよいと、俺に思わせるものは一体何であろうか。俺の気を狂わせるのは、彼女のあの唇の美しさだ。彼女の身の全てが他の全ての女の美を翳らせてしまう。だが俺は俺の誇りが他のもの全てをこれまで退けてきた——あの天使のように輝く眼

──優雅な肢体と動き──俺は一つを除けば全てを退けることができたであろうと思う。それはあの口だ、あの口の誇り高い曲線が俺の劣等性と俺の愛を知っているように思える。

「この世に生きた全ての女の中で最も勇敢な女はヴァイオレット・ヴェスプリーだ。彼女はタワーズに独りで生きてきた、どんなに小さな禍からでも彼女を救おうとする保護者がいるのも知らないで。」

それから彼は立ち上がって、階段を昇りはじめ、こう呟いた、「これがあの女の見納めだが、今一度だけ見なければならない。」

ドアに到った時、彼は再びドアを押し明けた。そこに彼女はいた、彼が立ち去った時のまゝで。ただ顔の表情は変わっていた。

彼女は今明らかに美しい夢の最中であった、というのは唇が動いていたからであり、マーティンが近付いた時、彼女がどのような夢を見ているのかがはっきりとわかる言葉を彼が聴いたからであった。

その夢の中で彼女は明らかにあの秋の日の彼女の経験を再び生き直しているのであった。それは彼自身の記憶にしっかりと印象付けられたものであった。その時彼は、彼女がヴェスプリー樫の下に立って、戻り水の湖に流れ入るあの広い部分に映る虹を眺めているのを、見たのであった。暫くして彼は彼女がこう言うのを聴いた、「あなたはヴェスプリーの幸運なの？」と。

それから彼女は返事に耳を傾けているようなふりをした。その次には微笑が笑窪《えくぼ》を作って顔中に広がり、唇がすぼまってキッスの形になって行くように思われた。

「何てこった！　何と美しい人だ――何という麗しい姿なんだ！　これこそ本当のヴァイオレットだ、自然が形造ったままのヴァイオレット。別の姿、世俗的な慣習でできた人を蔑むヴァイオレットは、別の人だ。このヴァイオレット、甘美な夢の中のヴァイオレットであれば、俺を抱きしめて、こう言ったであろう、『私達を平等にするものが一つあるわ――愛よ！』と。どうして俺は彼女を理性でもって非難できようか？　嫌うだって？　馬鹿な！　あれは全く嫌悪なんてものではなかったのだ。あれは愛だったのだ。俺は生きている限り、彼女を愛するだろう！」

彼が部屋に忍び込み、テーブルを回って彼女の背後に来た時の彼の顔の表情は、聖所侵犯をしている男のものであった。恥辱の家の子孫がヴェスプリー家の娘のいる所に侵入しているというだけのことではなかった――誰もいない家に真夜中に男が美しくて無垢な乙女の神聖な寝所に侵入しているのであった。彼の人生の中で初めて恥ずべきことをしているのであった。彼の人生の中で初めて自分の誇りの砦を攻撃しているのであった。だが致し方なかったのだ。彼は崇拝の対象を取り巻くオーラの中に引き込まれたのである。その誘惑の罠に落ちて無力となった。

そして今はじめて彼はヴァイオレットの前のテーブルの上に美しい宝石があるのに気が付いた。それはロレンス・ヴェスプリーが一度彼に見せてくれたことのある虹の黄玉で、「ヴェスプリーの幸運」として知られる家宝であることがわかった。それは汚れて毛羽立った皮のケースに入れられていた。マーティン・レッドウッドはその宝石を取り出して、光に翳《かざ》し、すぐさまその宝石に夢中になって我を忘れてしまい、宝石の深みに可愛い顔を見ているような気になった。その顔は或る時はヴァイオレットの顔となり、別の時には彼の妹のモリーの顔になった。ついに彼は宝石をケースに戻すと、同じく夢見るような様子で眠っている女を見ながら立っていた。

「まだ夢を見ているようだ」と彼は言って、顔をテーブル越しに近付けて、彼女の唇が動き始めるのを眺めたが、その動きはバラの葉が風に揺れるのを夢見るようだった。再び彼女は呟いた、「あなたは本当にヴェスプリーの幸運だわ！」と。

マーティンはさらに顔をテーブル越しに曲げて、彼女の唇が再びキッスの形になった時、自分の唇を優しくその上に重ねた。はっとして彼は顔を引いた。その美しい眼が彼に見開いたからだが、でもその眼は依然として眠りに満ちていた。

彼は急いで身を引き離し、忽ちサー・ヒュー・ヴェスプリーの古い鎧の後ろに滑り込んだ。それはこれまで彼が幾度となく物色したものであった。そこに立ちながら、マーティンは己のしでかした無分別なことを理解した。彼はその隠れ場所に震えながら立っていて、恐怖の叫びが上がるのを予期していたが、何も聴こえなかった。自信を取り戻して、彼はまたあたりを見回し、彼女が静かに再び椅子に沈んで行くのを見た。彼女はまるで彼がそこに立っているのを期待しているかのようであった。

それから彼女は自分のロウソクを取り上げ、部屋を出た。

マーティンは月光に輝く部屋に残ってパネル画を眺めていたが、その上に月光が落ちていた。それから彼はヴァイオレットの立ち去ったばかりの椅子に行って腰を下ろした。

彼女が目覚めてのちその唇からこぼれ出たある言葉が、彼の心に不思議で力強い効力を及ぼした。「彼女は俺を見たのだ」と彼は言った。「そうだ、彼女はまっすぐ俺の眼を見たのだ。だが俺は彼女には彼女の夢の一部に思えたのだ。彼女の想像では、俺の顔はヴェスプリーの幸運の顔として受け入れられているのだ。」

彼はそれから廊下を急ぎ、館を去った。だが彼はその地所を立ち去りはしなかった――できなかったのだ。彼は遊歩道に佇んで、ロウソクに照らされた一つの窓を眺めていた。ついにその光が動き始めた。「彼女は目覚めたのだ！」それからその光は窓から見えなくなった。「彼女は自分の寝室に行くのだ」と彼は言い、急いで館の角を曲がって、彼のよく知っている窓の前に立った。その窓を彼は何度も眺めたことがあるからだった。

今度はその窓に輝く灯りがあった。

「眠りについたのだ」と彼は言った。

彼の心は今夜見た幻影で一杯であったから、とても眠れないことはよくわかっていた。ではできるだけ彼女に近い所で夜を過ごそうではないか。

「彼女は夢の中で俺にキッスをした。彼女の唇は俺のものに触れた。だが彼女はそれには気付かなかった。俺はその唇を感じた――今でも感じる。神よ助けたまえ！　俺はいつでもそれを感じるだろう、尤も、彼女が目覚めていれば俺の顔に彼女の唇を押し付けるようなどのような力も地上にはないことくらいよく承知しているさ！　でも、眠っている最中に彼女がそれを触れさせることができるのは、意味があるのだ、それは眠りのなかで霊魂が出逢うことができるからだ！　彼女は俺のように貧しいし、家もない。だが、俺が昔のヴェスプリーの太守のような富を持っていたとしても、血筋への彼女の誇りから彼女の唇で俺の顔に触れることは避けるだろう。仮令俺がコフェチュ*

ア王の玉座にいたとして、彼女が襤褸《ぼろ》を着た乞食女ペネロフォンであったとしても、同じことだろう――迷信が彼女の血には巣食っているのだから。

「俺の方だってあいつにそうはさせるものか。絶対に！　もし彼女の誇りが断固としたものであるのなら、俺の方だってそうだ。」

とはいうものの、彼は夜明けまでそこを動かなかった。

第二部　ロンドンのヴァイオレット・ヴェスプリー

第一章　カーリッシュ夫人の客間

辻馬車*がランベスのヨーク・ロードの外れにある静かな路地の或る家の前に止まると、一人の少女がその馬車から飛び降りて、とても元気よくドアを敲いた。そのドアは塗装が膨れ上がったり破れたりして薄汚れていた。背が低くて、がっしりした四角な顎の女性が少女の呼び出しに応じたが、彼女の髪には紙のカールが巻かれ、手にはカーペット用の大きな箒を持っていた。

「ジョーダン夫人はいらっしゃいますか?」

「そのような名前の人はここにはいませんよ。」

「でもその人はここに住んでいたのですが。」

「そうかもしれない、それにその人の前には別の人が誰かここに住んでいただろうし、その前にはまた別の誰かがね。」

「ではその人が何処に行ったかご存じないでしょうか?」

「おやまあ、ないね!　勿論私が知るはずがないさ。これまでその名前を聴いたこともないんだから」と女はぶつくさ言った、「この場所が貸家になっていたものだから、私が借りたのさ。私の前に誰が住んでいたかなんて、知らないね。」

この対話の間、小柄な女は眼を輝かせて少女を頭の先から爪先まで見つめた。

「私はちょうど列車で来たところです」と少女は言った、「それでジョーダン夫人がここにいると思いまして。」

「それでその夫人もあなたを待っていたのかい？」

「彼女に手紙を書きましたが、返事を待っていられませんでした。夫人は遅筆なので。彼女は私どもの昔からの乳母なのです。私は突然ロンドンに来る決心をしました。ロンドンには彼女以外に誰も知り合いがいませんでしたから、彼女のもとに滞在できたらと思ったのです。」

「あんたが若いお嬢様だってことはわかるよ」と女は言った。

「ええ」と少女は言った、「名前をヴェスプリーと言います——これからどうすればよいのでしょう？——何処に行けば？　ロンドンには誰も知り合いがいないのです。」

「中にお入り。あの馭者がにやついているわよ。」

確かに馭者は、乗客が間違った目的地と思える所にやって来たこと、それでも女将《おかみ》が少女を中に入れようとしていることがわかったので、皮肉な笑みを浮かべ指先を鼻の横に当てた。

「中にお入り」と女将は続けた、「それから話し合おうじゃないか。」

女将はそれから向きを変えて今さっき出てきた狭い通路に引き返し、みすぼらしい客間へと歩いて行ったが、その客間には四脚の椅子と小さな丸テーブルがあり、そのテーブルには茶色のアメリカ製の油紙が被せられており、その上の方にはガス灯のシャンデリアがあった——とてもむさ苦しいシャンデリアで、そこにあるのは使用のためというよりはむしろ飾りのためではないかと思えた。ただ天井にガス管を通す黒い穴があったので、これは実用のものだとわかったのだが。

ヴァイオレット・ヴェスプリーがこの部屋に入ると、女将は立ったまま再び少女を見つめて、こう言った、「前の勤め先の紹介状をお持ちかえ？」

「いいえ」とヴァイオレットは言った、「今言いましたように、ロンドンの訪問はこれが初めてなのです。」

「通常は紹介状か、さもなくばキャッシュで一週間分の支払いさ」と女将は言った。「でもあんたは田舎の出だね――言われなくたってわかるよ。あんたには野生の花の匂いがするし、眼には野生の花の姿が映っているからさ。それにね、紹介状がそれほど効き目があるとは思わないのさ。最後の下宿人は紹介状を持っていたけど、三ポンドの借金を残してトンずらしてしまったよ。」

「なんという恥知らず！」とヴァイオレットは言った。

「でもね、彼女はピアナーが弾けたのよ」と女将は続けた、「それで私は大変楽しめたの。それにね、幾つか物を後に残して行ったので、それが役に立ったわけ。だから、幸せなら、どうでもいいってことよ。こう言ってよければ、お嬢さん、私はあんたの顔つきが確かに気に入ったね。だから、他に行く所がなければ、これら二部屋を一週間十二シリングで使っていいよ、料理と世話代は含まれるが、石炭バケツ代に六ペンスとガス代は別料金ということでね。勿論私はあんたが食事を全部自分で作るとは思ってはいないよ。その必要はない。通りの角に素敵な料理売店があるので、あんたのために出かけて行って何でも買ってきてあげるのを何とも思わないわ。ちゃんとした召使は置いてないの。私がお部屋係で、小間使いで、料理人ってわけよ。私は助手に小娘を置いたことがあるが、或る時その娘がジャガイモ、最良の茶色のやつをブタのフライ料理から取り出して、肉汁に指を突っ込んでいる所を見つけたのさ。それでね、首にしたってわけよ。」

ヴァイオレットは返事をしなかった。そのような家事の突飛な行為は彼女の経験外であったからだ。

「部屋はゴミ同然に安いよ」と女将は続けた、「ゴミと言うのはこれらの部屋には適当ではないね。だって部屋はピカピカ、こう言うのもなんだが、新品のピンのようにピカピカだからさ！」

この時ヴァイオレットがふと天井の黒い穴を見上げたので、その視線を気にした女将はすかさずこう言った、「まだ天上は漆喰を塗ってないんだ、でも明日そうするつもりでいたのさ。何でも言ってちょうだい。」

「それはご親切に」とヴァイオレットは言った。

「とんでもない、お嬢さん。全て商売の内だから」と女将は言った、「ところで、ピアナーは弾けますか？」

「ええ」と少女は微笑んで言った。

「あぁ、それは結構だわ、雨の日で外出はできなくて、街頭の手回しオルガンも来ないとなるとピアナーを聴きたくなるのよ。私は部屋を貸したいし、あんたはそれを借りたい。馭者に言って荷物を中に入れさせましょうか？」

女将の顔には信頼をしてよさそうなものがあったので、ヴァイオレットは、他にどうしてよいのかわからずに、賛同したので、馭者は荷物を小さな客間に入れた。

駅者が運賃にしかめ面をしてから引き下がったので、女将はヴァイオレットに言った、

「一週間部屋を使ってよろしい、それで気に入ったら、使い続けてよろしい。」

ヴァイオレットの眼がテーブルを覆っている油紙——その光る表面はヒビが入っていて、剝がれてもいて、その下の布地が剝き出しになっていた——に釘付けになっているのを見て、女将は付け加えた、

「そのヒビ割れは、それを詰めるものを持っているから、気にならなくなるよ。」

ヴァイオレットは、テーブル・クロスの色がヴェスプリー・タワーズの長い芝草の中で輝いているのを見るのが好きだったマロニエの木の肌を思い起こさせて、その事だけを考えていたに過ぎなかったので、悲しい思いから女将に返事ができかねた。

それから女将は、ヴァイオレットを連れて、折り畳み式の扉を通って寝室に行った。

「何と小さなお部屋だこと！」とヴァイオレットは言ったが、不平のつもりではなくて、コメントとして言っただけであった。彼女はタワーズの広々とした部屋を想い出していたからであった。

「小さければそれだけましってことを、冬が来ればわかりますよ。」

「どうして冬になるとですか?」

「客間で暖炉をどんどん燃やすだろう」と女将は返答した、「そうすれば、折り畳み式扉を開けることができてね、ほらね！　あったかい火の傍で着替えができるのさ、お姫様のようにね。」

この頃には、女将は実際少女には面白い存在と思えるようになり始めていた。

「では部屋が小さいと、夏にも何かいいことがあるのでしょうか?」と少女は言った。

「夏には」と女将は言った、「部屋がむっとすると、客間の窓を開け広げて、この折り畳み式扉の一つを開けておけるし、もう一方の扉が隙間風からあんたを守ってくれるわ。」

「寝台が短いようですが」とヴァイオレットは言ったが、益々女将の饒舌の虜になってきた。

「それはね、あんたの背が高いからだよ、お嬢さん」と女将は言った。「でもね、必要とあらば、寝台を長くするのに端を取り外して、足乗せ台を付けられるのさ。そうして階下にある小さなベンチの上に二つの枕を置くようにして、好きなだけの長さに調節できるのさ。それで毛布やシーツなどは、作られた長さのまゝだからね。」

「一つだけ言いたいのは」とヴァイオレットは、事態をできるだけ穏やかにしたい気持ちから、こう言った「確かに全てが本当にとても清潔に見えますね。」

「そうとも、この路地にある他の多くの客間についてはそうは言えませんよ」と小柄な女は言った。

それから女将はヴァイオレットを箪笥に連れて行ったが、それは嘗てはとても良いものであったことが見て取れた。それは古いオランダ製の嵌め込み細工で、ベニアの板切れが剝がれており、もともと真鍮の取っ手のあった場所のネジ穴に糸紐が通してあった。

ヴァイオレットは小さな鏡台に向き直ったが、それはピンクと白の婦人帽子で覆いがされていて、それがまた襞飾りの付いたペティコートのように見えたので、こう言った、「何と可愛らしく飾り付けたことでしょう！　このような襞飾りですっかり覆われた脚のある鏡台を見たことがありません。でもとても素敵に見えますわ。」

そう言うと彼女は鏡台に近付いて覆いの端を床から持ち上げた。

女将は初めて少し困惑した顔をしたが、それもそのはず、鏡台であると思われたものは単に幾つかの茶箱を組み立てたもので、大きな漢字で装飾されたツヤ付けしたオリーヴ色の紙を被せたものであり、この茶箱は数ペンスで雑貨屋で買える代物であった。

「あぁ」と女将は言った、「それだけがこの部屋にある本物ではない代物だよ。私が鏡台を持っていなかったものだから、箱を四つ紐で縛って作ったのさ。」

ヴァイオレットは微笑を隠しきれずに、こう言った、

「それでとてもうまくできているわ、本当に！　本物ではないと誰も知りようがないわ。それにこれにもまた間違いなく本物にはない幾つかの利点があるわ。」

「そうね」と女将は言ったが、煌《きらめ》かせた眼からして女将がこの親しげな皮肉を楽しんでいることがわかった――「もしあんたが中国語を学びたいなんて気を起こせば、この襞飾りを持ち上げさえすればいいのさ、ほらね！」

この頃までに女将はヴァイオレットに全く楽しい人だという印象を与えたので、少女は言った、

「あなたは中国語をそうして学んだのですか？」

「そうよ」と女将は言った、「私が学んだ唯一のものよ。」

「何時でも自分の寝室で中国語を学べるとわかると、確かに素敵ね」とヴァイオレットは言った、

「そうしたければですが。」

「あの姿見ですが」と女将は鏡台の上に載っている古いハート形の小さな回転式鏡の方を向いて、

続けた、「あれは鏡としては申し分ないのですが、ただ四隅の一部分が問題で――でも隅なんて眺めようとは思わないわね。」

ヴァイオレットは直感的に鏡を見つめたが、鏡は支柱にゆるく取り付けられていたので、どの角度に止めようとしても、まっすぐの位置に戻ってしまうのだった。

「あぁ」と女将は言った、「見たい角度に止めるには、櫛を使って支えることだね、そうすりゃ好きなように見られるさ。」

こうして女将は部屋の全てを案内し、家具の不備なところを全て弁護した。

女将は大層愛想がよかったので、ヴァイオレットは不真面目なところを除けば何処にも欠点は見付からなかったので、とても心地よく感じ始めた。

「あんたの荷物の紐を解いてあげるよ」と女将は言った。そして彼女はすぐさま膝をつくと、結び目を解くのに熱中した。

ヴァイオレットがトランクを開けていると、女将が言った、「あんたが荷物を開けてしまって一段落つくと、何か食べたくなるでしょう。何を調達しようかね？」

「お茶ほど」とヴァイオレットは言った、「欲しいと思うものはありません。」

「お茶のつまみはどうかね？」と女将は言った。

「私にはわかりません」とヴァイオレットは言った、「家の中に何がおありなのか？」

「これはしたり、あんた、何もないさ！　この家にはパンとバター、それにチーズ以外には食べられるものは欠片もないのさ。あんたは紳士の邸宅で食糧置場に慣れているのだろうが。でも、私は駆けだして、殆んど何でも手に入れてくることができるよ。角の所にコールド・ビーフとハムの店があり、その向かいに料理売店もある、それでもよくお互いいがみ合わないことさ！　だからコールド・ビーフとハムの薄切りと、サビロイ（調味した乾製ソーセージ）、あるいはブラック・ソーセージ、あるいはチッタリング（豚・子牛などの食用小腸）など買ってきてあげるよ。」

ヴァイオレットは当惑した。

「あなたがいいと思うものを買ってきてください。」そういうとヴァイオレットは女将の手に何がしかの銀貨を渡した。

女将は駆けだして行き、すぐに二枚の皿を手に戻ってきた。一枚には冷たいご馳走が、もう一枚には温かいご馳走が盛られていた。ヴァイオレットはまた小さな客間に戻っていて、ピアノを考え深げに凝視しているところだった。

「あぁ」と女は言った、「あんたがピアナーを好きそうで嬉しいよ。私はできる限り大きいのを選んだのさ。」

「そうね」とヴァイオレットは言った、「興味深いのは、ピアノのサイズと部屋と小さな椅子との関係よ。それは、私が田舎の愛しい我が家を去る時、最後に眼にした光景を思い起こさせるわ。」

「それで、どうなのさ、その光景は？」と女将が言ったが、彼女は興味を唆られたようであった。

「部屋と部屋にあるものとピアノのサイズとの不釣合の程度が、或る幼いカッコーが巣の元の所有者を追い出して下の藪に落すのに似ているように思えるの。願わくば、」と彼女は続けた、「哀れこの小さな椅子があのようなこれ見よがしの大きなピアノの下僕《しもべ》にされなければよいのだけれど。

とにかく、あのいたずら者のカッコーを巣から追い出しておくべきだったと思うのよ、だって哀れ小さな雛たちがまた下の芝生にいるのだと思うと哀れで。」

女将はどう返事してよいのかわからないで、戸惑ったようにヴァイオレットを見た。女将は買ってきたものをテーブルに置いて、ヴァイオレットがその素晴らしいご馳走をどんな顔をして眺めるのかを見て、悦に入っているようだった。

部屋を出ながら女将は言った、「これらの料理は下ごしらえする必要があるものがあるから。ストーヴに十分火があるからすぐ食べられるようにして持ってくるよ。」

女将が部屋を出ると、ヴァイオレットはむさ苦しい椅子の一つに腰を下ろして、窓の外を眺めた。路地は比較的静かであったが、噂でしか知らないバビロンの都の喧噪の只中に自分がいるような気がした。

女将が戻ってきて、お茶に必要な道具を全て持ってきたので、ヴァイオレットの眼はたちまち温かいご馳走の皿に釘付けになった――ブラック・ソーセージに、チッタリング――そして、こう言った、「これほど黒く見えるソーセージを見たことがないように思うわ。それに同じお皿にあるこの別の白いものは何？　それは本当に美味しいものなの？」

「美味しいかって！」と女将は叫んだ、「それがチッタリングだよ。チッタリングほど美味しいものはこの世にはないね！　あんた、サビロイって知っているかい？」と彼女は続けたが、ヴァイオレットが冷肉とサビロイの載っている別の皿を眺めていたからである。

「恐らく」とヴァイオレットは言った、「それはあのとても分厚く見えるソーセージでしょう。でも私はハムとビーフで十分だわ、とっても美味しそうに見えるのですもの。」

そう言って、彼女はテーブルに行って座った。

「お茶ができましたよ」と女将が言った、「それで、勝手してよろしければ、あんたを一人にする前に、あんたの食べ具合をチョイと見させてもらいたいんだが。人が食べている姿ほど見たいと思うものは他にないよ――自分が食べている場合を除けばの話だがね。」

「どうか、私とご一緒しませんか」とヴァイオレットは丁寧に勧めたが、女将の眼が食べ物に落ちているのを見たからであった。

「そんなに言われるとね」と女将は急いで言った、「それじゃあちょっと黒いソーセージをいただこうかしら。私が食べなければあんたは食べそうにないからね。」

ヴァイオレットは特別に勧めた記憶はなかったのだが。

女将は黒いソーセージを別の皿に取り分けて、敷物の上に戻って食べ始めたが、ヴァイオレットの方は静かにテーブルに座ってお茶と冷肉とハムを摂った。

「思うに」と女将は、ご馳走の大半を一人で食べ終わると、言った、「あんたは自分の部屋に戻って、私が片付けている間に、自分の荷物を整理したいんじゃあないかと。」

ヴァイオレットは頷いて寝室に入ると、折り畳み扉を閉めた。

彼女がトランクの荷物を開けるのに精出していると、客間の扉が開いて、誰かが入ってくるのが聴こえたが、女将と来訪者との間で会話が始まった。来訪者はその話声からして、若い娘のようであった。二人はむさ苦しい仕切り扉で話声がヴァイオレットに届くのを防げないと気付かないでいるようで、「彼女——彼女——彼女」という言葉から、まもなく会話の話題がヴァイオレット自身であることがわかったのであった。

女将が話をすればするほど、彼女の声は一層大きくなり、ついにはヴァイオレットは全ての言葉を聴きとることができた。

「私の客間は」と女将が皮肉な調子で言うのが聴こえた、「可笑しなことになっているのさ！」

「そうね、女将」と奇妙な相槌の声がした。

「ランベスのヨーク・ロードのはずれのこんな路地に下宿人がね！　可笑しなことさ！」

「そうね、女将。」

「お偉方のお嬢さんが駆け落ちした。あの娘《こ》がそうだよ。」

「そうね、女将。」

「もうすぐあの娘を追って若者が来るよ！」

「そうね、女将。」

ヴァイオレットは女将が部屋を歩き回り、叩きで時折家具を叩くのを耳にした。

それから女将は叫んだ——

「私の客間を借りて——あんなに威勢よくして！　馬鹿な——馬鹿な！　一体どういうことかしら？　あの娘が戻って来たら、はっきりと言ってやるわ、『馬鹿な！　あんたはお偉方のお嬢さんで、変装しているのでしょう！』ってね。『何時お連れさんが来るのですか？』恐らくこう言うべきよね、殿方は何時お着きですか？　一体どういうことかしら？　どうして殿方の娘子が年老いた乳母を訪ねてくる振りをして、ランベスの庶民の客間を借りるのかしら？　言ってやるわ、『私はあんたの味方だけれど、あんたに打ち明けてもらわなくてはね』と。あの娘がこの部屋に戻ってくるとすぐに言ってやるわ。」

この時ヴァイオレットは折り畳み式の扉を押し開けて、女将と、すごい赤毛ですごい青眼の、そばかすだらけの小娘に向かって来た。小娘は明らかにアイルランド人だった。ヴァイオレットの姿を見て、小娘は姿を晦ました。

ヴァイオレットは彼女のあの心地よくて、威厳があり、音楽のようで、生まれのよさを思わせる口調で、女将に話しかけた。その口調は総じて「貴族的」と呼ばれるが、或る時には、恐らくそうであったと思われる。

女将は、彼女に辛辣な質問をする代わりに、悪いことをしたスパニエル犬のように怯んだ。

「あなたは私が入ってくると、私に尋ねることがあったのではなくって？」

「私はただこう言いたかっただけですよ、お嬢さん、あなたをここの下宿人にして鼻が高いと。」

「おぉ、それだけですか？　それはご親切に」とヴァイオレットは言った。「満足していただいて光栄ですわ。」

女将、名前をカーリシュというのだが、彼女は明らかに思わずお辞儀をして、トレイを持って部屋を出て行った。

ヴァイオレットは自分が意図しないでこの哀れな女を畏れさせてしまったことがわかった。今の彼女の寄る辺ない立場では、むしろこの庶民の女将とごく親しい間柄でいたかったのだ——それは彼女の本能に照らして、この奇妙な小柄な女が悪気はなく、彼女なりに善良であるとわかったからであった。とは言え、勿論、カースト制の領域を越えるものではなかった。

それで長い間座っていて、これまでにヴェスプリー・タワーズで感じたことがないほどロンドンの只中で孤独を感じて、彼女が部屋の隅に吊ってある、古びて色褪せた呼び鈴の紐を引っ張ると、すぐさまカーリッシュ夫人が部屋に戻ってきたので、今いる路地のことで幾つかの質問をした。これが引き金となって、ロンドンについての幾つかの質問が続いた。

最初女将の答えは恥ずかし気であったが、それは一分毎に彼女がこの娘の細やかな気品の高さに益々感じ入ったからであった。だが暫くすると、女将のお喋り癖が戻ってきた。それで彼女は長談義をはじめ、殆ど休むことなく、これを続けたのだった。

女将の話の題材はヴァイオレットには全く目新しいものだったので、その大半は全く理解不能であった。女将は自分がよそ者に話しているという意識を全く失って、自分の私的な話と、隣近所の話――尤も彼女が知りうる限りでのことであり、それも嘆かわしいことにほんの僅かしかなかった――それに他の話も全て混ぜこぜにして語ったのである。

その結果、ヴァイオレットは自分が見知らぬ人と居るのではなくて、昔からの知人と居るような気になり、そのお蔭で、とても心が落ち着いたのであった。

その夜、眠る前に、ヴァイオレットはポケットから古い皮のケースを取り出した。警戒して聞耳を立てるような面持ちで肩越しに振り返りながら、彼女はそれから輝く家宝の虹の黄玉を取り出し、弱いロウソクの火の前に掲げて、夢見るような眼差しでその色彩豊かな多面体に魅入った。彼女はヴェスプリー・タワーズの父の部屋で、古い箪笥の引き出しからそれを取り出したのだった。それは言い伝えによると、レディー・ゴダイヴァの時代からそこにそれが保存されてきたのであった。それはレディー・ゴダイヴァにゴダイヴァ宝石の全てが所属するものだと信じられていたからである。

「ヴェスプリーの幸運」と彼女は呟いた、「ヴェスプリーの幸運！　何があろうとも、これを手放しはしないわ――いいえ、飢えが私に襲いかかろうとも、断じて！」

そうして、それを元のケースに仕舞うと、彼女はそれを枕の下に置いて、ベッドに潜《もぐ》り込んだ。

第二章　ロンドンでの最初の日々

一日の疲れのせいで、ヴァイオレットは彼女にしては異常なほど深く眠った。彼女の眠りは午前中遅くまで続いた。彼女は突然飛び起きて、カーリッシュ夫人が折り畳み式扉の間に立っているのを見た。

「ロンドン！」と彼女は叫んだ。

「ごめんなさい」と女は言った、「でもあんたがあまりにも静かに寝ていたので、あんたが本当にここにいるのか気になってねえ。何度か客間に入ってきて折り畳み式扉の所で聞耳を立てたのだけれど、ついに時計が時を打ったので、見てみなくてはと思ってね。」

「何時ですか?」とヴァイオレットは尋ねた。

「十二時だよ。」

「とんでもない――何と恐ろしく遅いこと!」

「私にとっちゃあ遅くはないがね」と女は言った、「でもね、私は何時より二、三時間は早く起きたのさ、だってあんたが朝食に飢えているんじゃないかと思ったものだから。あんたは田舎者だから、多分ゆで卵が欲しいのではと思ってね、それであんたのために三個の新鮮なやつを手に入れたのさ。」

「ええ」とヴァイオレットはぼんやりと返事したが、まだこの新しい経験の目新しさから回復していなかったからだ。

女はそれから扉を閉めたので、ヴァイオレットはベッドから飛び起きた。

がっかりしたことに、部屋にはお風呂がないことに気付いたのである。お風呂は彼女には日常生活になくてはならぬものに思えていたので、前の晩にそれを注文しておくことなど考えもしなかったのである。

これはこれまでの彼女の知っている貧困の姿と、清潔に保つことがなかなか難しい下層階級にはなじみの貧困の姿との、痛切な対照の最初の経験であった。

カーリッシュ夫人が隣の部屋で動いているのに気付いて、彼女は声をかけた。

「あなたはお風呂を忘れているわ。」

「何を忘れているですって?」とカーリッシュ夫人は言った。

「お風呂です。」

「何だって、あんた、家にはお風呂などあるものか、あった試しがないよ！　私の下宿人がお風呂に入るには、角を曲がって六ペンス支払うのさ。」

「お風呂がないと朝食が食べられないのです」とヴァイオレットは悄然として言った。

「それじゃあ、さっさと服を着て、お嬢さん——とにかく服を着て、そうすりゃ私があんたをお風呂に連れて行ってあげるよ。」

ヴァイオレットは言われた通りにして、二人は間もなく路地を急いでお風呂に行った。そこに着くと、カーリッシュ夫人は助手に自分も若い婦人に付いてスウィミング・プール見物に入れてもらえないかと尋ねた。すると助手は機嫌よく中に入れてくれた。

水泳者としてのヴァイオレットの力量はカーリッシュ夫人を驚かせただけでなく、そこの係員も誰も彼もを驚かせたのであった。

「彼女はプロフェッショナルだ」と係員のひとりが言った、「そうに違いない。」

寝室に戻るとすぐヴァイオレットは、カーリッシュ夫人の家具の素晴らしさ——昨日それについてその所有者が長々と説明をしてくれたが——を試してみる十分な機会を得た。

折り畳み式扉を通して彼女はカーリッシュ夫人がまだ朝食の準備に勤しんでいるのを耳にした。彼女は客間に入ると夫人が小さな朝食用テーブルを整えているのを見たが、そのテーブルには三つ卵が載っていた。

ヴァイオレットがその卵の一つを突っついた時、殻が壊れるとすぐ、白身と黄身が彼女には不思議な様で混じり合っているのに気付いたのである。それを少し唇に持って行くとたちまち湿った藁のような味がした。それで卵は腐ってはいないが、恐らく藁に入れられて長旅をしてきたのだと結論付けて、彼女は食べるのを止めた。

「卵はお嫌いですか、お嬢さん？」と夫人は言った、「それは生みたてで、とても新鮮だよ。でもロンドンの新鮮は田舎の新鮮とは全く同じというわけではないからね。」

「ええ」とヴァイオレットは言った、「この卵を好きだとは言えませんわ、他の二つもこれと同じではないかと思うのです。カーリッシュさん、この卵はアイルランドから来たもので、荒い旅をしてきたようですね、白身と黄身が入り混じってしまっていますから。」

「本当にごめんなさい」と夫人は心から失望して言った。

「家にベーコンがありますか？」

「いいえ」と夫人は言った、「家にベーコンを保存しておいて、乾凅《ひから》びさせてしまうなど考えたこともありません。私はいつも毎朝お店に行って、フリッチ（豚の脇腹肉のベーコン）から自分の分を切ってもらうのさ、だからいつも美味しくて、油もたっぷりなのさ。駆けて行って美味しいラッシャー（ベーコンの薄切り）を手に入れて、すぐに料理をしてあげるよ。」

彼女は若い少女のように活発に駆け出して行ったが、ヴァイレットはすぐにラッシャーが調理される匂いを嗅ぐことができたのである。

「本当に」とヴァイオレットは、夫人が喜びに顔を輝かせてベーコンを運んでくると、言った、「あなたはとても魅力的で親切だわ。」

「おぉ、そんなことはちっともありませんよ」と彼女は言った。「これは全て商売ですから、お嬢さん。でもあんたは卵を食べるつもりはないようだし、それに私にそれを食べるように勧めているようだから、私がそれを片付けてあげましょう。」

そうして彼女は卵とスプーンを取り上げると、瞬く間にそれを片付けてしまったが、その速さがヴァイオレットの称讃を呼び覚ました。

ヴァイオレットがまだ朝食を食べている時、彼女の耳はロンドンの聴き慣れない街の叫び声に充たされた。彼女はティー・カップを唇の近くで止めたまま、その物音に聴き入ったが、まるでその不協和音はアラビアン・ナイトの物語の中の魔法の声のように思えた。

彼女はロンドンにいるのだ。

「ロンドンにいると思うと、なんて楽しいことなのでしょう」とヴァイオレットはカーリッシュ夫人に言った。「私はよく思ったものだわ、もし私がロンドンにいることがわかりさえすれば、外の鉛板屋根の上で眠っても構わないとね。でもすぐに」と悲しげな声で彼女は付け加えた、「でもすぐに私はいつも訪問のあとは再び戻る——ヴェスプリー・タワーズに戻ることを考えたものだわ。」

「おぉ、それがあんたが出てきたところの名前だね、お嬢さん、でないかい?」とカーリッシュ夫人は言った、「それにとても素敵な名前じゃないか。」

ヴァイオレットは返事をしなかった。

カーリッシュ夫人は朝食の後片付けをすませると、戻ってきて、こう言った、

「私はあんたに押し付けがましいことはしたくないが、お嬢さん、でもあんたはロンドンに不慣れだから、私が何か役に立てるかもしれないと思うのだよ。ロンドンではすぐ迷子になるからね。特に行ってみたい所はあるのかい？　でも昨夜あんたは誰も知り合いがないと言ったと思うが。」

「ええ、言うまでもないことですが」とヴァイオレットは言った、「最初にロンドン塔とウェストミンスター寺院に行ってみたいわ、ですからあなたが次にそのどちらかに行かれる時、ご一緒させてください。よくお行になられると思いますが？」

女将は面白がったような微笑を浮かべて彼女を見つめた。

「あんたが田舎の出だってことは間違いないね、お嬢さん！　私が屢々ロンドン塔とウェストミンスター寺院に行くだって？　ウェストミンスター寺院には一度行ったが、ロンドン塔には行ったことがないよ。」

「これは驚きですわ」とヴァイオレットは言った。「子どもの頃からずっと、ロンドン塔とウェストミンスター寺院は私の夢と混じり合っていたものですから。」

この時路地に物音がしたので、ヴァイオレットは熱心にそれに耳を傾けた。

「おぉ、あれはただ*パンチとジュディーだよ」とカーリッシュ夫人は言って、立ち上がって窓を閉めようとした。「あのつまらぬものがいつも週に一度は廻って来るのさ、今日はその日だよ。私は手回しオルガンは好きだが、あのキーキー声のパンチとジュディーは嫌いだよ、全く。私は一文もやったことはないよ、今後もやるつもりはないね。」

「パンチとジュディーですか？」とヴァイオレットは言った。

「あり得るだろうか」とカーリッシュ夫人は半ば独り言のように言った、「あの娘がパンチとジュディーを見たことがないなんて?」それからヴァイオレットの方に向き直って、言った、「あれはね、馬鹿げた人形芝居なのさ。あんたが見たことがないと言うのは驚きだが、でもねロンドンに出て来たばかりだと、それも無理からぬことだね?」

「芝居ですって!」とヴァイオレットは叫んだ。「おぉ、是非見てみたいわ。」

ヴァイオレットは椅子を窓際に引き寄せて、外を覗いて、はじめての芝居を見た。一方カーリッシュ夫人は家事仕事に部屋を出て行った。

忽ち彼女は再び子どもに還った、そしてパンチが最初に発明されて以来、彼がカーリッシュ夫人の「客間」で得たほどの称讃と熱意の籠った観客はなかったであろう。

パンチが妻の頭に振り下ろす拳骨の一つ毎に、彼女の思わず発する哄笑が部屋中に鳴り響いた。パンチが彼の犠牲者あるいは犬のトビーに話しかける時の鼻声の調子で、人形の口から出ているようにヴァイオレットに思えないものは一つもなかった。

それから抜け目のない集金人がヴァイオレットに眼を付けて窓の下にやって来て、皺くちゃの帽子を差し出した。ヴァイオレットはポケットの中を探り、一シリングの他の小銭が見付からなかったので、それを取り出し、それでなら沢山のものが買えるので、惜しいと思いながらも、ついにはそれを男に投げ与えた。それで芝居がまた再開されたのだった、一シリングとは明らかに予期しない恵みだったからである。ヴァイオレットが当惑したことに、パンチ芝居の正面が、彼女のために特別に、今度は窓の方にまっすぐ向けられたので、対面の窓は引き上げられて人々がパンチとジュディーではなくて、自分を見つめているのに彼女は気付いたのだった。

カーリッシュ夫人が今入ってきて、こう言った、「あんた注目の的じゃあないか、お嬢さん。近所の連中は美しい大人の淑女がパンチとジュディーに子どものように笑い転げているのを見るのに慣れてはいないんだよ。窓を閉めて別の日にパンチとジュディーを見た方がよいと思うんだけどね。」

そう言ってヴァイオレットがとても残念がったにも拘わらず、女将は窓を閉めたので、彼女は窓から離れた。

カーリッシュ夫人はそれからピアノの所に行って、こう言った、

「あんたはピアナーを弾くんだったよねえ?」

「ええ」とヴァイオレットは言った、「弾きます、でも少し練習不足です。ピアノが一台しかなくて、それがとても使い古されたものだったので。」

「この私のものは別嬪だよ」と女将は言った、「それにこれは元が取れてるんだ。私は音楽が大好きでね！　何よりも音楽が好きなのさ。それで私が最近までいた下宿人に三ポンドの支払い延滞を許してやっていたのは、彼女がピアナーを弾いてくれたからだよ。本当にあの娘の演奏が聴きたいよ。あんたすまないが私に何か弾いておくれでないかい?」

ヴァイオレットはピアノの所に行って、蓋を開けた。

ピアノの腰掛は故障していた――ネジが壊れていた――それで彼女は椅子を持ってきてそれに座った。

「何を弾きましょうか？」

「『*頑張れ、少年、頑張れ』を弾いてくれるかい？」

「聴いたことがありません」とヴァイオレットは言った。

「何とまあ！　あんたは本当に田舎者だね」と女将は言った。「『*さようなら、ダディー』は弾けるかい？」

「奇妙な歌ですね」とヴァイオレットは笑いながら言った、「それも聴いたことがありません。」

「まあ、本当に田舎者だこと。では私が子どもの頃に知っていた何か古い曲を想い出してみるよ。『*完全な治療』は弾けるかい？」

「いいえ」とヴァイオレットは言った。

「では『*ワゴンを待ちながら』はどうだい？」

「いいえ」とヴァイオレットは笑いながら言った。

「『*樵さん、その木は伐らないで』はどうだい？」

「それなら」とヴァイオレットは言った、「私が幼い頃、叔母たちがそれを弾いていたのを確かに憶えているわ、でも耳で聴いて弾けるほどにも十分には憶えてはいないと思うの。それにお恥ずかしいのですが、私は殆どが耳で聴いて弾くだけなのです。」

　そこで女将は曲を口ずさみ始め、それから最初の一、二小節をとても良いコントラルトの声で歌い始めた――

「おぉ、樵さん、その木は伐らないで——、
　枝一本にも触れないで、
若い頃それが私を守ってくれたの——
　だから今度は私がそれを守るの。」

ヴァイオレットはすぐにこの喘息のような息遣いのピアノが許す限りこの曲を弾いたが、女将はとても喜んだ。

「本当に『頑張れ、少年、頑張れ』が弾けるといいのにね」と彼女は言った。「指一本でなら私でも弾けるよ。」ヴァイオレットはたちまち飛び上がって、こう言った、「お願い、弾いてちょうだい、カーリッシュ夫人。」

女将は鍵盤の所に行って立ち、かなりの手際よさで音を拾った。ヴァイオレットは直ちにピアノでそのあとに続いた。女将はこれをとても楽しんで、彼女が馴染の簡単な曲を全て思い起こそうとした。

「『懐かしの我が家』を弾くことはできますか?」と女将は言った。

「あぁ」とヴァイオレットは答えた、「やっと私があなたに弾くことのできるものがありましたね。」

そして彼女の心はヴェスプリー・タワーズに飛んで帰り、彼女とローリーはお気に入りの曲を奏でる鐘の音が木々の上を越えて来るのに聴き入っていた。涙が彼女の眼に滲んできた。

女将は深く同情した面持ちで、こう言った、

「あんたは自分の家のことを思っているんだね、お嬢さん。」それから彼女の眼は物語っていた、

「それは何処にあるのだろう？」と。

そうして朝はヴァイオレットにとってとても楽しく過ぎ、昼食になると、世話焼きの小柄な女は角の何でも揃う料理売店からソールト・ビーフに人参と玉葱の付いたのと、豆粉プディングを調達してきたので、ヴァイオレットは寛いで、この御馳走を平らげたのであった。

午後にはカーリッシュ夫人が部屋に入ってきたが、カール・ペーパーを外しており、お出かけの様子《なり》をして、ヴァイオレットに、これから*ハンガーフォード・ブリッジを渡ってストランドに行き、買い物をしようと思うが、あんたを*ローザー・アーケードに連れて行ってやりたいと言うのであった。ヴァイオレットはこうした遠出を待ち焦がれていたので、二人はすぐさまハンガーフォード・ブリッジを渡っていた。

もしヴァイオレットがローザー・アーケードで素敵なものを楽しく思わなかったとすれば、カーリッシュ夫人はガッカリしたことだろう。そこは夫人のお気に入りの行きつけの場所だったからだ。彼女はロンドン子の生への執着を殊の外所有していたからだ。彼女にとってロンドンは宇宙であった。ロンドン以外のことは何も考えられないで、アーケードの安ピカ物や贅沢品を見ると、彼女はそこに居るだけで世界の富の只中に居るように思うのであった。その彼女でさえヴァイオレットが覗きカラクリに興じるなどとは思いもしなかったのである。

それはまるで子どもじみたものへの本能的な愛が、彼女の子どもの頃に発揮する機会がなかった

ので、十七歳の少女の中で活動し始めたかのように思われた。ちょうど木の中で停止していた樹液と潜在力が遅がけの夏に口づけされて活動するのに似ていた。彼女は子どもがするのとそっくりにオモチャの所をうろついていた。全てが珍しく、魔法のようで、妖精のようであった。

だがカーリッシュ夫人はただこれらの不思議なオモチャを見るだけでは満足せずに、幾つかを買ったのだ。暖炉の飾り用に音の出る犬と、奇妙な形をしたピッコロを買い、後者を彼女は何度も試していたが、しまいに店員がこう言った、「もし私なら、家に帰るまで待ってみますがね、奥様！今ご自分でなさるよりはお子さんたちにやってもらった方が何倍も嬉しいのではありませんか！」

おもちゃ売りのこの出鱈目な物言いが思わぬ事態を招いた。人生におけるこの元気な小柄女の唯一の悲しみが自分の子どもがいないことだった――彼女はとても子どもを愛していたからだ。だが落胆は何分も続くことはなく、彼女の顔は再び笑みを取り戻したのである。

バザーを後にして、カーリッシュ夫人は言った、

「ジンとノーユを知っているかい？」

「何のことかわかりませんが？」

「ほらね、思った通りだ」と女将は言った、「それに勝るものはないのさ、ジンとノーユにはね。それはジンとアーモンドを混ぜたものだよ。」

「美味しそうですね」とヴァイオレットは言った、「私はアーモンドが大好きです。」

「では一杯のジンと『ノーユ』を御馳走しないとね。」

それで彼女は小さな酒屋の前に立ち止まったが、それはストランドの北側に入り込んでいる露地

にあった。

「いいえ、いいえ」とヴァイオレットは言った、「私はそこには入れません、仮令《たとえ》あなたとご一緒でも、カーリッシュ夫人。」

「おぉ、是非いらっしゃい」と女将は言った。

「いいえ」とヴァイオレットは言った、「ここにいてあなたを待っています。」

だが彼女がこう言った時、或る身なりの良い紳士――その人がストランドの反対側の歩道にいるのに彼女は気付いていたのだが――が通りを横切って遣って来て、道の真中に立ち止まって彼女を見つめた。そこで、ここに一人立っているよりはカーリッシュ夫人と店の中に入った方がよいのではと思った。それで夫人に付いて黙って小さなバーに入った。偶々その時店の中には誰も客が居なかったので、ヴァイオレットは中に入るのを躊躇《ためら》わず、長椅子に腰を下ろした。カーリッシュ夫人の方はバーまで行って二杯のジンとノワヨー*を注文した。

これを渡されると、夫人は両手にそれぞれグラスを一つずつ持ってヴァイオレットの所に行き、その一杯をヴァイオレットに手渡した。

「本当に飲めません」とヴァイオレットは言った。「本当に駄目です。気分が悪くなるのです。」

「おぉ、試してみなよ」とカーリッシュ夫人は言った。

ヴァイオレットはグラスを受け取ると、それを口に持って行き、啜った。だがすぐに咳き込んでしまった。

「駄目です」と彼女は言った、「飲めません！　でも香りはとてもいいですね。まさにアーモンドですね。どうか受け取ってください。」

そう言って彼女はグラスをカーリッシュ夫人の方に差し出した。

カーリッシュ夫人はそれを受け取ると、両手にグラスを持って彼女の前に立った。それから彼女は交互に啜りながら、こう言った、

「それほどまで言うのなら、二つとも頂かなくっちゃね。でも私はつねに一度に一杯以上は決して飲まないことにしてるのさ、それだから決して酔っぱらったりはしないのさ。ただ陽気になるだけなのさ。」

「陽気にね」とヴァイオレットは言った、「あなたはいつも陽気ですわ。」

「そうさ」とカーリッシュ夫人は言った、「幸せであれば、どうってことはないさ。」

それから彼女はヴァイオレットを連れてストランドを渡りハンガーフォード・ブリッジに向かったが、その顔は上機嫌に輝いていた。

「明日の夜はあんたを歓待するわ。劇場の券《オーダー》を二枚手に入れたのよ。」

『券』という言葉がヴァイオレットには意味をなさないことがわかったので、彼女は言った、「私の夫が新聞の印刷工なので、屡々無料入場券を入手するのよ、それで明日の夜の券を二枚貰ったの。」

「劇場ですか？　なんて素敵なことかしら！」とヴァイオレットは言った。「これまでずっと劇場に行ってみたいと思っていたのです。」

女将は橋の上で立ち止まった。

「まだ劇場に行ったことがないだって？」と彼女は息を呑んだ。「そりゃ、あんたが田舎の出だってことはすぐにわかったさ。身体には刈り草の匂いがするからね。でも劇場には行ったことがあると思っていたよ。でもあんたは若い淑女だし」と彼女は続けた、ヴァイオレットの顔を眺めながら、まるで何か抽象的な問題を彼女と論じ合っているような様子であった。「『パンチとジュディー』のことではそれほど驚きはしなかったが、私はあんたがてっきり劇場には行ったことがあるに違いないと思っていたんだ。」

家に戻ると彼女は言った、

「ではそれそろお茶にしましょう。あんたのお茶の用意をして、それから行って私のお茶の用意をするわ、私も本当にお茶が飲みたいのさ。」

だがこの面白い小柄女はヴァイオレットには大いなる楽しみの源になったので、彼女は連れを失いたくなくて、こう言った、

「お茶をご一緒しませんか、カーリッシュ夫人？」

「勿論」と女将は言った、「もしあんたが私のような平民とお茶を一緒にしてくれるのならね。」

この時路地で呼び声が聴こえた。

「クレソン！」

「あぁ」と女将は言った、「これはラッキーだね、クレソン売りだよ！　勿論あんたは好きだろう。」

「ええ、勿論です」とヴァイオレットは言った、「クレソンは美味しいです。」

それでヴァイオレットはまたヴェスプリー・タワーズに戻って行き、朝食用にクレソンを摘んでいるのであった。

お茶のあと小柄女が立ち去ると、ヴァイオレットは本当に連れを恋しくなった。夜が更《ふ》けて、ヴァイオレットの就寝時間を越えてしまった。時間が経てば経つほど、小柄女はより活発になり、バタバタするようになったが、それをヴァイオレットは家の中の物音を聴いて知った。

暫くして、女将が廊下にいるのを耳にしたので、ヴァイオレットは扉を開け、してほしいことを頼みたいという振りをして、女将との会話に入った。女将は部屋に入ってきたが、一度《ひとたび》そうするや否や、立ち去ろうとする気配は全く感じられなかった。ついにヴァイオレットが座るように言って、彼女がそうすると、忽ち彼女の饒舌が始まった。

ヴァイオレットが就寝の時間が来たという印に椅子の上で体を動かすといつも、女はより一層饒舌になった。

ついにヴァイオレットは言った、

「ロンドンの人々はとても遅くまで起きているのですね。」

「私はそうですよ」と女は言った。

「何時《いつ》もは何時に就寝するのですか?」とヴァイオレットは尋ねた。

「おぉ、四時頃だね。」

「朝の四時ですか?」とヴァイオレットは驚いて言った。

「そうさ」と女は言った、「一週間に一度だけ例外があるが、その時は私の夫が早く帰って来るからさ、それで私も十一時頃には寝るのさ。」

「とてつもない時間帯ですね！」とヴァイオレットは言った。「それでロンドン人は全てこうなのですか？」

「とんでもない、違うさ！」と女は言った、「勿論違うさ。もしそうしていたら、どうしてロンドンが成り立っていくというのさ？　でも、前に言ったように、私の夫は印刷工──日刊新聞の植字工だから、彼の仕事の時間が夜になるのさ。結婚した最初の頃は私も他の人と同じように夜が来れば寝て、朝には起きるように努めたが、そうすると私は若い夫に逢えなくなっちまったのさ。それで今では二人とも、いわば、夜を昼に、昼を夜に入れ替えてるのさ。夜の時間帯にロンドンを見るのは実に珍しい気晴らしだよ、本当に！」

「それで私も同じようにしなければいけませんか？」とヴァイオレットは言った。

「とんでもない」と女は言った、「どうしてあんたが？　あんたにはよくないと思うね。あんたのその輝く顔色が忽ち私のように土色になってしまうさ、ガス灯ばかりに当っているとね。だからあんたはすぐに眠ったほうがよいのさ。私はニュー・カット*に買い物に行ってくるよ。」

「おぉ、でも眠ることはできません。私は昨夜、二十四時間に必要な眠りの全てを眠ってしまったように思うの。だから恐らく寝られないの。あなたのお供をします。」

女将はすぐこれに同意して、二人は一緒に颯爽《さっそう》と出発した。二人がニュー・カットに向けて歩いて行く途中で、ヴァイオレットは言った、ロンドンはカーリッシュ夫人が期待を抱かせたほど夜が生き生きしているようには見えないと。

「カットに着くまで待っていなさい」と彼女は言った、「そうすりゃ街が活気付いているのがわかるから。」

二人がニュー・カットに入って行くと、ヴァイオレットはもはやロンドンがカーリッシュ夫人が描いて見せたよりは静かだなどと思わなくなった。店の内と外のガス灯の炎の煌めき、出店の呼売り商人が自分たちの品物を売り立てる怒鳴り声、歩道や通りの真中での歩行者の動き――これらがヴァイオレットにはベ*ドラムが解き放たれたかのように思われたのだ。彼女は眼が眩んだが、それでもなお彼女を取り巻く命の、心を浮き立たせる活力は大変なものだったので、彼女の頬は紅潮し、眼は煌めき、血が指の先までジンジンと疼いた。

「では向きを変えてウォタールー・ブリッジを渡ろう」とカーリッシュ夫人は言った、「そして劇場から出てくる人を見てみよう――そうするのが私は大好きなのさ――それから西に向かい、洒落者がクラブから出てきたり、淑女がパーティや舞踏会から馬車で帰るのを見ようじゃないか。」

翌日、カーリッシュ夫人はとても忙しそうで、ヴァイオレットと四方山《よもやま》話をする時間は殆どなかったが、ヴァイオレットが頼んだ質素な昼食、無尽蔵の料理売店からあっさりした食べ物、を持ってきた時には、夫人は言った、

「今夜の劇場のことは忘れてはいないだろうね。」

二人がウォタールー・ブリッジの上を歩いていると、初めて観劇に行くヴァイオレットの情熱の方が、千回目のカーリッシュ夫人の情熱より大きいかどうかは、疑わしかった。

「平土間の入口では衝突が起こるよ、あんた」と夫人は劇場に近付くと言った、「だから入口の柱に着くと、とても押し合いになるので、時折危険になる。でも我々は一番に入る必要はないさ。私はどちらかというと平土間のかぶりつきは好きではないね。だからどうして人々が押し合いへし合いしてかぶりつきに行きたがるのかわからないのさ。」

劇場内ではカーリッシュ夫人の劇への関心はヴァイオレットの没頭ぶりに圧倒されて、かなり興を削がれた。ユーモラスな所になると、『パンチとジュディー』で女を驚かせたあの鳴り響く笑い声が迸ったし、悲しい所になると、涙が頬を伝って流れ落ち、ついには女将が手をヴァイオレットのポケットに入れてハンカチを取り出し、涙を拭いてやる羽目になった。これが劇の間中続いたのである。

翌日、昼食の後、ヴァイオレットはひとりで外出し、ハイド・パークの方に行った。

前回の女将との散歩も楽しかったが、その時の楽しさは今彼女が感じている嬉しさに比べれば、月とスッポンであった。今の嬉しさには得も言えぬ責任感と大胆さに近い感覚があった。彼女はひとりで、いわば、ロンドンの躍動の巨大な波の中で、泳ぎ、突き上げられていたのである。

ハイド・パークに到着すると、彼女は本能的にドライヴ[*]に向かい、それから次にロトンロウ[*]に向かったが、彼女の感激は大変なものだったので、まるで水銀が彼女の血管に投げ込まれたかのようであった。

これは有名なドライヴとロトンロウであり、それについて父と母が彼女に話してくれたことがあった。ロンドンの上流社会が活動しているのはここであった。これらの乗り物はイギリスの偉大な家系の人々で一杯であった――こうした家系は近々五十年前までは、ヴェスプリー家と交際をしていたと、彼女は教えられたことがある。

彼女は椅子の一つに腰を下ろし、まるで夢でも見ているように、眺めていた。生活の躍動は実に素晴らしく、言葉にならないほどであった。

こうして彼女が公園に座って、パノラマを楽しんでいると、様々な想いが押し寄せてきた――「こうした乗り物で動き回っているこれらの人々の何十という祖先は私の祖先を知っていたに違いなく、ヴェスプリー・タワーズが輝いていた頃にそこを訪れたに違いないわ。誰か高齢の淑女が辺りを見回して、この椅子に座っている私に眼をとめて、『あの娘は、私が少女の頃、逢ったことのあるタワーズのヴェスプリー嬢に何と似ていること！』と想いを巡らせているとすれば、何て素敵なことかしら。そしてもしその婦人が馬車から降りてきて私に近寄り、『あなた、お名前はヴェスプリーでは？』と声をかけ、それから私を連れて宮殿の夕食会に行き、そこで私に美しい着物を呉れて、そこで高位の淑女と恐らく王族の方々に出逢うなんてことがあれば、なんて素敵なことかしら！」――だが、ここまで彼女が想像を巡らせた時、己の空想の愚かさに気付いて、笑い始めた。

彼女の前に男が一人立っていて、椅子の代金を求めた。

「お幾ら？」とヴァイオレットは尋ねた。

「一ペニーです、お嬢様」と男は言った。

「一ペニー――この比類ないページェントを見るのにたった一ペニーとは！」と彼女は思って、男に銅貨を渡した。

彼女の眼がついにロウの驚くべき壮観に心を満たされ、呆然となると、彼女はやっと向きを変えて、公園を横切り、元来た道をランベスにある彼女のむさ苦しい下宿へと引き返したのであった。

第三章　ストラットフォードのならず者

或る事件が起こり、それがヴァイオレットの考えを新たな、当惑させるようなチャンネルへと変えてしまい、その結果彼女の人生の全ての道程を変えることになったのである。或る朝、カーリッシュ夫人が興奮を押し殺して彼女の部屋に入ってきた。

「私が屢々夫にストラットフォードの有名な市《いち》を見たいと言っていたのだが、彼は私に余分な家計費を呉れて、その市の日にストラットフォードに行って来いと言い、あんたも連れて行けと言ったのよ。彼はその市のことを全部調べていたのね。市の立つ日にはストラットフォードへの格安の遠出があるのさ。」

「おぉ、ストラットフォード・オン・エイヴォンを是非見てみたいわ！　それは何よりも私を喜ばせてくれるでしょうから。何度もお話ししたように、シェイクスピアの劇の多くを私は殆ど暗記しているの。」

「あんたが喜ぶだろうと思ったのよ、あんた。一度ならずそこに行ったことのある夫のカーリッシュが何度も私に話したことからすると、それは*バーソロミューの市《いち》と同じくらい豪華なものに違いないよ。」

一週間後、二人は遠足に出かけ、間もなく昼過ぎにはストラットフォードに到着した。彼女とカーリッシュ夫人が駅を出て、シェイクスピアの町の通りに差し掛かった時に出くわした光景ほど奇妙なものは、とても想像できないであろう。

川の遊覧船とカヌーが他の何よりもヴァイオレットの気を惹いたが、カーリッシュ夫人は或る通りに釘付けになった。そこでは牛が戸外で炙られており、さらには餓えた群衆によって貪り食われていた。これがこの元気のいい女性のユーモアのセンスに強く訴えたのである。

町のこの場所の喧騒はヴァイオレットにはどうしても耐えられないものになってきた。それで彼女は教会に行ってみないかとカーリッシュ夫人に提案してみたのだった。教会でならこの騒音が暫くは和らぐのではと思ったからだ。その時突然途方もない騒ぎが二人の耳を打ち、それから間もなく見えてきたのは、白いリボンでごてごてと飾り付けた四頭立ての馬車に立ちあがっている一人の男であった。その男は辺《あた》りに何か、明らかに銅貨を投げているようで、彼の近くの人々は他のことを打っ棄って、お金に殺到した。

カーリッシュ夫人とヴァイオレットが立っている、教会のライムの木陰からは、この混乱した光景が容易に見て取れたが、彼女らは見物人からは殆ど見えなかった。

カーリッシュ夫人が傍の人にあの物音は何かと尋ねようとした時、呼べば聴こえる所にいた或る人が興奮して叫んだ――

「あれはソヴリン金貨だ！　彼はソヴリン金貨をばら撒いているんだ。あいつはジェリー・レッドウッド、ストラットフォードのならず者だ――プロボクサーで、ストリアに出かけて行って途方もない富を築いたのだ、金鉱を掘ったり土地を購入したりして。彼はストラリアの金貨をポケットに詰め込んで帰国したばかりで、それをファージング銅貨のようにばら撒いているんだ！　彼は結婚式のようにリボンで飾って、馭者付の、二頭立て馬車をレッド・ホース・ホテルで雇ったのだ。

「妙な出来事ね」と或る少女が言った。「でも、あんた、ならず者のお金を信じるの？」

「うん、彼はその富を早々と作り上げたのだ。尤も、狂っているとは思うがね。彼は相変わらずの酔っぱらいのように見える。俺はこれをアルコール中毒による震顫《しんせん》妄想症に違いないと思うんだ。金持の正気の人間だと、このような馬鹿げたことはしないさ！」

お金がばら撒かれていると知って大興奮したストラットフォードの町民が何人かやって来た。

「少し前に奴が何をしていたかを俺は見たが、わかるかい？」とその内の一人が言った。「奴は如何にしてお金を蓄えたかについての酔っぱらった演説を終えたが、その時五ポンド紙幣を取り出して、それをバター付パンの間に挟んで、向こうで料理しているホット・ソーセージと共に食べたのさ。」

群衆の中の或る者はそのような金の浪費の暴露を聴いて黙ってしまった。だがカーリッシュ夫人へのその話の効果は驚くべきものであった。彼女は突然ヒステリックな笑いを発して、ヴァイオレットの手を自分の手に強く握りしめたのだ。

この時ならず者は炙っている牛の下にある巨大な肉汁受けの中に金貨を投げ入れたのだ。するとその肉汁からソヴリン金貨を摑もうとして、殺到が生じた！　すると、ならず者は大きな、騒々しい笑い声を立てて、こう言った、

「ストラットフォードの諸君が牛の肉汁をかき回して、ストラットフォードのならず者のソヴリン金貨を捜しているなんて！」

「見ろ」とひとりの興奮した傍観者が叫んだ、「連中が馬から馭者を引っ張り下ろして、馬を馬車から引き離そうとしているぜ。そして連中は自分で馬車をこちらに引っ張って来ている。あれはストラットフォードのバンドだな」とその男は、音楽が始まると、言った。「ならず者がバンドを雇って、行列の前を行進させ、『*見よ、勇者は帰る！』を演奏させているのだ。

　周りに立っていた人々の何人かは行列に突進した。

「ここで待っていよう、あんた」とカーリッシュ夫人はまだヴァイオレットの手を摑んだまま、言った、「奴は教会の方に来ようとしている。ここが最もよい場所だよ――そうさ、そうするんだ、ここにいよう！」

「駄目、駄目！」とヴァイオレットは言った。「行きましょう――さあ行きましょう！」

だがカーリッシュ夫人はこの訴えを聴かなかった、というのは、いかれたバンドの騒音――耳障りで不協和音の騒音――がさらに近付いてきて、ヴァイオレットの声を掻き消してしまったからである。その奇妙な光景が教会に近付いてくると、ヴァイオレットはならず者をもっとはっきりと見定めることができた。彼は六十歳位の、大柄の、土方《どかた》のような顔をした男で、その大きな赤ら顔はアルコールを塗ったように光っていたが、一時はとてもハンサムであったに違いないと思わせた。口には大きな葉巻を咥《くわ》えていた。彼の横の席にはタンブラーとアルコールの壜があり、馬車の底にはまだ何本かの壜があった。馬車が止まると、彼はポケットに手を入れて、一摑みのソヴリン金貨を取り出すと、それを通りに投げ上げた。

「そうら――奪い合うがよい、ストラットフォードの諸君」と彼は叫んだが、嗄《しわが》れた軽蔑的な調子であった。「奪い合え！」

しかし、事の成り行きで、馬車の進行は邪魔された。というのは、馬車を曳いていた男らが突然馬車を放り出して、奪い合いに加わったからであった。

「戻ってこい！」とならず者は叫んだ。「他の奴にもチャンスをやれ！　もしお前たちが直ちに戻らないのなら、もう一枚たりとも金貨を俺から貰えないと思え！　それが俺の遣り方だ」と彼は付け加えた、「それが俺の遣り方だ！――ところで、俺の息子は何処だ？」

突然彼は背が高くて、ハンサムな若者を群衆の中に見つけた。若者は馬車の方に接近しつつあったが、その上気した顔は強烈な怒りの様相を帯びていた。

「何だ、一体全体こりゃどうしたことだ？」とならず者は言った。「俺に逢えて嬉しいだろうとは思っていたが、こんなに狼狽するとは思ってもみなかった！　おい、お前の親父は昔はストラットフォードのならず者の典型であり、今はベンディゴー*の億万長者だ！　俺がお金を貯めている間、俺は自分に言い聞かせていたんだ、『お前は億万長者を父に持っているんだ。俺はもうすぐ家に帰るんだ、息子よ、そうして昔のことは水に流そう』とな。」

若者は拳を握りしめて黙って立っていた。突然彼は死人のように青ざめた。彼は群衆の中にヴァイオレットの姿を見たのだ。

二人の眼が合った時、彼女は彼がわかった。それはマーティン・レッドウッド、ローリーの友だちであった。忽ちコリヤナギの祭りの記憶が彼女の心を過《よ》ぎった、そしてあの時の場面が全て眼の前に鮮明に浮かび上がったのだ。母親の怒り狂った言葉、ヴェスプリー・タワーズの祖先の家で独り暮らしていたあの昔、マーティンが彼女の庇護をしていたことの暴露、あの女が喋った一言ひと言が彼女の回想に押し寄せてきた。「息子は自分の人生の全てをあんたに与えていたんだ、あんたは何も知らないだろうが…朝にあんたの暖炉に火を点けてあんたの靴を磨いていたのは、誰だと思う？　…息子は自分の家では眠らなかった…彼は館に忍び込んで台所で眠ったんだよ、あんたを保護するためにね！　…それなのにあんたは誇り高くてゲームの規則に従おうとしない…」

それから彼女がコリヤナギの枝を拾い上げ、彼の方に歩み寄ったこと、そして彼女の手を彼の髪に置いて、額にキッスをしたことを思い出した。それからまた、未だに誰かは不明だが、自分の口には出していない言葉を思い出した、「その眼は夢の中で私にやって来た人の眼と同じだわ…ヴェスプリーの幸運！」

「馬車に上がってこい、息子よ——馬車に上がってこい。」そうしてならず者はさらにソヴリン金貨を撒き始めた。「そうら——これが俺の遣り方だ！　お金なんてジェリー・レッドウッド、昔のストラットフォードのならず者、今じゃベンディゴーの億万長者、にとっちゃあ目じゃねえ！」

「ストラットフォードの諸君！」と彼は同じ軽蔑的な調子で続けた、「これはストラットフォードのならず者の眼にはいい光景だ！　これは俺が掘っている時、何度も——そうだ、何度も思い浮かべ、考えた光景だ。」

そして彼はまたもっとソヴリン金貨を投げると、また奪い合いが起こった。
「俺が富を築いている時、毎日、いや殆ど毎時間、自分に言い聞かせていたのだ、『俺は働く仕事があると、働けることを知っている、だから富を作るチャンスが巡って来たのだから、馬車馬の如く働いてやる！　そしてストラットフォードの生まれ故郷に帰って、金貨を連中に投げてやり、五ポンド紙幣のサンドウィッチを食べて、ストラットフォードの連中を俺の前にひれ伏させてやる』となーーそして俺はそれを実行したんだ！　マーティン、息子よ、一体全体お前はどうして馬車に上がってこないんだ？」

だが、ならず者のオーストラリアにおける白日夢は彼が予期していたものとは幾分異なったものになった。彼の息子は日の光に金色に煌く金貨を恐怖と嫌悪の面持ちで眺めていた。彼はその時、まるで自分が父親の喉に飛びかかり、彼を絞め殺すのを何とか我慢しているかのような顔をしていた。酒で狂気になり、お金を投げ捨てながらそこに座っている父は、イギリスに一文無しで帰国した場合になったであろう姿よりも一層有難くない姿として、彼の眼には映っていることを、彼の顔は明らかに示していた。

ならず者は息子を呆気にとられて睨みつけた。富の万能力を理解し得るには十分の知性のある彼は、己の息子が富を共有するという思いに喜んで彼に飛び付いてくると十分予期していたのであった。

ならず者は今馬車から降りて、息子の所に行った。
「誰に対して顰《しか》め面をしてるんだ？　知っているのか、お前の父はストラットフォードを十回でも買い上げることのできる男の息子だってことを！　さよう、そしてお前がいつも話していたヴェスプリー・タワーズとヴェスプリー・パークとヴェスプリーの地所を買い上げることも——さよう、忌まわしい全ての土地を！　さよう、それが俺のできることだ！　俺が富を築いている時、何度となく自分に言い聞かせていたのさ、『俺はストラットフォードに戻って、買う値打ちのあるものは全て買い上げる、そしてそれをストラリに持って行く。俺はシェイクスピアが生まれた家を買い、それを運ぶ、レンガも梁も残らず、そしてそれをシドニーの俺の地所に建てる、そしてシェイクスピア・ショウを興行する。それから俺はシェイクスピアの遺物の全てを買い上げる。教会は買えないかもしれないな』と俺は言った、『だが、恐らくシェイクスピアの肖像画は買うことができよう』とな。」

ならず者がヴェスプリーの土地を口にした時、言葉全てが聴こえたヴァイオレットは、恐ろしく震え、異常な興奮が彼女の顔に浮かんだ。

「行きましょう！　これには耐えられないわ——行きましょう！」

カーリッシュ夫人は、ヴァイオレットの極度の興奮については何も理解していなかったが、この狂気の飲んだくれを取り巻く場面が由々しいものになり始めていることは見て取った。彼女は驚いて、ヴァイオレットを引き連れ、町の別の場所へと向かった。そこでは二人が牛と羊の品評会に近付くと、もっと楽しそうな笑い声と羊の番犬の吠え声が、娯楽市《いち》の動物の見世物小屋のブラス・バンドが発《た》てる遠くから聴こえるドラムのドンドンという音やシンバルの音に混じって聴こえた。というのは、それぞれの市は他の市と分離されて、雑踏した活動のそれぞれの持ち場があったからだ。サーカス、動物の見世物、劇場、メーリー・ゴ・ラウンド、ダンスのブースにボクシングのブースは、様々な動きと色彩の中で全て見ることができた。

二人は羊の品評会をやっとのことで通り抜けた。だが牛の品評会に来た時には、そこでは牛が一列の長い柱に繋がれていたので、二人はそれを迂回しなければならなかった。ヴァイオレットが進行中のことに何らかの興味を示し始めたのは、彼女らが馬の品評会にやって来た時であった。彼女はまるで放心状態のように見えた。だが馬が競売屋、馬丁、そして農夫の列の間を小走りや速駆けで行ったり来たりするのを見て、彼女は子ども時代と、ソーントンの市での父とローリーと一緒の日を想い出した。

彼女等がチーズと玉葱の市に来た時、そこには次々と積み重ねられたチーズの大きな山がまるで昔の石柱の断片のように見え、玉葱の吊るし紐は日の光に巨大な真珠のロープのように見えたが、その時カーリッシュ夫人は言った、

「あれは素敵な光景だね、あんた。あれは絶品の画だよ！　そうじゃないかい？」

だがこれらはカーリッシュ夫人の眼には、娯楽の市と比べると、何でもなかった。そこでは大抵は周囲の村からやって来た大変な人が、曲芸師が演技をしている大きなテントを出たり入ったりして大騒ぎであったり、あるいは＊ウームウエル見世物小屋の前では大変な人集《だか》りとなっていて、驚いてぽかんと口を開けて豹が環を潜るのや、ライオンがライオン使いの鞭の下で身を竦《すく》めるのや、キリンがヤシの木を食べているのや、曲芸をする象等々の巨大な光景を見つめていたり、あるいは旅役者がダンスをするのを眺めたりしていた。旅役者は外付けの舞台で、盗賊や、海賊、キルトを着

たスコットランドの王様や、道化の演技の合間に、踊ったり歌ったりしていた――

「この農場では、この農場では、
ロバが尻尾を振って、
ヒーホー――ヒーホー、チャカバック、チャカバックも、
コーッカドゥードルドゥー、コーッカドゥードルドゥー！」

「あぁ、私知っているわその古い歌を」とカーリッシュ夫人は言った、そして彼女は声に出さずにハミングを始めた。

夫人は自分の周りで進行している全てのことに大層興味を抱いたので、ヴァイオレットの変化した表情と態度に由々しきものを感じるには、暫く時間がかかった。

「おやまあ、あんた、顔色が悪いわ！　具合が悪いのかい？」

「とても疲れたの」とヴァイオレットは微かな声で言った。

「もう帰りませんか？」

善良な夫人は直ちに同意し、二人はすぐに鉄道の駅に到着した。それから間もなく、ヴァイオレットがホッとしたことに、彼女らはロンドンへの帰りの旅を始めた。カーリッシュ夫人は道中ずっと市のことで盛んに話をしていたが、ヴァイオレットからはほんの一言も返事がなかった。彼女は物思いに耽っていた。

第四章　生存への格闘

ロンドンの栄光はとても人を興奮させるものであり、ヴァイオレットは町での下宿にかかる経費にはとても不慣れであったので、ヴェスプリー・タワーズでは何時もしていたあの財布に対する厳格な監視をすることができなかった。

最初カーリッシュ夫人は若い淑女には現金の無限の蓄えがあると明らかに思ったので、暫くの間はヴァイオレットに節約については何も口にしないでいた。だがヴァイオレットの小さな蓄えが三十五シリングにまで減少してきた時には、目敏い小柄女は彼女の下宿人が或ることで不愉快に感じ始めていることに気付き始めたのであった。その通りで、生活の仕方と手段についての由々しき反省がヴァイオレットには生じたのである。

「思うに」と女将はひとり考えた、「あの若い娘《こ》の顔にある表情だが、現ナマが少しなくなってくるといつも現れるようになる。それについて少しあの娘に話してみたいのだが、そうするのが躊躇われる。こう言ってみたいのだ、『ごめんよ、あんた、ここ数日私はあんたの顔付きから資金が少なくなってきていることに気付いたんだ。この私があんたにお金儲けを世話してあげるようなことなどある訳がないと思うんだが、もしあるのなら、いいかい、そう言っておくれ』と。」

カーリッシュ夫人についてヴァイオレットが知ったところからすれば、彼女はイギリスではロンドンにおいてのみ見られうる類《たぐい》の、善良で、気楽で、楽天的な都会人であった。それで彼女は自分の手元不如意とこれから先の不安について夫人に打ち明けたのである。

「おやまあ、そんなことではないかと思い始めていたんだよ、あんた。でも、死ぬなどと言っては駄目だよ！　私自身も屢々誰にも負けないくらい酷《ひど》い顔付きになったことがあるんだから。でもね、私はもう若くはないけれど、これまでに食事を一度たりとも欠いたことはないよ。私は大抵食堂でちゃんとした食事と、おまけに小ジョッキーのジンと『ノワユー』を摂ることにしているのさ。勿論、あんたのは私のよりも辛い人生だろうさ、だってあんたは淑女だからね。」

「どうしてそうなのですか？」とヴァイオレットは尋ねた。

「あんたのポケットが一杯の時にゃあ、淑女でいるのはとてもいいことさ、でも空っぽになると、事は全く違ってくるのさ。そうなると、淑女の顔と淑女の振る舞いは、あんたには悲しいことに、邪魔になるんだよ。ついこの前だけれど、私は『ファミリー・ヘラルド』誌がまさにこの問題について知恵の欄で述べているのを読んだのさ、それでそこのページの耳を折っておいたのを部屋に置いておいたのさ、あんたが取り上げて読むのではないかと思ってね。」

それで彼女は汚れて、油じみた季刊誌を取り上げて、ヴァイオレットに手渡した。それは嘗て大流行をしたが今や忘れ去られたある本――サー・アーサー・ヘルプス*のエッセイ集――からの短い抜粋であった。

「下品であることは収入と同じ価値がある。下品な人にはどんな利点があるか見てほしい。彼は自分がそうしているとは知らずにせっせと財産を作っている。彼はものを頼むが自らは拒み、うるさく値切るが交換取引をする、そして自らは少しも損をしないで不快で汚い仕事を何でもやってのける。世間を相手にする時に、彼は本領を発揮する。彼は自分の行なうお世辞が相手に対して無礼であるとは知らずに、心からお世辞を言う。自分のために彼は豚が飼料を摂取するように称讃を飲み込むことができる。それにお上品なところが皆無なので、最も卑しい娯楽でも平気で楽しめる。

「物質的な成功と子どもらの頑強な幸せを望む両親は、自分らが十分に下品であることを願い、子どもらにその点でのよき見本を提供しようとするのである。」

ヴァイオレットがこれらの言葉――それは今の彼女の状況に恐ろしいほど当て嵌まった――を読んでいる間、カーリッシュ夫人は戸口の所で御用聞きの少年に呼び出されていたので、この機を捕えてヴァイオレットは善良な夫人の言葉について考え直してみた。

ヴァイオレットはこうした状況下で女性が考える最初のことを当然考えた。彼女は針仕事のことを考えた。それでカーリッシュ夫人が戻ってくると、彼女に相談した。

「若いお嬢さん」とカーリッシュ夫人は言った、「針仕事で生計を立てるというのがどういうことかおわかりですか?」

「全くわかりません」とヴァイオレットは言った、「でも簡単な針仕事なら教えられてきましたし、私の眼は視力もよくて、健康も大丈夫ですので、他の誰にも負けずに仕事ができると思います。」

「そうね、でも支払いよ!」とカーリッシュ夫人は言った。「支払いがね!　あんたが私の知っているお金に困窮した最初の淑女ではない。どうして彼女等にとって困窮が生まれ付きの困窮者にとってより辛いことかというとね、私は気が付いたのだが、それは彼女らが小銭の値打ちを学ぶのが容易なことではないからなのさ。生まれ付きの困窮者ではない彼女等にとって、一文がどういうものかがはっきりしないようなのさ——彼女等は銅貨ではなくて銀貨で考えるようにしてきたからね。一文というのは一枚の硬貨であり、それが六枚で六ペンス、ちょっとしたもので、それでものが買える、それからこの六ペンスが二つで一シリングに変わるのさ、するとそれでもっと物が買えるのさ。生まれ付き貧しくて、銅貨で考える人は、銀貨で考える者の二倍も長く一シリングを保つことができるのさ。」

ヴァイオレットは笑って、こう言った、

「でもあなたが困窮と呼ぶ状態に私は生まれました、それで私は偉大な家系に属していて、いつも私の家族の所有する偉大な屋敷に暮らしてきましたが、一文は貧困状態に産まれた人たちにとってと同じ意味を私にもいつも持っていました。ですから私は一文が何を買えるかを何時もよく知っているのです。」

カーリッシュ夫人は今度はお針子が、仕事があっての話だが、一日幾ら稼げるのかについて話をした。

「酷《ひど》い！」とヴァイオレットは言った。「私の銅貨についてのこの知識のせいで、恐ろしくなります。それはまるで悪夢のようです。確かに、豪勢な服を着て車で走り回っている淑女が、お針子がこんな賃金しか貰っていないと知れば、*ネッソスのシャツのように彼女らの衣装がその肌を焼くのに気が付くことでしょう！」

ヴァイオレットはさらに小柄女を彼女の打ち明け話の相手に引き込んで、自分のよく知っている貴族の貧窮との闘争のことを彼女に語った。

「あんた」とカーリッシュ夫人は言った、「あんたの経験のせいで、あんたは同じ地位の他の淑女とは違う人になったんだね。私等の誰だってお金持になることで、貧しいお針子が作ったドレスを着ている淑女らの一人と同じくらい利己的になり得るんだね。」


それから一日か二日後、カーリッシュ夫人は客間の扉を叩いた。部屋に入ると、椅子に座る様子からして、彼女がヴァイオレットに何か重要なことを伝えようとしているのがわかった。

「この前話したことについてずっと考えていたのだけれど」と彼女は言った、「私はあんたのことを私の友だちの一人に話したの。彼女はドゥルーリー・レーンの『臨時雇い《スーパー》の役者』の奥さんなの。彼女は嘗ては淑女だったの——少なくともレディーのお付きで、世間のことはよく知っているわ。その人があんたにぴったりと思われる仕事について私に話したのよ。」

「おぉ、一体何かしら？」とヴァイオレットはとても興奮して言った。それが何かすぐに言ってちょうだい。あなたは何という真の友かしら、本当に！」

「最初結婚した時、彼女はロンドンで見られる立派な若い女性の誰にも引けを取らなかったの、そして彼女は沢山の淑女を見たし、彼女らのあらゆる生き様にも注目したわ。それでロンドンの社交シーズンが始まると、彼女はウエスト・エンドのお店でちゃんとした沢山のお金を稼いだの、ショールや衣服のモデルとしてね。」

ヴァイオレットの顔に失望の色が浮かんだ。

「私にそれはできないわ」と彼女は言った、「本当にできない！　むしろお針子の奴隷になった方がましだわ、あるいは最も卑しい仕事をした方が。勿論私の没落が世間の凝視に宣伝されたり、晒されたりしなければの話ですが。でもロンドンのお店に立って、自分の肩にショールや外套を掛けて、卑しい人の視線に曝すというのは…」

「でも裕福な人の全てが卑しいというわけではないでしょう？」とカーリッシュ夫人は言った。

「そのように思う所でした」と憐れヴァイオレットは嘆かわしげに言った、「本当にできません。」

「それはお店の中ではないと思うわ――少なくともお店の中ではないわ」と女将は言った。「それはお店とは違ったフロアの、個室、売り場のような所でしょう。とても高価なショール――トップクラスのもの――が売られる時に、別の部屋からあんたが呼ばれて、それを試してみるのよ。」

「で、なんのために？」とヴァイオレットは言った。どうしてそれを私の肩に掛けねばならないのですか、別の売り娘《こ》の肩にではなくて、カーリッシュ夫人？　私は売り娘だから、当然のことでしょうけれど。」

カーリッシュ夫人は微笑んだ。

「まあ、あんた」と彼女は言った、「はっきり言えというのなら言いますが、私を無粋な奴と思わないでね。それはあんたのスタイルのよさなのよ。」

「おぉ、どうか私のスタイルのことは言わないで」とヴァイオレットは言った。

「どうして、駄目なの？　それを誇りに思うべきよ！　それはあんたにとって値打ちものだから。それにね」と彼女は突然言った、「乞食がとやかく言えた義理ではないからね。他の道が考えられないのよ。」

話の結果、ヴァイオレットが女将の考えに同意したので、「役者《スーパー》」の奥さんがお店のマネージャーの所に行き、ヴァイオレットを大きなウエスト・エンドの店舗で雇ってもらうという話を彼にすることになった。だが女将が彼女を一人にすると、ヴァイオレットは我慢しきれないで、両手に顔を埋めて、まるで心臓が張り裂けんばかりに啜り泣きを始めた。

こうしてヴァイオレットはカーリッシュ夫人の顔により、「服飾店」で仕事を手に入れたのであった。

社交シーズンの終りに、ヴァイオレットは言い渡された――彼女の素晴らしいスタイルにも拘らず、ウエスト・エンド店の主《あるじ》はもう彼女を必要とはしないと決定したのだと。

ヴァイオレットはどうしてそうなのかを十分理解した。このお店を贔屓にしている卑しい成金《ヌーヴォー・リーシュ》の横暴さに彼女が服従できなかったからであった。

その結果、カーリッシュ夫人の天賦の才がまたしても要求されるところとなり、間もなく彼女の忙《せわ》しない頭は別のことを考案したのである。

ある朝彼女はヴァイオレットの部屋にやって来て、こう言った、

「ええっと、やってあげたわよ。あんたに製本の仕事を見付けたよ。給金は大したことはないが、もう銅貨で物を考えることができるようになったのなら、それで心身ともに維持することができるよ。」

「お幾らですか?」とヴァイオレットは尋ねた。

「一週十五シリング！」

「一週十五シリング！」と憐れヴァイオレットは仰天して言った、「それでは私の部屋代にもならないではありませんか。」

「何だって、まさかあんたはこれまでの部屋を維持し続けようと思っちゃいまいね、あんた？」と女将は言った。「あんたができるのは屋根裏部屋だよ。それに、暖炉もなしということになるだろう、厳寒の時を除いては。」

それでヴァイオレットは製本屋として新たに生き始めたのである。彼女が一緒になった仲間の女は女工と呼ばれ、景気次第で次々と仕事を変えていくクラスの人間であった。

だが間もなく厳しい一撃がヴァイオレットを襲った。カーリッシュ夫人の夫が日刊紙の仕事を失い、マンチェスターの新聞に職を得るために出かけなければならなくなったため、夫人はロンドンを去りマンチェスターに暮らさざるを得なくなったのである。これはヴァイオレットにとっては大変な損失であった。彼女はこの善良な小柄の俗物女にとても執着していたからである。

そしてこの哀れな小柄女自身はどうかというと、ロンドンを離れることの悲しみのせいで、彼女は調子が狂ってしまった。ロンドンの地から根刮《こそ》ぎにされ、別の場所に植え替えられるというのは考えられないことであったからだ。

「私はあんたに一緒に来て欲しいと言いたいところだけれど」と彼女は、眼に涙をためて、ヴァイオレットに言った、「ロンドンと同様あちらでもあんたによい口があるに違いないと思うからだが、でもあちらに長く滞在することにはならないと思うよ。私はきっとあちらでは嘆き暮らすだろうし、夫はまたすぐにロンドンの新聞社に別のポストを得ることができるだろうと言うのよ。」

カーリッシュ夫人の出発から暫くの間はヴァイオレットは、同じ下宿の新たな所有者のものとなった「屋根裏部屋」に住まうことができた。そして彼女は前の友人から何通かの手紙を受け取ったが、それらは、彼女の言う「流刑《トランスポーテーション》」に関する嘆きと、前の下宿人への親切に満ちており、つねにロンドンに帰ることへの熱烈な希望で結ばれていた。

これらの手紙は彼女の話と同じように饒舌であったが、実用的な知恵の類《たぐい》もなくはなかった。

二年間、ヴァイオレットは惨めなその日暮らしを続けた。そして、勿論、日毎に事態は彼女にとって悪化していき、日毎に彼女の貧しい衣服は一層貧しくなっていった。彼女はそれらの衣服を新しくする蓄えに事欠いたからである。

衣服の募りゆくみすぼらしさがヴァイオレットの運命とその心にも及ぼす悲惨な影響を読者が十分に理解するのは、容易なことではないであろう。

ド・クインシー*は言っている——ロンドンの街中で暮らすこの上なく寄る辺ない者はポケットに一ファージングも持たない学のある紳士である。そのような男が手を伸ばしうるものが何もないからだ。パンを得る者としての潜在性は彼の中に眠っているかもしれないが、それは完全な貧窮により窒息して消滅させられている。彼の教育と業績がまさに命取りなのだ。

だが、もしこうした言葉が一文無しの紳士について正しいとするなら、繊細な心の持主で、生まれがよくて、教育を受けた女で、そのポケットには僅か数シリングしかなく、推薦してくれる友もいない人についてはどのように言えばよいのだろう？　街で彼女の通過する家の扉は悉く鉄の扉で、生活の慰めと便益から彼女を締め出しているのだ。

ヴァイオレットは幾重にも賢かったし、自分の必要とするほどの稼ぎを齎したであろう多くの仕事をする能力はあった。彼女は立派な写字生にもなれたであろうし、英語もフランス語もそして音楽も教えることができたであろう。だがこれは、彼女が裕福な世界に接近しうるような地位にいればの話である。だが彼女のような状態にあっては、その世界に近付くのは不可能なことであった。逆に彼女はその世界から漂い離れて行き、ランベスの屋根裏部屋でさえもはや手の届かない贅沢となってしまったのである。

第五章　ブリック横丁《アリー》での生活

また一年が経過した。ヴァイオレット・ヴェスプリーは今やブリック横丁と呼ばれるむさ苦しい場所に暮らすまでに零落《おちぶ》れていた。

ブリック・コートと言った方がより相応しい名前であろう、というのは、それはかなりの大きさのむさ苦しい四角な路地であったからだ――実際、とても広かったので、陽の光が時折は本当にそこに差し込んできたほどである。この共同住宅のドアは全て広く開いていて、明らかに紐で留められていたが、それはそれぞれの部屋が階単位で、或いは部屋単位で貸し出されていることからもわかった。

陽の光が路地に差し込んでくると、大抵は自堕落な女がドアの所に蹲《うずくま》っていて、その周りには子どもたちが蹲っていた。路地の四隅のそれぞれの隅に、物干しの紐が掛けられており、その紐から汚れたリンネルが垂れ下がっていた。

この場所はむさ苦しいが、汚れた子どもたちはその奇妙な生活からかなりの喜びを得ているように見えた。彼等は実際あらゆるもの――時には襤褸《ぼろ》切れの束であったり、時には古いスリッパであったり、時には単に木片に襤褸切れの破片を巻き付けたものであったりしたが――そうしたもので造った自家製の人形から、ヴァイオレットが幼い頃に蠟細工の青い眼の動く人形から得た喜びよりも、もっと多くの喜びを得ているようであった。そして、壊れた石鹸の箱で造った馬車と壊れたお皿に乗せられた泥のパイの小さな晩餐会の提供者の興奮は、ベルグレイヴィアでの如何なるクリスマス・ツリーの会に見られる興奮にも劣らないものであった。

ヴァイオレットが足を止めて彼らの遊びを眺めている時に見せる本物の素朴な関心は、明らかに、彼女の素晴らしい美しさと容姿に相俟《あいま》って、この路地の女たちにヴァイオレットの味方をして、彼女を男たちの乱暴な扱いから保護させる要因となったのである。

或る時、恐ろしく酒癖の悪い、汚れただらしない女が、或る若い男に怒り狂って食って掛かったことがある。その男は、ヴァイオレットが子どもたちの間を通って自分の部屋に行こうとしていた時、彼女に生意気な言葉を掛けたからであった。彼女の美しさは、実に、屢々悩みの種となった。

誰もヴァイオレットの名前を知らなかったし、知ろうともしなかった。人々が投げ込まれるどのような境遇においても、そこで生活をしていく態度ほど、実際、驚くべきものは、他にはなかった。ブリック横丁の共同住宅は主として女工、花売りの少女、呼び売りの少女、放浪者などが借りていて、彼らの誰一人として隣人の素性を知らなかったし、その素性に少しでも関心を示すことはなかった。未婚の少女に関しては、彼女たちの多くは姓を全く持っていなかった――彼女等はつねにクリスチャン名で呼ばれたからである――状況に応じて、スージー、ジェッシー、或いはベッシー等と。

第六章　時機を得た邂逅

ランベスの下宿のあの「四階の屋根裏部屋」にまだ住んでいた頃、ヴァイオレットはカーリッシュ夫人から手紙を受け取っていた。それには彼女と「夫」が間もなくロンドンに戻るかもしれないと書かれていた。

これはヴァイオレットにとっては嬉しい便りであった、それで貧しさの余りランベスの下宿を去らねばならなくなった時、彼女は女将に、彼女宛てに来るかもしれないどのような手紙でも受け取って、彼女が貰いに来るまで、それを保管しておいてほしいと、頼んでおいたのだった。というのは、彼女はこの頃までには貧しい者の運命は如何に偶然の出来事の連続に支配されているかを学んでおり、カーリッシュ夫人の放浪癖も知っており、さらには、自分が同じ下宿に長い間住んでいることは難しいということも知っていたので、彼女は用心のために、カーリッシュ夫人に手紙を書いて、今日から先毎週水曜日の夕方十時にストランドのバーレー・ストリートの角に行く、そこであなたに遅かれ早かれ逢えると願って、と書いておいたからであった。

カーリッシュ夫人はすぐに返事を寄越し、ロンドンに戻ると最初の水曜日に指定の場所に行くと約束した。だが、ヴァイオレットが水曜の夜が来る度に待ち合わせの場所に行き続けたが、カーリッシュ夫人の影も形もなかった。彼女はそこに一時間も立ち続けたこともあったが、それでもカリッシュ夫人は見えなかった。ついに彼女はマンチェスターに手紙を書いたが、返事の代わりに、彼女は配達還付不能郵便取扱課を通して自分の手紙を受け取った。

「それではあの女《ひと》はロンドンにいるんだわ」とヴァイオレットは考えた、「それでは彼女は確かに約束の場所に行くだろうから、私は今水曜の夜を見逃してはならない。」

彼女はカーリッシュ夫人を失ってから全く友達ができなかった、それで旧友に逢いたいという願いが日毎に募っていた。だから、水曜日の夜になると、雨が降ろうが晴れていようが、毎夜、彼女は違《たが》うことなくバーリー・ストリートに出かけて行ったが、心の支えは唯一、通行人の中にカーリッシュ夫人の陽気な顔が見られるかもしれないという微かな希望であった。

ある水曜日の夜のこと、彼女がそこで待っていると、別の少女が彼女の傍に寄ってきて、横に立っているのに気付いた。

その少女の顔の或るものがヴァイオレットの心を打った。それが何かは言えなかったが、彼女がその少女の顔を眺めれば眺めるほど、関心を掻き立てられた。

その時、やや年増の女が若い少女一人とやって来て、同じ角に立った。女の顔はヴァイオレットにはとても不快で、彼女が眺めている少女の顔が魅力的なのと正反対であった。そしてその年増女が魅力的な少女に近付いて行き、少女にまるで知り合いのように話しかけるのを見て、ヴァイオレットはショックを受けた。

少女の肩に手をかけて年増女は言った、

「さあ、お前、どうして私《あたい》らと一緒に来ないのさ。あんたは帰る家もないことは、自分でよく知っているだろう、だから私があんたのために心地よい住処を見付けてあげるよ。」

「私にかまわないで」と少女は言った。「前に言ったでしょう、私はあんたとは一緒に行かないと。あんたが何を狙っているか知っているよ。あんたが他の女の子に話しているのを聴いたのだから。私にかまわないで。」

すると、年増女は彼女が連れていた二人目の少女を呼んで、突然怒った、脅すような口調になった。

「来るんだよ」と彼女は言った、「お前が着ている服は私《あたい》にツケがあるのを知っているだろう、どうだい！ そうじゃないかい、サル？」

「そうよ」とサルは言ったが、生意気で無頓着な表情をしていたので、嘘をついているのがわかった。

それから、震えている少女に向かって年増女は付け加えた、

「来るんだよ。馬鹿な真似をするんじゃないよ。私《あたい》たちには美味しい食事もあるし、おまけに立派なベッドもあるんだよ！」

女は今や少女の腕を荒っぽく摑んだので、少女は恐怖を露わにして身を振り解いた。

女と仲間は再び少女の方に寄ってきて、明らかにまた少女の腕を摑むところであったが、ヴァイオレットが中に割って入り、こう言った、「その少女《こ》を一人にしておやり。この少女《こ》には触れさせはしないよ。この少女《こ》は明らかに病気です。一人にしておやりなさい！」

二人の女を怯ませたのは、ヴァイオレットの堂々とした姿や物怖じしない物腰というよりは、彼女の声の威厳のある響きのせいであった。女たちの中に在る階級意識の本能がその声を認めた、それで女たちは彼女を凝視した。少女に向かってヴァイオレットは言った、「あなたがこの女《ひと》に借金をしているって、本当ですか？」

「いいえ、違います！　勿論、借金などしていません！　この女《ひと》たちが何処に住んでいるのかも知らないのです。この女《ひと》らのことは何も知らないのです。」

この時警官がひとりやって来たが、これが年増女とその連れを狼狽させた。

「おい、年増の悪女」と彼は言った、「俺はお前をとっ捕まえてやるべきだし、是非そうしたいと思っているんだ。」

「私《あたし》ゃ何もしてはいませんよ」と驚いた様子で、女は言った。

「では立ち去れ、もう半年ぶち込まれたくなければ！　あんたは何をここで待っているんだ？」と警官は言って、辺りを見回して突然ヴァイオレットを見た。

「私はこの哀れな娘さんをあの悪女らから守ろうとしていたのです。」

「わかりました、お嬢さん」と満足そうに頷いて、彼は向きを変えて、ストランドを下って行った。

「何処に住んでいるの？」とヴァイオレットは、少女に話しかけた。彼女はまだヴァイオレットの傍にいた。

「何処にも。」

「では何処に行くつもりなの？」

「ドゥルーリー・レーンの外れにある路地を知っています、そこには花売り娘が住んでいます。家のドアはいつも掛け金がかかっています。私はそのドアの一つから忍び込んで、階段で寝ます。これまでにも何度かそうしました。」

ヴァイオレットが彼女に数枚の銅貨を与えると、少女は言葉にはならない感謝の念を顔に浮かべて、急いで立ち去った。

ヴァイオレットがまだ少女に話しかけている時に、*ライシーアム・シアターから丁度出てきた二人の若い男が、ぶらついていて、辺りを見回しストランドの方にハンサム馬車を捜していた。そのうちの一人は背の高い、がっしりした体格の、黒い眼の若者で、小さな黒い口髭があった。彼の連れは幾分背が低くて、きれいに刈り込んだ顔と洗練された目鼻立ちの持主であった。

「おや、あそこを見ろ、あのとびきりの別嬪を！」と背の高い男が言って、友の肩越しにぐるっと振り返ってみた。「あれほどの別嬪を見たことがあるかい？　あれほどの娘をこのような所で見かけるとは何とも憐れな気がするな。」

「彼女は確かに美人だ！」と背の低い男は言った。「絶世の美女だよ、本当に！」

それから二人はヴァイオレットの方に近付いたが、背の高い男の眼がヴァイオレットの顔に釘付けになった、まるで魅入られたように。或る突然の深い動きが彼の内で進行しているようであった。それは彼の頬から血の気が去って行ったことからも窺えた。

「アーサー」と彼は友に言った、「あれはぼくがこれまでに見た中で最も輝かしい人間だ。おや何と！　何と憐れなことか！　でも彼女に話しかけないと…」

「いや、いや！　馬鹿な真似はよせ。行こう。あちらに空の馬車がいる、角の所にちょうど停まった。」

ヴァイオレットは、道路を横切ろうとして車の混雑の途切れるのを待っていたが、今そのチャンスを掴んだ。

「彼女の跡をつけるよ」と背の高い男が言った。そして彼は、友の反対にも拘らず、道路を横切った。

背の低い男は、いやがる足取りで、彼の後を追った。二人は簡単にヴァイオレットに追いついた、というのは、道路の向こう側に着くとすぐ、彼女は立ち止まって、振り返って乗合馬車を捜していたからである、跡をつけられているとは全く知らずに。

「あれはとても親切な行いでしたね」と背の高い男は、ヴァイオレットの傍に来ると、言った、「あなたはあの憐れな少女の本当に親切な友だったのですね。」

ヴァイオレットの心はその出来事で一杯だったので、見知らぬ男に挨拶されたことに気が付かず、その男に全く率直に答えた。

「可哀想な人」と彼女は言った、「あの娘《こ》はとても加減が悪そうでした。あの娘に私と一緒に家に来て、泊るように言わなかったのを今後悔しています。」

「それであなたのお住居はどちらでしょうか?」と男は、ヴァイオレットのような人を疑わない純粋な心の持ち主でさえ、聴き間違えのないような声の調子で言った。

彼女は鋭く振り向くと、若い男の顔を見つめたが、眼には怒りの煌めきを帯びていた。そして一言も発しないで横丁に立ち去り、足を速めた。

「何という美人!」と彼は、この時には追い付いていた友に向かって言った。「おやおや! 彼女の声に気付いたかい? あれは淑女のアクセントだったよ。このように零落《おちぶ》れる以前はどのような人だったのだろうか。」

「女の跡をつけるのはよせ」と友が言った。「君は正気を失ったようだ、馬鹿だな、跡をつけるのはよせ。」

しかし、男は元気よく走り出して、彼女に追い付くと、彼の手を彼女の肩に置いた。

「あなたは高貴なお方だ」と男は、彼女の耳元に身体を屈めて、呟いた、「あなたの住所を教えてくれませんか?」

ヴァイオレットはまるで蛇にでも咬まれたように吃驚して、真っ青になった。彼女は再び向き直って、男に面と向かい、男を打ちのめさんとするかのように拳を固めた。

突然、まるで地面から飛び出て来たかのように、水夫の服を着た頑強な体軀の男がヴァイオレットの迫害者の肩を鉄のような握りで摑んだが、これには相手も怯んだ。

「この野良犬!」と彼は情熱に声を詰まらせて、低い声で言った。「何と厚かましい。この臆病者の野良犬め！」

「手を離せ！」と若者は、水夫の摑みから身を振り解《ほど》いて、言った、「これでも喰らえ！」

そして彼は水夫の顔に恐ろしい一撃を見舞った。

だが、彼はすぐさま発見したのだ、彼自身も巧みなボクサーのようであったが、彼の相手ではない男に出くわしたことを。水夫の側の放った正確な一撃が男をよろめかせ、打倒された牡牛のように倒れ込むところであったが、彼の友が後ろに仰《の》け反《ぞ》った彼を摑まえた。その顔は血に染まっていた。見物人の輪が既に周りを取り巻いていた。

「何事だ？」と警官が言って、群衆を押しのけて進んできた。

「何でもありません」と二人の内の背の低い方が言って、警官を脇に連れて行き、彼に名刺を渡した。「ぼくの友だちが躓いて、顔を切ったのです。全く何でもありません、お巡りさん。」

「よろしい」と警官は言って、若い男が金貨と共に密かに手渡した名刺に眼をやると、彼に会釈をした。「よろしい、旦那。ちょっとしたぼくの間違いです。ハンサム馬車をお呼びします。お友達は少し変ですな。」

そして彼は向きを変えて、馬車を捜しに行った。一方、ヴァイオレットは、争いの結末を見るために留まろうとはしないで、群衆から逃れ、急いでストランドに到着した。丁度乗合馬車が通ったので、彼女はそれに飛び乗り、ずっと奥の角の座席が空いているのを見て、腰を下ろしたが、心が乱れて半ば放心状態で震えていた。

彼女は悲惨な出来事が招来した強烈なショックから幾分回復すると、あれほどのタイミングで彼女の救助に来てくれた水夫の顔を突然想い出した。

それはマーティン・レッドウッドの顔であった！

彼女は急いで戻って彼に礼を言わねばという衝動的な思いに駆られて、立ち上がろうとした。だがあのとても不愉快な出来事の何らかの結末を恐れる当然の気持から、新たに体を震わせ、身を縮み上がらせるような惧《おそ》れで、再び腰を落とした。

何日もの間、ヴァイオレットはマーティン・レッドウッドの思いに取り憑かれていた。ストランドでの出来事、そしてストラットフォードの市《いち》での出来事が何度も蘇ってきて、その他の出来事をも鮮明に意識するようになった。例えば、ヴェスプリー・タワーズでの彼女の独りぼっちの生活でマーティンが彼女を見守っていたということの発見とか、ロンドンに出発する前の夜のヴェスプリーの幸運の夢等。マーティン・レッドウッドは、ひょっとして、この大都会での危険な生活の混雑した大通りや間道の只中で彼女がより大きな孤独にある間、未だに彼女の自発的な保護者として活動しているのだろうか？ それはきっと不可能なことだ！ それにしても少年時代のローリーの無二の親友であった男とのこうした邂逅の偶然は、彼女がこれまでしたことがないほど彼女の兄との友情関係について、彼女に考えさせる結果となった。彼女の記憶から拭い去られていたと思っていたローリーの人生におけるマーティン・レッドウッドとの間の様々な出来事が、彼女の心に押し寄せてきた。

友人のマーティンについてローリーが語った一つひとつの事に関して、これまで無関心——それが屢々兄を悩ませたものだったが――でいたことをヴァイオレットは認めたが、するとその認識が今度は過度な関心へと変わったのである。彼女はマーティンの人生における幼少期からの出来事を思い起こした――それらについてローリーが話してくれたことがあったが、今夜までは彼女の記憶から完全に抹殺されていた。彼女は彼のことをただこれまではプロボクサーの父、「ストラットフォードのならず者」の息子として考えていた。だがマーティン・レッドウッドは今や彼女の回想の中で、ロマンスの新たに目覚めさせられた光輝に包まれて蘇った。彼女は今思い出したのだ、ローリーによると、彼はストラットフォード・オン・エイヴォンのフリー・グラマー・スクール、つまりシェイクスピアの学校で教育を受けた、そして兄はこう言ったのだった、「マーティンは、ヴァイオレット、お前やぼくよりも立派な教育を受けている。彼は学者だ。彼は暇な時間の全てを偉大な作家の研究に捧げている。そしてシェイクスピアは彼のお気に入りの詩人だ、丁度お前のお気に入りであるように！」それから彼女はこのことも思い出した――ローリーが彼女にこう言ったのだ、マーティンは何よりもストラットフォードの教会、シェイクスピアの教会で何時間も夢を見て過ごすのが好きであり、沢山のバラッドを彼は書いていると。それでヴァイオレットは今少年時代のマーティン・レッドウッドに、あの「驚異の少年」*チャタートン、彼のことをヴァイオレットは父の書斎で読んだことがあった、との類似を意識し始めたのである。だが、とりわけ、彼女は今思い出したのだ（如何に彼女がそれほどまで強烈に関心のある事実を記憶から除外しようとしても）、マーティンがローリーにサー・フィリップ・シドニー*と騎士*のバヤールのことを屢々話していたということを。そしてマーティンが、二人が子どもの頃、彼女の兄に与えた本*の何という魅惑的なことか、それを彼女はシェイクスピアの劇よりもさらに一層読みたがったのであった！　それは様々な作家によって書かれたこうした騎士道的人物の人生に関する簡約版であった。その本の中には肖像画——騎士バヤールの肖像画——があったが、それは少女の彼女にとって何という喜びであったことか！

　これらのものが全て、細部に至る迄鮮明に彼女に蘇ったのだ、丁度忘れていた夢が時折突然に喚起されるように、これらの記憶がマーティン・レッドウッドとの予期せぬ出逢いによって喚起されたようにである！

　それからまた、群衆から急いで退却する際に、如何に混乱した精神状態であったとはいえ、彼女の防御者の勇敢な顔の怒りに満ちた形相と、肩からまっすぐに繰り出したストレートによって一撃で彼女の敵を打ちのめしたその巧みな方法とを、彼女が心に刻まないでいたはずはないのだ。ローリーは正しかった。マーティン・レッドウッドは「護身術の高貴な技術に精通している」男で、ローリーがつねに自慢していたことであるが、「彼自身のとても有名な親、ストラットフォードのならず者」から教えを受けたのだった！　そうだ、ヴァイオレットは今もなおローリーの声を聴くことができるし、彼の眼の興奮した輝きを見ることができる、それは兄が*『ベルのロンドン生活』——そこにはならず者が屢々傑出した人物として登場する——からプロボクシングの記事を読んでいた時のことである。

　そしてまた——（どうして忘れることができようか？）——マーティン・レッドウッドの熱烈な生徒であった彼女の兄が、ボクシングのマッチで自分が学んだことを全て自ら進んで彼女に教えてくれ、ついには彼女が兄との勝負で、グローヴを着けた時には、ローリーに劣らぬほどの手ごわい相手になっていたのだ。

愛しのローリー！　何という幸せな子ども時代を兄妹は、ヴェスプリー・タワーズの周りの森と牧場を散歩しながら、来る年も来る年も戸外の生活で数えきれない方法で、過ごしたことだろう。それだのに、それだのに、自分のプライドから、マーティン・レッドウッドに逢うことを、彼女はいつも執拗に拒絶していたのだ。

第七章　モリー

ブリック横丁での或る夜、ヴァイオレットの眠りは彼女の部屋のドアの外の絶え間ない咳の音に邪魔された。それはホームレスの花売り娘の誰かのものだと彼女は推測した。彼女等は一夜の泊り賃が支払えない時には、フラットの正面のドア――そのドアを閉めるのは明らかに誰の責任でもなかったので――の一つからよく忍び込んで、狭い通路や階段で眠るのであった。

ヴァイオレットが夜に踊り場で声を聴くのは何も目新しいことではなかったが、その咳がとても苦しそうだったので、彼女はベッドから出て、ロウソクを点し、ドアを開けた。すると彼女自身よりも僅かに年上の少女が階段の一番上の段に横たわっていて、頭を腕に載せていた。その娘はヴァイオレットを見ると怠《だる》そうに起き上がり、お詫びの口調で言った、

「私は寝床の支払いをする小銭を持ち合わせていないので、横町の最初のドアから入り込んで階

段で寝ようと思った――構いませんか？」

「あなた困った咳をしておいでですね」とヴァイオレットは言った。

「ええ、当然の報いですよ、そうでしょう？」

「ここでは風がきついから」とヴァイオレットは言った、「中にお入りなさい。」

「お構いなく」と少女は言った、「昼間仕事にあぶれると、こうして寝る癖がついてしまって。でもありがとう。おやすみ、お嬢さん。」

「いいえ、中に入らないといけません」とヴァイオレットは強く言った、「とても加減が悪いようだし、あなたがこの外で横になっていると思うと、眠ることはできないわ。」

少女は躊躇いながらも部屋に入り、ヴァイオレットのベッドの隅に座った。

ドアを閉めると、ヴァイオレットは立ったまま心配そうに少女を見つめたが、それは病のせいでとても痩せてやつれた顔つきに仰天したからであった。

当惑した表情が突然彼女の顔に浮かんだ。

「あれ、以前何処かでお逢いしましたね？」と彼女は言った。

「あぁ、私知っています」と少女は言って、眼を見返した。「私あなたのことをよく覚えています、お嬢さん。或る夕方ストランドで私にとても親切にしてくれたのはあなたでした。ほんの数週間前のことです。」

「私がですか？」とヴァイオレットは言って、再び彼女の顔を見つめた。

「そうです、あなたは私に少しお金を呉れただけでなく、二人の悪い女に追われた時に私の味方をしてくれました。私は忘れてはいないわ。決して忘れません。」

あぁ！　とヴァイオレットは思った、まさにあの夜、私がとてもひどく侮辱されて、ローリーの友達のマーティン・レッドウッドが助けに来てくれたあの夜だわ！

「あなたのためにベッドを作るわ」とヴァイオレットは言った。「この下にとてもよいマットレスがあるの、それにシーツも二枚と毛布が一枚、あなたは私の枕の一つを使えるわ、私は何時も頭を低くして眠るから。それは私の母の考えなの。私は枕を一つより使ったことがないの。」

こう言ってヴァイオレットは少女を驚かせるような敏捷さで、ベッドから最上の毛布とシーツを取り、上のマットレスを外し、下のマットレスを引き出し、それを床に敷いた、そして数分の内に少女の心地よいベッドが出来上がった。

翌日は一日中ヴァイオレットの思いは、製本工場の重労働の只中でも、つねに彼女が避難所と食べ物を提供した哀れな浮浪児のもとに帰って行った。少女の眼に浮かぶ感謝の表れが苦痛であると同時に元気を呉れる幻であるかのように彼女に付き纏った。彼女は何日もの間感じたことがないほど孤独ではなくなった。

夕方自分の部屋に戻ると、ヴァイオレットは少女が僅かばかりだがよくなり力が出るのを見て取った。彼女は起き上がって椅子に座っており、冷たくなったフライのタイセイヨウアカウオの切り身を食べていた。それは同じ階の或る女が呉れたものであった。彼女はヴァイオレットに尋ねた、今夜はここにいてもよいかと、そして朝になれば出て行くのに十分よくなると思い込んでいた。

「名は何というの？」とヴァイオレットは尋ねた。

「モリーです。」

ヴァイオレットとモリーとの間には忽ち強くて深い愛情の親密感が育った。だがどちらも相手の姓は知らなかった。彼女等はブリック横丁では他の住人と全く同様の状態で生活した。ヴァイオレットはすぐに彼女の新しい被保護者が自分の過去と名前を彼女から隠しておきたいと思っていることを理解した。そしてヴァイオレットの感情もこの点では同じであることはモリーも理解できた。

モリーの仕事を見付けてやれないことから、彼女を支援するのに増えた余分の支出が応《こた》えるようになってきたので、ヴァイオレットは或る大切な装身具を元にお金を作らざるを得なくなった。それは母のもので、幾ら困窮したとはいえ、それを質に入れようとしたことはなかった。彼女はこうした金銭の問題は何も哀れな少女には話さないで、ひとりこの新しい重荷を黙って背負った。それはモリーが間もなく重荷であることを止めるのではないかという予感が次第に強くなってきたからであった。それで彼女が生きている間、おのれの力で少しでもこの救いのない放浪児を助けたいと思ったのだ。彼女は既に全てのものを手放してしまっていた。例外は彼女の着物と、言うまでもないことだが、あの貴重な家宝の虹の黄玉であった。

これまでも手放さざるを得ないのだろうか？

或る時、ヴァイオレットが外出すると、モリーはベッドから出た。それまでは日中は一時間位しか起き上がっていることができなかったからだ。そしてドアを開けると「ジェニー」を呼んだ。

その呼び声に直ぐに応えたのは十三歳位の蓮っ葉な小柄な少女だった。この少女にモリーは小銭を与えて、出かけて行って便箋と封筒と切手と一ペニーのインク壺とペンを買ってくるようにと命じた。子どもは頼まれたものを買って、半時間で帰ってくるように言われた通り、直ぐに帰ってきた。それからモリーはテーブルに座って、手紙を書き始めた――

「愛しい、愛しいお母さま、

「私が最後に書いた時には、私が淑女になって書くことができるまでは手紙を書きませんと言いました。でも私の高慢な心のせいで盲目になり、騙されていたのです。あなたとお別れしてからいろんなことを経験しました。あなたがしてはいけないと言ったことを私はしてしまいました。それであなたの赦しが得られるとは思いません。でもあなたにより良い報せができるまでは手紙を書かないでおこうと決心していました。そしてついにそれができるのです。ちょうど私が困窮の極みにあって、眠るベッドもなく、食べるパンの一切れもなかった時、私は若い娘に救われたのです。その人は天使です、お母さん、私を部屋に入れて、看病してくれました。それ以来私には実の姉妹の十倍ほどの存在となりました。今では次第に良くなりつつありますが、まだ少し弱っています。彼女はまさに淑女です、お母さん、これは言っておきたいと思います、でもとても貧しいのです。私は彼女に自分の名前を言っていませんし、何処から来たのかも、恥ずかしいですから。でも彼女が誰であるのかはわかりました、尤も彼女はそうは思っていませんが。彼女はヴァイオレット・ヴェスプリーなのです、あのヴェスプリー・タワーズを追放された偉大な女性なのです。

「私は何処に住んでいるのかは言えません、お母さま、なぜならあなたに来て私を見てほしくはないからですし、私が元気になってあなたに逢いに行きたいからです。

「あなたの愛する
モリーより。」

日毎にモリーの容態は悪化した。そして或る夜ヴァイオレットは言った、「モリー、私はあなたに大切なことを言いたいの。これまで言わないでいたのは、私がヴァイオレット以外の誰であるかを誰にも知ってほしくはなかったからなの。」

モリーは顔に強い関心の表情を浮かべて顔をあげ、ベッドに座った。

「私が既に知っていることをお話します――最初から知っていました――あなたが淑女であり、偉大な女性であることを。ええそうです。私はいつもそのことを知っていました。あなたには、私がこれまで逢ったり知り合ったりした他の誰もにあるようなものは、何もありません。」

「あのね、モリー」とヴァイオレットはこの中断を無視して続けた、「私の生きる戦いと貧困の間中でも、私はつねに肌身離さず持っていたの、貴重な宝石を。それは家宝で、裕福な祖先の幾世代を経て私に伝わったものなの。今私がしようとしていることはそれを質屋に持って行って、それでお金を作ることなの。」

仮令ヴァイオレット自身が飢えで死にそうになったとしても、最初から確信していたのだが、彼女は自分の黄玉をお金に換えることはできなかったであろう――否、仮令彼女が食べ物がなくて死にそうだったとしても、「ヴェスプリーの幸運」を手放すことはしなかったであろう。だが今の事態は全く別のことであった。必要な栄養が欠乏していて死につつあるのは、モリーであって、彼女自身ではなかったからだ。

「いえ、いえ、そんなことはしないで！」とモリーは突然驚いて叫んだ。「大切な宝石を質に入れるなんて考えないでください。私は起き上がって、教区の役人が何をしてくれるのか調べてみますから。まさか私を餓えさせておくことはないでしょう。大切な宝石と聴くと、震えてしまうのです！」

「モリー」とヴァイオレットは強く言った、「私はそうするつもりよ。私がそうだと言えば、モリー、その意味は解るわね。」

「お願いですから、そうしないで！　怖がらせないで」と少女は叫んで、ぶるぶると体を震えさせ始めた。

「おや、おかしな子だねえ！」とヴァイオレットは言った。「一体どうしたというの？」

「宝石が怖いのです」と彼女は呟いた。「私の知っていた貧しい女が高価な宝石を見つけたの。彼女はとても貧しくて、それでそれを質に入れようとしたの。それで容疑がかかって警察に引き渡され、投獄されたの。それが身の破滅のもと。だから、そんなことを考えないで、お願いだから、悪いことが起こるわ。」

少女を宥めるために、ヴァイオレットは言った、「それじゃあ、あなたの言う通りにしましょう。」

暫くしてから少女は安らぎのない眠りに落ちた。

ヴァイオレットは座って眠っている少女の顔を眺めていた。こうして暫く少女の傍に座っていると、暑苦しく息苦しい空気に乗って窓から、近隣の通りから聴こえてくる或る流しの歌が入ってきた。それはハープとヴァイオリンの曲で、演奏してる曲はヴァイオレットが此の上なくいつも愛している曲、『懐かしの我が家』であった。

逆境に対するヴァイオレットのあらゆる勇敢な格闘の中で、彼女が涙を見せることは滅多になかった。だが今は泣いた。そして暫くしてハープとヴァイオリンに流しの歌手の声が加わると、彼女の胸は抑えていた啜り泣きで波打つようになった。泣声が病人の浅い眠りを妨げるのを恐れて、彼女が立ち上がって窓を閉めようとしたその時、眠っている友の表情に或る変化が起きているのに気付いた。倦み疲れた顔は無くなり、その表情は不思議な幸せと愛の光に輝いており、それから彼女の唇から流しの歌手が歌っている言葉の夢のような木霊《エコー》が漏れ出たのだった、『我が家、我が家、懐かしの我が家』。」

間もなく、彼女の唇が動き始め、ヴァイオレットは次のような言葉を耳にした、

「ええ、お母さん、もしお疲れでないなら、一緒に散歩に行きましょう。戻り水の岸辺に行って、小鳥の啼くのを聴いて、アカライチョウを見ましょう、ハクチョウは恐らく池を泳ぎ回って戻り水に帰っているでしょう、何時ものようにね。」

「この音楽が」とヴァイオレットは独り言を言った、「彼女の眠りに浸透して、『懐かしの我が家』がこの憐れな娘《こ》に自分の家の光景を蘇らせたんだわ、それが私にもそうしたように。この娘も平穏な所の生まれなのね。一体何処かしら？ 何処か遠い田舎のようだわ。そこには川があって、戻り水があって、ハクチョウがいて、アカライチョウがいて。この娘が私に自分の故郷と懐かしい家の

ことを話す気になってくれればね。でも私は決して尋ねてはいけない。それはとても悲しいことと結び付いているのだから。」

少女の唇がまた動いた。

「この娘は今水辺を歩いているのだわ」とヴァイオレットは言った、「そしてお母さんにそのことを話している。」

ヴァイオレットは、この娘を見ていると、このように結論しないではいられなくなった――自分のロンドン滞在中つねに脳裏から離れないでいる光景は、共感《シンパシー》が呼び醒ます或る種の心的な力を媒体として、この友人が見ている光景なのだと。だが、本当は、そのようなものの力の結果ではなかったのだ。この二人の少女の間の思いもかけない結び付きは、不思議に思われるかもしれないが、二人とも同じ場所に生まれた、お互いに数マイル以内の距離に生まれたということであった。そして、恐らく、我々が生まれるまさにその土壌に、その上のまさに空気の中に、或るものがあって、それがもし我々の運命でなければ、我々の性格を形作っているのではないだろうか？　我々の人生の揺籠が、我々が何処に行こうとも、元の場所に引き戻すのだ。郷愁がとても強力に我々に作用するのは、不思議ではない。ヴェスプリー・タワーズへ戻りたいという憧れが、哀れなヴァイオレットの心から一日たりとも消えたことがなかったのは、不思議ではない！

モリーが目覚めた時、ヴァイオレットは言った、

「あなた、たった今我が家の夢を見ていたでしょう？」

「いいえ、私自身の家ではなくて、その近くの、すぐ傍の。お話しましょうか?」

「ええ、お願い。そのことをとても知りたいの。」

「この部屋は或る種の絵空事で、私の夢の美しい場面がまさに本物だと思います。それはヴェスプリー川とヴェスプリー・パークの美しい森についての夢でした。」

「ヴェスプリー・パークを知っているの?」とヴァイオレットは叫んだ。

「ええ、私はソーントンの少女です、そうなんです。母は二人の子どもとともに、未亡人としてではなく、もっとひどい状態で捨てられました。それで一文無しで私たちを育てねばなりませんでした。私たちの住んでいたソーントンでは、ご存知のように、シリング銀貨などは滅多にお目にかかれません。でも私たちは何とかして、一緒に暮らし幸せでした。それは母が私たちを愛してくれたからであり、私たちも母を愛したからです。彼女は私を愛しい小さなモリーと呼んでいました。私の母が私を愛するほど娘を愛する母は絶対にいませんでした、絶対に! そして私が大きくなると、私は思われました、美しい…」

「そうよ、あなたは今も美しいわ」とヴァイオレットは愛《いつく》しむような調子で言った。

少女は弱々しい微笑みを浮かべた。それからさらに話を続けた。

「それから母が掃除婦として働きに出るようになると、私は家にいて、家事一切をするようになりました。母は私を家から外に出そうとはしませんでした。女中奉公などには出しませんでした、私を美しいと思ったからで、何かあるといけないと思ったからです。暫くの間こうしたことが続きました、そして、私たちは貧しかったのですが、母は仕事が終わると家に帰り、私と私の兄と一緒に座るのが好きでした。この頃私はただ一つのことだけを考えていました――母のことです。母は兄をとても可愛がりましたが、それは私に対して感じているものとは違った種類の愛でした――私はそれをすぐに発見したのです！　一度彼女が隣人に囁くのを聴いたからです、「神が息子をお召しになっても、時が経てば、それを乗り越えられるでしょうが、でももし万一私が娘のモリーを失うようなことがあれば、私は死んでしまうでしょう！　モリーがいなくては、生きてはいけません。あの子はとても可愛くて、愛らしくて、とても――とても美しい！」

そう言うと少女は頽《くずお》れて、激しくすすり泣きを始めた。

「あなたは自分を悲しませているわ」とヴァイオレットは言った。「私に話したくないことは何も話さなくていいのよ。あなたが真実の心の持ち主であるとわかっているから。もう自分の話をしなくていいのよ、そんなに苦しいのでしたら。」

「あなたには話さなくてはならないのです、あなたに話したいのです！」

「おぉ、もうこれ以上話さないで、辛い話は聴いていられないの！　過去一、二年の間に嫌と言うほど知りましたから。もうこれ以上話さないで！」

「あぁ！　私がもっと酷《ひど》いことを言うんじゃないかと思って震えているのでしょう。」

少女は話すのを止めた。するときっぱりとした、絶望的といってもいいような表情が彼女の悲しみに打ち拉《ひし》がれた眼に現われ、彼女は枕を支えに身を起こし、ヴァイオレットの顔を見つめた。

「私はあなたが私を避けるようなことを言おうとしているのです。」

「あなたを避けるようなことはしないわ」とヴァイオレットは言った。「そのようなことを考えないで。」

モリーは躊躇ったが、間もなく涙を払いのけると、話を続けた、「或る厳しい冬のこと、私たちは何もできずに飢えの縁に佇んでいて、恐ろしい窮状にありました。近所の若い紳士が屢々私に話しかけてきて、言い寄って来、私たちの窮状を耳にして、私達に逢いに来たのです。彼はとてもとても私たちに親切でした。彼は軍隊の士官でした、それで彼のしてくれたことはとても本物らしく思えたので——私は彼をとても好きになりました。そして彼も私を少しは気に入っていたのだと確信しています。私はロンドンに出て、奉公に上がりました。でもあれこれあって職を失いました。彼は私と結婚しようとしたかったようですが——そのことを疑ったことはありません——そしてそうしたかもしれません、問題は彼の家族でした。それで彼はインドに出かけて行き、私は彼に逢っていません——彼から便りも貰っていません——もう二度と。そうして、事態は私がつねにしなければと思っていたことをする羽目になったのです——つまり、私たちを捨てた父を捜しにオーストラリアに出かけて行くことです。私は旅費を持っていませんでしたが、或る一家がメルボルンに出かけて行くことを偶々知り、それでごたごたの後、乳母の役職を得て、この一家と一緒に出発しました。でも母にはこのことを内緒にしていました。何故なら話をすれば母を狂気にするとわかっていたからです、私たちに残酷な振舞いをした父を捜すなどということは、です。オーストラリアに着くと、尋ねて回りました。暫くして金の採掘で莫大な財産を拵えて、その植民地を後にしてニュー・ヨークに行ってしまったこを知りました。私が一緒に行った一家の人は、私がその父親の娘だとは信じようとしないで、何の援助もしてくれませんでした。私はイギリスに戻り——どのようにして戻ったのかは尋ねないでください――ロンドンに到着した時に、殆ど一文無しの状態でした。それ以降私の状態は、一段と悪化し、本当に最悪になりました。もう我が家には戻れないと感じました。哀れな母に顔を見せられませんでした。それで代わりに手紙を書いたのです。手紙で母に書いたのです――コヴェント・ガーデンの市場向け青果栽培主から早朝の仕事を貰ったと伝えました。それはまことの話でした。でもそれは私が通りで花売りをするという始末になりました。それで酷い風邪を引いてしまったというわけです。あなたがいなければ、友の中の最良の友、今頃は死んでしまっていたことでしょう――本当に、もう何週間も何週間も前に死んでしまって。」

数日後モリーの容態はさらに一層深刻な事態となった。

「あなた」と彼女は言った、「私はもう何時間も先まであなたの重荷にはなりません。でも、死ぬ前に、私がずっと前に発見したことをあなたにお話しします。あなたはヴェスプリー・タワーズのヴェスプリーお嬢様ですね、そして私の名前をご存知でしたら、あなたは背中を私に向けてしまわれたことでしょう…いえ、いえ、そういう意味ではないのです、でもそうなさるかも知れないと恐れたのです。それで私は黙っていました。私はモリー・レッドウッドで、マーティン・レッドウッド、あなたを可哀そうにも気が狂うように愛した若い水夫は私の兄です。」

途切れ途切れの、囁き位でしかない声で話しながら、彼女は枕の下から真鍮のロケットに入った幾分色褪せた一枚の写真を取り出した。

「約束してください、もしあなたが彼に逢うようなことがあれば、あるいはもしあなたが私の母に逢うようなことがあれば、この肖像画は私が死んだ時に残した唯一のものであると、私からの愛を込めて、彼らに伝えてくれると約束してください。約束してくれますか、ヴェスプリーお嬢様?」

「約束します」とヴァイオレットは言って、彼女の上に体を屈め、手を彼女の頭に乗せて、額にキッスをした。丁度彼女が少女の兄にキッスしたように、あの決して忘れることのない日にコリヤナギの島で。

それで今ヴァイオレットの記憶に蘇ったのが、あの祭りの時の場面と彼女とマーティン・レッドウッドの間に交わされたお互いの認識の表情であった。自分はモリーにあの悲しい場面のことを話すべきなのか? 駄目だ! マーティンがまさにあの夜自分を助けに来たことを彼女に話すべきだろうか、バーリー通りの角で如何わしい二人の女に迫害されていた時に、自分が彼女を助けたあの夜のことを? 駄目だ、今話すのは遅すぎる、モリーは死にかかっているのだから。哀れな彼女の野卑な父が酔った勢いで、無思慮な群衆に向かって鷲掴みにして投げたあの金貨があれば、彼の子どもを救うことができたかもしれない。彼女の兄も彼女を救うことができたかもしれない。彼が自分を助けに来た時、まさにその瞬間にモリーを捜していなかったと誰が知っていよう? 誰が知っていよう? でももう遅い。何も、誰も今や彼女を救うことはできない。遅すぎる。

フラットの様々な住人は、死んだ放浪者は教区によって埋葬されるのが当然だと思った。だがヴァイオレットはそう思わなかった。この憐れな者、とても礼儀正しくて、愛情深く、感謝に満ちた者が貧民の共同墓地に埋葬されることを思うと、彼女は深く憂慮した。それで彼女は少女を自分で埋葬する決意をした。ブリック横丁の屋根裏部屋の彼女の同居人に対する友情の最後の行為を行うのに、ヴァイオレット・ヴェスプリーは彼女の最後のシリング銀貨を手放したのである。

第八章　サンフラワー・コートの屋根裏部屋

そして今ヴァイオレット・ヴェスプリーの人生の中で悲惨な時がやって来た。それがあまりにも痛ましいので、私はそれを記録しないでおいても赦されるに違いない。私はここでそれに触れることさえしようと思わないし、できはしない――もし彼女を待ち受けている将来のより輝かしい日の在ることを作者の私が知っていなければ。

実際の飢えが彼女の目前にあった。彼女は如何なる仕事にもつけなかったからである。そしても し或る夜偶然にも製本の仕事を一緒にやっていた仲間の少女の一人に出逢わなければ、恐らく餓えていたことであろう。その少女は彼女を小さな安物の料理売店に連れて行き、食事を提供すると言ってきかなかったのである。一週間に数シリングをジャム工場で瓶にラベルを張ることで儲けることができると、この少女が彼女に言った。ヴァイオレットはそこに行き、新たな種類の骨折り仕事に入った。だが暫くして仕事は不景気となり、彼女は解雇されてしまった。

その朝、ポケットには僅か数ペンスのみで、仕事を見付けられる当てもなく、彼女はピカデリーの方向に彷徨《さまよ》いながら、ぼんやりと店を覗いて、絶望的な考えを紛らそうとしていた。

暫くして彼女は自分が群衆の間に挟まってしまったことに気付いた。彼女の前の通りで乗り物が混雑して動けなくなるとはどういうことかを理解するのに暫く時間がかかった。だが彼女は自分がこれらの馬車の一つを見つめていることに気付いた。その馬車の中には白いサテンを着た美しい若い女性が膝に大きなブーケを載せて座っていた。彼女はレースをふんだに付けた襟ぐりの深いドレスを着ていて、一緒に座っている中年の淑女ととても熱心に話し込んでいる様子であった。その淑女は宝石を鏤《ちりば》めたバラ色のシルクを見事に着こなしていた。

ヴァイオレットが立ち止まって動かないその馬車を眺めていると、彼女は母がヴェスプリー・タワーズで昔彼女に繰り返し話してくれた上流社会の栄光の物語を思い出した。それで彼女は馬車の中の美しい若い女性が自分かもしれないと思い、またその連れの淑女は彼女の愛しい亡き母ではと思った。そうすると、生き生きした映像が彼女の眼の前に生まれ出たのである。彼女は自分と母が宮廷での謁見という素晴らしい御伽噺の中にいるように思えてきた。彼女は自分がイギリスの貴族の素敵な群れに立ち混じっているのを見た。すると、これまでの悲しい日々の中で初めてホッとして涙が溢れ、頬を伝って落ちた。

彼女は群衆から向きを変えると間もなくハイド・パークにいる自分に気付いた。彼女は木下の静かな場所にあるベンチに気怠そうに腰を下ろした。椅子に一ペニー支払うという思いは、今の彼女には思い浮かばなかった。

驚いたことに、彼女がそこにまだ座っていると、椅子の管理人がやって来て、こう言った、

「覚えておいででしょうか、お嬢さん、暫く前に私の椅子の一つにお座りになっていたことを？」

「勿論覚えています。あなたのこともよく覚えています」とヴァイオレットは言った。「でもどう

してお尋ねになるのですか?」

「それは、お嬢さん、あなたが或る日椅子に座っておられる時、豪勢な馬車の中で或る淑女が振り返って、信じられない様子であなたを凝視したのを私は見たのです。それから馬車が通り過ぎていく間も実際に振り返って、あなたをできるだけ長く視界に留めようとしたのです。その女性は灰色の髪で、高齢の淑女のようでしたが、悲しそうでした。彼女はロウの中で私がこれまで見たどんな二頭立ての馬よりもこざっぱりした二頭の馬を馭《ぎょ》していらっしゃいました。」

「それで」とヴァイオレットは言った、「そのことと私がどのような関係があるのでしょうか?」

「そのお話がしたいのです、お嬢さん」と男は言った。「その馬車は戻って来て、あなたが座っておられた場所に着くと、馬車が止まり、淑女が降りてきて、誰も座っていないその椅子の方に、たまたま私がそこに立っていたのですが、歩いてきました。『数分前、これらの椅子の一つに若い女性が座っていたでしょう』と彼女は言いました。『はい』と私は答えました、『おりましただ、私は屡々彼女に只でここに座ってもらおうと思いましたが、気分を害するのではないかと思いました。貧しそうでしたが、彼女はそれでもとても誇り高そうに見えたからです。』『あぁ!』と淑女は言いました、『それ以上の真実な言葉はありません。あの女《ひと》はロンドン中で最も誇り高い女性です、それには訳があるのです!』『そうでしょうとも』と私は言いました。『あの若い女性を知ってから今ではもう長いことになります。彼女が初めてやって来て私の椅子の一つに座ったのは、かれこれ三、四年前のことだと覚えております。その時はずっとましな様子であったと思います。彼女はよく私を楽しませてくれました、本当です。』『どのようにして?』と淑女は言いました。『それは』

と私は答えました、『彼女ほど椅子から一ペニーの値打ちを目いっぱい享受する人を私は見たことがないからです。彼女は馬車や物を凝視しましたが、まるで子どもが覗き見ショーを凝視するようでした。彼女はそれを本当に楽しんでいました。間違いありません！』『あなた、彼女がたった今どちらに行ったかご存知ありませんか？』と淑女は言いました。『いいえ』と私は返事しました、『わかりません。それから私はお金を集めに別の端に行って、また戻ってきましたが、彼女はもういませんでした。』と。」

ヴァイオレットの好奇心は掻き立てられた。それは昔彼女の両親を知っていた身分のある淑女《ひと》ではないのだろうか？　そして、奇妙なことだが、ちょうど季節が季節であり、それでもう一度ヴェスプリー・タワーズの懐かしい木々と芝草と花々を見たいという願望が途方もない力でヴァイオレットを襲ったのである。その淑女《ひと》はヴェスプリー・タワーズに行ったことがあるのだろうか？

その夕方日没時に屋根裏部屋で、ヴァイオレットは過去と未来の夢の中に我を忘れて座し、顔を開いた両手に載せていた。彼女は何か月も前にブリック横丁を後にしていて、今は前よりもさらに居心地のよくない、サンフラワー・コートという名で知られている場所に住んでいた。

「私のような惨状では」と彼女は考えていた、「人は自殺するわ。哀れ詩人のチャタートンが屋根裏部屋で砒素の一服を前にしている姿を想像できるわ。彼にとって死は唯一の恩恵でしかなかった。彼は私のようにヴェスプリーの幸運を信じることが心の支えではなかった。人生との壮絶な戦いの中で、彼は墓堀人の息子として、私が持っているような、自分を維持しうるもの——家系の伝統への意識――を持っていなかったのだわ。もし私がそのような誘惑に屈することがあれば、ヴェスプリーの名前を穢すことになるわ！　それは絶対にできない。この時間帯はヴェスプリー家の者が死ぬ時だわ。私の父は日没時に亡くなったし、言い伝えでは、父の父も前に日没で亡くなった。

「それでも尚、私は今ほどヴェスプリーの幸運が近付きつつあるというとても強い予感を感じたことはない、私が食べ物の不足で倒れそうなほど病気である今ほど。」

彼女は今一度視線を、屋根裏部屋の窓の惨めなほどの継ぎはぎだらけのガラスを通して差し込んでくる赤い夕陽に、投げかけた。それから、食べ物の欠乏からか、あるいは歩き疲れたせいか、彼女は頭を窓枠に持たせて、眠りに落ちた。そしてヴェスプリー・タワーズに帰った夢を見た。

彼女には思えた、昔のように今自分はカッコーの鳴き声を、そして鎌を研ぐチリンチリンという音と、ウズラクイナの呼び声を聴いているように。それから新しく刈り取った芝草の匂いが部屋に漂い込んでくるようにも思えた。

間もなく彼女は眼を覚ましたが、夢の中の草の匂いはまだ彼女の感覚を擽《くすぐ》っているかのようであった。そして今ヴェスプリー・タワーズとヴェスプリー・パークを夏の美しさの中に見たいという願望は抑え難くなった。それは今までこれほどまでの力を持って彼女に迫ったことはなかった。こうした時には着物のポケットから虹の黄玉を取り出してその煌めきを見つめ、我を忘れて懐かしの我が家を夢見るのが、彼女の変わらない習慣であった。彼女は今黄玉を取り出して、熱心にそれを凝視した。突然彼女ははっとして、叫んだ、「どうして今までそのことを考えなかったのだろう？

そうだ！ きっと彼は私を助けてくれるわ。私はこのような宝石を質屋に持っていくことはできない！ 哀れなモリーは正しかった。だが彼は私に憐れみを持ってくれるでしょう。彼は私の嘆願を無視するような勇気はないはずだわ。」

それで翌朝、電話帳を調べて、ヴァイオレットは彼女の足取りをジョン・ウォルトンの事務所に向けた。

レドンホール・ストリートにあるウォルトン＆ウォルトンの事務所は長い年月の間、そして今でも、法律の専門家として最も栄え、最も幸運な事務所の一つであった。

彼等の仕事は、元は大きな不動産譲渡証書作成業としてリンカーンズ・インにあったが、シティに移転した、それはシティの会社が次々と、主としてウォルトン氏の金銭と法律の才能のせいで、この事務所に引き寄せられたからである。

繁栄の日の光はロンドンの煙を通して仕事がなされているまさにその事務所の上に輝いているように思えた。そこの事務員はロンドンの法律の事務員の中で最も高い給料を貰っていて、しかも最も軽い仕事であった。ウォルトン＆ウォルトンの事務所に入ることは、ロンドンの殆ど全ての法律の事務員の憧れであり、それぞれの貧しくしている事務員は自分の家族と自分自身の上に屋根のある暮らしをしたいと願い、屢々それが不首尾に終わるのであるが、この事務職の楽園にあっては、全ての事務員が、できれば、或る年齢を過ぎると給与の四分の三で退職するか、もしくは寄る年波で耄碌して働けなくなるまで仕事を続けることが、習慣になっていると、彼等は知っていた。この気前の良さがウォルトン＆ウォルトンの益々拡大していく名声の或る重要な要因であった。というのは、他の会社の経営に関わる事務員が顧客の聴いている前でウォルトン&ウォルトンの名前を出す機会がある時には、彼等の声は敬いの謹聴を促すので、顧客はこのことを覚えていた。気前の良さが立派な投資であるというのが、ウォルトン氏の公理であった。

ヴァイオレットがヴェスプリー・タワーズを訪れる突然の決意をした翌朝、歩を進めたのはこの最も敬われている事務所であった。

彼女はウォルトン氏に逢いたいと申し出た。

「お名前は？」と事務員が言った。

「ミス・ヴェスプリーです。」

事務員は吃驚した様子であったが、すぐにそれを抑えて、座るように言ってから、所長の部屋に通じる廊下を急いだ。

戻って来てから、事務員はウォルトン氏がいる部屋に彼女を案内した。

彼女が部屋に入るとウォルトン氏は椅子から立ち上がり、予期していなかったほどの慇懃さで彼女を迎えた。彼の態度全体が直ちに彼女を落ち着かせた。

「私を覚えておいででしょうか、ウォルトンさん？」

「完全に、ヴェスプリーさん。私はヴェスプリー・タワーズにあなたを訪ねましたが、あの時は私の依頼主の代わりで、無理矢理に辛い義務を果たさねばなりませんでした。」

「ええ。四年前のことです。」

「そうです、ヴェスプリーさん、私達が——私達があなたの姿を見失ってから四年が経ちます。」

「そして今、ウォルトンさん、私はあなたにお願いがあってやって来ました――もう一度私を懐かしい我が家を見に行かせてほしいのです。」

こう話しながら彼女は黄玉の宝石を取り出して、ウォルトン氏にそれを差し出した。

「これは何ですか?」

「ヴェスプリーの幸運です」とヴァイオレットは言った。

「あぁ、そのことを亡きブランドンさんから聴いたことがあります。家宝だと思うのですが、何世紀もの間ヴェスプリー家に伝わっている。」

「そうです。私があなたにお願いに来たのは、あなたがこの宝石をカタに数シリング、我が家への旅に必要なだけを私に、あのう、用立てていただければと思って。」

ウォルトン氏は椅子に背を持たれかけて、少し考えてから、宝石を光りに翳しながら、親切な声で言った。

「私はあなたのために何かできると思います、お嬢さん、あなたがこの家宝を手放さなくとも。ヴェスプリー・タワーズへの旅費にどれほどご入用でしょうか?」

「五、六ポンドあれば十分だと思います。でも――」

「では、親愛なるヴェスプリーお嬢さん、六ポンドの債権者にどうか私をさせてください。」

彼はこう言い乍ら、宝石を彼女に返し、次に自分の机の引き出しを開けて、六枚のソヴリン金貨を取り出し、ヴァイオレットに手渡した。

「でも」と彼女は躊躇いがちに言った、「何時――何時返却すればよいのでしょう?」

「そのことについてはまた日を改めてお話しましょう」とウォルトン氏は意味ありげに言った。「ご機嫌よろしゅう！」そう言うと彼は手を差し出した。「ヴェスプリー・タワーズに御着きになられたら、門番にヴァイオレット・ヴェスプリー嬢宛てに手紙が来ていないかお尋ねになってください。私からあなたへの手紙が待っていると思います。ご機嫌よう。」

そうして彼は彼女を自分の部屋のドアまでエスコートしたが、その物腰は彼の貴族の顧客の中でも最重要人物にしたであろうほど丁重なものであった。

ヴァイオレット・ヴェスプリーに対するウォルトン氏の丁重な態度はほんの少しも彼女を当惑させはしなかった、否、如何なる驚きをも引き起こしはしなかった。そして彼女が大通りを通ってサンフラワー・コートに急いでいると、街の喧騒を凌駕して彼女の耳にあの言葉が聴こえた――彼女の心から滅多に離れたことのない言葉、「ヴェスプリーの幸運――ヴェスプリーの幸運！」、そして彼女は手をポケットの上に愛撫するように置いた。そこには虹の黄玉がまだ彼女の所有のまま残っていた、彼女が四年前にヴェスプリー・タワーズを後にしてからずっと残っていたように。

第三部　ヴェスプリー・タワーズへの帰還

第一章　ジョセフィーヌ

ヴァイオレット・ヴェスプリーは、ウォルトン氏訪問の翌日の夕刻に、ヴェスプリー庭園の入口にある古い門番小屋の門によそ者のように立った。

ヴァイオレットが門のベルを鳴らす前に、若い女が門番小屋から急いで出てきた。

「私はここに私宛てにあると聴かされた手紙を受け取りにまいりました。私はヴァイオレット・ヴェスプリーと申します。」

「ヴェスプリーさん、ああ、確かに。手紙が今朝の郵便で届いております。どうぞお入りください、お嬢様、すぐに行って手紙を取ってまいりますから。」

「こう話しながら彼女は門を開き、それから門番小屋に入って行き、言いつけの手紙を持ってすぐ戻ってきた。

ヴァイオレットは自分の足をタワーズの方に向けながら、彼女に礼を言った。

一人になるとすぐ彼女は手紙を開いた。短いものであったが、中に「ヴェスプリー・タワーズのサールウェル嬢」宛ての短信が入っていた。

ヴェスプリーお嬢様、
　同封しておりますのはサールウェル嬢への紹介状です。彼女は短期間の契約でヴェスプリー・タワーズに暮らしております。彼女はあなたのご事情に関する全てのことを十分知悉《ちしつ》しております。ここ何日もの間あなたを待っておりました全てのニュースをあなたに打ち明ける役目を、私は彼女に託してあります。あなたが私の事務所にいらっしゃった時、まる一日かけてもできたら私がしたかった何千倍も上手に、彼女はその役割を果たしてくれるでしょう。

「あなたの忠実なる、
　ジョン・ウォルトン」

　手紙を読みながらヴァイオレットは、楡の古い並木の下をゆっくりと歩いていた。眼を上げると、彼女は間もなく或る女性が素早く飛び跳ねるような足取りで自分の方に歩いてくるのを見付けた。
　その数は少ないが、或る種の顔があるものである――造りと表情がとても個性的だから、その国籍を推測することが全くできない、といった類《たぐい》の顔である。二十六歳位に見えるその若い女性は、こういった類の顔の持主であった。その顔は瓜実型《うりざね》で、額は広く、ヴァイオレットの額同様に美しかったが、造りはヴァイオレットのものとは全く違っていたので、二つの額の間には如何なる類似も見出されなかった。頬骨は普通美しいと思われるよりはやや高めであるが、顔の美しさを害しているとは思えず、むしろ説明はつかないが、その美しさを増大させているようであった。鼻は、やや小ぶりであるが、整っており、まっすぐで完璧であった。口はヴァイオレットの口ほどふっくらとして美しいわけではない、というのは唇が十分ふっくらとしてはいないからだが、形の上では美しかった。眼はかなり離れていたが、大きくて輝いていて、深みがあって、それ故に時には黒く、時には濃い紫になり、豊かな濃紺の髪の毛――肌理《きめ》細かで、まっすぐで、絹のような――とマッチしていた。

彼女はヴァイオレットに近付いてきたが、その物腰はゆったりと落ち着いていた。だが、突然彼女は立ち止まって、訪問者の顔を見つめた。

「ヴェスプリーさん？　それじゃあ、彼はついにあなたを見付けたのね！」そうして手を差し出して、彼女は微笑みながら言った、「私はミス・サールウェルです。あなたをヴェスプリー・タワーズにお迎えできて嬉しいわ。私はこの喜びを待ち続けていたの、ずっと、ずーっと長く！」

だがヴァイオレットはまるで夢見る人のように並木道を眺めていて、若い女性が彼女に話しかけた時、一瞬その女性の顔をちらっと見はしたが、その言葉を聴いたようには見えなかった。

サールウェル嬢は彼女を心配そうに見つめた。

「長旅のあとでお疲れでしょう」と思いやるように彼女は言った。

「ええ、疲れています」とヴァイオレットは、力なく言った。「ロンドンに戻る前に一時間ほどここで休ませていただけませんか？　私はただもう一度私の懐かしい家を見に来ただけです。その麗しい夏の美しさの中で何と楽しげに見えることでしょう！　できれば、庭園を一、二時間散歩したいのですが。それから、それから――」

「中に入って休みませんか？　あなたのお部屋――あなたのお部屋は――あなたを迎える準備が

整っています。私はあなたをロンドンに帰すつもりはありませんよ。私にはあなたに伝えることが沢山あります、だって、あなたはずっと長い間留守でしたもの。それに、それに、私はウォルトンさんに約束したのですもの、あなたがヴェスプリー・タワーズに背を向けた時——四年前、ちょうど四年前でしたよね——その時以来起こった出来事の全てをあなたにお話すると。」

「ええ、そうです、四年前です」とヴァイオレットは言ったが、まだ自分の周りを夢のように眺めていた。

二人がヴェスプリー・タワーズの入口を通過して、階段を昇り始めた時、ヴァイオレットは、まだ夢見るようにあたりを見回しながら、言った、

「何も変わってはいないわ。全て私が置き去りにしたのと同じに見えるわ！ とても嬉しいわ。」

「ええ、何も変えてはいないわ」とサールウェル嬢は言った。「あなたが何時か帰ってくると信じていたの、それで全てを見つけたまゝの状態にしておいたのよ。あなたを喜ばせることをしようと何かが私に言ったの。やはり私の本能は正しかったのね。」

サールウェル嬢はヴァイオレットを彼女の寝室のドアの前に残し、元気よく「ではまたね」とフランス語で言って、軽やかな足取りで階段を下りて行ったが、生まれ付きのパリジェンヌならではの快活な様子で、フランス語の歌の一節を歌って行った。

ヴァイオレットが自分の部屋に入ると、家具は全て残して出た時のまゝであることがわかった。窓を開けて、外の庭園を見た。日は暮れに近付いていた。彼女はヴェスプリー・タワーズを離れる前の夜にそうしたように、座って、ミヤマガラスがタワーズの裏手にある塒に戻るのに通り過ぎる

時の鳴き声に耳を傾けた。

「ええ、あれは全て夢よ。私は愛しいこの家をあとにしたことなどないのよ。私はすぐに目覚めてわかるわ、ロンドンでの四年間は結局夢に過ぎなかったってことが。」

間もなく奉公人がトレイを持って入ってきて、窓際にいるヴァイオレットの傍のテーブルの上に並べた。

「どうか、お嬢様」と女は言った、「サールウェル様が思われるように、あなたがお疲れで、独りになりたがっておられるのではないか、お尋ねするように言われました。それで私は、あなたが好きだとサールウェル様が思われる、お茶とちょっとしたものをお持ちしました。」

「ありがとう。ええ、今夜は独りでいたいの。とても疲れているので。」

夜の帳《とばり》が下りた。ヴァイオレットはベッドに潜り込んで、深く眠った。それは故郷の空気を呼吸する若い女性の、健康な夢を見ない安らかな眠りであった。そして朝が明けると彼女は過ぎ去った日々のように、ヴェスプリーの小鳥たちの歌声に目覚めさせられたのである。

すぐに庭園に出たいという衝動は抑え難く、彼女はすぐさま比べようもない木々の中を飛び回っては、その全ての魅力を楽しみ、行き付けの場所を訪れたが、それはまるで一晩以上に時が過ぎてはいないようであり、まるで彼女の懐かしい家からの四年間の不在がこの瞬間に彼女の記憶から完全に拭い去られたかのようであった。彼女は誰にも出くわさなかった。このことが彼女の孤独感――自分は昔のようにヴェスプリー庭園で独りであるというあの喜ばしい感覚――に拍車をかけた。

魔法はついにサールウェル嬢の姿によって破られた。彼女はテラスの階段からヴァイオレットに挨拶をしたのである。

ヴァイオレットが近付くと、女主人はテラスを出てきて彼女を迎えたが、その眼には、紛うことのない称讃と親しみ深さの表情が見られた。ヴァイオレットはすぐさま衝動的に彼女の方に歩み寄り、手を差し出して、差し出された手を挨拶代わりに取った。

「日の出がとても美しかったので、エーリエル*が私と一緒に駆け去ったの」とヴァイオレットは言った。「ヴェスプリーの日の出に、ヴェスプリーの小鳥たちが歌い始めるのを聴くと、私はとても興奮するので、時の経つのをすっかり忘れてしまうのです。」

二人の女性はお互いに抗《あらが》いがたく惹《ひ》かれあった。ヴァイオレットはサールウェル嬢に深い関心を抱き始めていたが、それはサールウェル嬢が彼女に同様の関心を抱き始めているのが明らかであったからである。

「朝食に来られませんか?」と彼女は言った。「私はあなたを捜しに出てきたのです。それにお庭を長い時間歩いておなかがすいたに違いないでしょうから。」

そう言って彼女はテラスを通ってフランス窓の方に行った。

「あぁ!」とヴァイオレットは中に入りながら言った、「これは私の好きな部屋です。私の母の私室だったのですよ。」

「私の好きな茶の間ですの」とサールウェル嬢は言って、朝食のテーブルに着いた。「これがあなたのお母様の私室であるとお聴きしています。私のスタディオ——私画家ですのよ——は階上の素敵な部屋の一つにあります。」

「あなたは私達のことを何かご存じのようね——ヴェスプリー家のことですが。」

「ええ、ウォルトンさんからあなたのことを全てお聴きしています。私はあなたのご家族について、大抵の人よりもよく知っていると思いますわ、ヴェスプリーさん。」

「私に話したいことがおありなのは、私の一家のことについてでしょうか？　ウォルトンさんは私に聴かせたい或るニュースをあなたに伝えさせようとしたと、私に思わせたようですが。そうなのですか？」

「ええ、あなたのご一家についてのことです。でもそれがニュースの全てではありません。私はあなたに伝えたいことを沢山持っています。実を言うと、ヴェスプリーさん、それがあまりに多すぎて、お話したいことが多すぎて、何処から話し始めてよいのかわからないのです。」

「それは、とても長くかかるのでしょうか——その全てを話していただくのに？」

「そうです。何日も——おそらく何週間も。」

「何週間も？　でも、私は今日これからロンドンに帰るつもりでいます。昨夜言いましたように、私は懐かしい我が家をひと目見ようと思ってやって来ただけなのです。帰りの切符も買っています。真面目なのです、本気なのです！　どうしても留まることはできません——私——」そう言って彼女は口を閉ざし、窓の方に移動して、庭園を眺めたが、それは朝の光の中に輝いていた。「もしもう一日ここに滞在すれば、私の決心はぐらつくでしょう。そうして私はヴェスプリー・タワーズに背を向ける勇気をとても見出せなくなるでしょう。ああ！　おわかりにはならないでしょう

——この家が私にとってどのようなものであるのか、おわかりには！

「わかると思います」とサールウェル嬢は、低い声で言った。「私ほどよくわかっている人はいませんわ。私は仲間——お友達が欲しいのです。あなた、そのお友達になっていただけません？　さあ！」と彼女は付け加えた、「お庭に行って座りましょう。素敵な木陰を見つけるまでには、私は話の糸口を見付けておきますから。あなたに興味を持っていただけると思うの、だって私のお話しなければならないことは全て、あなたにとっても深い関係があるのですもの、本当に。」

二人が木々の間を暫く歩いた時、並んで座りながらサールウェル嬢は次のように言った。

「私が最初に話したほうがよいと思うのは、ウォルトンさんがこれまで一年以上もの間あらゆる所をあなたを捜してこられたということです。わかっていたのは、あなたがモリー・レッドウッドという貧しい娘と一緒にロンドンの何処かに住んでいるということでした。でもその棲家には辿り着けませんでした、あなたと憐れな若い女性を探し出すのに金に糸目は付けなかったのですけれど。」

「可哀想なモリー！」とヴァイオレットは悲しく黙想するように言った。

「私はあなたに過去四年間のロンドンでの辛い生活について話してほしいとは言いません」とサールウェル嬢は言った。「あなたの苦しみのことはあなたの顔に書かれていますから。何時の日か、その事を私に話して少しでも気が晴れるようであれば、私は何時でも喜んでそれを聴く用意があるわ。だって私はあなたに証明して見せられる以上にあなたに同情しているのですもの——今のところは。何時の日か——すでに私にはわかるのです——私たちはとても仲良しになるので、思っていることをお互いに話さないではいられないくらいになるのです。」

「ああ、私にも同じことがわかるわ！　あなたのお名前を教えて頂戴――あなたの洗礼名を。」

「ジョセフィーヌ。あなたの名はヴァイオレット。勿論知っているわ。」

「そうよ。あなたは先ほどモリーのことを話していらしたわね」と彼女は言った、「知っていることと全て話してくださらない？」

「そうしようと思っていたの」とジョセフィーヌは言った、「だって、言いかけたように、それはあなたが思う以上にあなたに関係があるのですもの。」

「モリーについて話してくださることなら何でも、関心があるわ。」

少し間をおいて、ジョセフィーヌは始めた。

「モリーからお聴きでしょうが、彼女は夫に捨てられた憐れな女の娘であり、その女は丁度この村に住んでいたのです――ジョアンナ・レッドウッドという名です。」

「ええ、モリーが教えてくれたわ。でもあの娘は最後の日まで自分の人生のことにはとても寡黙だったの。母娘は貧しい人でソーントンに住んでいましたが、苦難と失意の生活でした。」

「そうでした、本当に！　モリーと母親は畑仕事で僅かばかりの生活の糧を得ていました。本当に僅かだったので、モリーは奉公に出ようと決意したそうです。でも、ソーントンではそのような機会は殆どないことがわかっていたので、彼女はロンドンで口を見付けられるかもしれないと願うようになったのです。さて、これまでずっと田舎暮らしをしてきた多くの女性の例に漏れず、母親はロンドンとそこで奉公する若い女性にとっての危険をとても惧れました。でもそれ以外の道はないように思われたのです。母親は折れて出ざるを得ませんでした、モリーがロンドンのウエスト・エンドの或る裕福な家に口があるのを聴きつけて、奉公にあがったからです。そして暫くの間は、本当に、全てが順調のように思われたのです。でも何か月も経つ前に、モリーが、明らかに己の落ち度ではないのに、仕事の口を失うという失意の報せをレッドウッド夫人は受け取りました。よくあることですが、偶々《たまたま》モリーの仕事仲間の一人がソーントン・ガゼットを一部持っていて、それには彼女の父親の恥辱の記事が載っていたのです。」

「そのことは私も聴きました」とヴァイオレットは言った。「そう、それは何日もソーントンの噂になったので。彼女の父、ジェリー・レッドウッドはプロボクサーで下劣な大酒飲みで、市《いち》で男を殺し、殺人罪で有罪となり、一年間の投獄判決を受けたの。」

「ウエスト・エンドのお屋敷の女中頭が」とサールウェル嬢は続けた、「その新聞を取り上げて、その事についてモリーに問い質《ただ》したの。女中頭は、残念だけれど、その記事を奥方に見せるのは自分の仕事だからと言ったの。その結果、モリーはひと月の賃金を前払いしてもらい、首になったの。彼女はこうした苦労にもめげず、勇気を失わなかったの。彼女は哀れな母親に元気のよい手紙を書いて、仕事は見付けると言い、また新しい口が見付かるまでは手紙は出さないから、そのつもりでと告げたの。この手紙は母親をひどく落胆させたそうよ、なぜそうなのかは言えなかったようだけど。彼女はモリーの性格の純粋さと抑制心に十分な信頼を置いていたのだけれど、それでも仕事がなくロンドンで独りぼっちのモリーのことを思って失意に暮れたの。母親は娘が給金からどれだけを仕送りしてきたかを計算した時、ひと月の前払い金が娘の全財産に違いないことがわかったし、またどのような苦境に陥ろうと、母に助けを求めるようなことはしないこともわかったの。」

「何と憐れな状態だったの！」ヴァイオレットは口を挟んだが、ジョセフィーヌ・サールウェルが話していることの全てと、ブリック・アリーでの極貧の屋根裏におけるモリー・レッドウッドと暮らした彼女自身の経験のことが交錯する思いに半ば我を忘れた。

「何日も何日も日が経った」とジョセフィーヌは続けた、「でもモリーからは一通の手紙も来なかった。或る夜、母親は眠りから飛び起きると、叫んだ、『何か恐ろしいことがあの娘に起《こ》きているに違いない！　ロンドンに行ってあの娘を探し出さなくては。』事実、モリーがお話したと思うけれど、彼女は父親を探してメルボルンに出かけていたの。」

「ええ」とヴァイオレットは言った、「そう言ったわ、出かけていたと、奉公人として或る家族と共にオーストラリアにね。」

「これもあなたに話したのではと思うけれど」とジョセフィーヌは言った「母親との恐ろしい貧困の最中に奉公に出る前に、あの娘は母親に何度も言ったそうよ、オーストラリアでお金を作った父親を捕まえ、そうして自分たち母娘を支援させる精一杯の努力をするべきであると。」

「可哀想なモリー！　それは聴かなかったけれど、彼女がメルボルンに着いたのはまさに手遅れだったと言ったわ。父親が既にニュー・ヨークに出発してしまった後だったの。でも奴は、紛れもなく富でのた打ち回っているように見えたけれど、イギリスにやって来たのよ。私は彼奴《あいつ》を見たの。」

「あなたがあの不埒なプロボクサーを見たですって？　何時なの、ヴェスプリーさん？」

「私がモリーに出くわす前のことよ」とヴァイオレットは言った。「でも私は二人が親子だとは知らなかったの、遅きに過ぎるまではね！　何時かあなたに話すわ、何処であの忌まわしい大酒飲みが私の道を横切ったのかってことは。でも今は駄目！　どうか話を続けてください。今お話するのはあまりにも辛すぎるの！　あのことを私の頭から忘れ去ることができればと願うだけなの。でも、どうしてもできないわ。」

カーリッシュ夫人とのストラットフォード・オン・エイボンへの遠出の時の、市場でのあの光景が、全て彼女の頭の視覚に洪水のように蘇ってきた。マーティン・レッドウッドが彼女を見付けた時の姿、彼が卑しい生まれの放蕩親父――その時父親は群衆にお金をばら撒いていた――に向けた怒りと軽蔑の眼差し、それらが再びその哀れな細部に至る迄彼女を襲い始めた。

ジョセフィーヌは不思議の感に打たれた目付きでヴァイオレットの顔を見つめ、彼女のどぎまぎした様子に全くものも言えないほど驚いた。

「モリーがメルボルンに行ってしまったことを知らない哀れな女は、彼女を捜しにロンドンに出たが、何処を捜してよいのか皆目見当もつかなかったのです。彼女は家具を一つ売って、その収入で町で一週間過ごしたの。モリーが父親の悪名のために仕事を失ってから書いてきた最後の手紙の住所を探し当てた時、みすぼらしい中庭の光景は一層鋭い恐怖と失望を齎したのです。中庭への入口は開いていたので、最初の部屋のドアを敲くと、そこの住人はモリーがこの建物に滞在していたことさえ知らないことがわかったのです。一階のどの部屋の住人も誰ひとり知りませんでした。二階に上がると或るドアが半開きになっていたので、中を覗くと哀れな暖炉の前に老婆が一人座っていて、まるで暖炉に火が赤々と燃えてでもいるかのように両の手を擦り合わせている姿を見ました。沢山質問をした挙句にこの女はやっとモリーを思い出したの。彼女は落胆した母親に言ったの、娘は同じ階の部屋に住んでいたが、部屋代が払えないので、そこを出なければならなくなったと。老婆はお喋りだったので、母親に言ったの、娘に田舎の友達の所に帰るようにした方がよいと。でも娘は、友達は自分と同じく貧しいと言い、どうにかして仕事を見付けるつもりだと言ったのです。」

「その頃だったに違いないわ」とヴァイオレットは言った。「私が私の部屋の前の階段の上に彼女を見付けたのは。」

「さて」とジョセフィーヌは言った、「さらに実りのない探索を惨めに一週間続けてから、レッドウッド夫人は一文無しになって自分の零落れたソーントンの百姓家に戻って来たの。彼女が戻ってから間もなくだったわ、モリーからの手紙で、彼女が友達を一人見付けたこと、そしてその友はヴェスプリー・タワーズの御嬢さんだと報せてきたのは。」

「彼女はそれを母親に言ったの？」

「そう、彼女は殆ど最初の日にあなたが誰であるかわかったのよ、あなたが彼女を部屋に入れて、あなたが働いていた工場で得た僅かな稼ぎを彼女に分かち与えたその日によ。」

「ええ、彼女は私が誰であるのかわかっていたと最後に言ったのだけれど。」

「でも」とジョセフィーヌは言った、「彼女はあなたが何処に住んでいるのかは母に決して報せなかったの。あなたが陥っているみすぼらしさと失意については一言もね。これらのことは全て後になってレッドウッド夫人の知るところとなったの、モリーが死んであなたがブリック・アリーを立ち去った後でね。」

「どのようにして彼女がそれを知るようになったの？」

「あぁ、それを私がこれからお話するところなのよ。彼女がモリーの徒労に終わった捜索からソーントンに帰った後の夫人の人生の話は全てとても奇妙で予期しないものだったので、彼女自身自分の正気を信じることができないほどだったの。報せが彼女に届いたの。それは、彼女の夫がロンドンにいること、そして彼がオーストラリアで金を掘り当てて途方もない儲けをしたということ、それで彼が彼女に逢うためにソーントンにやって来るということだったの。それを耳にした時、彼女が考えたのは、ただ彼の金のことではなくて、モリーが——彼女が子どもの頃彼はとても深い愛情を示していたらしいの——そのモリーが行方不明になったことをどのように打ち明ければよいかということだけだったの。」

「どうなったの？　彼女はどのように彼と対面したの？」

「対面することは絶対にできないと彼女は感じたの」とジョセフィーヌは言った。「彼は全ての非難を彼女に押し付けて、恐らく彼女を殴り倒すであろうと思ったの。彼女はこの男のことを知り抜いていたからね。でも、幸運にもレッドウッド夫人は彼女の質《たち》の悪い、不名誉な夫に対面するという試練を経る必要はなかったの。彼は泥酔の間に発作に襲われて、数時間の病ののち亡くなったの。」

「それは私の友達が——善良なカーリッシュ夫人ですが——彼の出くわす運命だと予言した通り

ね」とヴァイオレットは言った、「私が彼を見た時で、夫人が酒でひどい状態の彼の姿を見た時のことよ。」

「扨《さて》、レッドウッド夫人は今度は自分が幸運な女性だと気が付いたの」とジョセフィーヌは言った、「ベンディゴーの億万長者と呼ばれたジェリー・レッドウッドが、彼女に彼の全財産を残したからなの。」

「ちょっと待って！　多分教えてもらえるでしょうが」とヴァイオレットは言い及んで、突然どぎまぎした。「息子がいたでしょう、モリーの兄で、マーティンと言うの。そのお金は少しも彼には渡らないの？」

「渡らないわ。父と息子は不仲だったの」とジョセフィーヌは言った。「マーティン・レッドウッド――私の知っている中で最も素晴らしい性格の男だけど――彼は狂気の男の向こう見ずな生き方を深く憤っていたの。父は、申し訳に一シリングだけ遺産を与えることにして息子を勘当してやると毒づいたの。でもマーティン・レッドウッドのことはまた別の機会に話しませんか？」

何の返事もないのでジョセフィーヌは彼女の方を眺めた。彼女は物思いに耽る人のように宙を見つめており、問いかけを聴いている様子は殆ど見られなかった。

「レッドウッド夫人が今度最初に考えたのは、彼女の財産を使うことでした――必要とあれば全財産を――モリー探索のためにね。でもソーントンを離れる前に夫人は二人の女性を百姓家に入れたの――リジー・カーティスと言う女とその祖母――自分の居ない間に娘が生まれ故郷に戻ってくる場合のためにね。二人は子どもの頃からモリーを知っている信頼の置ける人たちだったの。」

「モリーはよくリジーと言う名の女性のことを私に話したわ。その人は今でも百姓家に住んでいるの？」

「いいえ。彼女と祖母は門番小屋にいるわ。あなたが昨夜来られた時に門を開けてくれたのは、リジー・カーティスだと思うけれど。色黒でハンサムな二十五歳位の女性ではなかったかしら？」

「あれがリジーなの？　行って彼女と話がしたいわ、私が――私が立ち去る前に。でもお話の邪魔をしてるわね」とヴァイオレットは言った。「それでレッドウッド夫人はもう一度モリーを捜しにロンドンに行ったのね？」

「ええ。リージェント・パークの近くの静かな通りに仮住まいとして家を一軒借りて、そこに彼女は夜になると、いえ、むしろ、こちらの方が多かったの、早朝に、帰って来られるようにしたの。このリージェント・パークの家のひと部屋を特にモリーに、それを見れば、ソーントンの自分の家の部屋を思い出すようにと家具を備え付けさせたの。子どもの頃彼女が最も馴染んだ部屋だったものだから。そこに母親はマーティンの本箱と同じように作り付けにして本箱を作らせ、その上に魚を入れたガラスの鉢を置いたの。それはいつも彼女が、モリーのこととモリーが見付かってこのロンドンの家に連れてこられる日のことを考えていたからなの。」

そしてこの間ずっと、とヴァイオレットは考えた、この恐ろしい日々の間、モリーはブリック・アリーに自分と一緒に隠れていたのだ、貧しさに苛まれて、心身ともに苦悩しながら、一時間毎に死の入口へと漂い近付いていたのである。もし彼らが気付いてさえいたら、恐らくその時でさえ、彼女の命は救われたかもしれないのに！

「でもあなたに言っておかなければならないのは」とジョセフィーヌは言った、「レッドウッド夫人の弁護士として働いてくれたのは私たちの友人、ウォルトンさんだったってことなの。彼が何人かの探偵を雇ったの――お金で雇える最高の人たちで、考えられたり工夫されたりできることは、何一つ省かれたものはなかったわ。でもロンドンでの愛しいモリーの足跡は全くジョアンナ・レッドウッドの元には届かなかった。それで骨の折れる探索ののち夜毎ベッドに横たわって、彼女は枕に顔を埋めて、一言すすり泣いては言った――『モリー――モリー』と。来る日も来る日も彼女は理解したの、お金は結局モリーを自分に返してくれる力がないのだってことを。幾ら彼女の富をモリー探索に費やしても、全く彼女の役には立たなかった。そして彼女の巨大な富について言うと、この湯水のような支出はその富には何の痕跡も残さなかったの。

「そうして何週間も何か月もが過ぎて行き、自分の命である子どもの哀れな母親の探索もそうして続いて行った。時が過ぎて行っても、彼女は探索を放棄しなかった。何かが彼女に告げたの、彼女がロンドンの町に入るや否や、モリーは生きていてロンドンにいると。そしてこの感覚はずっと彼女から離れなかったの。この神秘的な「何か」というのは、第六感なの、おそらく人類が嘗て普遍的に持っていたもので、今では文明化された生活の中で失くしてしまったものだわ。それはオーストラリアのブッシュマンが使う本能のようなもので、白人の征服者が森で迷って滅びても、ブッシュマンは自分の家や友達の所への道を楽々見付けられる、あの本能、また蜜蜂が陽の照る野原を渡って行く帰巣本能、また子どものカッコーが、どんな優しい親によっても自分の宿命に対して訓練されないのに、夏の行方を追って、親たちが幾時代もの間遊び暮らした気候へと移って行くことになるあの本能！なの。それはこの本能の盲目の働きでした、全く盲目のものだった。それがモリーは生きていて、然《しか》も遠くにではないと彼女に告げたの。でもその力はそれほど強くはなくて、彼女を子どもの所に導くことはできなかった。ついに或る手紙が来て、ソーントンの消印が押してあったの。それはリジー・カーティスからのもので、短い手紙でしたが、同封されたものがあって、それがジョアンナ・レッドウッドの心臓をドキドキさせたの。それはモリーの筆跡だったから…」

「でも、これはどうしたことなの？」とヴァイオレットは言った。「彼女は娘を見つけられなかったのよ。当然私が最初に知る筈なのに。彼女はモリーが生きている間はブリック・アリーには来なかった。私はあの娘《こ》とそこに居たの——最後まで。」

「確かにそうよ。あなたの言う通りだわ。彼女はモリーに生きては逢えなかったわ。手紙に住所は書かれていなかったの。でも消印から彼女がロンドン*のイースト地区の何処かにいることがわかったの。それが手掛かりとなって、探索が今まで以上の大きな忍耐力でなされたの。娘さんはまたあなたのことを語っていたわ、どのようにしてあなたが彼女を飢えから救ったか、そしてどのようにして彼女を病気の間看病し、彼女が回復して動けるようになれば、仕事を見付けてあげると約束したかについて。私の話疲れる？」

「いいえ、とんでもない！　レッドウッド夫人がその手紙をモリーから受け取った時、何があったのかしら？　とても知りたいわ。」

「当然よね」とジョセフィーヌは意味ありげな微笑を浮かべて言った。「だってそれは皆今度はあなたに関することですもの。」

「私に関すること？」

「私がこれまでお話してきたこと全て」とジョセフィーヌは言った、「それにモリーの母親についてこれからお話することの全ては、ウォルトンさんが私に話してくださったことなの。私はジョアンナ・レッドウッドにお逢いしたことがないの。そうしたかったわ、いろんな理由からね、そのことは何時かおわかりになると思うわ。」

「何時かですか？」

「ええ、私たちがお互いを知るようになる時——つまりお友達になる時にね。それにね」とジョセフィーヌは言った、「それはそれほど先のことではないと思うわ。」

「私には既に」とヴァイオレットは言った、「あなたをもう随分長い間知っているように思えるのですが。」

ジョセフィーヌは片手をヴァイオレットの手に撫ぜるようにして置いて、こう言った、「彼等はブリック・アリーにその部屋を見付けたの」とジョセフィーヌは言った、「そこであなたがモリーを囲い最後まで介抱をしていた部屋よ。でも見付けた時は遅すぎたの。モリーが死んだ時、ウォルトンさんが発見したことの全てからすると、あなたはその辺りを立ち去っていて、誰もあなたが何処に行ったのか彼に告げることはできなかったの。」

「ええ、私はあそこを立ち去ったわ。」

「モリーの母親がブリック・アリーに行って、あなたの部屋を借り、それを修理したわ、そして彼女自身そこには住まなかったけれど、他の何処よりもそこで多くの時間を過ごしたの。中庭に住んでいた人にモリーとあなたのことをあれこれ尋ねるのに飽きなかった。あのみすぼらしい境遇でのあなた等の生活に関するどんな些細なことでも、彼女の聴きたがる耳には無価値なものはなかったの。ところで」とジョセフィーヌは突然付け加えた、「レッドウッド夫人はあなたを実際ちらっと見たのよ——少なくともそうしたと思ったの、それは或る日ハイド・パークで馬車に乗っていた時のこと。」

「ああ！」あの公園管理人が或る婦人について彼女に話したことの全てが、ヴァイオレットの心に蘇った——その夫人は素晴らしい二頭引きの馬車を走らせていて、彼女のことをあれこれと熱心に尋ねた人である。それで彼女は急いでその出来事を語った。

「それで」とジョセフィーヌは言った、「夫人はこれまで娘を見付けようと願ったのと殆ど同じくらい、今度はあなたの行方を頼りに探したくなったのよ。モリーの最後の日々の間、あなたの彼女への優しさと献身的態度に対する彼女のあなたへの感謝の念は、目撃された中で最も哀れを誘う光景だったそうよ。ウォルトンさんがそう私に語ったの。でも彼は忙しい生活から一日を割《さ》ければ直ちにヴェスプリー・タワーズに来るそうよ、その時彼の口から、ジョアンナ・レッドウッドがあなたに宛てた言伝《ことづて》と、きっとあなたがとても関心のある多くの他の事柄についてお聴きになれるわ。」

「レッドウッド夫人は死んではいないでしょうね？」

「亡くなったの。或る日彼女はウォルトンさんを呼びにやったの。彼女はあなたのあの部屋に居たの、ブリック・アリーのあの屋根裏部屋に——そこは彼女にとってはこの世での聖なる場所、そこであなたが暮らし、彼女のモリーを看病し、モリーが死んだのですもの。本当は、その哀れな女性は、健康も気力も壊れていて、彼女が『モリーの部屋』と呼ぶその場所で死ぬ決意をずっとしていたの。そしてそこで彼女は実際に死んだ。母親がウォルトンさんに発した最後の言葉は、あなたへの言葉にはならない感謝の念だったのよ。」

ヴァイオレットは、ジョセフィーヌ・サールウェルがこれまで語ってきたこと全てに対する沈んだ思いに、長い間我を忘れていた。ついに彼女の新しい友は、その意気消沈した様子を心配して、木の下から腰を上げて、元気付けるような口調で言った。

「家に入りましょう。お昼時を過ぎたわ。ヴェスプリー・タワーズにやって来られて間もなくこのような話を沢山あなたにしてしまって、疲れさせたのではないかしら。私はあなたのお顔の血色がよくなるまで何日か待てばよかったのに。思慮のないことをいたしました。」

こう話しながら彼女は先頭に立って家に向かった。

昼食後、ヴァイオレットは開いた窓の近くの母の古い肘掛け椅子で眠ってしまったが、それは彼女が、人生の悲惨な状態から祖先の土地のこのうっとりするような雰囲気へと移行することで引き起こされた疲れと動揺の全てから、決してまだ回復していなかったからであった。彼女は外のテラスを歩くジョセフィーヌの足音で目覚めた。

「お休みされて嬉しいわ」と彼女は言って、微笑みながらヴァイオレットの顔を見降ろしていた。

「さて、お茶にしましょうか？」

お茶のトレイが片付けられると、二人の女性は開いた窓の近くに座った。

「お尋ねしてもいいかしら?」とヴァイオレットは言った。「私はかなり戸惑っているのです。それはこの突然の変化のせいだと思います。そうでなければ説明がつきません。そして私がこれまで経験してきた惨めな場面の全てを振り返ってみる時、戸惑いは一層大きくなります。」

「どうぞお好きなだけ私に尋ねてくださいな」とジョセフィーヌは言った。「私はあなたの戸惑いを理解できますわ。あれこれ考え合わせると、あなたがこんなにも明るく元気に見えるのが、私には驚きです。私は健康も気力も挫けた人に逢うのだと思っていました。でも確かにそうではありません。それで口では言えないくらいその様子を見ると嬉しいのです。」

ヴァイオレットは熱心に友の顔を見つめた。「私たちの一家の誰も」と彼女は言った、「勇気を失くした者はいないのです。どうしてだかおわかりでしょうか?」

「いいえ」とジョセフィーヌは言った。

「それはヴェスプリーの幸運に対する私たちの不滅の信念によるのです。」

「あぁ! そのことについて聴いたことがあります」とジョセフィーヌは言った。「ヴェスプリー・タワーズの幸運について聴いたことがあります。あなたは素敵な一家の一員なのですね、ヴェスプリーさん。私はこれまでそのような一家のことは聴いたことがありません。それに私は子どもの頃から世界中を駆け巡ってきましたし、旅の中であらゆる種類と状況にいる人に出逢いました。あなたのご家族の歴史は、ウォルトンさんと——他の方が私に話してくれた限りでは、全てのことに勝《まさ》っていますわ。」

「私があなたにお尋ねしたいのは、ヴェスプリー・タワーズのことです」とヴァイオレットは言った。「私への手紙で、ウォルトンさんは言っています、あなたが短期契約でヴェスプリー・パークを賃借していらっしゃると。」

「ええ、そうです、短期契約でここを賃借しています。」

「ウォルトンさんからですか?」

「そうです、ヴェスプリーさん、ウォルトンさんからです。」

ちょっと口を噤《つぐ》んでから、ヴァイオレットは言った、

「彼はヴェスプリー・タワーズの所有者ではありません。そうだと言われるのではないでしょうね、勿論。」

「はい、彼は所有者ではありません。彼は故ブランドン氏の遺言執行人と遺産管理人に任命されました。そして私が知る限り、彼は今でもヴェスプリーの管財人です。」

長くてさらに思慮深い躊躇いのあと、ヴァイオレットは言った、

「ウォルトンさんはこれまであなたに言ったことがありますか、ヴェスプリー・タワーズは売ることができないというヴェスプリー家の言い伝えがあるってことを? 私の父は私にそう言いました、それに私たちの祖先の中で、この言い伝えを彼以上しっかりと信じているものは誰もいません。売ろうとはするのですが——実際屢々そうしたようですが——でも売ることはできません。それはヴェスプリーの幸運のせいなのです! 何かの神秘的な力がある、と父はよく言っていました、それがヴェスプリーの土地をヴェスプリー一家から他に手放すことを妨げているのだと。」

「ああ、わかりました！」とジョセフィーヌは言った。「あなたがお知りになりたいのは、その所謂《いわゆる》神秘的な力が今でもご一家の運命を支配しているのかどうかということでしょう、でなくって？」

「そうです」とヴァイオレットは言った。「私はそれがとても知りたいの。」

「では」とジョセフィーヌは言った、「私が言えるただ一つのことは、ヴェスプリー・タワーズとヴェスプリーの地所の所有者――所有者が誰であれ――の管財人として、ウォルトンさんがあなたの至極当然の好奇心を最も満足させることのできそうな人だということですわ。恐らく彼は私からあなたに明らかにするようにしてくれるかもしれません。それはじきにわかることですわ。さあ、あなたはまだ私のスタディオにいらっしゃってないでしょう。ご訪問の栄誉をいただけますかしら？」

そう言って手をいたずらっ子のように振りながら、彼女はヴァイオレットの先に立って、楽しげに歌いながら、古い階段を昇って行った。

第二章　繊細なクレオール人

日は次々と過ぎて行った。でもヴァイオレットはヴェスプリー・タワーズに滞在し続けた。彼女はジョセフィーヌの中に自分の心に適った友を見出したのであった。それで愛する祖先の家をまたしても離れるという考えから日毎に尻込みした。ここは彼女が嘗て自ら己のロマンティックな「貧困の孤島」と呼んだ所であった。というのは、ロンドンにおける逆境の日々は今や夢となり、ヴェスプリー・タワーズの方が現実となったからである。彼女は屋敷とその敷地をあちらこちらと歩き回ったが、その自由気儘は昔の夏の日に経験したものに劣らなかった。誰一人このヴェスプリー・タワーズを訪《おとな》う者はいなかったからである。それは彼女の選択した生活であった――自分が好きなだけ独りになれる生活であった。屡々庭園の木陰を選んで彼女が吊るしておいたハンモックに身を委ねて、彼女はロマンティックな物語や詩的な劇を読んだり、本を閉じて白日夢を見たりしたが、邪魔するものは何もなかった。こうして彼女は今の解放された生き方の中で憂いを感じることはなく、彼女が全く独りで暮らしていた頃の状態と同じであった。

人生の美と不思議さ――生きることは素敵なことだ――この思いが屡々彼女に訪れ、僅かばかりの圧し殺したような不明瞭な音が屡々彼女の口から洩れたが、それはまるで彼女の肉体が感じている喜びに捌け口を与えずにはいられないかのようであった。

彼女の友、ジョセフィーヌ・サールウェルは、すぐにわかったことだが、素晴らしい才能の持ち主の画家であった。彼女は庭園でスケッチをしていない時には、嘗てローリーの部屋であった二階のスタディオで画架に向かってせっせと絵を描いていた。二人の間には暗黙の了解があって、お互いに気を使わないで自分の好きなように生きようとしたのである。

「母の私室」と呼んでいる部屋で二人は間もなくお互いを深く信頼し合うようになったのだが、そうした最初の頃の夕方の或る時、ジョセフィーヌはヴァイオレットに、自分がとても若い頃、ニュー・ヨークのとても楽しい学校の一つに通わされたことを話した。

「そして」とジョセフィーヌ言った、「そこで私はとても幸せだったわ、だって私の学校の女の先生がとても異常なほど私を気に入ったからなの！」

「私ほどではないでしょう」とヴァイオレットは言って、自分の手をジョセフィーヌの手に乗せた、「だってあなたに初めて逢った時、あなたには不思議な魔力があるのに気付いたからなの。私の父の書斎にある一冊の本のことを思い出すわ。それはゲーテとの対話に関する本で、或る人たちの中にある「悪魔的な要素」と呼ばれているものについての話なの。「悪魔的」というのは、わかったことだけれど、或る人が持っている他者を自分に惹き付ける神秘的な力のことで、その力は、私の推察しうる限り、動物磁気と何らかの繋がりがあるの。というのは、それは必ずしも知的優秀さにも属していないようだし、愛嬌のよさにも、どのような善良さにも属していないようだから。尤も、あなたは、私のジョセフィーヌ、これら三つとも持っているわ。私には容易に想像がつくわ、どうしてあなたの女の先生があなたに魅了されたかってことは。それにこれも私に話す必要はないわ、どうしてあなたの学校の仲間もまたそうなったかってことは。」

「確かに彼女等もそうなったの」とジョセフィーヌは言った、「でもそれはアメリカの女学校では、つねに或る種の選ばれた女王がいて、その役割が全ての生徒から尊敬されるってことだからなの。この女王が学校を去れば、また別の女王がすぐにその地位に取って代わるの、だってアメリカの学校は専制君主国のまさに理想像なのですもの。女王がいないと成り立たないのは、女王蜂がいないと蜂の巣が成り立たないのと同じなの。」

「なんて素敵なの！」

「それで、女の先生のペットから私は間もなく株が上がって学校の女王蜂になったの。生徒が女の先生や女家庭教師に向ける服従は、つねに多かれ少なかれ偏頗《へんぱ》だわ。生徒は専制君主などいない共同体に自分たちは住んでいるという感情に支配されてつねに動いているように思えるわ。でも私に関しては、そうではないの。カリフであっても、私が学校にした以上には、バグダッドの上に気まぐれな支配力を振るうことはなかったわ！　ただ単に、私の仲間の生徒の誰もが喜んで私の命令に従おうとしただけではないの。彼女等は実際に命令されることを願ったの――命令してほしいと言ったの――スパニエル犬がその物欲しそうな眼を主人に向けて嘆願するようにね。彼女たちの愛情表現には際限がなかったわ。女生徒の誰かが家から、首を長くして待ち焦がれている、美味しいお菓子や服など贅沢品の入った小包を受け取ると、私の好きなものを何でも選べるように、小包の中身は直ちに私の前に置かれるの。」

「何て素敵な学校経験なの」とヴァイオレットは言った、「そして何と素敵な学校だこと！」

「もし私が私に対するこの馬鹿げた献身の例の十分の一でもお話するとすれば、何処で話を已めてよいやらわからなくなるわ」とジョセフィーヌは言った。

「どうかひとつだけ――ひとつでいいから話して頂戴！　私がどれほど知りたがっているかわからないでしょう。」

「では、ひとつお話しましょう。寄宿学校での生活はとても良いものだけれど、料理人が提供してくれないある種のご馳走があるの。例えば、私達はオムレツも産みたてほやほやの卵も、おわかりでしょうけれど、朝食には食べられないの。さて、アメリカの少女はオムレツが大好きで、オムレツがなければ、産みたての卵なの。それで家からの贈物の中で最も欲しがられるのは、この御馳走の入った大型バスケットなの。この御馳走の受取人が朝食にそれを料理してもらうのは、学校の規則に反しないの。でも、産みたての卵にも新鮮さには程度の差があるので、自分の卵を台所に出す時にはそれぞれ自分の名前をそれに書いておくの。そして、勿論、友達に特に親切にしたい時には、その友達の名前をその上に書いておくの。それで、朝食の席で或る少女が自分のお皿の傍に、自分の名前の書かれた産みたての卵を発見した時の、その顔の楽しそうな驚きを眺めることほど素敵なことはないわ。彼女はテーブルの上から下まで眺め渡し、提供者の目配せを受け取るの。その友は指先で投げキッスをテーブル越しに送ると、返礼の投げキッスを受け取るの。

「あぁ！　好きだわ、それ。私が学校に行かなかったのは、何という不幸かしら！」とヴァイオレットは言った。

「それでね」とジョセフィーヌは続けた、「私のお皿の周りに、私の名前の書かれた五つ、六つ、時には七つもの卵を見るのは、私には特にいつもと違ったことではないの。そしてそれぞれの提供者が私の投げたキッスで十分報いられていると感じているのを、私はちゃんと知っていたの！」

「でも」とヴァイオレットは当然口を挟んだ、「でもね、あなた一人でその卵全部を食べられないでしょう。それでどうしたの？」

「私はいつも携帯しているスケッチ用の小さくなった鉛筆をポケットから取り出して、一つひとつに偶々卵のない友達の誰かの名前を書いて、それを長いテーブル越しに渡すの。すると、これは偶然起ることではないのだけれど、卵のない友達に私が送った卵の受取人の一人が、彼女の最後の卵に私の名前を書いた人で、それで自分自身が卵無しとなったの！」

ヴァイオレットは間もなく、ジョセフィーヌの美しさがクレオール・タイプのものであることを知るようになった。というのは、友の血管にはアフリカ人の血が混じっていることを本人が直接には認めなかったが、ヴァイオレットとの話の中で、この点での彼女の強烈な繊細さがこのことをより一層明らかにしたからであった。

その感情表現の強い顔の上に時折挑戦的な表情が現れるのにヴァイオレットは気付いたが、それがこの証拠であった。そのことは最初彼女を戸惑わせたが、彼女は次第にその表情を理解するようになった。それはジョセフィーヌがヨーロッパとアジア、そしてとりわけアメリカを経由して様々な国を訪れたことを話す際にはつねに、民族的反感に関してジョセフィーヌが憤りを表明することにヴァイオレットが気付いたからであった。

ジョセフィーヌが初めて自分の国民（アメリカ人）への嫌悪感を表明したのは、デュマに言及した時であった。

「あなたはデュマがとてもお好きのようですね」とジョセフィーヌは言ったのだった。それはテーブルから黄色の表紙の本を一冊――『モンテ・クリスト伯』の最初の巻――を取り上げた時であったが、それをヴァイオレットが読んでいたのであった。

「ええ、」とヴァイオレットは言った、「恐らく白状すべきではないのでしょうが、彼は私の好みの小説家なのです。私は『モンテ・クリスト伯』を一度ならず読んできました。」

「ではどうして白状すべきではないと、おっしゃるの？」

「それは、小説家について私が少しばかり読んできた限りでは、彼は全く二流の作家のように考えられているからです。あなたは彼のことをどうお思いですか？」

「おぉ！」とジョセフィーヌは言った、「私は恐らく少しも公平な判定者ではないわ。」

「意味がよくわかりませんが」とヴァイオレットは言った。

「そうでしょうとも」とジョセフィーヌは奇妙な微笑みを浮かべて言った、「だから、私がデュマを今世紀最大の作家だと思っていると白状するわ。」

「まあ、本当に」とヴァイオレットは言った、「これは驚いたわ。私でもそこまで言うとは思わないでしょう。」

「ええ、そこまでは」とジョセフィーヌも言った、「でもあなたはお認めになると思うけれど、デュマは想像力と発明の偉大なる泉であり、その彼から純粋なコーカサス民族の血を受け継ぐ物語作家が、それと気付かずにインスピレーションを汲み上げているのです。あらゆる人間の能力の内で最も稀なものは発明の才です。そして彼こそは物語を発明することのできる唯一の現代作家のように思えます。もしエドガー・ポーがこの書物——『モンテ・クリスト伯』——から深く汲み上げていなかったとすれば、『黄金虫』の物語を思いついたでしょうか？　デュマが書いて以来出版されたイギリスとアメリカの歴史ロマンスの大半は、彼の小説の影響を受けているのです。」

ヴァイオレットは意味ありげにジョセフィーヌの顔を見つめた。

「たった今『純粋なコーカサス民族の血』について言われたのは、どういう意味なのですか？」

と彼女は尋ねた。

「ご存じありませんか」とジョセフィーヌは言った、「デュマは四分の一の黒人の血が流れている人であったことを？　彼の祖母は生粋の黒人であったことを？」

「あぁ！」とヴァイオレットは言った、「その通りです！　忘れていました。」

明るい光がジョセフィーヌの眼を照らした。彼女はヴァイオレットの手を自分の両手に包んで、しっかりと握り締めたのであった。

「デュマは有色人種であることを、あなたはとんとお忘れでしたね！　それはあなたがイギリス人だからで、アメリカ人ではないからで、つまり、あなたが約束の土地の偉大な新民族ではないからで、つまりあなたは文明の先頭を行く偉大な共和国の人ではないからです。」

「何ですって、ジョセフィーヌ、それはどういう意味なのです？」とヴァイオレットは笑いながら言った。

ジョセフィーヌの顔は突然曇った。

「アメリカ人はあなた方イギリス人同様にデュマを愛します。では何故」と彼女は言った、「彼はアメリカの地に足を踏み入れなかったのでしょう？」

「何故でしょう、本当に！」

「訳をお話しします。アメリカでは有色人種の容疑は罪の容疑よりもずっと恐ろしいのです。ドル紙幣の力で以てしても、血の中に在る色の容疑は拭い去ることはできません。他のことは全て寛恕することができます。でもこれは事実です――ええ、そうなのです、恥ずべき事実です、あなた

――アレクサンドル・デュマがアメリカの読者の偶像であった頃、彼は侮辱されずには、アメリカの地に姿を見せることは殆どできなかったであろうってことは。ところが、イギリスでは彼にはアフリカ人の血が流れているという事実は、むしろ何よりも関心の的だったのです！　それが他の多くの理由の中でも」と彼女は、ヴァイオレットの手をまた握り締めながら、付け加えた、「それが私にあなたをこれほどまでに好きにさせる理由なのです。」

「そうなの？　あなたのイギリス人びいきは総じてとても明白だけれど。」

「ええ、或る意味では、私はイギリス人びいきです。でもそれはただ自国の人々が嫌いだからに過ぎないからだと思います。本当に、私のアメリカ人に対する反感は罪なのです――告白します――その罪と私は私の人生の一時間毎に戦わねばならないのです。」

「あの、ジョセフィーヌ、私もそうではないかと思っていたことを認めなければならないわ。その理由を尋ねはしないわ、推測はできるけれど。私はあの人たちが好きです、出逢った限りの方《かた》ですけれど、それに確かにあなたは自国の人を好きになるように努める必要があるわ、だってあなたは少しもイギリス人女性らしくはないのですもの。」

「それはそうね。私は自国の人を好きになるべきよね」とジョセフィーヌは言った。「私はイギリス人を嫌いになるべきだわ――そして――でも、駄目、できない！　イギリス人には、他の大抵の民族にはある自然らしさが欠如しているわ。私は自分が出逢ったロシア人とはすぐに友達になるわ。フランス人ともそうだし、多くのアイルランド人とも、多くのイタリア人ともすぐに友達になるわ。でも、イギリス人に流れている血の巡りはとても緩やかなのよ。それは皮膚に当る陽の光の欠如でそうなるのだと思うわ。それは全く気候のせいなので、イギリス人とアメリカ人の間にある相違は今よりも二世紀先では一層大きくなると思うわ。でも私が好きなのはイギリス人で、アメリカ人は嫌いよ——それにはそれなりの訳があるの、ただその訳が何なのか私に話させようとはしないでね。」

別の時にジョセフィーヌは、とても雄弁に、太古からの偉大な民族と民族間の偉大な争いについて喋った。「これらの民族と彼等の争いが先々の子孫に伝わるかどうかは」と彼女は言った、「予想のできない偶然の出来事によって決まるわ。*マカバイ家ほど偉大な民族が何千といたり、ユダ・マカバイオスのように偉大な英雄的指導者が何千もいたとは思わないでしょう。でもこうした民族のどれであっても、その中に旧約聖書やアポカリプスの作者のように、彼等を永遠化する作者が、残念なことに、ひとりもいなかったの！」

第三章　打ち明け話

ある日の午後、ヴァイオレットはジョセフィーヌと一緒に彼女のスタディオに座って、彼女が絵を描くのを眺めていた。

「ヴァイオレット」と彼女は言った、「最初に私をあなたに惹き付けたのは何か知っていらっしゃる？」

「いいえ、何でしたの、あなた？」

「それは純粋な感情、芸術的感情とでも呼びうると思うわ。私はあなたを——こんなに若くてこんなに美しいのに——ヴェスプリー・タワーズとその周囲がそれに満ち満ちているように思える、あの昔の霊に結び付けたのよ。それだから私はあなたがあなたの祖先について話すのを幾ら聴いても飽きないの。お願いだから、祖先の楽しい奇行の逸話をもっと話して頂戴。」

ヴァイオレットは笑ってから言った、「では私の大叔母の二人についてお話しましょうか、嘗てこの館に住んでいた人で、父が私によく話してくれたの。」

「そりゃ勿論よ、もっと聴かせてもらえれば、もっと素敵。」

「二人は膠着性《こうちゃく》の女友達でした、どういう意味かおわかりでしょう、『似た者同士』っていうようなことよ。二人は、言うまでもなく、とても善良な女性でした。でももし、父がそうしたように、あなたも二つの男爵領についての彼女らの対話を聴く機会があれば、この善良な二人が何と重宝すべき、愛すべき退屈人たりうるかを知ったことでしょう。この二人はまた二つのスノッブ（貴族崇拝）と呼ばれてしかるべきであったのではとも危惧します。」

「スノバリー（貴族崇拝主義）は本当に女性を区分けする点になりますか？」

「二人にとって尽きない興味の話題の一つは、彼女等が参加した大礼用の舞踏会でした。二人は、この舞踏会毎に出逢った全ての人と女性が着ているドレスを、憶えているようでした。二人の間の争いの唯一の話題は、彼女等の二つの家の何れが最も保守的かという点でした——一人の大叔母はヴェスプリー家の者で、もう一人、私の母方の叔母はド・クーシー家の者でした。この大問題に関して、二人は時折とても熱くなることがありました。老ヴェスプリー夫人は屋敷の藁葺をスレートに替えるのは新しがり屋で庶民のすることだとして、これに猛烈に反対しました。でも私の母方の叔母は、それに輪をかけて保守的でした。彼女はイギリスでは自分の御者に左馬騎手をさせることなど断じて許しませんでした。」

「それはどうしてなの？」

「彼女は御者台での運転など成金の唾棄すべき新発明で、偉大な家系の威厳を損なうものと見做していたのです。」

「何と可笑しなこと」とジョセフィーヌは言った。「イギリスのスノバリーほど滑稽なものは世界中何処にもありません、もしアメリカ人のスノバリーがそれに勝るものでなければの話ですが。スノバリーは人類の文明化における偉大な要因でした。類人猿で人間に進化した最初の者が、祖先に覚醒することで、それをやってのけたのです。つまり、その者は最初のスノッブだったのです。」

「大叔母は二人とも大変な系図学者でした」とヴァイオレットは言った。「二人の系図学の研究の全てはご自分がその枝葉である家系樹に限られていました。この種の系図学者は大抵、その家系樹との関連が幹からは程遠い——つまり、かなり離れた小枝によって代表される——淑女の中に見られるのではと思われます。そして学者は総じて独身を信条としておられるようです。彼女らの魂は、自分たちは貴族のバラの家系の出であるから、当然同程度に甘美な香りがするに違いがないという知識によって、総じて支えられているのです。ですが、どうしたわけか、私の二人の大叔母は小枝的存在の誰にも負けないくらい熱烈でした。尤も、お二人の何れもがこの家系樹にそれほど傾倒する謂れは何処にもなかったのですが。私の父は二人が同じ部屋に座って、当時流行の遊び仕事

――ベルリン・ウール編み物に精を出しているのをよく見かけたものです。それをご覧になったことがおありですか?」

「いいえ。サンプル・ワーク(模倣仕事)のことかしら?」とジョセフィーヌは言った。

「そのようなものです」とヴァイオレットは言った。「それぞれが自分の前にある枠に張られた大きなカンヴァスを縫うのですが、小さな四角に分割された図案からコピーしてね、それぞれの四角はひと縫いを示しているの。それで図案がどのようなものかおわかりですか?」

「想像がつきません。」

「図案の一つ一つが手の込んだ家系樹で、オレンジのような球体が枝からぶら下がっているの。それぞれの球体にはその上に祖先の名前が刺繍されているの。一つはヴェスプリーの樹で、もう一つはド・クーシーの樹です。二人はそれぞれまず自分の家系樹の研究に精を出し、次にもう一つの家系樹にかかるのです。時折、それぞれの友は部屋を横切って相手の樹を覗きに行き、その枝葉に同情的な微笑の陽の光を投げかけ、それから膠着(キッス)するのです。二人の芸術家はそれぞれの脇に小さな中国製のテーブルを置いていて、その上に自分の家系の系図本を置いているのです。」

ジョセフィーヌは面白そうにヴァイオレットの顔を見つめて、こう言った。

「あなたの二人の愉快な貴族崇拝の叔母様が若くて、勿論とてもハンサムだったあの古き良き時代では、社交界に入るのはそう容易《たやす》いことではなかったでしょう。勿論本物の社交界のことよ、いつも大文字の**S**で綴られる現代的な方(ロンドン社会)ではなくって。」

「そうね。あなたの言う私の二人の貴族崇拝の叔母は」とヴァイオレットは笑いながら言った、

「よくオールマックス*について話していたわ。二人はその有名な場所と関わりのある派閥の途方もない排他性についての逸話を私に話してくれたことがあるわ。あれから物事は随分変わったわ！」

「変わったって？　昔のことはわからないけれど、今は社交界に入ることとほど簡単なことはないわ」とジョセフィーヌは言った。「すべきことはただ一つ、他の人よりお金を持っていること、乃至は他の人がするよりも面白いことをもっと上手くすればいいのよ。それがマスター・キー（万能もの）なの。それにね、」とジョセフィーヌは付け加えた、「祖先を持たないアメリカ女性が社交界に入る方が、イギリス女性がそうするよりは、ずっと容易《たやす》いのよ。アメリカ人はただのアメリカ人なの、でもイギリス女性は第一にどれかの派閥に所属していると見做されるわ。イギリス社会のこの場所（社交界）の風俗習慣を研究するのは、大変な楽しみだったわ。そしてね、一年か二年前、ロイヤル・アカデミーで、私の画の一枚が偶々とても人気が出た時、私はただ面白がってアメリカの『社交界婦人』を演じてみる決意をしたの。おまけに、私はそれに成功したのよ。」

「私は屢々不思議に思ったわ、どのようにしてあなた、アメリカ人がイギリス社交界をよく知るようになったのかって」とヴァイオレットは言った。

「まずポートマン・スクエアー*に手頃なサイズの家を一軒借りることから始めたの。勿論私には、私と何処にでも行く年上の芸術上の付添いがいたの。」

「どうかそのお話全てをして頂戴！　私が最初にあなたを知るようになった時は、何て幸せな日だったことでしょう！」

「そのアカデミーの私の画」とジョセフィーヌは言った、「私は『ストーンヘンジの日の出』と名付けたが、それがどんどん有名になったので、それを売らないでおこうと決心したの。アカデミーの出版物に値段を載せるのはキャンセルしたの。すると画商が幾人か私に近寄ってきて、途轍《とてつ》もない値段を申し出たの。でも私は、彼らが画を展示してその次にはそれを版画にして、私から大金を稼ごうと思っていることを知っていたわ。だから、それら全てを自分でやってのけて、あとで画を売る決意をしたの。賢くなくって？」

「ええ、本当に！　誰が信じたでしょう」とヴァイオレットは言った、「あなたがそんなにすごい女性実業家だなんて？　それで目論み通り成功したのですか？」

「成功ですって？」とジョセフィーヌは言った。「展示によって、版画によって、そして最後の画の販売によって、私がどれだけ儲けたかは誰にも言わないの。言えば噂が広まって、税金取立人の耳に入るじゃないの！　ええ、『ストーンヘンジの日の出』の販売は、あなたには言いますが、半世紀かけても仕上げられないほどの注文を齎したのよ。」

「その注文の幾つかは仕上げたのでしょう？」

「ええ、数枚はね、多くではないわ」とジョセフィーヌは言った。「社交が私の時間を沢山奪ったの。ポートマン・スクエアーの私の家を居心地よいものに完成させてから、どのような娯楽から始めたものかと自問し始めたの。晩餐会か舞踏会、あるいは二、三の極上の昼食会にすべきだろうか？　庭がなかったので、園遊会はできなかったわ。決定するのに時間はかからなかった。私はロンドンの一廉《ひとかど》の音楽家と演劇家の全てと知り合いになっていたの。そうするのは容易いことだとわかったの！　それで、音楽の夕べを催すことに決めたの。音楽家は貪欲になる性質を持っているし、貪欲なのよ。でもどうしてそれがいけないの？　でも、私はアカデミーの特別会員だったし、皆は私を好いてくれたわ。それで私は、そのシーズンの間に催された中で、最も魅力的な音楽会を容易に開催することができたの。唯一バッキンガム宮殿で催された音楽会だけが、私の会に匹敵するものだったの！」

「あなたはそれでとても有名になったに違いないわね。そして今は」とヴァイオレットは言った、「この静かな田舎であなたは既に忘れられている。」

「そうよ、それが社交界の遣り方ってものよ、勿論。あのシーズンは――私のシーズンなの――全ての社交雑誌と日刊新聞の大半が私のことを書いたわ、皆が私の噂をしていたからなの。事実、私の目覚ましい手柄は成功の冠を得たのよ！　でもこの夜会は私の偉大なストローク、つまり第二の夜会への導入にすぎなかったの。私はただそのことを新聞記者の一人に言えばよかっただけなの――つまり、私の第二の音楽会が開催されて、ロンドン中がそのことで狼狽することになるでしょうって、ね。」

「勿論、あなたは社交界に時間を取られ過ぎて」とヴァイオレットは言った、「芸術を真面目に考えられなくなったのね。」

「その通り！　私は自分の仕事を恐ろしく無視したの」とジョセフィーヌは言った、「さらに悪いことに、浪費に際限が無くなったの。自分が破産裁判に出廷しないでいられたのは、自分でも不思議なくらいなの！　六月の半ばからシーズンの終わりまで、私の一日のプログラムがどうなっていたのか、お話ししましょうか？」

「ええ、お願い」とヴァイオレットは言った。

「ではっと、朝一番は公園での乗馬。それから昼食会に出かけ、次に午後の約束――例えば私の新しい知り合いの誰かの庭園か、乃至は、大きな広場の一つでのクローケの大会で時を過ごすか、でなければ、友人の馬車でハイド・パークをドライヴするのが習わしだったわ。」

「ああ、それではそこであなたを見かけたかも知れないわね。これまで何度もお話したように、そこは私のお気に入りの避難所だったのだから。」

「ポートマン・スクエアーの自分の家に帰る頃には」とジョセフィーヌは話を続けた、「夕食の着替えの時間になっていたの。晩餐は私の大きな出番だったのよ。私のライヴァルは、その頃は、大抵未婚の女性ではなくて、陽気な若い既婚夫人だったの。彼女等との競争は易しい勝負よ。彼女らが男にうまく取り入るのは、社交の頓馬な男が彼女等と戯れる、あるいは戯れる振りをすることができて、ややこしいことに巻き込まれないで済むからなの。このことがなければ、彼女等が可愛い未婚の乙女に太刀打ちできるわけがないでしょう？　だって陽気な既婚女性は決まって馬鹿で、面白くないのですもの。この面白さのないことが、彼女等を陽気にするのよ。勿論、未婚の女性にも馬鹿なのがいるわ、でも彼女等はとても輝いているわ。それで私ですが、私はアメリカ人でしかも芸術家だから、自分の意図について悩ませるような彼または彼女を持たないの。それに、私は馬鹿だと思われてはいないわ。次に舞踏会のことだけれど…」

そうして彼女は招待された終わりのない舞踏会のことを、細々《こまごま》と眼に見えるように描写するのであった。このようにして夕べを過ごしたのであるが、ヴァイオレットにとっては彼女のこれまで経験した夕べのどれよりもずっと早く、ずっと楽しく時は過ぎて行ったのであった。

第四章　ジョセフィーヌのヒーロー

或る夕べ、ジョセフィーヌは私室に続く開かれた窓の外のテラスに現われた。部屋に入ると彼女は、ヴァイオレットが明るいランプの灯りのもとで一冊の本に屈み込んでいるのを見つけた。彼女は読書に夢中になっていたので、ジョセフィーヌはヴァイオレットの肩に手を置いて自分のいることを報せねばならなかった。

「あなたが詩に魅了されているのは見て知っているわ、ヴァイオレット」と彼女は言った、「でもこれほど夢中になっていたことはないわね。何が私の生徒の輝く眼をこれほどまでに惹き付けたのかしら？」そう言って彼女はヴァイオレットの肩越しに手を伸ばして、その本を取り上げた。「あぁ！」と彼女は呟いた、「あの詩劇ね、『ならず者の誕生』。」

「ええ、今朝スタディオであなたの本を眺めているとこれに出くわしたの。この劇を書いた『シャーウッド』って人誰かしら？　とても不思議なことがあるの。あなたご存じかしら、ジョセフィーヌ」と声を落しながらヴァイオレットは言った、「或る全く偶然の一致から、この劇にはヴェスプリー・タワーズと或る夢、私がここに独りで暮らしていた時に見た夢、に関連した出来事を描いた場面があるのだけれど？」

「本当に？」

「でも、物語は古いヴェスプリー・バラッドの一つ、最良のものの版に基づいていることがわかるわ。」

「それは面白いわね。よいロマンティックなバラッドを見付けるには、教えられたのだけれど」とジョセフィーヌは言った、「総じて人は北の辺境地とその向こうまで行かなければならないと。でも、時折、南の言い伝えを研究する人は或るバラッドの断片に行き当たる。それは北に関連するバラッドのメロディーの陽気で快活な調子を持っているけれど、それでもなおそれには土着の匂いを与えて、北の吟遊詩とは本質的に違ったものにする多くの性質がある。間違いなく、この劇の中にあなたが見付けたヴェスプリー・バラッドのこの古い版は、それよりも古くて、今や失われてしまった版に基づいているのだわ。」

「勿論そうね」とヴァイオレットは言った、「そのことは間違いないわ。私達の一家に関するバラッドが、見付けることができさえすれば、数多くあるのは確かなの。」

「他にどのようなバラッドがあるのかしら？」

「ええっと、『ロビン・フッド』の物語についてのものが一つあるわ、それはあなたが調べてみるのに決して退屈しないでいるパネル画に描かれた、ご存じの『ロビン・フッドの救出』というものなの。でもこちらの、作者が『ならず者の誕生』と名付けている物語は、いつも私の大好きなバラッドでした、それはヴェスプリー・タワーズの幸運についての話ですから。」

「それを私に読んでくれませんか？」とジョセフィーヌは友の横に座りながら、言った。

「では初めの場面を読むわ」とヴァイオレットは言った。「それは夢が、私の夢が導入される場面なの。」

そうして彼女は読み始めた――

第一幕第一場

「ならず者の誕生」

「ワイルドウッドの幸運は滅びることはない

空にかかる虹が

水面に虹を描く間は

息子と娘への印として。」

古い田舎のことわざ。

登場人物

ラルフ――重騎兵――アメロット・ワイルドウッドの兄の友人、アメロットは知らない。彼女が彼の卑しい誕生について不注意にも嘲《あざけ》るように言うのを聴くまでは、彼は密かにアメロットに恋をしていた。

場面

ワイルドウッド・タワーズの一棟にあるパネルの部屋。アメロットはひとり古い肘掛椅子に座って、眠りこけている。彼女の前のテーブルには、ランプの光に輝いている黄玉がある。

ラルフ　（部屋に入ってきてアメロットを見つけると、驚いて後ずさりする）

俺の愛した美しい顔が眠りの中で仰け反っている――
ランプの光が絹のようなその肌全てを照らしている、
真珠のような額、その明るい髪の束は喉と首と仰け反った顎を流れ下っている――
愛神が自らの唇を押し付けるために造ったその唇、
だが彼はそれがとても冷たく傲慢になるのを見た、
それで彼自身、抱きしめたいとは思ったが、
そうできた試しがない。
(彼が立って彼女を見つめていると、彼女の口の傲慢な表情が緩んで、それから消え去って行き、彼女は微笑む。)

ラルフ(さらに近付いて)

「ワイルドウッド・タワーズの幸運」、君の妖精の王――
その水面に映る虹がワイルドウッドの乙女たちを守っている
(ただ、昔から、彼女たちには自らを守る力があるのだが)――
それが確かにこの黄金色の巻き毛の上を漂っていて、
君にあの野生の古いワイルドウッドの夢を齎しており、
君の唇と歯に微笑みを浮かべさせているが、
それらはバラのように開いているようだ、その花びらは
露の滴の真珠を半ば隠して、輝いている。

アメロット(眠りの中で話している)

それはスピリットだわ、あの輝きを齎し

空が暗いところでは微笑んでいるわ、
多くの色の虹を掛けている
樫の上に、森の上に、庭の上に、
ヒバリに楽しげな歌を目覚めさせると、
歌いながら雨の滴の中を天掛って行くわ――
川を今一度煌めかせるわ
川面の虹でもって。
秋が織りなした色彩で
木の葉が模様を付けた芝生から風に吹かれた
枯葉の着色のせいで
琥珀色に色付けされた水の中に、
水面の愛の虹が輝いている、
天上の虹を映して、
そこだけ川は、天上の虹の夢に包まれて、
揺蕩《たゆた》い、受け止めている。

ラルフ

月の光が窓ガラスを通して輝き
ランプの灯のバラ色の色彩と混じり合うところで、
君は「ワイルドウッド」の樫と木の葉と芝生と
そして水面の虹を夢見る！――このパネルの部屋で！
あの樫の下に君は立っている、あの時と同じ場所に、

そこで俺は君を見たのだ屢々繰り返し、君はワイルドウッドの小妖精を
追いかけようとしていたが、それは秋の織機の上に広げた
遊糸のオパール色のレースを纏っていた。

アメロット（彼女の唇は眠りの中で自然にすぼまってキッスの形を成した）
微かに、甘美に水の中で、
半ば忘れられた至福のように、
俺のために輝いている、「ワイルドウッドの娘」が、
俺が望んでいたもの、恋い焦がれていたもの——これだ——
この甘美な虹、俺のものになる
喜びの幸せな印！
「ワイルドウッドの幸運」が、麗しの虹が輝いている間、
俺にキッスを求めている。

ラルフ
さて、眠り姫よ、それは運命かそれとも好機なのか——
二つとも俺の敵だが！——俺の足をここに導いたのは？
ここには、眠り姫、妖精の魔法の世界に閉じ込められた
古いロマンスの娘のように、
君は座って夢を見、君の空想が心を喜ばせるために形作る
その探し求める光景を見ているのか？
如何なる力が愛神の青白い顔を今夜ここに連れてきたのか？

恐怖よりも青白い顔の死せる愛神の俺！
如何なる力が君の所にこの名誉を穢された若者を連れてきたのか、
彼は君を愛した、運命とワイルドウッドの信念にも拘らずだ——
そうだ、全てに反してだ、そして求めたのは己の情熱的な心の一番神聖な報酬のために
ただ君を愛するということだけで、他の如何なる甘美な喜びでもない——
ただ離れて立って、姫よ、君を愛するというだけなのだ、君の不注意な矢が、
何を傷つけようと構わずに、俺の心を切り裂いたのだ——
ああ、それを殺してしまったのだ、本当に！
君が水面の虹——「ワイルドウッド・タワーズの幸運」を
齎すスピリットを乞い求めている以上、
どうして君がこの俺を夢見ることなどありえようか？　俺は受けたのだ、
俺の孤独な時間を損なう戯れの嘲りの毒針を。
全ては運命に従わねばならぬ——最後には従わねばならぬ、
アメロットの唇といえども従わねばならぬ——如何に固く賤しい唇から
守られていようと——守護神のカーストによって安全に！
運命は俺をこれらの花に近付けたのだから。
（彼はテーブル越しに身を屈めて、彼女の唇に自分のもので触れる。それから彼女の眼が開くのを見ると、飛び退いて、騎士の鎧の後ろに身を隠す。）

アメロット（目を覚まして）
この神秘的なスリルは何なのかしら？
眠りは愛神の暖かい翼を纏っているようだわ。

私は目覚めているのかしら、それとも未だに
　天上のものと交わっているのかしら？
私は聴き、私は見たのだろうか、
溜息をつき、私を見つめた人を？
その間、月の類稀な楽の音が麗しい絃から打ち鳴らされたようだったが。
全てが夢！　ああ、仕方がないわ！　人は言う、
我等は自分の夢を実現できると、
もし――無味乾燥な昼が
　その夢を朝露のように干乾びさせる前に――
我等がそれを捕まえ、我が物とすることができればだが。
そうすれば、夢は成長して麗しい東屋になるわ。
全ては夢！　でもワイルドウッド・タワーズを過ぎゆく
　空気でさえ新鮮なようだわ。
私は樫の木立に佇んでいたのかしら、
　そこには鹿が草を食《は》みにやって来ていたけれど？
虹が輝いていたのかしら、
　ワイルドウッド樫の上に、そしてその枝に色を投げかけたのかしら？
羊歯と木の葉と幹が鹿園では
宝石のように輝いたのかしら――
妖精の額に冠る秋の煌めく王冠のように輝いて？
　春は行ってしまったようだし、夏は色褪せたわ、
　秋はとても陽光の輝きを帯びたので

小鳥たちは六月が戻って来たのではと
　半ば信じたようだわ、花も咲き出《い》でて。
木々と垣根、東屋と藪は
六月そのもののカケスとツグミの声に目覚めたわ！
葦と藺草《いぐさ》の中の囀りは輝く虹を歓迎した、
だけれどついに声が言ったわ、「川の中の
映った虹が薄れゆくのをご覧。
流れが身を震わせ始めると
　虹は薄れて、足場を失う。」
その声が私の傍を離れる前に、
　愛神を映す虹は死に絶えて、
それで私は目覚めたの、誰か私の傍にいる人が溜め息を吐《つ》いたからなの。
　　　　　　　誰なのかしら。

（起き上がって）
あの愛しいお顔、私が目覚める時、
　私の上に身を屈めていたように思えたし、今もそう——
その額のあの柔らかい光——
　あの見開いた眼、その深い光が語ったの
愛の言葉を——それは私への愛だったわ！——
それは私が見たいと希ったお顔だったわ——
それはワイルドウッド・タワーズの幸運で、その人は樫の木の下で待っているの…」

彼女は読むのをやめて、夢見心地の、訝《いぶか》しそうな眼差しでジョセフィーヌの顔を見つめた。

「その人は一体どなたかしら?」と彼女は言った。「誰がこの『シャーウッド』なのかしら?」

「私のヒーローよ。」

「あなたのヒーロー?」とヴァイオレットは問い質《ただ》す素早い視線を投げて、言った。

「そうよ。その人は――私たちが屡々口にした船乗りで――私の命の恩人なの。」

「あぁ！　お願いだからもう一度その勇敢な若者のことを話してちょうだい――どうして笑うの?」

「私がその話を一度でもしたのであれば、ヴァイオレット、何度となくしたことになるのよ。なのにまたそれを全て聴きたいなんて！」

だがジョセフィーヌはそれ以上の説得を必要とせずに、直ちにメキシコからマルセイユへの旅の長くて雄弁な描写にかかり、その航海の間に彼女が船から海に落ちたことや、乗船していた男の人――水夫だった――が逆巻く波の中に飛び込んで彼女を溺死から救ってくれたことを語った。

彼女が話を終えた時、ヴァイオレットは白状した、「ジョセフィーヌ、私は或る夢に恋をしています！　私はあなたの英雄的救済者に恋をしているのです。」

「そうね」とジョセフィーヌは言った、「それは既にわかっていたわ。ですから白状せずともよいのです。」

「お話をしてくれながら、ジョセフィーヌ」とヴァイオレットは言った、「あなたは話そうとしている以上のことを私に話してしまいましたね。」

「それはどういうこと？」

「あなたがどれほど深くこの英雄的な水夫を愛していらっしゃるかってことよ。でも不思議ではないわ――何ら不思議では！　それに、私のことについてのあなたの言い分は正しいことを率直に認めるわ。そうなの、私自身彼にぞっこん恋をしているの。子どもの頃から」とヴァイオレットは言った、「私は騎士のバヤールとか、サー・フィリップ・シドニーとか、*エル・シッドなどに見られる男性の英雄的側面に恋をしてきたの。彼らについての兄の本は私たちの愛読書でした。私がここに一人、この貧困の島に暮らしていた時、私は夢見ていたの、そのような男性がまだ見付け出せる――つまり、私の生まれ付いた階級の中に見付け出せると！　私が他の階級の人と関わりを持つようになった時、ランベスの賤しい小売り商人とか、スラム街の労働者その者等と――私がこうした生活形態の賤しさとむさ苦しさにショックを受けた時、自らによくこう言ったの、『もし私がイギリスの貴族――名誉の伝統を継承している人たち――シドニー家の人やそうした気質を持った男性と関わりを持つようになりさえすれば、私はきっと満足するわ』と。」

「では、あなたは今ではバヤールとかシドニータイプの男性はいないと思ってらっしゃるのね？」とジョセフィーヌは言った。

「どうしてそのようなことが可能でしょう？」とヴァイオレットは言った。「私は自分の命を危険に晒す軍人を誇りに思うわ、でもそれは昇進のためにではなくて、単に義務感からそうする場合よ！　でも、その人が戦いから帰って来ると、何をすると思う？　よくご存じだと思うけれど、もし社交界に属していれば、彼はその昔の地位を取り戻すことで満足するのよ。彼はまた戦いで財を蓄えた賤しい金の亡者と仲良くなることに満足するの。軍人は「恐れを知らない」――でも「非の打ち所がない」というわけではないわ。彼はバヤールの勇気、シドニーの勇気、シッドの勇気を持ってはいるが、そこで彼の高貴さは終わりで、旧「体制」への自尊心は失くしてしまっているわ。彼は株式取引所の最も賤しい投機家あるいはオーストラリア帰りの最も賤しい金鉱掘りによって与えられた役職に直ぐに就こうとするわ。その賤しさと不名誉はあの飲んだくれの拳闘家、哀れなモリーの父親、ジェリー・レッドウッドと同等よ！」

「あなた、とても手厳しいのね」とジョセフィーヌは突然感情的になって言った、「私は――私は思ってもみなかったわ、あなたがこれほどまでに生真面目に物事を考えていらっしゃるなんて！それに――それにそのことを残念に思うの。」

「どうして残念なの、ジョセフィーヌ？」

「だって、結局は、おわかりでしょうけれど、あなたはこうした現代のヒーローの一人と結婚しなければならなくなるのよ。」

「私は結婚などしないわ」とヴァイオレットは言った。

二人の間に暫くの間沈黙が訪れた。二人とも深い黙想に陥っているように思われた。

「二階のスタディオにいらっしゃい」とついにジョセフィーヌは言った。「今日描き終えた肖像画をお見せしたいの。」

そうして彼女はランプを取り上げ、足元を照らすように灯りを頭上に掲げて上がって行った。

「さあ、あなた」とジョセフィーヌは少し装ったように思える明るい態度で言った、「あなたには骨董の肘掛け椅子に座ってもらって、私の話を聴いてほしいの！　それで、まず告白するけれど、私がこの『パネルの部屋』――あの詩人の言う――を私のスタディオとして選んだのは、ここに来た時で、この部屋はあなたがたった今『ならず者の誕生』から読んでくれた場面に描かれていることを発見したからなの。」

「この部屋よ――全てが完璧に描かれているわ！　作者はここに来たに違いないわ。」

「勿論よ！　全てその通り完璧に。そうよ、鎧の騎士のこともね！」とジョセフィーヌは言った。

彼女は画架の方に歩いて行ったが、それには布が被せてあった。それで彼女はそれに手を掛けたが、その覆いを取り外そうとしているようであった。突然彼女は躊躇して、ヴァイオレットを見た。

「あの詩劇を書いた男性――私たちが何度も話し合った人で、私が私のヒーローと呼ぶ人――は、あなたが想像するように、『シャーウッド』を単に彼の筆名としたの。彼の本当の名前は追々お話しするわ。」

「理想的な詩人ね、全く！」とヴァイオレットは言った。「でも、今は何処にいらっしゃるの？亡くなってはいないでしょうね？」

「あぁ！　それは私のヒーローについての話で、まだお話していない失意の続きがあるの。十分経験を積んだ水夫で、彼の主な野望は探検家になることだったの。それでロンドン、そこで私は最後に彼に逢ったのだけれど、を出発した彼はシドニーで探検隊の一行に加わることにしたの。何と逞しくて、何と熱意に満ちているように見えたことでしょう！――一行の中で最も逞しくて、ハンサムな男性だったと言われたわ。ロンドンでの邂逅から六か月ほど後に、オーストラリアの新聞から採られた一節がロンドンの新聞に載ったの。その短い一節をよく覚えているわ。

「どういう言葉なの？」

「『オーストラリアの新聞に次のような記事を読むのは残念だが、スペックグリッフス*の指揮のもとの探検隊の遠征は、フライ・リバーの水源を調査しようとして、行方不明になったという。伝えるところでは、遠征の全員が現地人に殺戮されたそうだ。』」

「なんと悲しいこと！」

「ええ、あなた、私の人生の中で最も悲しい経験なの」とジョセフィーヌは感情を露わにして言った。「思うに、彼が生きていれば、偉大な名声を博したでしょう、探検家としてだけではなくて、詩人として。彼の劇『ならず者の誕生』はメルボルンの出版社から二年前に出版されたの、そして少し注目を浴びたわ。ではお待ちかね」と言って、彼女は画架から覆いを取り除き、ランプを掲げながら、「私たちのヒーローの肖像画を来て見てちょうだい、これに私はヴェスプリー・タワーズに来てからずっと、この古いパネルの部屋に私のスタディオを設定してからずっと、かかって来たの！」

ヴァイオレットは骨董の肘掛け椅子から立ち上がり、頻りに前に歩を進めた。

それは水夫の着物を着た風雨に打たれた水夫の肖像画であった。ヴァイオレットの眼がそれに向けられるや否や、彼女は低い、悲しみに満ちた叫び声をあげた。

「おぉ、ジョセフィーヌ！」と彼女は囁きに似た声で言って、手は突然友の腕を摑んだ。「これはモリーの兄ではないの！」

ジョセフィーヌはランプを下して、ヴァイオレットの方を向いて、言った――

「あなたは彼の顔を忘れたことはないの？」

「勿論、忘れたことはないわ。彼こそは私が嘗てあなたにお話した人なの、ジョセフィーヌ、私達がある日昔のヴェスプリー・タワーズでの私の独りの生活についてあなたにお話した時にね。」

「そんなことってあるのかしら？　この人があのヒーローで、誰にも知られず、見られずに、あなたがここで独りで暮らしていた何か月もの間あなたを見守っていた人だなんて？」

「そうなの。」

「あなたの暖炉の火を熾《おこ》し、その他のあらゆる召使の仕事をあなたのためにした不思議な保護者――独りぼっちの少女を見守り、彼女の入用に使えた人が？」

「ええ、マーティン・レッドウッド」とヴァイオレットは言った。「でも、どうしてあなたはそれがあなたのヒーローの名前だと私に言って下さらなかったの？」

「あぁ！　一体どうしてでしょう？」とジョセフィーヌは言った。

第五章　星空の下の夜

ジョセフィーヌがヴァイオレットに二人のヒーローの彼女が描いた肖像画を見せた、あのスタディオでの夜以降、マーティン・レッドウッドの名前は決して口にされなかった。暗黙の了解で、その話題は避けられた、とは言うものの、この出来事が二人の女性をさらに一層、そうできるものならだが、お互いに近付けるように働いたことは、明らかであった。

その他の点では、ヴェスプリー・タワーズでの二人の理想的な生活はこれまでと変わりなく続いて行き、少なくともヴァイオレットの方では、その生活が終わりを迎えることになるほんの僅かの可能性も明らかに考えられなかった。それは彼女がヴェスプリーの幸運に無限の信頼を寄せることを止めることは決してなかったからか、あるいはその原因が何であれ、この二人だけの魅惑的な日々の間に明日のことを考えることがなかったのは、彼女の子ども時代にヴェスプリー・タワーズに暮らしていた時と同様であった。

或る蒸し暑い夏の宵、ヴァイオレットはぶらりと外に出て庭園に入り、木立の茂る場所に向かったが、そこには彼女のハンモックが、大きなブナの木の枝を広げた下に、吊るしてあった。彼女はこの戸外での寝椅子に体を丸めて夜になるまで休んでいることがとても多かったので、誰も彼女の邪魔をしようとは思ったことがなかった、特にジョセフィーヌはそうで——彼女のことを「戸外の子ども」だとよく心得ていたからだ——時折起こったことだが、彼女が眠りに襲われて、何時もの朝食の時をずっと過ぎるまで姿を現わすことがなかった、このような時でさえ。

この特別な夕べ、彼女はハンモックに横たわって、完全な倦怠感が五感に忍び寄るのを感じていた。それは眠気の感覚ではなかった。実際、彼女はこの時ほど眼が覚めていたことは滅多になかったくらいである。

それは静かな曇りのない夜で、彼女は木の枝の間から上を見上げて星降る空を見ていたが、その時の黙想的な気分は至福と呼ぼうか、はたまたは苦痛と呼ぼうか、これら二つの感情が一つに溶け合っていたのであった。

ソーントンの遠い町で時折吠える犬の声、あるいは小夜啼き鳥の歌声であったり、あるいは眠たげなヨーロッパヤマウズラの呼び声であったりする以外は、庭園全体があらゆる音楽の内で最も神聖な音楽、沈黙という夜の音楽に満たされていた。

「どうしてキーツは」とヴァイオレットは考えた、「彼は、私がしているように、星の下で夜を過ごしたことがないのに、沈黙の音楽をあれほど完璧に描写する言葉を書くことができたのだろうか？

『聴*こえるメロディーは甘美だが、聴こえないメロディーは
一層甘美である。』

植物の中で毛に被われた動物のたてる足音、夜の昆虫が彼女の顔を過《よぎ》る時のパタパタいう羽音、

これらが聴こえないメロディーを破る唯一の音であった。人間の耳が聴こえないメロディーを聴くことができるのは唯一、夜が魂の内なる耳を覚醒させた時なのだ。

それから花々、ヴェスプリー庭園の愛らしい野生の花々の吐く息、花々は今では何年も何年も昔のように思える日々の彼女を知っていたように、今の彼女を同じく親密に知っているように思えた！　昔の心地よい経験がもとになって、香りが彼女の寝室の窓から漂い込んで来ると、彼女はあのえも言われぬ夜の香りとその全ての喜びに気付く。真昼の全ての野生の花の吐く息は甘美ではあるが、彼女はこうした子どもの頃の経験から、その花の香りは夜の時間にはどれほど甘美なものになるのかを知っていた。そして何故そうなのかも。子ども時代の神秘的な科学が彼女に教えたのだ、何故なら花は眠ると、昼間の花が知らないような香りのついた夢に沈んでいくからなのだと。

今度はフクロウが一匹彼女から遠くはない藪に音もなく降りた。この鳥は明らかにヴァイオレットを気にする様子ではなかった。それから暫くして、彼女のよく知っている不気味な音を聴いたが、それはフクロウが空腹でその胃を催促し始める時に立てる音であった。その時彼女は黄色い眼の亡霊のような持ち主が、じっと待っていたその藪から、雪片のように静かではあるが、稲妻のように素早く飛び降り、その餌食である哀れ小さな野ネズミを捕まえるのを見た。それで彼女はその光景に痛みの叫びを圧し殺すことができないほどであった。

その光景は、彼女が通過した生きるためのあの苦闘の中での恐ろしい経験を、無理矢理に思い起こさせることになった。それはモリー・レッドウッドと一緒のあの辛い時の光景と、モリーがいなくなって、誰のことも、自分自身の悲しくて侘しい苦境以外何も、考えられなくなって、絶望のあの悲劇的な瞬間が彼女を支配した時の、より一層辛い――そういう辛さがあるのであればだが――思いをした時を、まざまざと心に蘇らせたのであった。

ヴァイオレットはついに眠たくなり始めた。夜が速やかに近付いてきて、彼女の上の星の輝かしい物語が一段と支配力を増し、彼女の子ども時代の夢のような思い出が甘美さの度合いを強め、これまでに介入してきた全ての苦悩を消し去って行き、ついには子ども時代の記憶と彼女がヴェスプリー・タワーズに帰還して以降の日々の記憶が混ざり合って、記憶の至福の一つの波となった。真夜中の鐘が村の教会から慰めるように鳴り響き、彼女は眠りに落ちた、もし彼女の感覚が沈んで行った状態が眠りと呼べるのであれば。その状態では目覚めている時の思考と感情は、寄る辺ない夢の海の繰り返す波の中で混じり合って、何《いず》れとも見分けがつかないものとなる。最初、何かあるいは誰かのハッキリしないイメージが彼女に意識された。だが庭園全体が、いわば、或る感情に満たされたように思われた。つまり、誰かが彼女のすぐ近くにいるという感情である。そして間もなく、彼女から少し離れたところに、そこでは木々の輝く葉が星の光と混ざり合っていたが、そこに彼女は見た、ぼんやりとした姿の中に彼女がストラットフォードの市《いち》で見た男の顔を。それはまたロンドンの通りで、あの忘れられない夜に、彼女を守ろうとして彼の手を挙げたあの若い水夫の顔でもあった。彼女は彼の全ての目鼻立ちを見、彼の唇の動きを見、それから或る声を聴いた。その声は遠くから聴こえてくるようで、庭園の木々にいる小夜啼き鳥の声と混じり合っていた。ちょうどその顔の影が木の葉と星とに混じり合っていたように。それからその声は、小夜啼き鳥の歌声でさえ凌駕し得ない音楽的なものになった。それは低い調子で彼女のよく知っているのと同じ言葉を繰り返していた。その言葉は彼女が夢の中で、そして子どもの時以来ずっと耳にしてきた言葉であった――

「ヴェスプリーの幸運は無くなることはない
　空にかかる虹が
　水面に虹を描く間は
　息子と娘のために印として。」

そうして今また、あの月光のさす夜、彼女がヴェスプリー・タワーズを去る前の夜、ローリーの部屋にいる彼女に出現した夢の中のあの幻が、彼女の前に立ち現われて、彼女をえも言われぬ幸せな気持ちにさせたのである。

或る奇妙で抗い難い磁気のような力が働いて、彼女は身を起こし、ゆっくりとハンモックから滑り降りて、羊歯の中を通って、星の薄れゆく光の中彼女の前にじっと佇んでいる人影に向かって進んで行った。今はもう空の下の方には、間近な夜明けの微かな兆候が現われていた。

もし彼女が、ヴェスプリー・タワーズで独りの夜に彼女の祖先の霊魂と一緒に暮らしていた時、超自然的なものを信じていたとすれば、その信念のお陰で、今如何なる恐怖心も起こらなかった。彼女は躊躇うことなく前に進み出て、さらにじっくりと水夫の顔を見つめた。

「もし私が夢を見ているのでないとすれば」と彼女は、低くてゆったりとしてはいるが、畏怖の念に打たれた口調で言った、「あなたはマーティン・レッドウッドですね。」

「はい、私はマーティン・レッドウッドです」という返事が返ってきた。

「私はあなたがモリー――あなたの妹の哀れなモリー――とよく似ているので当然誰だかわかったことと思います、仮令私がこれまであなたにお逢いしていなかったとしても。でも、私は夢を見ているに違いないと思っていました、だって」とヴァイオレットは言った、「だってサールウェルさんと他のみんなが――彼女がそう言ったのですが――あなたが死んでおしまいになったと信じ込んでしまっていたからです。」

「あなたは夢を見ているのではありません、ヴェスプリーさん」と彼は言った。「私が自分の死に出逢ったという噂は広く遠くにまで広まってしまいました。でも、ご覧の通り、私は逃れ出たのです。大変な困難を伴いましたが、無数の災難を克服して、私はオーストラリアに辿り着きました。そして帰国の汽船に水夫として雇われるとすぐに、私はイギリスを目指したのです。」

ヴァイオレットは突然興味が湧いてきて彼を見つめた。

「あなたが無事お帰りになったと知れば」と彼女は言った、「サールウェルさんは飛び上がって喜ぶでしょう。彼女はあなたのことを話してくれました――あなたが彼女の命を救ってくれた時の海での勇敢な行為について私に話してくれました――何度も何度も。彼女は、私がお伝えできないくらい、ヴェスプリー・タワーズの彼女の所へのこの訪問を歓迎するわ。」

「私は彼女に逢いにやって来ました」とレッドウッドは言った、「昨夜です。私は日没の直前に庭園に迷い込みました。私は館に向かう途中で、そうする権利のないほどに長くとどまるという誘惑に駆られてしまったのです。私は羊歯の中に座りました。それからそこに座っている間に、夜がとても魅惑的でしたから、ずっと居続ける誘惑に駆られ、ついにタワーズ訪問は朝まで延ばそうと思うことにしました。」

ヴァイオレットは本当に驚いた様子で彼を見つめた。

「あなたが夜通しこの木の下で休んでおられたのですって？」

「ええ、今私が立っているここで」と彼は言った、「夜通しです。」

或る思いがヴァイオレットの心を過《よぎ》った、「彼は私が眠っている間ずっと私を見守っていたのだろうか、ちょうど昔彼が私を見守っていたように、私がここに独りで暮らしていた時――独りヴェスプリー・タワーズで？」

「でも私は来ました」とマーティン・レッドウッドは続けた――「私はここに来たのです、ヴェスプリーさん、サールウェルさんに逢いたいという気持ちに負けないくらいあなたに逢いたいと思って。それは私がウォルトンさんから聴いたからです、私がロンドンに到着したその日彼を訪ねた時です、私があなたの昔の家であなたと逢えるだろうと。」

「あなたが――来られた――私に――逢うために？」

「ええ、そうです。お願いですから、説明させてください」と彼は言ったが、それはヴァイオレットの声の調子に驚いた音色のあるのに気付いたからであった。「ウォルトンさんからあなたが私の妹のモリーにしてくださったご親切について全てお聴きした時、私はあなたに逢って、してくださったことに対し心からお礼を述べなければならないと思ったからです。誤解なさらないでください。あなたがここにおいでだと――再びヴェスプリー・タワーズに戻っておられると――そこであなたにお逢いできるのは言葉にならない喜びです――知らなければ、私は昼も夜も休むことなく、あなたの消息を得るまで探して、私の心からの感謝の気持ちを伝えたことでしょう。あなたがモリーのためにしてくださったことの全てを思って、私の哀れな母は最期の時を幸福に包まれたのです。」

彼は手を差し出した。

「さようなら！」と彼は詰まった声で言った、「私の感謝の念を言葉では言えません。それは言葉の力を超えるからです。さようなら！」

ヴァイオレットは彼が差し出した手を取って、彼が驚いたことに、それを唇に圧し当てたのだった。

「私へのあなたの感謝の念ですって！」と彼女は言った。「あなたの感謝の念！　そのようなものは一つもありません。あなたに感謝しなければならないのは、私の方です。私が小さな気まぐれ娘であなたがローリーの無二の友達であったあの頃を私が忘れてしまったとお思いですか？　あなたのことを二人で話さなかった日は一日たりともありませんでした。私が忘れてしまったとお思いですか、ヴェスプリー・タワーズで独りぼっちで暮らしている時、言葉を掛けず印も残さず、私が曝されたかも知れない夜の危険から私を守ってくださったのは、あなたであることを？」

「私はあなたの兄さんの立場になっただけです、ヴェスプリーさん、できる限り。そのことには褒められることなど何もありません」とレッドウッドは言葉を差し挟んだ。

「それにまだあります」とヴァイオレットは、彼の言葉にかまわず、続けた、「まだあります。私がロンドンの通りのあの夜のことを、あなたが私を助けに来てくれた時のことを忘れてしまったとお思いですか？　私は臆病者のように、一言も言わないで、あなたが私にしてくださったことに私が感じている気持ちの全てを伝えるべき一言も言わないで、逃げていった自分を赦したことがありません。あなたはきっと私が全くの人でなしとお思いになったに違いありません。だのに、どうして私があなたに私を赦すことを望むというのでしょう？」

「人でなしですって、ヴェスプリーさん？」とレッドウッドは叫んだ。「そのような思いは一度も私の心を過《よぎ》ったことはありません！　だって、モリーに対するあなたのご親切が証明していますよ――もし証明が入用というのでしたら――あなた以上に親切な心は誰も持ったことはないと。」

「どうしてそのように思われるのですか？　誰だって、あのような状況下では、私がしたことをしたでしょうに。でも、あなたはご存じないわ」とヴァイオレットは言った、「誰も知らないでしょう、私が何をモリーに負うているかについては。」

「あなたがモリーに負うているですって？」とレッドウッドは小声で繰り返した。

「ええ、あなたの妹モリーに負うているのです」とヴァイオレットは言った。「彼女がいなければ、あの優しい、素敵な性質の娘があの惨めな貧困に虐げられた頃に私の人生に入ってこなければ、私は全ての勇気を失っていたでしょうし、私の存在そのものが耐え難いものとなっていたことでしょう。私は頽《くずお》れて、そして――そして死んでいたことでしょう。でもモリーに対する私の愛と思いやりのせいで――私はすぐに彼女を愛するようになったのですから――人生は生きるに値するように思えたのです――というのは、私は生きるためのものと人を得たからです、私が夜に私達の貧しい屋根裏部屋に帰ってくると、その人の迎えてくれる微笑みが陽の輝きのように私に注がれるので、私達を取り巻く全ての暗い影が消え去るように思えたのです。私に対して感謝の念などとおっしゃらないでください。自分のしたことについての感謝の念などに私は値しないからです。モリーへの愛に――彼女の私への愛に――私は十分な報酬を得ていますから。」

暫くの間マーティン・レッドウッドはヴァイオレットの言葉にとても深く圧倒されたので、彼女に返答ができなかった。ついに彼はこう言った――

「彼女はあの――モリーは私の名前を口にしたことがありますか？」

ヴァイオレットは突然はっとして叫んだ、「あぁ！　私は何と思慮のない人間でしょう！　彼女の最後の瞬間に、彼女はあなたへのメッセージを呉れたのです。」

「私へですって！」とマーティンは言った、「あなたを通して私へメッセージを呉れたですって！」

「ええ、そうです。モリーが死に行く時――それ以前ではありません――彼女は私に自分が誰であるのかを話し、そして私に頼みました、もし私が万が一あなたに逢うようなことがあれば、あなたが船に乗る前、彼女に最後に逢った時彼女にあげた、あなたご自身の写真をあなたに渡して欲しいと。可哀そうなモリー！　それは彼女が持っていた唯一のものだったのです。」

マーティンは眼の表情と声の調子に急《せ》く気持ちを圧し殺して、言った――

「あなたは――ひょっとして――それをずっとお持ちなのですか？」

「持っているかですって！　どんなことがあってもそれを手放すことはなかったでしょう」と

ヴァイオレットは言った。

「願わくば、もしあなたがそれを持っていたいと思われるのでしたら、モリーのために、という意味ですが――」

「私が――私が持っていてもいいのですか？　あぁ、ありがとう、ありがとう！　それはモリーについての私の一つの思い出の品なのです。それほど大切にしているものはありません――何も――私の虹の黄玉、ヴェスプリー・タワーズの幸運以外には。」

そして再び、突然の衝動から彼女は手を差し出した――「ありがとう！」

彼は出された手を摑み、その上に体を曲げてそれを口に持って行った。

「さようなら！」と彼は言葉にならない声で言った。「さようなら！」

そして彼は躊躇いがちな足取りで向きを変えて、頭上の木の葉の落とす影から出て朝明けの光の中に入って行った。

ヴァイオレットは、眼を去りゆく姿に向けたまま、暫く佇んでいたが、マーティンが間もなく木々の中にその姿を消すと、或る奇妙な感情に襲われた。

第六章　ジョアンナ・レッドウッドの遺産

ヴァイオレットがタワーズに辿り着いた時には、太陽はまだ地平線の上には姿を現していなかった。家の内は人の起きている気配はなかった。自分の寝室に来ると、早朝の彼女には珍しく、疲労感には勝てずに自分のベッドに沈み込んでしまった。そして心を迷わす対立する感情にも拘らず、彼女は忽ち深い夢を見ない眠りに落ちていった。

彼女が眼を覚ましたのは、遅かった。ベッドから飛び起きて最初に思ったのは、ジョセフィーヌを探すことであった。

彼女に伝えないといけない驚くべき報せ、マーティン・レッドウッドが生きていて、ヴェスプリーの森で彼に話しかけたという報せは、少しの遅延もなく友に打ち明けねばならない。それから次のようなことが思い浮かんだ――ジョセフィーヌは、マーティン・レッドウッドと出逢った状況を事細かく話したら、そのような出来事は幻なんかではないと信じてくれるであろうかということであった。それは彼女が星空のもとハンモックで真夜中に夢を見ている時に訪れた幻で、彼女の白日夢の或るものがそうであったように、とても鮮明な夢であるが故に、その幻がそれを見た時にそう思えたのと同様、未だに彼女には実際に起こったことだと思われているのではないかと。

しかしヴァイオレットはこのような思いには決して引き止められないで、急いで階段を下りてジョセフィーヌの部屋に行った。だが、ジョセフィーヌの姿は家の何処にも見当たらなかった。それから間もなくヴァイオレットは私室に朝食を運んでくる召使女に途中で出逢い、彼女から友は一時間以上前に庭園に出て行ったことを聴かされた。

ヴァイオレットの健康な食欲は星空のもとでの夜からその旺盛さを少しも失っていなかったので、彼女はテーブルに着いて朝食を摂ったが、それは彼女が独りここに暮らしていて、自分で自分の料理をしていた時と全く変わらず、完全であった。彼女は精神的にも肉体的にも健康であった。人生の物語は彼女にとってはその悲惨な側面を見せた。ヴァイオレットは大半の女性がする以上に苦悩したからである。だが、生きていることの感覚自体に由来する喜びから彼女ほど快楽を引き出す人は、他にいなかった。

しかし、彼女はジョセフィーヌを探すことに熱心であったから、朝食にぐずぐずしていることはできず、すぐさま急いで森を抜けて、湖の近くのジョセフィーヌの好きな場所に通ずる道を辿った。

半時間ほど探し回ると、近くで呟くような声が突然聴こえた。

彼女は立ち止まってじっと動かずに立っていたが、興奮で鋭くなった眼を皿のようにしていた。それから彼女は穏やかな足取りで、話し声が聴こえてくるように思える方角に動いて行った。

「ロンドンに到着した時、直接ウォルトンさんの事務所に行かれたのですか?」

それはジョセフィーヌの話す声であった。ヴァイオレットは直ちに彼女の声だとわかった。

「そうです、そして彼が本当に生きているマーティン・レッドウッドを眺めた時の最初の言葉は、お話したように、『あなた様にこのようにお伝えするのは悲しいことですが、あなたのご母堂の地所に関してあなたに明らかにしなければならないとても悪い報せがあります。あなたがお亡くなりになったとすっかりお信じになって、ご母堂はその遺書で全てを或る女性に譲られたのです。その女性の方にご母堂はこの上なく真心からの感謝の念を抱いておられたのです』ということでした。」

「ええ、全てをね」とジョセフィーヌは言った。

「勿論、ウォルトンさんは、彼の素っ気無い仕事人の物言いで、彼の同情を表明してから、これはとても辛いケースです、自分の長いこの仕事の経験上これ以上辛いケースに出逢ったことはないと言いました。そして彼が私の言葉から、私には如何なる個人的な生活手段もない——ただ水夫として稼ぐお金の他のものはない——ことを悟った時、彼はこのように示唆しはじめました。この豊かな地所を手にされた女性はとても寛大な方であり、私だったら——勿論徳義上のことで、法律上のことではありません——疑いなく要求するであろう財産を継承されたことを認識される最初の方となるであろうと。そして、彼はさらに言ったのです、もし私が彼女に手紙を書くことを彼に許せば、彼はこのケースの状況を事細かに彼女に明らかにする仕事をしたいと。さらに彼はこうも付け加えたのです、法律家が意見を申し述べることは筋ではないが、その女性は——唯一の相続人ですが——恐らく彼を驚かせるほどの寛大さでもって彼に対処してくれるであろうと。私は当然その女性の名前を知りたいと思いました、それですぐさま問い質したのです。」

「まあ、あなた！」とヴァイオレットはジョセフィーヌが呟くのを聴いた、「あなたがお知りにならないなんて——その女性の名前を知ることもなかったなんてことがあるのかしら？」

「どうして私が？」とレッドウッドは言った、「どうして私がそうできたのでしょう？　それで彼が私にその女性が誰であるかを言った時、彼が『女性の名前はヴァイオレット・ヴェスプリーです』と言った時、私は自分が気が狂っているのではないかと思いました——私はまだ一年前の*木曜島で受けた熱射病を患っているに相違ないと。」

「可哀そうに！」とジョセフィーヌは殆ど聴き取れない声で言った。「あなたがロンドンにいるのがわかっていればよかったのですが。こうした報せを全て私があなたにお報せできたのに、しかもウォルトンさんがしたであろうより、多分もっと優しく。でも、教えてちょうだい、彼はあなたに明らかにしたのですか、ヴァイオレット・ヴェスプリーがあなたのお母さまの全ての財産を継承するのみならず、彼女が所有者――ヴェスプリー・タワーズの紛れもない所有者であることを？」

ヴァイオレットは思わずはっとして、木の枝を発作的に摑んだ。ヒステリックな叫びが彼女の口に上がってきた。

ヴェスプリー・タワーズの所有者！

それではあれは真実だったのだわ――全て真実で！　彼女の父が屢々口にしたあの神秘的な力は結局存在したのだ！　あれは単なる御伽噺ではなかったのだ。あれはヴェスプリー家の幸運だったのだ。あの遺産――彼女が貧困と失意のあの日々の中でも絶対に手放そうとはしなかった虹の黄玉――それがヴェスプリー・タワーズとヴェスプリーの土地を一族の手から放してしまうのを阻止したのだ！

ヴァイオレットは急いで歩を運んだが、物音は立てずに、マーティン・レッドウッドとジョセフィーヌが話している場所へと近付いた。自分が立ち聞き者であるという思い――この二人の友の秘密の話の全てに纏わる言葉をもう一言でも聴く権利がないという思い――が心を過《よぎ》ったとしても、二人のもっと近くに行きたいという衝動には、抗い難い力があると彼女は感じた。

彼女は木々の枝の葉が厚い遮蔽物となっている隙間から、口をぽかんと開けて、盗み見をしていた——彼女の隠れている所から数フィート先の陰になった林間の空き地の中で進行している場面に大いに興味を掻き立てられて、盗み見をしていた。

苔むした岸辺にジョセフィーヌはいた、マーティン・レッドウッドの傍に横になって。マーティンは座ったままで、ぼんやりと中空を見つめている人のように、眼の前をじっと凝視していたが、彼のハンサムな顔立ちは、最近弁護士のジョン・ウォルトンと彼自身との間でなされた話し合いの辛い細目を物語っている時の失意を表明していた。

「私のその時の願いは」と彼は言っていた、「ヴェスプリーさんが、私が私の冒険好きな仲間と運命を共にしたわけではないということを知らないでいて欲しいということでした。私はウォルトンさんに自分が捕縛を免れたという事実をできる限り内緒にして欲しいとお願いしました。私は言ったのです、私はこれまでの水夫としての生活を再開し、残りの人生を自然の冒険的探索に費やしたい、そしてこれまでにもそうしたように、過去を忘れるよう努めたいと。でも、弁護士からヴェスプリーさんが妹のモリーにしたことの全てを教えられるに至って、私はどうしても彼女に逢って尽きない感謝の念を伝えたいという気持になったのです。そして私は、お話ししましたように、彼女に逢いました、もう一度逢いました。彼女は今でも彼女がヴェスプリー・タワーズの所有者であることを知りません。ウォルトンさんがこの真実の全てを彼女に明かされる頃には、私は何千マイルもの遠くにいることでしょう。」

暫くの間二人の間には沈黙があった。

「私は思うのですが」とジョセフィーヌは言った、「ウォルトンさんはこのことをあなたに告げるのが彼の義務だと思ったのではありませんか、つまり、あなたのお母様は、ヴァイオレット・ヴェスプリーがモリーのためにしたことの全てを知る前に、あなたをここ、ヴェスプリー・タワーズに就任させる決意をしていたってことを。」

「そうです、私が殺されたという噂がその頃はまだ彼女の耳には届いていなかったのです。彼女は私をここに就任させようと思ったのです――ヴェスプリー・タワーズの主として――ヴェスプリーさんへの復讐の願いを満足させるためにです。彼女は、あなたに何度もお話したように、ヴェスプリー家に対して深い偏見を長年に渡り抱いてきたのです。彼女はヴェスプリー家の者が彼女等の階級の人々に対して抱く高慢な態度によって狂気に近いほど心を傷つけられたのです。それはこれまで抱かれた内で最も狂気じみた復讐の計画であったのです。ヴェスプリーさんが、あの記憶に残るお祭りで、コリヤナギの皮剝ぎゲームに引き込まれたことに当然のことながら腹を立てたことが、ヴェスプリー家に対する母の偏見を助長したのです。」

「ええ、そうね――階級の憎悪」とジョセフィーヌが、低い瞑想するような調子で、口を挟んだ。

「母の憎悪は」とマーティンは続けた、「募ってマニアックなものになりました。自分の母のことを言うのは残念なのですが、でも彼女は自分でそう呼んでいる『復讐』をする機会が、タワーズを買い取ることでできる時が来たことを知ったのです。彼女はそれを逃しませんでした。彼女はヴェスプリー・タワーズのこの先祖伝来の屋敷を入手したのです。でもウォルトンさんの手を通してタワーズの購入を完了したその時、彼女はヴェスプリーさんのモリーへの類稀な親切のことを聴いたのです。」

「ええ、あなた、そしてそれを知ったことが彼女を変えたのね——彼女の性質までも変えたのよね！」

「それだけではありません、サールウェルさん——それだけではありません！　彼女は悔恨の情に駆られたのです。ウォルトンさんが言ってくれたのですが、彼は私の哀れな母が経たような悲しみを見たことがないと。ウォルトンさん、それはモリーが知った内で最良で最も信頼できる友を母が如何に深く傷つけてしまったかに気付いた時です。それは哀れな光景でした——最も憐れな！　でも彼女は自分の過ちを正すことができることの全てを行ないました。彼女は新たに遺言を書き、あらゆるものを、ヴェスプリー・タワーズと五十万ポンドを、美しくて、素敵な性質の女性に贈与したのです。それは彼女の苦い憎悪が変貌して、誰もなしえないような愛と感謝となったからです。」

「私もそう信じます」とジョセフィーヌは言った。「おわかりでしょうが、友よ、もしあなたのお母様が死ぬ前にヴァイオレット・ヴェスプリーに逢ってさえいれば、彼女の終焉も、モリーの損失とあなたの殺戮という誤った報せに対する彼女の失意にも拘らず、比較的幸せであったのではないかと、私は思ってさえいるのです。」

「ええ、私もそう思います」とマーティンは言った、「間違いありません。ウォルトンさんは、これは認めざるを得ませんが、母の最期の日々には彼女への行いにおいて、仕事人間としてではなくて一人の友として働いてくれたのですが、その彼が全く同意見でした。」

「ええ、彼は本当にお友達でしたわ！　あれほど親切な心の持主はいなかったと思います。」

レッドウッドの顔は突然曇った。「残念ですが、あなたに同意できません」と彼は言った。「或ることにおいて——言っておきますが、これは些細なことではないのです——彼はその親切な心を失っておりました。」

「あなたのお母様のことについてですか？　まさか、そのようなことは！」

「いいえ、ヴェスプリーさんのことについてです。」

「一体どうして？」

「お話しします！　私たちの対談で私がウォルトンさんにした最初の質問の一つは、彼がヴェスプリー・タワーズの娘を訪ねて行き、彼女に正式な通告をした時に、一体何が彼と彼女との間に生じたのかということです。通告とは彼女が彼女の祖先の家を去って、お金も友もない世界に出て行かねばならないということです。彼はその心を引き裂くような時に彼女と話したことの一部始終を話してくれました——ブランドンさんの死のことと、遺産相続人から地所を競売にかけるようにという指示を受けたことです。本当に彼と彼女との間に起こったことの全てを私に話してくれました、そして彼はヴェスプリーさんの悲しみを見て心を痛めたことを真剣に肯定したのです。」

「そのことは疑いませんわ」とジョセフィーヌは言った。「それは彼をとても深く悲しませた状況でしたでしょうから。」

「そう思われますか？」

「ええ。どうしてそのことに疑問をお持ちなの？」

「では、お尋ねしますが、サールウェルさん、本当に思いやりの心のある人でしたら——劇的な想像力の閃きでもって——ヴェスプリー・タワーズのお嬢さんを彼女自身の命そのものの一部である家から立ち去らせることができたでしょうか、しかもその若い娘がこれから何をするつもりなのか、何処に行ってどのように生活するつもりなのか、世間に放り出されて、生活手段もなく、そしてさらにもっと厄介なことに、全く保護する者もいなくて――こうしたことを尋ねる役割も果さなかったのですよ。」

「本当に――本当にそうね」とジョセフィーヌは言った。「私は恥ずかしいけれど、そのことに思い至らなかったことを認めるわ。それは、そうね、否定できはしないわ――ジョン・ウォルトンさんの重大な見落としね。」

「赦し難いことです。それにあなたは何とおっしゃいますか、サールウェルさん、この男、ジョン・ウォルトンには自分の娘が一人いると言えば？　全く信じられないでしょう。そのことを考えてみてください！　一つの親切な行為でもって――恐らくただ単に彼女の将来について彼女に一言親切な言葉をかけてやるだけで――彼女が四年間も経験することになる悲惨さから可憐な娘を救うことができたかも知れないのです！　本当に！　私は自分の座っている椅子から飛び上がって、彼を打ちのめしたい気になったのです。彼の行いは卑劣漢そのものでした。私は決して彼を赦せません！」

マーティン・レッドウッドは頭を両手に抱えて、座り込んだが、彼がそれほどまでに衝動的に述べようとした思いに圧倒されたかのようであった。

ジョセフィーヌは彼の上に身を屈めて、手を優しく彼の肩に置いた。

「あなた、愛しの騎士バヤール殿！　私は認めるのに吝かではないわ、ウォルトンさんが非難されるべきであることを――どれも非難されるべきであることを、もしあなたがどうしてもそうしたいのであれば。でも私達は次のことを憶えておかねばならないわ、彼がヴェスプリー・タワーズのお嬢さんを訪ねた時、彼は恐らく彼女には友達がいる、親類でなくとも、そして彼女の自立した勇敢な振る舞いそのものが、その信念を彼に確証させたに違いないってことを。」

だがレッドウッドは首を横に振った。「彼を弁護しないでおくれ。彼はそれに値しないのだから。彼の裕福な依頼人ブランドンさんはヴェスプリーさんにとても深い関心を抱いていませんでしたか？　それこそが彼が従って行くべき範例だったのです。おわかりですか、サールウェルさん、私は考え始めているのです――今となってはそのことを考える必要はないのですが――つまり、或る遺言状が存在していて、それにはブランドンさんがタワーズと、全部ではないにしても、大半の彼の富をヴァイオレット・ヴェスプリーに譲ることが書かれてあったのではないかと。その遺言状は破棄されたのかもしれません、あるいは立証されえないものであったかもしれません。今ではそれを詮索する必要はありません。益のないことです。でも私は想像するのです、それがあったのではないかと。私は想像してみたいのです、ヴェスプリー・タワーズはヴェスプリー家のものであることを已めることはありえないのではないかと。ヴァイオレット・ヴェスプリーが思うように、私も思うのです、我々の理解の程度が及ばない或る神秘的な理由があって、ヴェスプリーの地所はヴェスプリー家からは疎外できないのだと！」

ヴァイオレットが彼女自身の思いをとてもうまく表現しているマーティン・レッドウッドのこうした言葉を聴きながらじっと佇んでいる時、明るい納得したような微笑が彼女の眼を輝かせた。彼が話し終わると、彼女は向きを変えて、急いでタワーズの方へと引き返して行った。

第七章　湖の岸辺での邂逅

家に着くとすぐに、ヴァイオレットは母の私室に行き、その開かれた窓近くに座って、ジョセフィーヌとマーティン・レッドウッドとの間に交わされ、彼女が立ち聴きした全ての言葉を何度も思い返していた。

彼女が物思いに耽ってじっとそこに居ると、ジョセフィーヌがテラスに現われ、彼女の姿を見付けて、急いで近付いてきた。

「私は彼に逢ったわ！」

「ええ、」とヴァイオレットは答えた。「あなたのお顔がそう言っているわ、そう言われなくても。私も彼に逢ったの。」

「素敵なことではない？　彼は生きているの！　それが本当だなんて未だに信じられないわ。」

ヴァイオレットは椅子から立ち上がり、眼を落してジョセフィーヌの前に立った。

「白状したいことがあるの」と彼女は言った。「赦してくださることを願うわ。今朝あなたを捜しに森に行ったの、それはこの報せを自分が最初にしたかったからなの。やっとあなたを見つけたわ。あなたは湖の岸辺で彼の傍に座っていたわ。そして――」

「そしてあなたは私たちの話を立ち聴きしたってわけね？」

「ええ、私の所に聴こえてきた全ての言葉を言うことができるわ、その間私はあなた方とただ葉の生い茂った枝を隔てて立っていただけでしたから。」

「何とまあ！　私が赦さないと言ったら、どうするつもりなの?」とジョセフィーヌは言った。「でもあなたが聴いた全てを私に話して頂戴。私が今日の今日まで話してはならないと思っていたことが、それでおしまいになったとは思わないから。」

ヴァイオレットは立ち聴きしたことの全てを細かく急いで繰り返したが、彼女の声は自分の復唱が当然引き起こした感情の高ぶりのせいで、屢々途切れ途切れになった。話し終わると、黙って座り、眼は友の上に物思いに沈んだまま向けられたが、その友の眼も同様に物思いに沈んでいた。

「ジョセフィーヌ」と彼女はついに言った、「あなたはとても彼を愛しているのね！」

「ええ、愛しているわ。私はマーティン・レッドウッドを愛しているの」と彼女は低い声で言った、「私は厚かましくも信じているのですが、どの女性が愛したよりももっと深くて、もっと利己的ではない愛でね。でも彼は私を愛してはいない。彼は私達が出逢う何年も前に彼の愛を別の人にあげてしまったの。彼は彼の大きくて永遠の愛をあなたにあげたのよ。」

「ジョセフィーヌ！　あなたが可哀そう。本当にそうなの。でもあなたの言うことは聴き入れられないわ。」

「でも聴いてもらわなくては！　これが一緒にいる最後の日になるでしょうから。私は出て行くの。でも行く前に、彼のために弁明をしなければならないし、するつもりなの。私は彼の幸せを思うからであって、私自身の幸せを思うからではないわ。それが成就されれば、私は――私は満足して生きられるわ。」

「あぁ、ジョセフィーヌ！　マーティン・レッドウッドへのあなたの愛は本当に深いのね。」

「私に喋らせているのは彼への愛なのよ。愛しいヴァイオレット！　彼の求める幸せを全て彼に与えることができるのはあなたなのよ。あなたは心の中で――ええそうよ、私はしっかり信じているわ――あなたが彼を愛していると！　この世俗的な障害、この生まれもっての階級への誇りのせいで、あなたとマーティンをもはや引き離してはならないわ。彼はあなたが夢見ていた――ここであなたが独りぼっちの頃に――まさにそのヒーロー、姿を現わしたヒーローなのよ。ほんの少し考えて頂戴！　彼は本当の詩人ではなくって？　それに私たち二人とも、彼がバヤールその人のように勇敢で、騎士のようで、礼儀正しいことのあらゆる証拠を持っているでしょう？　それだのにあなたがこれらの美徳に高貴な生まれの美徳を付け加えられないからと言って、あなたの愛している男性――あなたのヒーロー――に残りの生涯を惨めに暮らさせようとしているのよ。それは、もしあなたがまだ時間がある間に神があなたに与えたこの幸せになる機会を攫むことを拒否すれば、あなた自身生涯の日々を惨めに暮らすことになるのと同じことよ、私にはわかるわ。」

　ヴァイオレット・ヴェスプリーはじっと黙って座ったまま、窓の外の陽の射す景色をじっと夢を見ているような目付きで眺めていた。ジョセフィーヌの言葉が目覚めさせた相対立する思いの葛藤に没入していたので、彼女は友が優しく抱擁したことにも、柔らかい手が触れたことにも気が付かなかった。ジョセフィーヌが部屋から静かに立ち去った時の、「さようなら！」と囁かれた言葉でさえ彼女の注意を引かなかった。

ヴァイオレットが忘我の状態——その中にマーティン・レッドウッドとジョセフィーヌに関わる出来事が彼女を投げ込んでいたのであったが——その状態から目覚めた時、彼女は自分独りでいるのに気付いて驚いた。彼女は急いで立ち上がり、友を捜しにスタディオへと階段をあがって行った。だが彼女はそこにはいなかった。彼女は家の中の何処にもいなかった。ヴァイオレットには彼女に打ち明けたい様々なことがあったので、ジョセフィーヌが家にいないと知ると、数時間前に彼女を捜しに急いだ時よりもさらに足を速めて、急いで庭園に走って行った。

ヴァイオレットが兄のローリーの指導のもと、一人の戸外での子ども時代に身に着けた様々な技、例えばボクシング、射撃、ランニング、乗馬、馬車の馭者等、これらの他に彼女は口笛の芸も身に着けていた。唇の間に二本の指を巧みに調節して挟み、庭園の何処にいてもはっきりと聴こえるだけの鋭い音を発することができた。二人の子どもがヴェスプリーの森にいて、お互いを捜す時に用いたのがこの口笛であった。そしてヴァイオレットはジョセフィーヌに、二人がタワーズで一緒に逍遥し始めた最初の頃に、この優雅な芸を教えたのであった。

ヴァイオレットは今この便利な技に何度も頼りながら、庭園や湖の柳の蔓延《はびこ》る岸辺の周りを彼女を捜して走り回った。だが彼女のよく通る口笛は、遠くの戻り水や近隣の森や壁に囲まれた境界から無数の反響を呼び起こしたが、ジョセフィーヌからは何の反応も齎さなかった。

ヴァイオレットは悄然としてタワーズへと引き返してきた。彼女が庭園の入口の門を通過している時、門衛のリジー・カーティスの姿を、入口の門の外の踏み段に見付けた。

「あなたサールウェルさんを見かけましたか?」とヴァイオレットは尋ねた。「私は何処にも見付けられないの。」

「はい、お嬢様。彼女は何時間か前に出て行かれました。」

「出て行った…？」

「はい、お嬢様。私が自分で門を開けて、お通ししました。ロンドンにお出かけのようでしたが。」

「ロンドンに？　彼女は一言もそんなことは言わなかったわ。あなた、どういう意味かおわかり？」

「いいえ、お嬢様。でもちょっと待ってください！　彼女はお嬢様にお手紙を残して行かれませんでしたか？」

「いいえ、私の知る限りは。どうしてあなたはそう思うの？」

「それは彼女がそうしたと私におっしゃったからです」とリジーは言った。「彼女はこの門を出て行かれる時に私におっしゃいました、お嬢様の寝室の化粧机の上にあなた様宛ての手紙を残したと。彼女はあたふたした様子で、ちっとも彼女らしくはありませんでした。今考えてみると、そのことに気が付いていました。」

「他に何か言っていませんか？　お願いだから、全部教えて、リジー。これがどういう意味か私にはわからないの。」

「お話するほどのことはありません、お嬢様。『ロンドンに出かけます、リズ』と彼女は言いました、『それで何時戻って来るかわかりません。でもヴェスプリーさんに彼女の化粧机の上に手紙を置いておいたわ。さようなら！』これが彼女の言った全てです。でも彼女は私の手を急いで取りました、そうです、そしてそれを握りしめ、次の瞬間には立ち去っておられました。」
ヴァイオレットは急いでタワーズに戻った。そして自分の部屋に走って行き、化粧机に素早く一瞥を投げかけると、マーティン・レッドウッドの写真を入れた小さなロケットの下に封をした細長い手紙が置いてあるのを見た。それはジョセフィーヌの芸術的な筆跡で宛名書きされていた。

「ヴェスプリー・タワーズのヴァイオレット・ヴェスプリー」

震える指で、彼女は封を切った。
それは長くはない手紙だった。だが一行毎が熱意とこの上ない優しさに溢れていた。彼女の情熱的な性質の深さを表明した言葉で、彼女は率直に次のように告白をしていた。マーティン・レッドウッドの殺戮の報せが彼女に届いた時、彼女にジョン・ウォルトンを探し出してヴェスプリーの地所の期限付き借地を確保しようという気にさせたのは、彼女のマーティンへの愛のせいであり、またヴァイオレット・ヴェスプリーという名の女性とその女性のヴェスプリー・タワーズでのロマンティックな生活についての彼の興味深い話のせいであったこと。というのは、そこはマーティンがこの世で最も愛していた場所であったからで、そのことはすぐにわかった――その娘が生まれた場所で、どんな隅や角でも彼女の存在で神聖なものとなる場所であったからだということ。さらにジョセフィーヌは次のようにも告白していた。何時かこの娘、彼がそんなにも敬虔に崇拝している娘、が我が家に帰りたいという衝動に駆られて、彼女がヴェスプリー家からは他に移らないその家に帰ってくるのではないか、そうしてその娘は彼女の人生と混じり合うことになり、娘が彼に愛されたがゆえに、彼女によっても愛されることになろうという予感がしたという。マーティン・レッドウッドのために、彼女自身がこの娘の友になろう、娘の忠実な保護者になろう――ちょうど「騎士のバヤール」がそうしたように――ジョセフィーヌは決意した、そう告白している。今朝彼女はその騎士に既に別れを告げた、今こうしてヴァイオレットに別れを告げているように、と結んでいる。彼女はイギリスを直ちにそして永遠に去る決意をしっかりと固めたからだと。

ヴェスプリー・タワーズでの日々は、ヴァイオレットには、今何と孤独なものに思えたことであろう！　だが昔は、彼女はほんの少しも孤独を経験したことはなかったのだ。ジョセフィーヌが彼女の人生からいなくなったことを十分理解する前に、ヴァイオレットはこの突然の剝奪の殆ど最初の日に、ジョン・ウォルトンに手紙を書いて、もし彼に彼女に対して何らかの影響力があるのであれば、友にヴェスプリー・タワーズに戻ってくるように説得してほしいと頼んだ。だが、ウォルトンは、同情は示すものの、成功の望みは殆ど示さなかった。というのは、「彼女と彼の事務所の間での全ての未決着の商取引を片付けてから、サールウェル様は」と書いて寄越した、「彼女宛ての手紙が彼女に届く見込みのあるような住所は何も彼に残していかなかったのです」と。

それから幾日かの気の滅入る躊躇いの後、別の重大な件についてヴァイオレットはジョン・ウォルトンに相談することを決意したのであった。それは彼女の熱烈な願いであった――もしこのような繊細な事柄が何とか片が付くというのであればだが――それはマーティン・レッドウッドにあの巨大な額の少なくとも半分を委譲するという願いであった。「正味五十万ポンドに近い額になる」（ウォルトンがそのことを彼の多くの商用の手紙の中で述べていた）このお金はレッドウッドの母親が彼女に相続させたものであった。返事には、ジョン・ウォルトンは、法律の書式の最上のスタイルで、彼女に確約したのであった、「自分はあなた様の寛大なお申し出に、直ちにご配慮申し上げるつもりであります」と。

そして今やヴェスプリー・タワーズでの孤独感が一段と強くなってきて、間もなく殆ど耐え切れなくなった。以前は日々のように思えた週が今ではヴァイオレット・ヴェスプリーには決して終わることのない退屈な歳月のように思えてきた。

ヴェスプリー・タワーズでのこの孤独な生活の気力の失せる影響を何とか数週間勇敢に耐えた頃、或る午後、彼女には説明のつかない或る衝動に駆られて、彼女は父親の書斎に彷徨って行った。

書斎には古い家具が置いてあったが、それは彼女が思い出しうる限り昔に彼女の関心を虜にしたものであった。それは大きな樫のキャビネットで、天辺は半月になっていて、樫に彫られた両腕を広げた天使と、両側には広い縦溝彫りの柱がついた柱頭の上に乗せられた樫の木に彫られた胸像が載せられてあった。このキャビネットの前には八枚のパネルがあり、それぞれのパネルには聖ジョージと龍を表わす図案が描かれていた。

ヴァイオレットはこの古い衣装箪笥の前に佇んだが、眼には夢見るような遠くを見る仕草が浮かんでいた。それは彼女の父がつねに虹の黄玉を仕舞っておく衣装箪笥であった。彼女は父が屢々そこに行って、そのキャビネットの中心にある秘密の巣からその宝石を取り出すのを見たが、それは彼の気力が引き潮にある時であり、取り出した宝石を窓の一つにまで持って行き、じっと黙想しながらその多色彩のファセットを見つめ、ついには彼の憂鬱から完全に脱却するのであった。

彼女はヴェスプリー・タワーズに帰還した翌朝、この引き出しの中に宝石を仕舞っておいた。その日から彼女は、今振り返るととても不思議なことに、決してこの貴重な宝石を眺めたことがなかったし、それに対して本当にほんの少しの思いをも馳せたこともなかったのである。この輝ける夏の間中、彼女の魔法使い、ジョセフィーヌ・サールウェルと一緒の森と牧草地での生活は、彼女の幸せの仕上げのひと筆を揮うべく、他のことへの思いを悉く心から追い払ってしまっていたのである。彼女は今キャビネットを開けて、宝石のケースを取り出した。それから、窓の所まで行き、その古びてしまった皮のケースから宝石を取り出し、それを長くじっと凝視していたが、それは彼女がサンフラワー・コートで屋根裏の窓の所でそうしていたのと同じであった。

突然期待の表情が彼女の眼を輝かせた。彼女は宝石を元のケースに仕舞い、それを手に持って庭園に出て行った。

彼女は湖の方角に歩いて行った。水辺に来ると、彼女は地面が高くなった草の岸に座った。僅かの爽やかな風が彼女の健康そうな頬を撫ぜた。彼女がしっかりと見つめていた輝く黄玉の人を元気付ける姿によるのかどうか、その理由は定かではないが、ヴァイオレットはジョセフィーヌが彼女の人生から姿を消して以来、今のこの輝く秋の午後に彼女が感じているほど心身ともに高揚した気持になったことはなかった。彼女は自分の座っているすぐ後ろの高くなった地面にある大きな樫の広がった枝で、明るい陽射を避けていた。突然彼女は見上げた。影が空に広がったからであった。それで次にわかったのは、雨雲が頭上を覆い始めたことであった。すると間もなく大粒の雨が落ち始めたが、樫の巨大な葉の茂った枝は効果的に彼女を雨から防御したのである。

この時奇妙な魔法のような光が、東の空に輝く素晴らしい虹が出ていることを彼女に告げたのであった。忽ちヴェスプリーの予言が彼女の記憶に蘇った――

「ヴェスプリーの幸運は決して死なない、
空に出ている虹が
水面に虹を描き出す限りは
息子と娘への印として。」

彼女は飛び上がって、湖の中を見つめた。喜びの叫びが彼女から漏れた。というのは、そこ、彼女の眼前に広がる水面に映った虹、ヴェスプリー・タワーズの幸運の印があったのだった。

彼女がこうしてじっと魅入られたようにしてこの美しい光景を眺めていると、不思議な思いが心に湧きおこった。水面に映る虹の足の片側近くの波立つ湖面に、彼女は彼女自身の顔ばかりではなく、その傍に別の顔と姿の、それぞれ崩れたアウトラインを見ることができた。後者のそれは直ちに彼女に彼女のヒーロー――マーティン・レッドウッドを想い出させたのである！

彼女の傍の人物はヨット操縦者のピクチャレスクな服に身を包んで、手にはキャップを持ち、僅かばかり前屈みになって、動かないで佇んでいた。

「お赦しください！　あなたを驚かせてしまいました。でも――でもあなたの申し出に礼を述べずに国を去ることができなかったのです――あなたの寛大な申し出――あなたの財産を私と共有したいという――でもそれはどうしても受け入れることはできません。」

「寛大な、ですって！　財産は全てあなたのものです。それは継承の権利から言ってあなたのものであり、私のものではありません」とヴァイオレットは言って、彼女はゆっくりと向きを変えて若い水夫と対面した。

「それはヴェスプリー・タワーズの幸運のものです。それは、伝えられているように、時折人間の姿をとります。湖の水の中で、嘗てそうであったように、今回も人間の姿になりました、美しい若い女性の姿に。」

ヴァイオレットは返事をしなかった。彼女は黄玉を手に持ったまま、湖を見下ろしていたが、そこには水に映った虹の色がゆっくりと消えつつあった。

「そうです」とマーティン・レッドウッドは続けた「それは彼女の素敵な性質の衝動に駆られて、嘗てコリヤナギの祭りに参加して、彼女の兄の友である水夫の額にキッスを恵んでくれた、そのお蔭で彼を酒飲みと失意のどん底から救ってくれた若い女性であり、その人の姿です。」

ヴァイオレットは黙ったままで、眼は湖を見つめたままであった。

「この娘は、彼女の兄の友を破滅から救ったのみならず、哀れ飢えていた放浪児にもよくしてやり、彼女を言葉にならない酷い破滅から救いました。本当に、ヴェスプリー・タワーズの幸運はその変身においてこれほど神聖な姿を纏ったことは嘗てありませんでした。そのことは誰よりも私が最もよく知る訳があります。そして誰よりもそのことに感謝する訳が私にはあるのです。ヴェスプリー・タワーズの幸運が今日纏ったような姿をつねに留め置かれんことを！」

ヴァイオレットは眼を上げた。雨雲は消え去っていて、虹の印は全て空からなくなっていた。そして陽の光が戻り、光の翼を牧場と湖の上に広げた。自然はその秋の美しさに包まれて、辺り一面に穏やかな微笑を投げかけていた。

「行かないで！」

それは絶望を表明した声であった。その言葉がマーティン・レッドウッドの耳に達した時、彼の顔に現れた表情は、彼自身の五感を信じる権利があるのかどうかを疑う表情であった。彼はものも言えないほど驚いたままであった、というのはその哀れな調子はヴァイオレットの声ではなかったからだ――ヴェスプリー・タワーズの傲慢な女主人の声とは全く違っていた。

「私は独りぼっちなのです」と彼女は嘆願した。「ジョセフィーヌは行ってしまいました。私はロンドンにいて、貧しさに打ちのめされ、モリー以外にはこの世に一人の友もなかったあの時よりも、もっと孤独です。私が話しかける、いえ、話したいと思うことのできる人は、朝から晩まで、誰もいません。私は全くここでは独りぼっちなのです。」

「ヴェスプリー・タワーズで独りぼっちだって？」とレッドウッドは言った。「私はつねにあなたのことを、独りで生きるのに無上の喜びを見出している方だと思ってきました！　あなたは昔確かにそうでしたね、あの頃――」

「ああ、そうです！　それは私が貧困の孤島、私が祖先と一緒にここに一人でいた頃この家をそう呼んでいたのですが、そこで夢見て暮らしていた時のことです。あなたの言う通りです。でも事態はとても――とても今では変わってしまいました。私は誰かがほしいのです――私が打ち明け話をしたい人です。私は誰かが私のもとにやって来て、そして――そして…」

マーティンは彼女のもとに飛んで行き、突然の衝動で彼女を腕に抱きしめた。

「そしてあなたとヴェスプリー・タワーズの幸運を共に分かち合える？」

それで彼女は手を彼の頭に乗せて、動作で無限の優しさと情熱を表現しながら、ちょうど四年以上前にコリヤナギの小島で彼の傍に佇みながらそうしたように、唇をマーティン・レッドウッドの額に圧し当てた。

日は暮れ始めた。それでヴァイオレット・ヴェスプリーと彼女のヒーロー、マーティン・レッドウッドは並んで水辺から向きを変えて、牧場を通って、楡の並木へと逍遥した。そして今は微かな日の名残りが西の地平線の向こうに消え失せ始めると、古いヴェスプリーの楡の木が灰色の黄昏の中で幽霊のような命と意識に目覚め、夜が二人の周りを取り巻いてくると、星が次々と彼等の頭上に命を輝かせ、そして葉の茂る枝はその影を地上に伸ばして、二人を視界から隠してしまった。

註

第一部　ヴェスプリーの幸運

第一章

＊**レディー・ゴダイヴァ**　（英伝説）十一世紀イングランドのコヴェントリーの領主の妻。裸で白馬に乗って町を通るならば、住民に課した重税をやめると夫に約束され、それを実行したという。

＊**護国卿**　共和政時代のオリヴァー・クロムウェルとその子リチャードの称号。

＊**鉄道王ジョージ・ハドソン**　（1800-71）イギリスの鉄道金融家および政治家で、一八四〇年代にはイギリス鉄道網の大半を支配下に置いていたので、鉄道王と呼ばれるようになった。若い頃は生まれ故郷のヨークで一八二〇年代にはリンネル生地商人の徒弟となり、その跡を継いだ。

第二章

＊**穀物条例**　自国の農業を保護するのに、穀物輸入に重税を課したイギリスの法律で、一四三六年に始まり、一八四六年ピール内閣によって廃止された。

第三章

＊**一八四七年の大凶作**　「穀物条例」破棄の翌年四七年には、アイルランドのポテト飢饉が猛威を振るった。

＊**モラヴィア教会の目的**　聖書を信仰と実践の唯一の規範であると考える。

＊「家《ホーム》」　小説家ディケンズも同じような慈善目的のためのホーム設立に尽力した。

第七章

＊**「ロンドン・ステージ」** ドゥルーリー・レーン、コヴェント・ガーデン、ヘイマーケットにおいて上演の特別特許を得たシアター・ロイヤルをはじめとして、その他の上演許可を得た劇場――アセンブリー・ルーム、チャイナ・ホール、クラウン・イン、デプトフォード、ウィンザー・カースル・イン、キングズ・オペラ・ハウス、オールド・クラウン・イン、パンテオン、レッドライオン・イン、ホワイトホース・イン、ホワイトライオン・イン、ウィートリーズ・ライディング・スクールなどで上演された演劇集。

＊**ベルの「ブリティッシュ・シアター」** ジョン・ベル（John Bell,1745-1831）が出版した百四十劇作品二十一巻をセットにしたもの。

第九章

＊**タイレル** ウォルター・タイレル（Walter Tyrell）は貴族で、ウィリアム・ルーファス（William Rufus, 1056-1100）は、ノルマン朝イングランドの第二代国王で、赤顔王と呼ばれ、狩りの最中に、タイレルの矢に当たって死んだとされる。

＊**ニュー・フォレスト** イングランド南部ハンプシャー州南西部の森林地区で、ウィリアム征服王によって御料林とされたところ（1079）。

第十章

＊**詩における健全性** チョーサーをシェイクスピアと比較して、チョーサーには詩の健全性があるとするのは、シェイクスピアの作品が、『ハムレット』のみならず他の作品においても、ハムレットの墓場的瞑想語録に満ちていて、決して健全だとは言いえないという持論をワッツ＝ダントンが持っているからだ。彼の『ハムレット論』を参照されたい。その点、チョーサーは明るくて陽気この上ない。まさに「健全」なのである。

＊**アーリア人の幼少期に舌もつれで語られていた頃** ワッツ＝ダントンの自説では、想像力豊かな西欧文

学の源は、西欧人の人種の源であるアーリア人がまだ民族として初期の頃に未発達な言語表現で語った不思議な話にあるというのである。ベンジャミン・ディズレイリーが、小説 *Lothair* (1870) で登場人物の一人フィーバス氏 (Mr. Phoebus) に語らせるアーリア民族讃美論を参照されたい。

第十一章

＊**イーストチープ**　ロンドン・ブリッジの北端を東西に走る通りで、元はシティの市場があった地区名。

＊**フンシャル**　マデイラ島の中心都市。

＊**モラヴィア教会**　十八世紀にモラヴィアに設立されたプロテスタントの一派である。この一節の中で言及されているセント・トマス島は、カリブ海のヴァージン諸島の中心の島で、そこに行ったドイツ人の布教者の二人の内、一人の名を作者は **Lionel Dover** としているが、正しくは **Johann Leonhard Dober**(1695-1772) であり、訳者は後者の名前を用いた。

第十二章

＊**リトル・ジョンとフライア・タック**　ロビン・フッドの伝説の登場人物で、ウォルター・スコットの物語『アイヴァンホー』(1819) などを参照されたい。

第十三章

＊この詩の一節は、コールリッジの詩『クリスタベル』からのもので、嘗ての親友だった二人の、今は敵対するものとしての心境が歌われている。

第十七章

＊**チャイルド・ローランド** (Childe Rowland)　詩人ロバート・ブラウニング (RobertBrowing) の詩 “Childe

Roland...to the Dark Tower" 及び fairy tale も参照されたい。この詩は作者のワッツ＝ダントンがとても肩入れしている神秘的な詩の一つである。

* **波乱に富んだ生涯**　作者の念頭には、少し前のロマン派の詩人、バイロンやシェリーの姿があると思われる。

* **あの口の誇り高い曲線**　D・G・ロセッティの絵、**Lady Lilith** の唇を参照されたい。

* **コフェチュア王**　女嫌いであったが、乞食娘と結婚する伝説のアフリカの王。ここでのマーティンとヴァイオレットは、この伝説のようにはいかないという。

第二部　ロンドンのヴァイオレット・ヴェスプリー

第一章

* **ランベス**　ロンドンのテムズ川の南で、元は湿地帯であった所を埋立した。**F.W. Robinson** の小説 *Owen: A Waif* (1862) に見られるように、この辺り一帯は貧民街であり、お助け小屋が貧民救助に建てられていた。

第二章

* **パンチとジュディー**　滑稽な操り人形の見世物で、パンチはその主人公、ジュディーはその妻で、二人が激しく口論する。

* 『**頑張れ、少年、頑張れ**』　アメリカ南北戦争当時の歌。

* 『**さようなら、ダディー**』　不明。

* 『**完全な治療**』　曲は元は「新しいジャンピング・ソング」（スウィング用の曲）で、ショティッシュ（ポルカの類の舞踏の曲）として **J.Blewett** によって作曲された。**J.H. Stead** によってロンドンの様々な音楽ホール、例えば、**Weston's Music Hall** などで一八五〇年代から六〇年代にかけて演じられ、それがロン

ドン中をインフルエンザのように荒れ狂った。

＊**『ワゴンを待ちながら』** アメリカのフォーク・ソングで、一八五〇年代初期にヒットした。

"Will you come with me my Susie dear beyond blue mountains free
Where the blossoms smell the sweetest come rove along with me

Wait for the wagon wait for the wagon
Wait for the wagon and we'll all take a ride
Wait for the wagon wait for the wagon
Wait for the wagon and we'll all take a ride"

＊**ローザー・アーケード** ストランドからアデライン・ストリートのセント・マーティンズ・チャーチまでの美しい通りで、ガラス屋根から明かりが取られ、夜間は煌々と照明が点き、エレガントな店が並び、小説に出てくる子どものおもちゃを売る店もあった。

＊**ハンガーフォード・ブリッジ** テムズ川に架かるランベス地区の橋で、チャーリング・クロス・ブリッジとも呼ばれ、一八四五年に開通。ウォータールー・ブリッジとウェストミンスター・ブリッジの間にあって、歩道橋と鉄道橋を兼ねる。

＊**ノワヨー** ブランデーにモモやアンズの種の仁で味を付けたリキュール。

＊**ニュー・カット** ウォータールーからブラックフライアーズ・ロードにかけての通りで、主として多くの古物商・質屋が道の両側に軒を並べていて、そのライヴァルのペティコート・レーン同様に数多くの材料をヘンリー・メイヒューの『ロンドンの労働とロンドンの貧困』に提供していた。この場面に描かれているように、薄汚いなりをした女たちがエプロンを売り物で一杯にして群がっていたり、夫婦げんかをして顔に黒い痣を作っている女房が沢山いたり、通りには安っぽい演芸場（劇場）があって、物売りの女たちの子どもが詰めかけて、安っぽい犯罪ものや堕落の出し物を見物していた。こうした連中はまるで悪魔の

大軍が解き放されたかのように、見る者を驚愕させた様子は、このパセッジにも描き出されている。

＊ベドラム　ロンドンにあったイギリス最古の精神病院。

＊ドライヴとロトンロウ　ロンドンのハイド・パークの馬車道路。

第三章

＊バーソロミューの市　聖バルトロメオ祭。ロンドンのスミスフィールドで毎年聖バルトロメオの日に開かれた市(1133-1840)——もと布の市であったが、やがてお祭り騒ぎをする縁日となった。

＊『見よ、勇者は帰る！』　ヘンデルの作曲による、オラトリオ。

(Youths) See, the conqu'ring hero comes!
Sound the trumpets! Beat the drums!
Sports prepare! The laurel bring!
Songs of triumph to him sing!
(Virgins) See the godlike youth advance!
Breathe the flutes and lead the dance!
Myrtle wreaths and roses twine
To deck the hero's brow divine!
(Israelites) See, the conqu'ring hero comes!
Sound the trumpets! Beat the drums!
Sports prepare! The laurel bring!
Songs of triumph to him sing!
See, the conqu'ring hero comes!
Sound the trumpets! Beat the drums!

＊**ベンディゴー**　オーストラリア南西部ヴィクトリア州中部の市。金鉱発見（一八五一）で発展。

＊**ウームウエル見世物小屋**　George Wombwell (1777-1850) は摂政時代と初期ヴィクトリア朝イギリスで、ウームウェルの旅動物ショーを設立し、有名になったショーマン。

第四章

＊**サー・アーサー・ヘルプスのエッセイ集**　(1813-75) 文筆家・歴史家、ヴィクトリア女王の *Journal of Our Life in the Highlands* (1868) やアルバート公の *Speeches* (1862) の編集などがある。大蔵大臣付き秘書や枢密院書記などを歴任。

＊**ネッソスのシャツ**　（ギ神）ケンタウロス族の一人。ヘラクレスの妻デーイアネイラを犯そうとして、毒矢で射られたが、死ぬ時に彼女に恋の媚薬として自分の血を与え、これを塗った下着を着たヘラクレスも苦しんで死ぬ。

＊**ド・クインシー**　(1785-1859) イギリスの随筆家・批評家で、*Confessions of an English Opium Eater* (1821) などが有名。

第六章

＊**ライシーアム・シアター**　ロンドンのストランドのはずれにあった劇場。

＊**チャタートン**　（既出）トマス・チャタートン (1752-70) イギリスの詩人で、擬古体の詩文を発表し、貧しさのために自殺したが、彼が詩人になるために、教会の塔をつねに眺めていたというエピソードをワッツ＝ダントン自身が「チャタートン論」で紹介している。

＊**フィリップ・シドニー**　(1554-86) イギリスの廷臣・軍人・文人で、*Arcadia* (1590), *Astrophel and Stella* (1591), *The Defence of Poesie* (1595) などがある。

＊**騎士のバヤール**　(1473-1524) フランスの英雄的武人。恐れを知らない騎士の鑑として知られた。

＊本　この本は、恐らく Edward Cockburn Kindersley が英訳した *Heroes of Chivalry, The Lives of Chevalier Bayard and The Cid* (New York : Dodd, Mead & Company, c. 1880) への言及ではないかと思われる。フランス語の原書はバヤールの秘書と思われる人物の手で、一五二七年に出版された。

＊『ベルのロンドン生活』　イギリスの週間スポーツ誌 (1822-86)。

第三部　ヴェスプリー・タワーズへの帰還

第一章

＊エーリエル　中世伝説における空気の精。シェイクスピアの『嵐』には、プロスペロの忠僕として登場する。

第二章

＊マカバイ家　ユダヤの司祭一家。前一六八年へレニズム化とシリアの支配に対する反乱を指導、マカバイオス (d.160 **B.C.**) は前一六四―六三年王としてパレスティナを統治。

第三章

＊オールマックス　一七六四年ロンドンの King Street に William Almack (d.1781) が建てた集会場。十九世紀中ごろまでロンドン社交界の舞台として有名。のちに所有者が代わって、"Willis's" とも呼ばれた。

＊ポートマン・スクエアー　ロンドンの公園で、中心に芝生・低木などの見事な庭園があり、二十番地には Courtauld Institute Galleries のある Home House がある。

第四章

＊**エル・シッド**　(c.1043-99) キリスト教の擁護者としてムーア人と戦ったスペインの伝説的戦士。第二部第六章の註「本」には、シッドがバヤールと共に取り上げられているし、本訳書二百八十頁のバヤールとシッドが「恐れを知らない」「非の打ち所がない」軍人であるという文言は、前註にいう「本」の副題に用いられている。

＊**スペックグリッフスの指揮のもとの探検隊**　パプア・ニューギニアにあるフライ・リバーの発見は一八四四年 Captain Blackwood によってなされ、ここにいう水源の探検隊は一八八五年の the members of the Sydney Geographical Society's Expedition を指すと思われる。

第五章

＊ジョン・キーツの「ギリシャの古甕に寄せるオード」より。

第六章

＊**木曜島**　オーストラリア、クイーンズランド州北方のトレス海峡にある小島。

セオドア・ワッツ＝ダントン著

『小説　ヴェスプリー・タワーズ』解説

河村　民部

一　作者略伝

セオドア・ワッツ＝ダントン（Theodore Watts-Dunton）という名前を見たり、聴いたりしたことがあるだろうか。大抵の読者諸氏には、馴染みのない名前ではないかと思う。それもそのはず、今では作者の生まれ故郷のイギリスのみならず、日本も含め、世界中で忘れ去られた名前である。訳者は随分前からセオドアのファンで、彼の復活を希ってきた。その念願が果たせたのは、つい昨年で、それは『セオドア・ワッツ＝ダントン評伝』という名のもとに、出版された。

（1）セント・アイヴズでの生活

はじめに、彼の伝記的事実を話しておきたい。詳しくは、上記拙著を参照されたい。セオドア・ワッツ＝ダントンは、ディケンズの活躍した一九世紀イギリスのイースト・アングリア地方のハンティンドンシャーのセント・アイヴズ（イギリスの西のコーンウォールの方の、ヴァージニア・ウルフが子どもの頃夏の休暇を過ごした場所と同名であり、彼女の名作『灯台へ』の舞台としてさらに有名であるが、そちらとは違う）という小さな町に、一八三二年一〇月一二日（国勢調査では、一八三三年とも三四年ともなっている場合がある）、父ジョン・キング・ワッツ（二五歳）、母スザンナ・ダントン（二六乃至二九歳の時）の第一子として生を受けた。

父は有能な田舎弁護士で、地質学に精通した科学者でもあり、その方面の書物は広く蒐集していたが、ロマンスには興味がなく、詩などは「巧妙な無意味」だと思っていた。だがたまたま父の書斎に、エドマンド・スペンサーの『妖精の女王』が紛れ込んでいたのを見つけ、これに夢中になったのが、文学・詩への開眼であった。父の母、つまりセオドアの祖母は極めて敏感な質で、活発な頭脳と詩的気質の持ち主であったが、孫のセオドアはこの祖母の気質を継承している。母方のダントン家はイースト・アングリアの住民で、祖母のダントンは敬虔な女性であり、ロマン派的気質を持ち、ジプシーやジプシーの生活に大層関心を抱いていたが、その母方の血が孫のセオドアにも受け継がれたのであろう、やがて長じて、彼もロマン派的気質とジプシーへの関心を発揮して、見事な長編小説と詩を書くことになるのである。

もう一人、セオドアに文学への関心を抱かせるのに与って力があった人物がいる。セオドアの叔父のジェイムズ・オーランドー・ワッツである。彼は書籍と写本に囲まれて隠者のような暮らしをし、言語学とオカルティズムに傾倒し、神秘主義を愛した。自身詩は書いてはいないが、スペインとポルトガルの詩人の詩を多く翻訳し、P・B・シェリーの詩を熱愛し、エリザベス朝演劇に精通していた。この叔父からセオドアは文学への愛と、彼の文学観を彩る、溢れるようなロマンティックな色調を受け継いだのである。

一〇歳でケンブリッジの私立学校「若い紳士のためのアカデミー」に入学し、ギリシャ語、ラテン語をはじめ、フランス語、ドイツ語を学んだ。その時の翻訳による読書に、彼の関心を引いたゲーテの『ファウスト』、シラーの『群盗』、レッシングの『賢者ナータン』などがあるが、特に『ファウスト』はやがて親友となるD・G・ロセッティが画にしようとして最初に関心を示した作品であり、セオドア自身のちにこの作品を元にして書かれたベルリオーズ、グノー、そしてシューマンによる楽曲を聴いてソネット「三つのファウスト」を書くことになる。またフランス語は特に好きで、イギリス文学のウォルター・スコットに続いて、フランス文学のアレクサンドル・デュマの熱烈な讃美者となった。後者への言及は、彼の詩論や小説の中にも、頻繁になされることになる。

学校の休暇中には、ロンドンに法律事務所を構える父に連れられて、ロンドンまでよく旅をしたが、そこでセオドアは、一八五一年、レスター・スクエアーに設えられた「巨大地球儀」のパノラマ展や、リージェント・パークの「ロイヤル・コロッセウム」でリスボン大地震のパノラマ風出し物、そしてお馴染みの「パンチとジュディ」ショーとマダム・タッソー自ら切符を売っている蠟細工館も見物した。

故郷ハンディンドンシャーの朝と夕暮れの光景――フェンランズの広い土地に昇る朝日と北海の広大な海に沈む夕日の美――が少年を魅了した。一頭立て二輪馬車での父とのドライブで出逢ったのが、キャンプをしているジプシーの群れであった。そしてこのジプシーの群れの中に見つけた可愛い少女が、のちに小説『エイルウィン』や詩『愛の到来』に描かれることになるローナ・ボズウェルのプロトタイプとなった。

セオドアが二〇歳になると学校の日々は終焉を迎えるが、ウーズ河岸の散歩、フェンランズの逍遙、北海の岸辺での遊泳――この時初めてセオドアは憧れのジプシーロマンス『ラヴェングロウ』の著者ジョージ・ボロウと出逢った――これらはこのあと二〇年間も続けられたのである。特にボロウは少年セオドアにとっては「ジプシー王国の王」のような存在であり、セオドアに文学の分野で成功したいという夢を抱かせた人物であった。ロンドンに住むようになってからは、二人の仲は急速に接近する。またセオドアがよく訪れた灰色の巨大な広がりを持つ孤独な北海の浜辺の「神秘的な光景の魅力」が、この少年時代にすでに半ば無意識に根付いていたあのロマンス『エイルウィン』をやがて書かせることになるのである。『エイルウィン』の冒頭の数章は、この北海の孤独な浜辺が舞台となっている。

七年間のアカデミーでの学校生活のあと、故郷セント・アイヴズの家に戻り、さらに独学を続けた。一七歳になったセオドアは父の書斎の本を貪り読んだ。そうして彼は科学・文学の知識を身に着け、父が購入した科学・文学の季刊誌を読み、科学か文学を生涯の仕事にしたいと思ったが、父が弁護士業の跡継ぎを望んだので、やむなく自分の望みを放棄して、二歳年下の弟アルフレッド・ユージン・ワッツとともに、法律の勉強に勤しんだ。この弟が『エイルウィン』の画家シリルのモデルとなった。

こうして法律の勉強に精を出す傍ら、セオドアは物語や詩の制作に努め、いくつか記事も書いて、これを地方紙『ケンブリッジ・クロニクル』に投稿した。以降父と一緒に、あるいは父の使いで、ロンドンを頻繁に訪れるようになり、父が贔屓にしていた宿屋、ディケンズやサッカレー、ジョン・リーチやマーク・レモン、そして『パンチ』の記者たちの好みである、ホルボンの「オールド・ベル」の常連となった。そこは仕事の上でも、ロンドンの父のエージェントたちが事務所を持っているベッドフォード・ロウやリンカーンズ・イン・フィールズ、オールド・スクエアー、そしてチャンサリー・レーンに近かったからである。

(2) ロンドンにおける文学的生活への第一歩

この頃イースト・アングリアの浜辺のある町で、海水浴をしていた時に偶然出逢った小説家の影響で、セオドアの人生がガラリと変わることになった。それは当時名声を博していたF・W・ロビンソン(ロセッティが絶讃する小説『放浪児オウエン』の作者)である。この偶然の出逢いから、次にロンドンを訪れたセオドアは、ロビンソンの館「エルモア・ハウス」を訪ねて、二人は忽ち親密な仲になり、友情は末永く続くことになった。

ロビンソンはセオドアの書いた小説『エイルウィン』の原稿を読んでやり、出版社との交渉も引き受けてくれたが、セオドアの方の決心がつかず、愚図愚図していて、その間に別の小説を書いている最中で、その方がよいものになるから、それの出版をと、返事をすると、人のいいロビンソンは、その原稿も読んでやるから送るように催促し、それも絶讃して、できている巻から出版せよと促す。それはベンジャミン・ディズレイリーの名作『ロタール』(1870)の補助的陳述という副題の付いた『バルモラル』という題の小説であった。だがまたしてもセオドアの返事は煮え切らず、出版は不首尾に終わった。

小説業界に精通していたロビンソンであるから、その人物の忠告に従って、ディズレイリーの『ロタール』が出版された直後、まだ熱気のあるうちにセオドアが『バルモラル』を出版していれば、文壇においてセオドアは羨まれるような地位を獲得していたことは間違いないと、彼の秘書を長年にわたって務めてきたトマス・ヘイクは、その伝記の中で述べている。だが、セオドアはそうしなかった。そしてこの後二八年間も経過し、やっと六六歳になって小説の出版を決意することになる。それが一八九八年に出版された名作『エイルウィン』である。この解説を書いている筆者は、この未出版の小説『バルモラル』の原稿の行方も追っているが、未だに杳として知れない。

それはさて置き、ロビンソンとの出逢い以降、セオドアのロンドン訪問は頻繁になって行った。弟のユージンはロンドンで弁護士として成功を収めており、妹の一人は父のエージェントの一人と結婚(1870)し、セオドアの好きな叔父オーランドー・ワッツはストランドで大きな法律事務所の要職についている等々、皆がロンドンに居たからである。他方、セント・アイヴズの方では譲渡証書作成という父の仕事は、時代の影響で流行らず、衰退を余儀なくされたことも影響し、セオドアのロンドンとの繋がりがより強くなって行った。折しもロンドンで成功を収めていた弟のユージンが心臓停止で突然死ぬという事態が生じた。それでセオドアはセント・アイヴズを去り、ロンドンで弁護士として自ら開業する決意を固めることになるが、ロンドンで新たに顧客を開拓しようとしていた時に、ロセッティ・サークルへの注目すべき紹介がなされることとなり、セオドアのロンドン永住が決定的となったのである。

(3) ゴードン・ヘイクとD・G・ロセッティ

セオドアが医師のゴードン・ヘイク博士に紹介されたのは、父の友人R・G・レイサム博士を介してであった。そしてこのヘイクとの出逢いが、やがてD・G・ロセッティとそのサークル（ラファエル前派）へとセオドアを導くことになるのである。

ゴードン・ヘイクは芸術と科学の両分野の勉強をするために数年間の大陸旅行から帰国すると、自作のロマンス『ヴァルダルノ或いは芸術崇拝の試練』を友人のハリソン・エインズワースの雑誌『エインズワース・マガジン』にシリーズで掲載した。これを読んで関心を持ったロセッティがヘイクに手紙を書いたことが、近付きの発端になった。この後ヘイクは自分の詩集『マデラインその他の詩』の出版をロセッティに頼もうとしてロセッティのスタディオを訪れたことが友情の始まりとなり、この後すぐにロセッティはヘイクをスタディオに招待して、彼の友人たちを紹介したが、その中にはロセッティの伝記作者ジョウゼフ・ナイト、音楽評論家フランツ・フエファー、ロセッティの弟W・M・ロセッティ、劇作家・評論家ジョン・ウェストランド・マーシュトン、ロセッティの画の師匠フォード・マドックス・ブラウンなどがいた。

セオドアがロセッティに逢ったのは、一八七二年が始まって数ヶ月後のことであったが、この頃ロセッティは人生の「分水嶺」にいた。最も厄介な時期であった。というのはロバート・ブキャナンによるロセッティ批判のパンフレット「詩の色情派」が『コンテンポラリー・レビュー』の一八七一年一〇月号に掲載されたからであった。これはラファエル前派、特にロセッティの詩を「色情派の詩」として痛烈に批判したものであった。これが特に緊張しきったロセッティの精神に作用し、彼を別人に変えてしまったのである。そしてこの状態が彼の死まで一〇年間も続くことになった。それでロセッティは催眠剤のクロラルを服用したが、これが緊張した神経に悪影響を及ぼし、彼をヒポコンドリア（憂鬱症）――メランコリーと無気力――に陥れ、極度の不安に駆り立て、神経のバランスを失わせたのであった。

（4）ケルムスコットにて

健康回復のためにヘイクを伴ってスコットランドに長期滞在をしていたロセッティがその旅から帰って、ウィリアム・モリスの田舎の館ケルムスコット・マナーに落ち着いて間もなく、セオドアはそこにロセッティを訪ねた。それがロセッティ訪問の最初であった。

セオドアが訪ねた時には、ケルムスコット荘はロセッティとモリスの共同住居になっていた。一七世紀の古風な珍しい建物で、多くの破風と重厚な灰色の壁に、石の縦仕切りの入った四角な窓が付いていた。正面からは牧草地が見渡せ、庭には幻想的な形に剪定されたイチイの樹の目立ったのがあった。

セオドアのケルムスコット訪問時に、ロセッティが抱えていた厄介な法律上の問題について、セオドアが弁護士として忠告することで、その問題の早急な解決を見ることになった。その解決にロセッティは大層感謝して、二人の間柄は急速に友情へと進展していった。

ロセッティは「タペストリー・ルーム」と呼ばれる自分のスタディオで、名作『プロセルピーナ』を描いていた。そこはセオドアが自分の小説『エイルウィン』の最初の数章をロセッティに読み聴かせた場所でもあった。だがロセッティはこの小説の文体が気に入らないと言って、手厳しく非難をした。だが、ロセッティはのちにこの小説で、ユーモラスな人物として登場し、主人公エイルウィンの恋人ウィニフレッドを病から救出する画家ダーシーとして描き出されることになる。ロセッティが絶讃したセオドアの作品としてソネットがある。「虹の精」で、そのモチーフに触発されて、ヌード画をロセッティは描いた。それはセオドアの死後一九一六年頃までは、セオドアの屋敷パインズの居間の壁に掛けられていた。

ケルムスコットの家と周辺の自然は、セオドアに故郷セント・アイヴズを思い起こさせるような、ロマンティックで詩情を掻き立てる光景であったし、ロセッティもここを「古の静寂の根城」と呼んで、好んだ。二人が好んだ散歩道は堰に至るまでの川岸の道であった。ケルムスコットの牧草地をセオドアが描いた一節が『エイルウィン』にある――風が牧草の上を渡っていくと、タペストリーを敷いたような草が、灰色からラベンダー色に変化して行き、天空からは雲雀の声が落ちて来、地上からはクロウタドリの声が湧き上がって行く――とても美しく心に響く一節である。

ロセッティの優れた詩の幾つかもこの牧草地で書かれた。例えば、「川下で」など。またケルムスコットの光景は　ゴードン・ヘイクの『新しい日』や『新しい象徴』という詩集にも歌われているし、またロセッティが繰り返し暗唱したリフレイン付きのセオドアのソネット「川面に映る星再び」にも歌われている――この詩はセオドアの長編詩『愛の到来』という物語詩のコンテクストに於いてはじめて本来の意味を明らかにする詩であるが、白人のフィリップ・エイルウィンとジプシー女のローナ・ボズウェルの悲劇的な愛の結末を予示する歌である。

勿論、セオドアをウィリアム・モリスに紹介したのは、ケルムスコット荘に滞在中のロセッティであった。ロセッティが驚いたことに、モリスはセオドアを釣りに誘ったのである。見知らぬ人には普通冷淡なモリスがセオドアに逢って急に親しくなった理由としては、二人には自然を愛することと、ジョージ・ボロウの大讃美者であるという共通項があったからである。

モリスにとっての唯一のスポーツは釣りをすることとテームズ河で泳ぐことであり、これがケルムスコットで自然を愛するモリスのやり方であった。モリスはケルムスコットのクロウタドリがとても好きだった。彼は釣りをしている時に、釣り糸が草に引っ掛かって縺れたりすると、大声で子どものように怒鳴り出すが、すぐまた大笑いするといった自由奔放な男で、セオドアの気に入った。

セオドアはモリスと親しい友人となったが、ロセッティやスウィンバーンとの友愛関係程ではなかった。

特にロセッティが亡くなってからは、よくケルムスコットを訪れ、モリスに歓迎されたが、モリスは殆どいつも詩作の仕事に没頭していて、セオドアの好む二人だけの親密な話の時間が殆どなかった。

　モリスの最も幸せそうにしている時間は、テームズ河に向かっている窓と近くのハマースミス橋の見える仕事部屋にいる時であることに、セオドアはすぐに気付いた。近代ロンドン郊外の喧騒からここにやって来ると、すぐに中世の修道院のような隠遁場所に入って来るような気がした。

　モリスが社会主義運動に費やす時間をセオドアは損失としか考えておらず、モリスが本気で社会主義の宣伝活動に打ち込んでいたのをセオドアが正当に評価してはいないと、トマス・ヘイクは述べている。だが、セオドアの「モリス論」に挙げられているモリスの中世への憧れを示唆する『ジョン・ボールの夢』に於ける社会主義者ジョン・ボールの夢についてのセオドアの評価を見れば、必ずしもそうではないことがわかるであろう。だが、セオドアがケルムスコットに行ったのは、モリスが社会主義者と外出中の日曜日、モリス夫人や娘たちに逢って静かな午後を過ごすための方が多かった。

　だがモリスの詩の熱烈な讃美者であったセオドアは、「グドルンの恋人たち」がモリスの最も優れた詩であると言い、モリスが仕事場に閉じ籠って朝の四時から夕方の四時までに七五〇行の詩を書くという驚異的なエネルギーが叙事詩『シグルズ』を生み出したことを言い、モリスは一つのことに没頭すると他にはこの世にゴールはないかのようにそれを追求し、それが終わると、また新たにゴールを見付け、また没頭するというモリスの様々な分野における多産性についても述べている。セオドアはモリスの小説『ユートピア便り』をはじめ『世界の果ての森』や、遺稿詩集『不思議な島の水』と『この世の果ての泉』などの書評を自分の編集する『アシニーアム』誌に掲載している。

　セオドアはケルムスコットにロセッティを最初に訪ねた時から数週間のうちにマドックス・ブラウンの依頼で、ブラウンの家の夕食会で詩人のアルジャーノン・スウィンバーンと、はじめてではないが、顔を合わせることになった。一八七二年一〇月の初めのことである。

（5）『イグザミナー』誌とデーンズ・インでの生活

ブラウンはスウィンバーンから詩の出版社ホッテンに関する法律上の一件を尋ねられ、セオドアの忠告を聞いてみたらどうかと言ったことがもとで、ブラウンのフィッツロイ・スクエアーの家での夕食会となった。その時、セオドアとスウィンバーンは二人に共通の文学上の事柄を雄弁に語り合ったが、とりわけ関心があったのは、エリザベス朝の書簡についてであった。この時セオドアは五〇歳で、スウィンバーンは四歳年下の四六歳であった。

丁度この時、セオドアは父の仕事でエージェントの事務所があるベッドフォード・ロウの次の通りグレート・ジェイムズ・ストリート15に部屋を借りる寸前であったが、その部屋から数軒隣のNo. 3に偶々スウィンバーンの部屋があった。それで気の合っている二人はお互いの部屋を頻繁に訪ね合うようになったし、「ザ・ロンドン」というレストランで一緒に食事を摂るようになった。

そしてグレート・ジェイムズ・ストリートに居を移したセオドアは、毎日ベッドフォード・ロウの法律事務所に通いながらも、文学に精を出し、書き始めていた『エイルウィン』の続きを毎日書き、F・W・ロビンソンに紹介してもらったハースト・アンド・ブラケット社から、一八七三年の秋に、それを出版してもらう予定であった。だが、お金を稼ぐ必要から、すぐにしなければならない他の文学と法律の仕事が介入して、実際の出版はとうとう二五年も先の一八九八年にもなってしまうのである。

『エイルウィン』出版の最初の障害は、『ニュー・マンスリー』の編集者から「サクソン・グラマティクスの『ハムレット』」についてD・G・レイサム博士の書いた本の書評を依頼された事であった。一八七三年四月『ニュー・マンスリー』への書評「行方不明の『ハムレット』原典」がセオドアの重要な記事の最初のもので、これが文学界で注目を浴び、スウィンバーンはこれをこれまでの批評の最高のものと絶讃した。後にも『ハーパーズ・マガジン』に書いた「ハムレット論」にも、この最初の書評に言及されている。

セオドアがグレート・ジェイムズ・ストリートに滞在中、スウィンバーンは『ボスウェル』（*Bothwell*, 1874）の劇作品に没頭していて、セオドアをはじめ友人たちによく自作の詩を大声で読み聞かせるのを嬉しがった。だがこの劇詩とジョージ・チャップマンの『劇と詩』をスウィンバーンの編集と序文付きで出版すると言っておきながら、約束を果たさないホッテンとの間のいざこざで悩むスウィンバーンを救出し、『ボスウェル』の出版とジョージ・チャップマンに関する彼のエッセイの出版も、チャトー&ウィンダスに引き受けさせることで、決着を見た。

一年間グレート・ジェイムズ・ストリートに暮らした後、セオドアは一八七三年末デーンズ・インに移った。そこは鉄の門の背後にある奥まった宿屋で、ストランドの交通の騒音は昼間遮断され、夜には近くのセント・クレメント・デーンズの教会の鐘が聴こえた。

デーンズ・インに移って間もなく、『イグザミナー』の編集長をしていたミント教授（デーンズ・インに居た）と知己になると、セオドアの評論「行方不明の『ハムレット』原典」を読んでいた教授から、『イグザミナー』のスタッフになってほしいと言われ、同意した。ミント教授の有能な編集手腕のもと、スウィンバーンをはじめ、小説家ウィリアム・ブラック、文学批評家ガーネット博士、詩人・画家・著述家ウィリアム・ベル・スコットなど錚々たる寄稿者のおかげで、『イグザミナー』は息を吹き返したところであった。

セオドアの『イグザミナー』への最初の寄稿は、翻訳家・文学史家・批評家エドモンド・ゴスの悲劇『エーリク王』論であった。最初からセオドアの特質である批評家としての熱意とバランスのとれた判断は注目に値するものがあった。セオドアが『イグザミナー』に書いたサッカレー論は多くの讃辞の手紙を齎したが、サッカレーはセオドアがセント・アイヴズの修行時代から注目していた数少ない小説家の一人であった。『イグザミナー』に寄稿したセオドアの批評の中で最高のものは、ジョルジュ・サンド論である。こうなると『アシニーアム』の編集長ノーマン・マッコールが自分の雑誌にも評論をと、デーンズ・インに日参するようになった。

デーンズ・インに落着いてから、広い居間でセオドアは毎週水曜日の夜には人を集め、シンポジアを開くようになった。そこにはモリス（当時ブルームズベリーのクイーンズ・スクエアー26に居た）がよく訪れたし、スウィンバーンも町にやって来ては、「ザ・ロンドン」に一緒に食事に行った。

その他ここに集まったのは、マドックス・ブラウン、批評家ジョン・カートン・コリンズ、演劇評論家トマス・パーネル、ミント教授、ウェストランド・マーストン、アメリカ原住民の詩人フワーキーン・ミラー、劇批評家ジョウゼフ・ナイト、探検家・オリエント学者サー・リチャード・バートン等であった。それからミントはストランドの出版社の事務所の二階で月曜日の夜に『イグザミナー』のスタッフを集めるようになったが、そこで初めて逢ったのが、当時最も人気を博していた小説家ウィリアム・ブラックであった。ブラックは『デイリー・ニューズ』の主要小説家ジャスティン・マッカーシーよりも人気があった。

セオドアは『イグザミナー』のスタッフである間、一八七四年の一年間だけ叔父J・O・ワッツが要職を務める弁護士会で、そこのパートナーの一人が病気になったので、その代役を務めた。同意すればそこで数年間パートナーとして残れたが、『アシニーアム』の編集に加わったので、この地位を辞退した。だが、一八七四年から二六年間、セオドアは実質上法律の仕事に専念していたことになる。

一八七四年一二月にただ一度だけセオドアはイタリアへの短い旅をし、ローマでゴードン・ヘイクと逢っている。セオドアがイタリアで訪れたかったのはローマではなくて、ヴェニスであった。それは『エイルウィン』でヴェニスの舞台に女主人公を連れて行くというのが原案にあったからである。だが最初小説に挿入していたヴェニスへの言及箇所は全て削除されることになった。というのは、セオドアが嘗てスノードンからカペル・キュリグへと横断している時に、友人ウィニフレッドのために愛するエイルウィンを諦め、読者の涙を絞ったジプシーの女性シンフィー・ラヴェルと出逢ったことが蘇り、そのためにヴェニスの場面に代わって北ウェールズのより馴染みのある光景が取り入れられたからであった。

（6）社交のための外食

セオドアがデーンズ・インに住んでいた頃、彼が招待されたレセプションの中で最も魅力的なものの一つが、詩人であり劇作家として大人気を博していたウェストランド・マーストンの主催する「日曜夜会」のパーティであった。これにはロンドンの文学・芸術界のみならず、演劇界の名士たちも参加したからである。

ウェストランド・マーストンの名前は、当時セオドアにとっては、まさに音楽のようなものであったという。というのは、セオドアにとって、イギリス演劇というのは特別な関心の対象であって、現代の舞台の特徴となっている詩と演劇の分断を深く嘆いていたからで、その詩と演劇の両方を併せ持つ詩人兼劇作家がマーストンであったからである。

そしてこの日曜日の夜会の中でも、セオドアがゴードン・ヘイクと出掛けて行った或る夏の夕方のそれは、特にセオドアの心を打ったのである。まず部屋に入っていくと、スペイン・ギターを弾いているがっしりした老船乗りと思しき男を見るが、これが叙事詩人であり劇作家で、金鉱掘りまでやったウェストランド・マーストンその人であった。

このマーストンが、俳優のヘンリー・アーヴィング(Henry Irving, 1838-1905)や劇批評家ジョウゼフ・ナイト、シェイクスピア女優イザベラ・グリン嬢にハムレットの性格のことを語っているのを聴いたり、マーストンのとても才能ある長女がスウィンバーンの詩『シャストラール』の劇化に適合・不適合の箇所を喋っているのや、歴史家・旅行家ヘップワース・ディクソンが劇作家ダグラス・ジェロッドのことを小説家ダフ・ハーディ夫人に話しているのを聴いた。

この夜はセオドアにとって特別な、忘れられない夜であった。それはその夜はじめてウェストランドの息子で盲目の詩人フィリップ・バーク・マーストンに逢ったからである。そしてセオドアが語るのは、子どもの頃ノーフォークの海岸を散歩している時に偶然見つけた盲目の一匹のカモメの心を打つ話である――心ない者の銃によって撃たれ、羽根を血で汚して丸石のうしろに蹲っていた。近寄っても動くこともできないでいるのでよく見ると、その眼は打ち寄せる波の音に向けられていて、その音を聴くのに没頭しているのがわかった。羽根は血で汚れ、翼は折れていた。撃たれたことで視神経が壊れて、眼が見えなくなってしまったのである。

このカモメの眼を見ると、メランコリーとも悲しみともつかない、何とも言いようのない表情をしていた。セオドアはこのカモメの眼の表情に何年もの間心を奪われてしまった。カモメは盲目の暗闇から海の懐かしい音楽に耳を傾けていたのだ。それでセオドアはカモメを抱き上げて、家に連れて帰り世話をしたが、すぐに死んでしまった。

そして今日盲目のフィリップ・マーストンの前に立った時、あのカモメの眼の表情をまたしても見たのであった。それはキーツが『ヒュペーリオン』で描く宿命への深い不信が入り混じった悲しい、不動の抵抗の表情であったという。或る日ロセッティがフィリップの盲目についてソネットを本人に送ったあとで、深い嘆きと苦悶に打ち沈んでいる姿を見て、セオドアはそのロセッティの苦悶に共感したともいう。

ウェストランドの夜会には、先述したアーヴィングの他に、アメリカの俳優ヘルマン・ヴェザン、シェイクスピア女優エイダ・キャヴェンディッシュなど全ての出席者が寛ぎを覚えていたが、とりわけ寛いでいたのがリチャード・ヘンリー・ホーンであったとセオドアは回想している。ホーンといえばファージング叙事詩『オリオン』の作者として有名であるが、詩人として有名であるのみならず、冒険家としてもそうであった。まずメキシコ海軍に入隊することから始めて、のちにはオーストラリアで金鉱掘りまでやった男である。そのホーンがセオドアに語ったジョン・キーツとチャールズ・ウェルズ（『ジョウゼフと彼の兄弟』の作者）の二人に関するエピソードは、聴く者の心を打つ。ホーンは「薬種商のキーツ」という『ブラックウッズ・マガジン』が付けた渾名のジョン・キーツの弟トム・キーツとエドモンドンで学校友達であった。

ホーンは子どもの頃、医者のハモンドが家々を回って診察をしている間、医者を待っている少年ジョン・キーツが馬車の中で頭を「跳ね除け」の上に乗せて白昼夢――「ラトモスの苔むした洞窟の中でダイアナの腰に手を回し」たり、「レバノンの丘で陰をなす杉の下、野生の蜜蜂を食べたり」しているような――に耽っている姿をよく見かけたというのである。

もう一人のチャールズ・ウェルズについては、彼はホーンと同じ学校時代は何ら悲劇に襲われなかった。というのは他の生徒が勉強を強要されている間、この放浪詩人少年は釣りやボート漕ぎ、ヒースや牧草地の逍遥を夢見て時を過ごしていたからだと、ホーンはセオドアに語った。先生にしたたか打たれても、これを楽しく笑っていたが、こうした楽天的な生き方で彼の人生を襲った様々な悲劇をやり過ごした。逆に宿命を笑いものにしたが、生きることには失敗した。だが嘆くことなく、この放浪者は森や野原で楽しく過ごし続けたからだという。

他方ジョン・キーツには、卒業後は、ホーンはあまり逢わなかったが、キーツをよく知っている或る医者から聴いたところでは、キーツは繊細な体質の持ち主で、肺結核になりやすいと言われたという。そしてこの病につねに襲われたキーツは憂鬱になり、モノを言わなくなったが、推測するところ、キーツはこの間、『ブラックウッズ・マガジン』の痛烈な批判のことを考えていたのではないかと思われるという。そんな批判など勇敢な獅子であるキーツには臆病な類のいじめに過ぎなかったと、ホーンは口角泡を飛ばして語ったという。

セオドアがアーヴィングとジョゥゼフ・ナイトに劇『橇の鈴』の物語のプロットの起源の調査について語ったのも、このウェストランド・マーストンのレセプションに於いてであった。『橇の鈴』というのは劇作家レオポルド・デイヴィス・ルイスによる三幕劇で、その主人公マサイアスをアーヴィングが演じて大成功を収めたもので、一八七一年一一月二五日が初演であったが、このルイスの劇の元の話がエルクマン＝シャトリアン合作の『ポーランドのユダヤ人』であると、セオドアが『サタデー・レビュー』の編集者に手紙を書いたのであった。（今では辞書を引けば、エルクマン＝シャトリアンの『ポーランドのユダヤ人』のルイスによる翻案劇が『橇の鈴』であることは明らかになっている。）この物語はマサイアスという男が自分の犯した殺人（金持のポーランドのユダヤ人）に憑かれ、いつも橇の鈴の音に悩まされるという話である。ドイツの詩人シャミッソーの物語詩にもこの話があるとセオドアは述べているし、彼自身この物語のテーマを自分の小説『エイルウィン』の中で「ロマニーの蛇」というジプシーの考え方に取り入れている――シンフィーがジプシーの掟を破って楽器クルースを白人のエイルウィンのために弾くと、良心の責苦に会う――『エイルウィン』一三章第四節参照。

ウェストランド・マーストンの仲間の集会は彼の家に於いてのみならず、行きつけのレストラン「ソルフェリオ」（レスター広場の近く）に於いても催された。このレストランでの集まりにセオドアは土曜日の夜を選んだが、理由はそこに父と一緒に息子のフィリップが来るからであった。

セオドアがよく出かけた集会はウェストランド・マーストンのものだけに限られたわけではなく、マドックス・ブラウンの家での催し、つまりラファエル前派のレセプションにも殆んど出席した。勿論D・G・ロセッティをはじめラファエル前派のメンバーの父であったフォード・マドックス・ブラウンは力の限り、これらのまだヒヨコの詩人たち――ロセッティやスウィンバーンやモリスという綺羅星に群れ集うようになった若手の詩人たち――を支援した。セオドアに言わせると、これらの若い詩人たちはお互いに全く性質は異なっていながら、相寄って一つのセクトを作り、フランス人のボードレールやゴーチエをモデルとしてできる限りお互いを似た者同士にしようとして、フランス人気質に合うような題材を選んだという。

一八七〇年代そして八〇年代は何處に行こうとも、セオドアは「お気に入り」として歓迎された。例えば、友人のアーチボールド・キャンベル夫人は、アルバート・ホールでバザーを催す手助けをして、彼女のストールに是非立ち寄るようセオドアを招待している。未発表の小説『カルニオーラ』(*Carniola*)には、このバザーのことも生々と描かれていたが、彼の他の小説の場合と同様に、こうした個人的経験に基づく行事などの描写は数多く削除されてしまったとヘイクは述べている。

一度ロンドン社交界に飛び込んでしまうと、隠遁者の生活をすることはできなくなる。スウィンバーンと夏の休暇に出かけていても、ロンドンの出来事には全て精通するように心がけていた。それでもセオドアは毎日夜遅くまで様々な分野（政治・社会・文学・芸術・演劇等）での務めを果たしながらも、早朝には変わらずに創作の仕事を続けた。

セオドアが出席する文学晩餐会は無数にあった。その一つが、W・B・スコットのチェルシーの家であった。そこでよく逢ったのがモリス、エドワード＝バーン・ジョーンズ、そして詩人レスター・ウォレンである。このベル・スコット家はロセッティのチェイニー・ウォークの家のすぐ近くにあり、彼はよくロセッティの家にやって来た。そしてセオドアが『イグザミナー』の時代に彼に最初逢ったのが、ロセッティの家であった。

ウェストランド・マーストンの仲間の中で誰よりも大切にされていたのは、盲目の詩人フィリップ・マーストンについての心を打つ伝記の作者・アメリカの詩人ルイーズ・チャンドラー・モールトン夫人である。彼女はボストンとロンドンの両方にサロンを持ち、前者では半世紀の大半の社交シーズンにはアメリカの文学・音楽・芸術の著名な人々が集まり、後者は文学関係のセンターとして三〇年間名士を魅了した。

（7）J・M・ホイッスラーとオスカー・ワイルド

セオドアが何処よりも繁々と足を運んだのは、このモールトン夫人のロンドンの家での「金曜日の団欒」であった。そこでセオドアは一八八〇から一八八五年の間外交官として滞英していたアメリカの詩人ジェイムズ・ラッセル・ローエルと大変親密な友人関係を持つことになった。

モールトン夫人は若い頃(1876)ホートン卿によってロンドン社交界に紹介され、そこでのデビューでブラウニングやアーノルド、および同世代の多くの文人と出逢い、彼女のこの上ない人柄の魅力と純文学の名士たちへの比類ない熱意から、眼の高い名士仲間と親しくなった。そして彼女がスウィンバーンと知り合ったのは、セオドアを介してであった。だがこのアメリカの女流詩人にセオドアが関心を抱くようになったきっかけは、彼女と画家ホイッスラーとの若い頃の関係にあった。

モールトン夫人がセオドアに語ったところによると、それは彼女がまだ幼いルイーズ・チャンドラーの頃、コネティカット州のポムレットに二人とも住んでいて、同じ学校に通っていたが、学校で合衆国の地図を描いた時、ホイッスラーのものが素晴らしく、皆の注目を浴びた。家への帰り道でルイーズが自分の描いたのに比べてホイッスラーのそれを褒めると、では「あげる」と言い、「明日別の絵を持ってきてあげる」と言って、翌朝登校の道で渡してくれたのが、美しい小さな絵であった——老僧侶がゴシック・アーチの下で屈んでいる姿を描いたもので、後のホイッスラーのヴェニス時代の素晴らしい戸口とかアーチの絵を予示するものであったという。その地図と絵をホイッスラーの作品の幼い頃の典型として、夫人は今も大切にしているという。

もう一つの社交場で、それほど頻繁に出入りしたわけではないが、セオドアが顔を出したのは、ジョージ・エリオットとジョージ・ヘンリー・ルイスが催すリージェント・パークの家での有名な「日曜の午後」である。だが、ロバート・ブラウニングがそうであったように、セオドアも、この邸宅での集りを支配している「努力を要する雰囲気」――客の一人ひとりが彼女に近付いてきて話をするのに、エリオットが優しい巫女のように対応する様子――に圧倒された。

セオドアのジョージ・エリオット観は、リン・リントン夫人が述べている、「賢いが共感的ではないスケッチ」と同様のものであり、セオドアはエリオットのことを「人工的で、物静か（社会的地位を示す）で、不自然な（人）」と考えた。これはエリオットを心より尊敬し、彼女を大層人を鼓舞する人格の持主だと思っているバックストン・フォーマン夫人などの印象と比べてみると、興味深い。

尤も、セオドアはジョージ・エリオットがまだ無名に近い頃の『サイラス・マーナー』以前の初期の作品をとても讃美していて、『サイラス・マーナー』に付した彼の「イントロ」は、思慮深くて共感的な内容である（これは「ワールド・クラシックス」版にある）。その「イントロ」の中でセオドアは、特にエリオットが性格描写に優れている点を挙げ、「彼女は確かに詩人ではないが、人の魂が良心の呵責から逃れるために用いる詭弁を描いたものには、世界の偉大な小説家のみならず、偉大な詩人と肩を並べることができる」と言い、『ミドルマーチ』のバルストロードによる人生の悲劇的悪戯ゆえの、やむを得ない殺人の例を挙げて、ブラウニングの傑作『マーティン・レルフ』より優れていると述べている。

目下、セオドアの社交関係に言及しているので、次にセオドアと画家J・M・ホイッスラーと小説家オスカー・ワイルドとの関係にも少し触れておこう。ホイッスラーのことは、モールトン夫人がセオドアに語ったことについて、少し述べたが、彼とセオドアが友人となったのは、モールトン夫人のサロン「団欒」であり、ヴィクトリア朝中期の煌びやかな人物たちの中で「ジミー」ほど人を魅了する、つまり、（その容姿と着物の両方におけるグロテスクさに於いて）「痛快なほどに人を魅了する」人物は他にいなかった。

知り合って間もなく、セオドアはジミー（ホイッスラーの親しみを込めた呼び名）と一緒に『ピカデリー

——都会と田舎の生活』という週刊誌を発刊することになり、ワイルドの友人ド・モーリアーがそのカバー表紙をデザインして、それにホイッスラーが彼の最初の石版画を付し、セオドアが編集者となった。

しかし、この雑誌は、九週間の命しかなかった。一八七八年五月一六日が第一号で、最終号は同年七月一一日であった。この『ピカデリー』は昔の『ワールド&ヴァニティ・フェアー』に似た雑誌で、当時有名であった小説家グラント嬢が出資していたが、雑誌の売れ行きが悪かったために、一八七八年七月に婦人は出版中止を決意したのである。だがこの雑誌の一八七八年六月一三日発行第五号には、セオドアの主要記事"The New Editor's Bow"が掲載されている。

この頃セオドアは土曜日の夜はチェイニー・ウォークのロセッティの館に宿泊していて、翌日曜日の朝にはホイッスラーが催す立派な朝食会に出席していた。ロセッティは、近くにいたが、この頃はホイッスラーに殆ど逢うことはなかった。尤も五、六年前にはお互いによく逢っていたものだったが。ホイッスラーがロセッティに紹介されたのは、一八六三年パリから帰ってきたスウィンバーンを介してのことであったのは興味深いことである。

オスカー・ワイルドが無名の状態から突然頭角を現わして、世の中で彼の役を演じはじめたのは、セオドアも出席していた、ホイッスラーの朝食会に於いてであった。ワイルドが部屋に入って来た時、ホイッスラーは驚いたが、ワイルドの方は新米の招待者としてこれに臨機応変に対応した。その時のワイルドは後の仮面舞踏会時代のワイルドとは違って、身だしなみも整ったもので、髪は多少長かったが、文人や芸術家としてはごく普通であった。

忽ちにしてワイルドは部屋の招待客に溶け込むことに成功し、皆の関心の的になった。ワイルドが誰かを招待者のホイッスラー自身忘れ去っていたので、セオドアはホイッスラーに、他の晩餐会で逢って、君をこっぴどく遣り込めた男で、君が朝食に招待したのだと言うと、やっとホイッスラーは昨晩のことを思い出した。セオドアはさらにホイッスラーに、ワイルドという男はシーズンの終わりまで朝食会には全て出席するだろうし、全ての男女を知り尽くすことになろうと予言した。それから日曜日毎にワイルドはホイッスラーの朝食会に姿を見せて、招待客のみならず、ホイッスラー自身を征服してしまった。

世間では一般にワイルドの唯美主義運動はロセッティ、スウィンバーンそしてモリスに代表されるロマン主義運動の新展開と密接に関連しているものと誤解していたが、これらラファエル前派の詩人の友人たちは、そうした関連性には笑って取り合わず、誤解を放っておいたのである。セオドアもワイルドの大半の詩が模倣と派生的な詩でしかないと思っていたし、小説『ドリアン・グレイの肖像』はどうかというと、そのモチーフはホーソン的であるが、物語は取り留めのないことを言ってホーソン的ではない、最も読者の感情を害するような示唆に満ちた場面へと発展しているとセオドアは考えた。

ワイルドのエッセイに関してもセオドアは、とても才能に満ちていて文学的優雅さもあるが、この分野でも、そこに盛られている思想は全てフランスやイギリスの先達の作家に由来するものだと言う。だがワイルドの喜劇だけは彼の本物の作品だと、これを高く評価し、シェリダンの作品と同様のウィットとユーモアを備えているが、シェリダンの模倣ではなく、それはワイルド自身の甘美で、詩的な空想力を表現するものだとして、食卓での話の名手はこの分野では本能的な才能を有していることは間違いないと評している。

ワイルドが忘れられた存在にならなかったのは、『レディング監獄のバラッド』と『獄中記』を書いたからだとセオドアは言うのである。『レディング監獄のバラッド』は気取っている部分があって、それがキズになっているが、それでもそれは生命力のある詩であり、これまで生き残ってきているが、その理由は一つには詩自体の力強さと、もう一つはこうした類の詩、つまり牢獄の歌を受け入れて貰える特殊な狭い領域があったからだと言う。

だが、『獄中記』は生命力ある作品で、そのペーソスは痛ましい。自分の経験した悲惨さの表現はいつまでも心に残るものだから、読まなければよかったと後悔するほどだとセオドアは言い、それまでいつも逢う時には、ワイルドは仮面を冠って社交界を飛び回っていたが、その彼が手錠をかけられて雨の中、クラッパム・ジャンクションのプラットホームで列車を待つ、その哀れな姿を思い浮かべると涙をそそられるからだとさえセオドアは言うのである。それほどまでにこの作品には力があるので、忘れ去られることは決してないと思えることから、ワイルドとラファエル前派の詩人たちとの関係についての世間の誤解を何とか解いてやりたいという気になると言うのである。

　セオドアは外の晩餐会でワイルドに屢々繰り返し逢い、ワイルドの書き物には剽窃が多いが、テーブルでの会話はオリジナルで当意即妙の才があり、メレディスの上を行き、ウィットの点ではホイッスラーをも凌駕すると、話の才能を絶讃している。またモリスがワイルドの善良性に打たれたが、セオドアも同様であった。

『エイルウィン』が発表された当初は、シリル・エイルウィンはホイッスラーをモデルとしていると思われたが、それは間違いで、今ではそれはセオドアの弟アルフレッド・ユージン・ワッツであることが判明している。そして同小説のド・カステロの原型は、チャールズ・オーガスタス・ハウエルという一世を風靡した画商で、恐喝の噂のあるいわくつきの男である。彼はロセッティに妻と一緒に埋葬した詩集を掘り出すよう説得したことで知られているが、ラファエル前派、特にロセッティとバーン＝ジョーンズの作品を食い物にして生活していた。そのハウエルがホイッスラーに無数の話題を提供し、それをホイッスラーが朝食の席で披露し、爆笑を引き起こしたが、その時の話題の中心は、成金の美術蒐集家を易々と手玉にとって、昔の巨匠の作品についての己の知識を披露し、彼らをまんまと騙して、ミケランジェロ、ティシアン、そしてホルバインの絵画を押し付けたその手口である。

　そしてこうした蒐集家の或る者がハウエルとの腐れ縁を断ち切り、ハウエルの不動産がロンドン美術品競売商クリスティーズで売り立てられることになった時には、昔のこれらの巨匠の絵は嘲笑のうちに買い叩かれて、額縁の元の値段を下回る額にまで下落してしまったという。ハウエルの恐喝屋としての名声は、後にコナン・ドイルに『シャーロック・ホームズ』物語の一篇「チャールズ・オーガスタス・ミルヴァートン」を書かせることにもなった。

　ホイッスラーがこうした大金持の美術蒐集家の食卓に招待された時、偶々ハウエルが飾り立てた食堂の壁に掛けられた巨匠の絵の幾つかについて本物かどうかの疑惑を仄めかしたところ、自称「鑑定家」の家には二度と招待されなくなったという。

『エイルウィン』の中に出てくるロセッティの渾名「ハルン・アル・ラシッド」は、ハウエルがロセッティにつけたもので、それをセオドアが勝手に流用したことも付け加えておく。

セオドアは、ホイッスラーが有名なプリンス・ゲートのピーコック・ルームで絵の制作をしている間、よくそこを訪れた。ロンドンでは一時話題となったこの部屋は、レイランドの屋敷にあり、主人レイランドは、セルフ・メイド・マンで、レイランド汽船会社の所有者になった男である。この男はロセッティの最も偉大なパトロンの一人であって、チェイニー・ウォークのロセッティの館でセオドアはこの著名人を研究するチャンスに恵まれていたわけだが、なぜか『エイルウィン』ではただ「シモンズ」という名で、ダーシーのスタディオの一場面で、「特殊なイヴニング・ドレスを着た優雅な男」で、「ダーシーの絵の主たる購入者の一人」としてしか登場していない。

（８）チェイニー・ウォークのワッツ=ダントン

さて、これまでセオドアのデーンズ・イン滞在中の社交関係について述べてきたが、セオドアは一八七八年にその住居を去り、パトニーに移動し、妹のチャールズ・メイソン夫人と同居を始めた。ケルムスコットの館に二年間滞在していたロセッティは一八七四年七月にロンドンのチェイニー・ウォークの館に戻ると、その後二度とケルムスコットには行かなくなった。そうしてロセッティのチェイニー・ウォーク帰還と同時に、セオドアもそこに暮らし始めたといっても過言ではない。

それはロセッティが健康を害し、年々気晴らしを友人たちに頼らないではいられないようになっていったからであるが、中でもセオドアはロセッティにとって欠くことのできない支えの中心となった。このことは、ヘイクによる伝記のみならず、ロセッティとセオドアに共通の友人たち、ウィリアム・シャープやホール・ケインによる評伝や回想記が証言するところである。こうして、否応なしに、セオドアはロセッティとの関係の親密の度を増すことになった。

チェイニー・ウォークのロセッティの館に泊まる時には、セオドアは早起きの習慣を守り、早朝の内に『アシニーアム』の仕事をすることにしていた。この早朝の仕事にセオドアが選んだ好みの場所は、テームズ河が手前に、そしてバターシー・パークがその向こうに見えるチェルシー河岸が見渡せる居間の中央窓の奥まった所であった。そこは一〇年前の一八六四年にスウィンバーンが『アタランタ』の大部分を書いた部屋である。そこでセオドアはロセッティが昼に朝食を摂りに降りて来るまでに、一日の仕事を終えることにしていた。

この遅い朝食の後、セオドアはロセッティの供をして彼のスタディオに移ったが、そこでロセッティが日の光が許す限り、猛烈な勢いで絵を描くのを目撃している。それが終わると二人してよく外食した。ロセッティは家で夕食を摂るのを好まず、街中のボヘンミアン的なレストランを好んだからである。食事が終わると、詩人兼画家のロセッティはセオドアと別れて、リージェント・パークの郊外やテームズ河岸からブラックフライアーズ・ブリッジへの散歩のために、夜の街に消えて行った。ロセッティが真夜中過ぎに館に帰って来る頃には、セオドアは、館に泊まっていれば、自分の「幽霊の出そうな」寝室に引き下がっていた。

この「ワッツ＝ダントンの部屋」と呼ばれる寝室は、幽霊が出ることで有名であった。その部屋は重苦しいカーテンや古い絵の額が掛けられていて、ロウソクの光はただ薄暗さを一段と引き立てるものでしかなかった。見事なまでに取り散らかした部屋のあちこちには、風変わりな聞いたこともないような本や、あらゆる種類のアンティークでオリエンタルの珍妙な物が散乱していた。これらの本や珍妙な物は、ロセッティが、折に触れてチェルシーや他の場所を散策した時に、蒐集したものであった。珍妙な物の中には、彫刻を施した古い頭や、歯を剝いている屋根の水落とし口の怪物像や、軽石でできたビルマや中国の得も言えぬ醜悪な姿をした仏像があった。これらの珍妙な物とは対照的に、とても美しく関心を惹くイタリア大理石の浅浮彫りもあったが、ロセッティは骨董品の優れた目利きで、ユダヤ人街に骨董品探索に出かける時には、貧しいなりをした出で立ちに変装して、シャイロックやセム族の商売人と取引をするのを楽しみにしていた。

こうした事情はセオドアの小説『エイルウィン』の中でも、ヘンリー・エイルウィンとダーシーの骨董屋探索場面に描かれている。

気味の悪さでは、ロセッティ自身の寝室もこれに引けを取らない。ここでも重たいカーテンが古びた四本の寝台柱をぐるりと取り囲んでおり、深く奥まった隅にある窓には、ジェノア風のベルベットの重厚なカーテンが掛けられていた。幽霊の好きなロセッティは、ケルムスコットでもそうであったが、このチェルシーの館でも幽霊の話を好み、自らは一度もその姿を見たことはなかったが、一八七〇年の一一月には或る召使が一度見ていて、階段の二段目の上に時折現われる女だとの噂があった。

この古いチューダー様式の建物ほど美しくて高価な物の詰め込まれた館はなく、サッカレーがチェルシー伯爵夫人の館として『ヘンリー・エズモンド』に描いている館だと思われていた。家具類は大抵奇妙な彫刻のあるオーク材でできていて、無数の骨董品の中には見事な青磁のコレクションもあったが、ロセッティはそれを、危険をも顧みずに、最初の頃は夕食会に使ったものだった。

このチェイニー・ウォークの館の庭については、セオドアが『エイルウィン』の中で興味深く描いているが、それによると、この庭は大きくて手入れがされていないので、荒れ放題になっていた。どうしてこんなに荒れ放題にしているのかとセオドアが庭を見つめていると、遠くからこちらを見つめている動物の眼に出逢った。それはインド産の子牛であった。興味を抱いたセオドアが庭の中に入って行くと、伸び放題の木々で一杯の庭はとても高い壁に囲まれていた。よく見ると、庭の中にはインド産の子牛の他にハリネズミもいたし、他にウォンバットやカンガルーなど幾種類かの動物で一杯であることがわかった。

ロセッティ晩年の親友の一人となったウィリアム・シャープは、この館を「絵と文芸の両方に専念したロマン主義者のメッカ」だと語っている。またチェイニー・ウォークでのロセッティとの交友関係を語る際に、つねにセオドアはロセッティの魅力として、彼は「寛大さと優しさの化身」だと言い、特に若い詩人たちへの寛大さを強調し、ロセッティは自分の作品よりも友人の作品の方により深い関心を抱きうる芸術家で、物書きの卑しい競争心などロセッティには微塵も見られないと言い、あの音楽のような声でロセッティに若い詩人が自分の詩行を眼の前で読んでもらうと、若い詩人は恍惚として、〈詩人業は生きるに値する〉と思い、頬を赤らめ、眼には涙を湛えて、俯くのだったとセオドアは証言している。

館のスタディオで、セオドアがロセッティと交わした文学・芸術の無数の話の中に、こういうのがある。フィッツジェラルド訳によるオマル・ハイヤームの『ルバイヤート』の値が下がり、ついには一ペニーで売りに出されていると聴いたが、それは本当かとセオドアがロセッティに尋ねたことがある。するとロセッティは、その通りだと言い、一八五九年に「ペニー・ボックス」でそれを見つけたのはスウィンバーンではなくて、自分であり、その掘出し物をスウィンバーンに見せてやると、彼は忽ちその冊子を購入し、その後何年もの間それを一ペニーで買ったと、飽きもせずに言い触らしていたと語ったことがある。

ロセッティの館のスタディオの中は至る所が芸術的雰囲気に充満していた。セオドアが一年以上も毎日のようにそこに居た時、ロセッティが何度も修正を施していた、あの有名な絵『ダンテの夢』が置いてあった。その絵の所有者であったヴァルピーに、絵を返してくれたら、同じ値の他の絵を描いてやると言って、取り戻したものであった。それは世界絵画の中でも六本の指に数えられる名作になるであろうと噂されたものである。スタディオではこうしたロセッティの名作のみならず、その絵のモデルとなった人々にもセオドアは逢った。『ダンテの夢』の中で、ベッドの頭の方の人物のモデルとなったのは、美人のスティルマン夫人というギリシャ総領事の娘であったし、ベアトリーチェのモデルは、言うまでもなく、ロセッティの最も親しい友人の一人、モリス夫人であった。

他にもスタディオには親しい画家の絵が掛けてあったが、中でもロセッティはスメザム（ラファエル前派の画家）のものを最も大切にした。ウィリアム・ブレイク以来この友人画家ほど優れた幻視の画家はいないとロセッティはよく言っていたというが、スメザムといえば、セオドアが『エイルウィン』の中で特異な画家で、ヘンリー・エイルウィンの父で神秘主義者のフィリップ・エイルウィンを崇拝し、エイルウィニアン協会の会長を務めていると自称するウィルダースピンとして描いていることも付言しておく。ここでロセッティの言うスタディオに掛けている気に入ったスメザムの絵というのは、檻の中のドラゴンを描いたものであった。

（9）晩年のD・G・ロセッティ

さて、チェイニー・ウォークでのロセッティとの生活に言及したが、そろそろ晩年のロセッティとの関係を纏めておこう。ロセッティは鬱病が嵩じて、転地療養を繰り返すことになり、友人たち、特にセオドアやホール・ケイン、あるいはゴードン・ヘイクなどは付添いとして、あるいは訪問者としてロセッティを慰め、元気を出させようと努めたことは、ケインの『回想記』などに細かく描かれている。

ケルムスコットからチェイニー・ウォークに戻って一年後の一八七五年に、ロセッティはウェスト・サセックスのイギリス海峡に臨む保養地ボグナーに出かけた。彼の友人の他にセオドアも見舞いに行った。ロセッティはそこに一年の大部分を滞在した。一八七五年一〇月二〇日オールドウィック・ロッジからセオドアへの手紙に、ここは心地よい滞在先だが、天候がよくないと言い、頻りにセオドアに来るように嘆願している。

ロセッティからセオドアへの別の手紙では、モリス夫人と娘のメイが一八七六年三月にボグナーにやって来て、二週間余り滞在し、この間にモリス夫人をモデルとしたヴィーナス像、ヴィーナスのお付きの精霊二人をメイがモデルとなっている絵を完成したことを伝えている。またロセッティからセオドアへの一一月の手紙では、忙しくしているセオドアの来訪をじっと待っていられないので、セオドアの来訪を急かせる内容のものとなっている。

一八七五年クリスマスにはロセッティ一門の集まりがあり、セオドアも出席した。その時の侘しい冬の季節にセオドアはロセッティと一緒に海辺をセルシー湾まで丸石の上を歩いたが、この散歩の間中、ロセッティは殆ど喋らず、あたりの光景を全く見向きもしなかったと言う。黙って滑りやすい丸石の上を歩くのは、病気のロセッティには楽しみというよりはむしろ義務のように思えたのだろうと、セオドアは回想している。

避暑地ボグナーでは、ロセッティはつねに絵には集中していたが、このクリスマス休暇期間を除けば、体調不良が原因で、これ以前および以降のいずれにも見られないほどの孤独な隠遁生活を送った。訪問中セオドアが、しかし、懸命にロセッティの気を引き立たせようと努めた。その時セオドアはロセッティに小説の色々なプロットのことなどを話して楽しませた。

一八七六年一月二六日付のボグナーからセオドアへの手紙で、ロセッティは明日（月曜日）に町に帰るから、火曜日の一〇時か一一時に立ち寄って欲しいと催促している。丁度この頃、ロセッティはチェイニー・ウォークの館に戻るのをとても嫌がる兆候を見せているが、これは色々取り沙汰されたロセッティの性格で、ボグナーからチェイニー・ウォークに帰ってもその後二年間ほどは、セオドアと助手のトレッフリー・ダンを除けば、ロセッティは僅か一ダースくらいの友人にしか逢うことはしなかった。だが詩と絵の両方の仕事だけは見事なものを作成していたと、セオドアはロセッティに関する『伝記ノート』の中に記している。

この頃の別の手紙では、ロセッティは家を離れられないほど体調不良で、いつものようにセオドアには感謝を表しながら、「ボクの健康は気まぐれで、全く不安定です。君が飽きずに尽くしてくれるのに、ぼくの方にそれに応えらえないのが悲しい」と述べている。二人の間の結びつきの深さを窺わせる一文である。

ボグナー滞在から二年後、ロセッティは次の保養地ハーン・ベイを一八七七年八月に訪れた。だがそれからすぐロセッティの母と妹クリスティーナとセオドア自身がハーン・ベイに来てみると、ロセッティは憂鬱の嘆かわしい状態になっていたのである。ここで母と妹はロセッティの世話を六週間した。

セオドアはこの間のみならず、以降ロセッティの死までずっと、ロセッティの弟を除けば、ロセッティの最も共感的で役立つ友人であったことは、ロセッティがチェイニー・ウォークからセオドアに書き送った数多くの手紙からも明らかであり、ロセッティの晩年の友人ウィリアム・シャープやホール・ケインによる『ロセッティ評伝』や『回想記』からも明らかである。

ロセッティは数週間のハーン・ベイ滞在後、チェイニー・ウォークに戻った。そして二人の間には、それぞれの作ったソネットやバラッドに関する批評と修正忠告に関する書簡が頻繁に取り交わされた。その中にはロセッティの名作となるバラッド「ローズ・メアリ」や「白い船」の文言に関するやり取りもある。また訪ねてくる時には、マッソンの『チャタートン』を持参するように頼んでいるが、これはデイヴィッド・

マッソンによる『チャタートン伝』のことだろう。チャタートンといえば、セオドアが特に力を入れて彼のロマン派の先駆者としての意義を、彼の『詩論』の中で強調した、セオドアにとっては特別な存在の詩人であった。

一八八一年に入るとロセッティは最後の詩集『バラッドとソネット』出版に向けて、その出版社エリス＆ホワイトへの原稿送付のことや校正のことを、詩集が出版される直前までセオドアに相談し、徹底して推敲を重ねていたこと――出版直前の八月一日の手紙では、セオドアへその詩集を献呈する献辞まで推敲を重ねていたことまでも――が窺えるのである。

ロセッティがこうして最後の詩集『バラッドとソネット』出版に漕ぎ着けられたのは、偏にセオドアの巧みな誘導と勇気づけがあったからである。このセオドアの献身的努力がなければ、これらの素晴らしい晩年の仕事はなされることはなかったであろうと、トマス・ヘイクは述べているが、それはロセッティの友人ウィリアム・シャープやホール・ケインも口を揃えて証言するところである。

セオドアは医者のジョン・マーシャルとの話で、ロセッティの転地療養は必須のことであると理解するようになった。多くの点でバーチントン・オン・シーが最も適切な場所であると言われた。またロセッティの親しい友であったジョン・セッドンがその近隣に一階建てのバンガローを幾つも建てていて、その一つをロセッティに只で貸してやろうという申し出があり、これを受けた。家は、今では、ロセッティ・ロードのロセッティ・バンガローという名で知られているが、当時はウェストクリフ・バンガローと名付けられていた。バーチントンにはホール・ケインが付き添って行き、彼の『回想記』にもあるように、そこでロセッティの最後を看取るまで滞在した。

その時セオドアは文学と法律の両方の仕事に忙殺されていたが、屢々そこを訪ねた。そのお蔭でロセッティの寿命が延びたことは、医者のジョン・マーシャルの証言のみならず、W・M・ロセッティも母が付けていた日記の「三月二八日火曜日は、ワッツ氏が来てくれた。ゲイブリエルは驚くほど元気を回復した」を引用し、「このことは私の兄に関することで記録を許される最後の楽しい事項であり、それがセオドア・ワッツの名前と結びついていることがとても嬉しい」と書いている。

セオドアがバーチントンにロセッティを訪ねた最後は四月七日で、前日にホール・ケインの電報によって招集されたのであった。

バーチントンでの最後の病気の間、ロセッティは以前親しかった友人たちとの昔日の関係を愛情をこめて回想し、ボグナーでのクリスマスの集まりのことも口にしたと、セオドアは回想している。

ロセッティの臨終に際しては、セオドアがロセッティの脇に居て彼を支えていたことは、弟のウィリアム・マイケルの一八八二年四月一〇日の日記にも書いている通りである。「ワッツは友人関係のヒーローだ」というのが、ロセッティの口から出た感謝の最後の表現の一つであった。

ロセッティの死後、セオドアはあらん限りの世話取りをしてチェイニー・ウォーク一六番にあるロセッティの家財道具や装飾品、芸術作品を売却した。セオドアにとってロセッティの死が如何にすごい打撃であるか、心の空隙が癒えるには長い時がかかるであろうという多くの慰めの手紙が、セオドアのもとに届いた。

ロセッティは死ぬまで絵を描き、詩を書き、小説を読んでいた。彼は貪欲なほどの小説読者であって、死ぬ数週間前の一八八二年二月二二日付のセオドアへの手紙では、彼のヴィクトリア朝作家で好みのエリザベス・ブラッドン(Elizabeth Braddon, 1837-1915)の印象を述べているのが、興味を引く。

まず自分の健康状態は良くも悪くもならないで、着実にずっと下降しつつあると言いながら、それはさて置き、最近は訪問者が誰も来ないのでブラッドン嬢の小説の翼のもとに避難することにしていると言い、それまでは彼女の小説は読んだことはなかったが、思った以上に素晴らしい作家だとして、特に『オーロラ・フロイド』は多くの素晴らしい部分があり、メリッシュとバルストロードの二人の主人公は見事な対照を見せる人物だし、時折は超煽情的な事件がないわけではないが、全体としては全くそんな風味は感じられず、この小説は優れた意図を持った作品であると、絶讃している。また『猛禽』と『シャーロットの遺産』という二つで一つの物語になった小説を読んだが、二つ目の方が特に優れていて、心を打つ作品だ、彼女は単なるタレントとは違った或る「天才的才能」を持った女流作家だと思うと言い、彼女の小説には「野卑」と呼ばれるようなところは皆無だし、いつもこの作家は楽しい。自分の印象では、彼女は当然受けてしかるべき評価がこれまでなされてこなかったように思う、と結んでいる。

さて、ロセッティの小説好きが死期の迫る間の慰めの一つであったとすれば、絵を描くことと、詩を書くこともそうであった。絵の方は三月の最初の頃には、『プロセルピーナ』と『ジャンヌ・ダルク』にかかっていた。詩の方では、昔手掛けた「ヤン・ファン・ハンクス」というバラッドを三月末に完成させているし、絵の『スフィンクス』のデッサンに関連した二つのソネットを四月五日の病床で書き、これをセオドアに献呈している。これら二つのソネットは一九一六年の時点では出版されてはいなかったが、バラッドの「ヤン・ファン・ハンクス」は編集者の要請で『イングリッシュ・レビュー』に一九〇七年一月に掲載された。

バラッド「ヤン・ファン・ハンクス」は幾分ぞっとする類のもので、人間の魂と肉体を地獄に連れ去る悪魔との死闘を扱ったものであるが、セオドアが語ったところによると、ロセッティは死期が近付いているのが十分わかっていながら、このバラッドの創作を楽しんでいたと思えるのは、毎夕刻一度に数詩句ずつセオドアに読んで聴かせながら、屢々彼の方はそれを大声で笑っていたからだと言う。

(10) ワッツ=ダントンの著作活動

ここで伝記的展開に一息ついて、セオドアの著作活動について述べよう。

セオドアが晩年に秘書のトマス・ヘイクと共に最後の力を振り絞って、これまでの長い年月にわたって書いてきた詩論と評論の主なものの選択・編集を完成させたのが、セオドアの死後二年目にしてヘイクにより出版された、セオドアのマグナム・オーパスである『詩論と不思議の復活』(*Poetry and the Renascence of Wonder*, Herbert Jenkins, 1916) である。従ってこの著書のことは編者のヘイクが最もよく知っている。故に、セオドアの著作活動のまとめとしても、編者のヘイクによる「序文」に従うことにしたい。

その「序文」によると、秘書のトマス・ヘイクがホルボン近くのグレート・ジェイムズ・ストリートに部屋を借りてワッツと一緒に住み始めたのは一八七三年で、ここにスウィンバーンを隣人として招いた。この時スウィンバーンは『ボスウェル』創作に没頭していて、彼がその「劇詩」から朗読するのをワッツと一緒に聴いてやった。ワッツが文芸誌に詩の批評を書きはじめたのは、こうした「詩的雰囲気」の中であった。

これは既に述べたことだが、その最初のエッセイは、「行方不明の『ハムレット』原典」で、この頃(1873)の『ニュー・マンスリー・マガジン』に載った。グレート・ジェイムズ・ストリートに一年滞在後、ヘイクたちはデーンズ・インに一続きの部屋を借りた。ワッツがミント教授の編集する『イグザミナー』誌に加わったのは、この時(1874)であった。

ワッツが『ブリタニカ百科事典』(1888)第九版に「詩論」("Poetry")というエッセイを書くように勧められたのは、ミント教授との文学関係によってであった。そしてこのミント教授の編集する雑誌『イグザミナー』への寄稿者としての成功がもとで、当時『アシニーアム』誌の編集長ノーマン・マッコールがセオドア・ワッツ(当時の呼び名)を「発見」し、彼のスタッフの一員になるように促したのである。ワッツが詩に関する権威として彼の評価する文学仲間に認められるようになったのは、間もなくであった。ワッツがこうして注目されたのは、当時の詩人に関する『イグザミナー』誌とそれに続く『アシニーアム』誌への評論を通してのみではない。デーンズ・インにおける「水曜の夕べ」の集まりで、ワッツの「詩の話」を耳にした者は、ワッツが如何に完全に詩の法則に精通していて、詩の歴史の比類ない知識の持ち主であったかを確信した。人を魅了する詩的動機を持つペルシャの物語は大変ワッツを感動させ、彼の詩集『愛の到来』のいくつかのソネットの主題を鼓舞したのである。

デーンズ・インに一緒に暮した頃、ワッツはトマス・ヘイクに何千回となく、ずっと若い頃に詩の歴史についての論文を書こうと計画し、学校を卒業してセント・アイヴズの故郷のウーズ川の岸辺を逍遥しながら、その構想を練った話をしたという。故郷を去ってロンドンに滞在するようになった時、ワッツは既に中年になっていた。この詩論の大まかな論文は原稿の形で持ってきていたが、若い頃情熱に駆られて計画した広い領域をカバーしきれなかった。だが、本業の弁護士の仕事のほかに、ジャーナリズムの仕事に時間を取られていたので、この論文に割きたいと考えていた時間が、嘆かわしいことに、十分とはいかなかったのである。

そうしてまだワッツが『イグザミナー』誌のスタッフであった時、ミント教授からT・S・ベインズ教授が『ブリタニカ百科事典』第九版の編集責任者として エディンバラ出版社のA&C・ブレイクから選任され、この新任の編集責任者が詩についての論文が書ける能力のある者を探している、しかもこの新しい版はこれまでのブリタニカの版のどれとも違った内容の刷新を図るということだと聴かされた。

ベインズ教授はほどなくこの目的にはセオドア・ワッツが適任であると判断した。それまで彼はスウィンバーンあるいはマシュー・アーノルドを考えてみたが、この二人の詩人の関心は主として歴史批評にあったので、ブリタニカ新版の目的には適わなかった。ベインズ教授がほしかったのは、できる限り簡潔な、詩の性質、機能そして形態についての論文であった。それをブリタニカの八〜一〇頁以内にというわけである。ワッツは少し躊躇った後、これを引き受けた。躊躇ったのはこの与えられた頁数であれば、彼がこれまで準備していたものの三分の二は削らざるを得なかったからである。だがこうした犠牲にも拘わらず、ワッツの詩論は一八八四年に書かれ、ブリタニカ第九版に掲載されることになった。その掲載は殆ど変更なく第九版から第一一版まで続き、著者自身その論文を「あらゆる偉大な文学における詩によって具現された詩芸術の原理に関する簡潔なエッセイ」と呼んでいる。

この論文が他の雑誌の編集者たちの注目を引いた。それでワッツは『イグザミナー』誌のほかに、『アカデミー』誌や『イングリッシュ・イラストレイティッド・マガジン』誌にも書いた。だがワッツの仕事の大半は『アシニーアム』誌の文学批評主幹として余人の及ばない仕事を二五年以上(1876-1902)にわたってひと時の休みもなく、成し遂げたことである。特に一八八〇年代は一週間といえども彼の書評がこの雑誌に載らなかったことはない。『アシニーアム』誌の一八七七から一八九九年の二二年間、合計一五巻にわたってスウィンバーンの書いた散文、詩の全てを書評したし、ウィリアム・モリスが一八八八—九七年間に出版した全ての本を、この雑誌の一〇巻以上にわたって書評した。さらにはテニソンの後期の作品の全てとジョージ・メレディスの詩一巻とロセッティの作品集一巻を書評した。さらに一八七七年から一八八二年の間にヴィクトル・ユーゴの出版物の大半を書評した。これらの書評のほかに(中には『アシニーアム』誌の五〜

六コラムに及ぶものもある)、ワッツはヴィクトリア朝中期のマイナーな詩人、小説家、そしてエッセイストの多くを同誌において書評した。

従って、こうした無数の書評を書くことにワッツの元々の詩論が次第に吸い取られていった。ブリタニカの詩論もその一部である。こうしてオリジナルな詩論の原稿はついに存在しなくなった、ただ詩の批評に関する様々な論考が掲載された幾つかの定期刊行雑誌の中を除けば。

これらの雑誌だけに彼の詩の批評が限られたわけではない。ブリタニカにおける「詩論」(1884)に先駆けて、一八八〇年にはJ・H・ウォードの『英国詩人』所収「チャタートン」の序文を『チェンバーズ百科事典』に書いたし、同百科事典の一八九一年には「ソネット」論を書いている。このチャタートンへの序文を書いている時、ワッツのその後の詩論の全てに関わる基調音が打ち鳴らされたのであった――つまり、ワッツはこの「天才少年」をこそ「不思議の復活の体現者――一八世紀の因習の坩堝に閉じ込められるのを拒絶した詩人」と呼んだのである。――「チャタートン」はワッツの大好きな題材の一つであった。ワッツが贔屓にした詩人キーツでさえこれ以上の称讃を得てはいない。この「チャタートン」のエッセイが進行中、ワッツは特に当時毎日顔を会わせていたD・G・ロセッティも大層関心を抱いていたこの若年詩人について自分の書いたエッセイの感想をロセッティに求めたが、ロセッティの感想は大変貴重なものであった――『クリスタベル』の作者コールリッジより『天上の乙女』や『シスター・ヘレン』の作者の方がロマンティックな気質の持つ真の魔力に浸っていた」とワッツはロセッティを評している位である。この時から「不思議の復活」がワッツの詩における中心的概念となったのである。

そうしてそれから約二〇年後『チェンバーズ英文学百科事典』の編集長パトリック博士の要請で、一九〇四年の第三版に書いたのが、ブリタニカの「詩論」にも劣らず有名になった(正式名称は)「英文学における不思議の復活」("Renascence of Wonder in English Poetry")である。

ブリタニカ掲載の「詩論」が詩の基本原理に関するものであって、その歴史的な方法論を扱った批評ではないのに反し、この「不思議の復活」は全くの歴史的観点から、一八世紀末から一九世紀初頭にかけてイギリスで起ったロマンティック・テンパー（ロマン主義的気質）の復活を概観するものである――この気質がなければ、イギリス詩は普遍的批評の法廷に於いては、如何なる地位も占めることはできないと言ってよいほどの重要な性質なのである。

　ワッツの晩年の一五年間、彼の信頼厚い秘書として仕事をしてきたこのイントロの著者トマス・ヘイクは、ワッツがこの間に彼の書いた「詩論」を出版することを忘れたことはなかったと言う。だが差し迫った文学的企画のために色々な雑誌に載せたエッセイやこの「詩論」がその都度脇に置かれてきた。ついに、しかし、ワッツは「詩論と不思議の復活」に関する彼のエッセイを基にして、『アシニーアム』誌に載せた詩に関する批評から必要に応じて選択・補足することを決意したのである。『アシニーアム』誌からの補足をワッツは「アシニーアム・リッジ」と呼んで、自らそれを選んで本書に合うような順序で並べたのだとヘイクは言う。しかもエッセイの内容はオリジナルを踏襲したままで。

　これらのエッセイの出版に大変骨を折ったのはワッツの友人・編集者のハーバート・ジェンキンスであった。二人の間には数多くのインタヴューと交信があって、はじめて一九一四年二月に最終案がワッツの満足できるものに決着したのであった。

　原稿の頁を繰りながら、或る朝ワッツはヘイクに突然声を上げて言った――「この本、これまで私がつねに私の代表作と見做してきたものが、ついに出版されることになった。私の人生の最大の目的がついに達成されたのだ」と。

　もしこの原稿の校正をワッツ自ら行うことができていれば、本書はもっと充実したものになっていたであろうし、また『アシニーアム』誌からのほかの補足エッセイも多く追加されていたことであろう。

　スウィンバーンは『散文と詩の研究』というエッセイ集の中で、ワッツのことを「われらの時代の第一の評論家、恐らく如何なる時代に於いても最も寛大な心と正確な洞察力の持ち主」と呼び、ギリシァ語でいう詩人を「歌人」（“singer”）と「創作者」（“maker”）の二種類のいずれかに分類した偉大さを称讃し、アリストテレス以来の優れた詩論であり、ゲーテの詩論に匹敵すると絶讃している。これを読んだ批評家の一人は、スウィンバーンの称讃を真実だと認め、最も優れたイギリスおよびフランス批評の中に時折見出される個人的な、感情的と言ってもよい程の性質のために、この「詩論」は科学から「力の文学」に昇華していると評価した。

『アシニーアム』に掲載されたセオドアの書評の幾つかと、『ブリタニカ』掲載の「詩論」および『チェンバーズ英文学百科事典』掲載の「不思議の復活」論、そして幾人かの詩人に関するエッセイ――これらの概説とその英文原文に関心のある読者諸氏は、拙著『セオドア・ワッツ＝ダントン評伝』の中に掲載しているので、詳しくはそれを参照されたい。

続いて、セオドアの詩の原理である「ロマンティック・テンパー」を具現した長編詩『愛の到来』と小説『エイルウィン』について述べておく。

『アシニーアム』の書評のみならず、他の雑誌に詩に関するエッセイを書き続け、多忙を極めている間も、時折セオドアは机の引き出しから『エイルウィン』の原稿を取り出しては新しい章を付け加えたり、古い章の手直しをした。また詩的ムードに浸る時には、『愛の到来』(*The Coming of Love*) に挿入するためのジプシーソネットを創作したりした。

『アシニーアム』に掲載するエッセイの終わり近くに書く "Theodore Watts" という署名がなくとも、内容を見れば、賢明な読者には誰のものかがすぐに知られるようになっていて、セオドアの批評家としての名声は広く話題にされ始めた。

仲間の間では、セオドアの名を知らぬものはなかった。知人の文学仲間のみならず、未知の文学者からもパインズ邸宛に手紙が殺到した。尤もこうした場合の御多分に漏れず、これらの手紙の中には自分の書いた本を送りつけてきて、著名な雑誌に著名な批評家の認識を得ようという類のものも少なくなかったのである。そこで、こうして批評家として有名になることは必ずしも羨ましいものであるとは限らないことを発見し、批評界の中に渦巻くエゴティズムに嫌悪を覚えるようにもなった。それがもとで、セオドア自身が出版をしようと思っていた自分の著作物についても、それが正当に評価されないのではないかという批評家たちへの疑惑を呼び覚ますことになった。

実際に『愛の到来』と『エイルウィン』を出版した時には、これらの作品は批評家によって絶讃されたのであって、セオドアの抱いていた危惧の念は、彼の思い込みでしかないことが判明する結果となったのであるが、しかし、この批評に関するセオドアの危惧の念が、長らくこれらの作品の出版を躊躇わせることになった理由の一つであることは間違いない。コールリッジの例に倣って、世間の騒音など無視できる神経の持主であればよかったのだろうが、そうはできなかったのである。

この長編詩が如何に優れた詩であるかをもう一人のセオドアの評伝作者ジェイムズ・ダグラスの『セオドア・ワッツ＝ダントン』(1904) に従って述べておきたい。ダグラスによるこの評伝の中でも、この『愛の到来』を扱った章は圧巻だからである。

この詩に歌われている白人パーシー・エイルウィンとジプシーのローナ・ボズウェルの愛は、あとで取り上げる小説『エイルウィン』の主人公ヘンリー・エイルウィンとウィニフレッドの愛と比較対照されるもので、いずれもテーマは、ダグラスが言うように、「死と闘う愛」であり、愛する者を失った人間の心情を見事に表現したもので、パーシーとヘンリーの二人の従兄弟は現代版ハムレットの様相をそれぞれ表わしているとダグラスは述べている。小説『エイルウィン』では悲惨な境遇（運命）に愛が勝利するが、詩の方では「慈悲深い自然」(Natura Benigna) による神秘的な夢の形で愛が成就する。

小説『エイルウィン』がセオドアの散文の名作であれば、長編詩『愛の到来』は彼の韻文の、否、英詩上の名作である。

『愛の到来』の詩形式についてダグラスは、セオドアは新しい詩の形式を生み出したと言う――それは抒情的な語りと、詩劇と散文小説と散文劇の良いところを結び合わせ、悪いところを排除したものであると言い、抒情詩と、歌謡と、エレジーの四行連と、ソネット、これらが詩人の内的法則に従って用いられていて、それが単なる散文のト書きの部分の挿入によって一層引き立っていると言う。

セオドアは生まれ故郷セント・アイヴズで子ども時代に宇宙・自然の神秘について黙想していた個人的経

験と同じものをシェイクスピア劇の中に見出し、ストラットフォード・オン・エイヴォンにおける少年時代のシェイクスピアの経験に己の経験を投影して見ている。それはセオドアが『ヘンリー・アーヴィング版シェイクスピア』(1893)に収録されている『ヴェローナの二紳士』の「序文」の中で、「その劇には町の影響よりも田舎の影響の方をシェイクスピアの文体に辿ることができると思うのは空想かも知れないが、この劇のイメジャリーの中には、人物の性格の知識よりも自然観察の方がより多く提示されているのは確かなことだ」と言う一文に注目していることからも、セオドアが如何にシェイクスピア劇に取り込まれた自然のイメジャリーの由来に関心があったのかがわかる。

そのことはまたシェイクスピアのワールド・クラシック版に付す予定であったが、視力の悪化からこれを果たせなかった、セオドアの「序文」の一節に明瞭に示されている。そこではセオドアは、シェイクスピアの人生表現は舞台の上で演じられるように書かれてはいるが、舞台の上では屢々俳優の押し出がましい個性が人物についてのシェイクスピア特有のヴィジョンと混ざり合ったり、それを曇らせたりしてしまうので、その人生表現は舞台上でではなく、自然の中で朗読されるのが一番であると言う——例えば、野外で、川の土手を歩きながら読むとか、イギリスの緑陰の木陰で囀る夏の小鳥の歌や遠くから聴こえる羊の鳴き声に合わせて詩を吟ずる方がよい。ロンドンの街中で創作中のシェイクスピアには、その心の中に子どもの頃の自然との思い出を映す鏡がつねにあった。「その鏡はエイヴォン河が彼の愛した牧草地——ウォリックシャーの花で彩られたあの牧草地——を流れ行く時の揺らめく水面の光で輝いたのだ。彼がある文章を輝かせる詩的イメージを必要とする場合には、彼はただこの鏡を覗き込みさえすればよかったのである。するとそこには彼の必要とする絵があったからだ」と述べているが、読者の共感を呼び覚ます一節である。「序文」の掲載は果たせなかったが、その意図を生かして出版されたのが、戸外の自然の中で読むことのできるワールド・クラシックの九巻からなるポケット版であった。

セオドアが二〇年もの間『愛の到来』と『エイルウィン』制作を続けている間に、毎週彼が『アシニーアム』その他の雑誌に他の詩人や作家の作品の書評をしたり、エッセイを書いたりしてきたことは、これまでに述べた通りである。他者の作品をこうして批評することは、一方では自らの創作才能を涵養することにもなっていたのである。もうひとつ、こうした仕事に専念している間も、彼は一人孤独でいたわけではなく、あらゆる類のロンドン社交界を十分に楽しんでおり、またパインズ邸に移り住んでからは、スウィンバーンと一緒に多くの文人や芸術家を昼食や夕食会に招いた。

さて、セオドアは『エイルウィン』に付した序文の中で、この小説の動機について語っているが、それは伝記作者ジェイムズ・ダグラスも引用している一つの文句に集約される――つまり、「愛による死との闘い」へのコメントとして書かれた物語だということである。人はいつでも人生の脆弱さや儚さを示す事物に直面しているが、驚くべきことは、人間の思考は頻りにあの世のことに向けられているのではなくて、それ以外のことを考えようと頻りに努力することができることを示そうとしたと言い、さらにこの世で自分にとっては唯一の光である愛する女性を失う、あるいは失ったと思い、自分の魂が肉体から引き裂かれ、「見えない風」の翼に乗って宇宙の最果てまで運び去られ、ついには宇宙が自分の足下で明滅する光の震える一点となってぶら下がってしまい、さらにこれさえも消え去り、自分の魂がその真っ暗闇と孤独の中で助けを求めて叫び声をあげるようになる、その時の恐るべき絶望状態をも書こうとしたと述べている。『エイルウィン』も続篇の『愛の到来』も、こうした人間感情の様相を描こうとしたものであった。

『エイルウィン』は、いわゆるヴィクトリア朝に流行した三巻本形式の小説として、一八八五年に危うく出版されるところであった。最後の数章を除けば、校正原稿は上がってきており、セオドアによる頁の校正はできていたからである。だがこの一八八五年から実際に出版される一八九八年の間、パインズ邸にいるセオドアのもとに出版社のハースト&ブラケットからひっきりなしに校正を印刷屋に送付するようにと言われ続けたが、『エイルウィン』の校正は少しも進展せず、催促の手紙も著者の心を動かすことがなかった。一八九八年においてもまだ三巻本が出版される場合があったのだが、土壇場でセオドアは新しい一巻本として出版する決意をしたのである。

この小説の校正には本人のみならず、多くの友人が手助けをした。ジプシー語とフォークロアの研究者であったF・H・グルームの忠告を貴重なものとしてセオドアは受け取ったり、この小説の創作の進展過程及びその後の校正に誰よりも関心を抱いていたのが、ウィリアム・シャープ（"Fiona Macleod"）であった。シャープは一八八五年にセオドアから貸し与えられた校正原稿をセオドアに返却する時に、この小説についてセオドアにとって誰よりも有難い、内容をよく理解している手紙を書き送った。

シャープはその手紙で、この小説の力とロマンティックな美しさに心を打たれたと言い、この小説は真の意味での「ロマンス」、つまりどの世代であれほんの一握りの作者しかずば抜けて持ち合わせることのできない、あるいは表現できない「あのまさに稀なロマン主義精神」に満ちた物語であり、本質的に詩的精神の持主にしか書けないものである点を強調している。また全篇を通して感情の強烈さが一貫しており、その筆致の激烈さは、『レオン・レオニ』(1833)を書いた時のジョルジュ・サンドの凄まじさを思い起こさせるものであり、曖昧に思える中にもアウトラインが明瞭に示されているという書き方は、総じてイギリス作家ではなくてフランス作家の特徴であると評している。

さらにシャープは、『エイルウィン』の最初の部分で特に「海の警告」に描かれた海と人間との間の深い共感を描いた部分や、ヘンリーとウィニフレッドが聴く夜を神秘的に満たす叫び声が招来させるぞっとする不気味さは、こうしたものに無関心な読者の心を打たずにはおかないと言う。さらにシャープは、「父の呪い」や、「境遇との死闘」を描いた部分などは、ロセッティの最後の偉大なバラッド「王の悲劇」における「影の木」の描写――老婆の予言に出てくる、スコットランド王ジェイムズ一世の命の終焉に向かって伸びて行く象徴的な幻影の木のこと――と同じものを思い起こさせるし、ウィニフレッドの身体が月光に照らされ、盗んだ十字架を胸につけて、崩壊した崖に宙吊りになっている父親の姿の描写の恐ろしさは現代小説には見当たらないと言い、その印象深さを強調している。まさにこの小説は、その題名を「運命」と名付けるのが最も相応しいと思う小説であると、まだ途中までしかできていない小説を読んで既にこれを絶讃し、続きを待ち侘びると書いている。

中心的テーマは、作者セオドアが序文で言うように、「愛による死との闘い」であるが、中でも一九世紀に流行を見た科学的合理主義精神に基づく物質主義的思想が、これまたセオドアの浪漫主義精神の根幹をなす信念である「不思議の復活」と対置されている点が、この物語の要であると言ってよい。セオドアのこのロマン主義精神が「詩の原理」として論じられたのが彼の「詩論」であり、それが「詩の歴史」として論じられたのが「不思議の復活」であることは、これまでにも何度か言及してきた通りであり、伝記作者のトマス・ヘイクをはじめ、ジェイムズ・ダグラスの力点もそこにあることは言うまでもない。

この小説の欠点は長すぎることである。もう三分の一ほど短ければ力強さと芸術的均質性が保てたであろう。小説が長くなったのは、長い間修正を施すために出版を遅らせていたせいである。またテーマの単純性を損なう執拗な議論の多さ、つまり語り手のおしゃべり癖も問題である。だがこうした欠点にも拘らず、今日まで成功を収めている理由として、トマス・ヘイクは、作者の持つロマンティックな力量を挙げ、特に最初構想していたヴェニスを止めて、ウェールズを場面設定に選んだことにあるとする。それから、「宇宙の不思議の復活」という文句に込められている宇宙の超自然的概念——既に多くの読者になじみになっている——が多くの読者の心に響いたことが挙げられる。科学的思考の流行の最中に、創造力が豊かで神秘的な文学が登場したのは、絵画におけるラファエル前派の登場と同様の効果があったからである。小説の手法と語法の点で極めて具象的でありながら、詩的エネルギーに満ち溢れているロマンスは、アリストテレスが詩に必要とするもの全てを備えているので、それは詩と評価してよいのではないかということを、セオドアは例の「詩論」の中で述べており、そうしたロマンス小説の代表例として『ジェーン・エア』や『嵐が丘』を挙げているが、『エイルウィン』にも明らかに、シャーロット・ブロンテやジョージ・ボロウからの影響が見られるとヘイクは述べている。

『ジェーン・エア』同様に『エイルウィン』でも主人公の子ども時代に関する描写に重きを置き、リアリズム的雰囲気を醸し出すことに成功しているし、また自伝的な一人称語りも効果を発揮して、読者に語り手への信頼を抱かせることに成功している。またシャーロット・ブロンテが『ジェーン・エア』や『シャーリー』等において、感情の背景として野生の自然描写を用いているのと同じやり方を『エイルウィン』でも採用しているし、細部にまで描写が行き渡っていて、挿入も多いという文体の特徴も『ジェーン・エア』に似ている。

ジプシー小説『ラヴェングロウ』(1851)や『ローマニー・ライ』(1857)の作者で、セオドアが少年の頃海辺で逢ってとても感激したことのあるジョージ・ボロウからの影響も、戸外の描写やジプシー的要素の導入に大きく作用している。

『エイルウィン』が出版されるまでの経緯について少し述べておこう。パインズ邸を訪れた客に対して、セオドアは一様に、小説は「実質上は終了した」と言っていた。これは一八八四年のことであった。だがやっと『エイルウィン』の自筆原稿が印刷屋に送られたのは、それから一四年後の一八九八年の春になってからであった。それを印刷屋に運んだのはトマス・ヘイク本人であり、ヘイクによると、原稿の入った大きなカバンを持って列車でウォータールー駅まで行き、一八九八年にはまだタクシーはなかったので、ハンサム(一頭立て二輪の辻馬車)でヴィクトリア・ストリートにある印刷屋に直行した。印刷屋は原稿を受け取るとすぐさまゲラ刷りをするよう指示されていた。そして小説は出版社によって一八九八年の秋に出版という予告がなされていた。原稿が印刷に付されゲラができるまでの早さと正確さは、類を見ないほどのものであったとヘイクは述べている。ゲラがパインズ邸に届くと、セオドアは「まるで虎のようにそれに飛びかかった」という。このゲラの校正にはセオドアとトマス・ヘイクは六カ月かかり、ヘイクはセオドアが修正する後からそれを精読して行くという共同作業が五月から一〇月末まで休む間もなく続いたという。こうして『エイルウィン』は一八九八年一〇月初旬についに陽の目を見ることとなった。

小説の中のウィニフレッドが陥った狂気ヒステリーを他の人に移すことによってこれを治療するやり方――小説では身代わりとなるのは親友のシンフィー・ラヴェルである――は、『エイルウィン』の「付録」でトマス・ヘイクが証言しているように、当時実際に行われていた治療法であった。

また『エイルウィン』の中で海岸の崖崩れが描かれているが、セオドアはスウィンバーンと一緒に夏季休暇旅行でクローマーを訪れた際に、その海岸に足をのばしたという。その時、セオドアは妻となる女性クレアラ・ライヒ嬢(Miss Clara Reich)と一緒にクローマーの別名「ポピー・ランド」から「眠りの庭」と呼ばれていた古い教会墓地まで歩いて行った。二人は崖近くの空き小屋の陰に座った。帰って来てからセオドアは、崖はとても危険で、崩壊が既に始まっているから柵をして近付けないようにする必要があると言ったと言う。それから二、三週間後崖のその部分が何千トンという重量分、セオドアたちが座っていた小屋もろともに海に崩落したのであった。

『エイルウィン』は出版から最初の六週間で数千部が売れ、出版社は一八九八年一二月一日に、これからクリスマスまでに五千五百部を用意しているし、さらに印刷予定であると作者の元に手紙を寄こした。この六週間で一七版に達し、一八九九年五月八日までには、出版社ハースト&ブラケットの手紙では、その一七版の七百冊が既に売られていたという。そして一九一四年セオドアの死の年には、印刷に付された最新版は第二六版となった。この版はハースト&ブラケットの他にワールド・クラシックスからも出版され、それには二つの付録が巻末に付されたが、いずれもトマス・ヘイクの記述した内容をセオドアが承諾の文章を付したものであり、『エイルウィン』の登場人物のモデルとなった実在の人物への言及と、ヒステリーの移動治療の実態についてのものである。

『エイルウィン』の成功に関する祝辞の手紙や称讃の書評は数え切れないほどあるが、『エイルウィン』に深い関心を抱いたアーネスト・リース（エヴリマンズ・ライブラリー古典叢書の編集で知られる詩人）は、この小説について直接セオドアに、『コンテンポラリー誌』に掲載されたニコル博士の書評は人目を引く批評であり、小説家としての作者の思索態度を理解しようとする本当に思いやりのある試みだと、意見を述べたと言う。

セオドアは晩年小説書きに没頭し、死ぬまでに二冊は完成していた。その内の一冊は詩的ロマンスで、『ヴェスプリー・タワーズ』(*Vesprie Towers*)という題が付けられているが、これは古い屋敷の地霊が齎す「幸運」を継承する若くて美しい貴族の娘が、それを信じて極貧を切り抜け、幸せを摑む物語であるが、セオドアは『エイルウィン』出版の時このロマンスを書き始め、二、三年休まずに書き続けてこれを完成した。

この小説に関しては、後程詳しく述べる。

もう一冊の方の『カルニオーラ』(*Carniola*)は、ハーパー&ブラザーズに渡す契約をしたが、一九〇四年に書き始め、一〇年後、セオドアの死の数週間前になってようやく完成した。この間一九〇二年から一九〇七年にかけて、セオドアは『ハーパーズ・マガジン』にシリーズでシェイクスピア劇のエッセイを掲載する編集の仕事を依頼され、これに膨大な時間を割かれたことも、遅延の原因となった。

セオドアは『カルニオーラ』を「野外生活を扱ったもので、イギリスとハンガリーを舞台にしている」と述べている。『カルニオーラ』というタイトルであるが、これは主人公の名前に由来する。主人公の父親はイギリスの貴族で、母親がハンガリー人で、主人公は両民族の特質を備えている。女主人公の方はイギリス貴族の娘であるが、自然と人工的社交界の両方の心的葛藤に悩む。

この小説は、結局出版されず仕舞いになった。これまでにも述べたように、セオドアは他の作者の仕事を応援したり、隠れた才能を発掘してやることに力を注いできたので、自らの創作活動に全ての時間を費やすことはできなかった。それはセント・アイヴズの少年時代に抱いた英雄への憧れが原因であったという。だが英雄に出逢う機会がなく、一度だけ海辺でジョージ・ボロウに出逢って興奮したことは前に触れたが、この憧れが嵩じて、ボロウの他に、ロセッティそしてスウィンバーンに惹かれて行くことになったとヘイクは言う。

ロセッティへの関心はセオドア一人のものではなく、多くの友人が彼に没頭したが、それはロセッティの人柄のなせる業であった。セオドアのスウィンバーンへの情熱も、ロセッティへのそれに劣るものではなかった。スウィンバーンを思いやるあまり、ありもしない心配をセオドアは抱いたが、それはスウィンバーンの子どもっぽい性格の所為《せい》でもあった。例えばスウィンバーンがウィンブルドン・コモンの散歩で道に迷いはせぬか、エトルタ（フランス、ノルマンディーの海岸）の海で溺れはせぬか等々と、要らぬ心配をしたのである。

(11) パインズ邸にて―A・スウィンバーンとの同居生活

さて、一〇年にもわたる親交を結んだ友人ロセッティを失ったセオドアが、次に精魂を賭して救出した大詩人が、まだ一人いたのである。その詩人が、このアルジャーノン・スウィンバーンであった。

そもそもスウィンバーンがセオドアと一緒にパインズ邸で暮らすようになったきっかけは、セオドアがパインズ邸に移り住む前に暮らしていたアイビー・ロッジをスウィンバーンが訪ねてきたことに拠る。これが元となって自然に二人はパインズ邸に暮らすことになった。一八七九年秋のことである。

スウィンバーンがアイビー・ロッジを訪ねたというのも、丁度一八七九年の頃、彼は『シェイクスピア研究』の他に、パロディーによる匿名のエッセイ『モダーン・ヘプタロギア』、さらに詩集『歌の研究』の三作もの大仕事に集中していて、すっかり体調を壊していたので、セオドアが健康によいウィンブルドン・コモンの空気を吸えばきっとよくなるから、しばらく来てはどうかと誘ったからであった。その時スウィンバーンはラッセル・スクエアーのギルフォード・ストリート二五番に住んでいた。

アイビー・ロッジに到着した時のスウィンバーンは、セオドアが手を貸してやらねば馬車から一人で降りられないくらいに弱っていたのだが、ここに滞在し始めて見るみる回復し、数日後にはウィンブルドン・コモンへの散歩に馬車ではなく、徒歩で行けるほどにまでなった。

当時丁度セオドアはパトニー・ヒルの麓に建築中の家々の一軒が完成したら二一年契約で貸してもらう交渉を地主としていた。これを聴きつけたスウィンバーンが、以前ロセッティとチェイニー・ウォークで一七年間一緒に暮らしたように今度はセオドアと一緒に暮らしたい旨を母親に手紙で伝えると、ジェーン夫人は即座にセオドアに手紙を書いて、不健康なボヘミアン的境遇の中で暮らしている息子を救出してほしいと嘆願した。それほどまでに母親は息子の健康を心配していたのである。

スウィンバーンがラッセル・スクエアーのギルフォード・ストリート二五からパトニー・ヒルのパインズ邸、No.2に引っ越したのは、一八七九年一〇月九日のことであった。美しい裏庭の見える二階の部屋を書斎にし、その上の階の部屋を寝室にしたが、そこからはパトニー・ヒルが見渡せた。

これまで自分の周囲の境遇に流されていたスウィンバーンは、まさに神の救いの手として遣わされたセオドアによって、放蕩生活による不健康と名誉喪失から救出され、大生活改善を実行したのである。

スウィンバーンがセオドアの監視下に置かれたとして騒いだのは、スウィンバーンの元の放蕩仲間であったが、生活改善をしたスウィンバーン自身もパインズ邸の家人も彼等を邸に入れることはなかった。そしてスウィンバーンはアイビー・ロッジで始めたウィンブルドン・コモンへの散歩を再開し、如何なる天気であれ、傘一つ持つことなく、オーバーコートを着ることもなく、海の男の屈強さで、或る時はセオドアと一緒に、また或る時は一人で、毎朝きまった道をきまった時間帯に、これを行うようになった。

こうしてウィンブルドン・コモンは、スウィンバーンにとって、まるで地上楽園のようになったのである。スウィンバーンがパインズ邸に落着いてから、海について書きたいと言う情熱が一層募ってきた。スウィンバーンが最も好きであったノルマンディー海岸のエトルタ滞在の頃よりももっと強くなった。

この頃スウィンバーンは「海の桂冠詩人」として知られるようになり始めていた。彼とセオドアは年を経る毎に親しみを増し、二人しては夏にはイギリスの海辺への旅――例えば、イギリス海峡チャンネル諸島のガーンジーやサーク、コーンウォールのロマンティックな海岸、ワイト島、サセックスの風の吹く丘陵地、そしてノーフォークとサフォークの崩壊する崖など――を欠かすことがなかった。

スウィンバーンの父親が海軍の提督であったから、息子アルジャーノンは生まれる前から血の中に海水が流れていたと自ら言っている。スウィンバーンの自伝的な詩「サラシウス」には、風と海への愛が恐れを知らない者として彼を産み育てた、ただ岩間に育ったカモメのように人の足音を恐れはしたが、云々と歌っている。

こうして一八七九年からパインズ邸でセオドアそして彼の妹チャールズ・メイソン夫人とその男児バーティーと一緒に暮らし始めたスウィンバーンは、幸福そのものであった。スウィンバーンはセオドアの友情のことを「全ての海の中で見つけられる中の比類なく完全な真珠」と述べ、詩「ライオネスのトリストラム」をセオドアに献じている。

(12) A・スィンバーンとの真夏の休暇

一八八二年春にロセッティが死んだ後、パインズ邸でのセオドアとスウィンバーンの親密度は一段と増した。確かにセオドアとロセッティとの間にあったほどの知的近親性や芸術的近親性は、セオドアとスウィンバーンとの間にはなかった。だが、人としてのスウィンバーンの魅力的な単純さと本質的なかわいらしさが、大変温かく、セオドアの共感を惹いたし、スウィンバーンの方にしても、セオドアの魅力と優しさが、さらに一層温かい個人的愛情を喚起したのである。或る芸術的傾向においては、二人は大きく異なったところがあったが、彼らは一つの強力な好みにおいて共通していた。つまり海への情熱である。

一八八二年の夏に二人が一緒にチャンネル諸島に旅して、ガーンジーのセント・ピーターズ・ポートとプティ・ボット・ベイに滞在した時に、スウィンバーンは「ガーンジーにて」という詩を書いて発表した。同様に「母なる海」に魅了されたセオドアは、この時カスケット灯台に暮らしていたという「嵐の子ども」の話を耳にして、この実話を詩にすることに取りかかった。それが『愛の到来』の冒頭を飾るソネットである。

一八八二年以降毎秋に二人は南あるいは東海岸への旅を二三年間続けた。

ウィンブルドン・コモンで蜂や小鳥が飛び始めると、スウィンバーンは矢も盾もたまらずに海へ行きたくなり、忙しいセオドアを誘った。ガーンジーの次に二人が選んだのは東海岸のクローマー（『エイルウィン』の舞台でもある）で、一八八三年訪問の後何度となく秋の休日をここで過ごしたことを見ると、この場所は二人の最も好んだ場所であったことがわかる。一九〇四年がスウィンバーンにとっての最後の訪問となった「愛する母なる海」であった。

一八八四年八月には、セオドアの父がセント・アイヴズで友人の所へ行こうとして歩いている途中、道端で意識を失い、家に運び込まれたが、心臓停止で急死するという不幸もあった。七〇歳過ぎであった。

クローマーの次に一八八五年一〇月、二人はイースト・サセックスのシーフォードに出かけた。そこで或る事件に遭遇し、スウィンバーンの勇気が試されることになった。それはエトルタにおいてスウィンバーンが引き潮で沖にさらわれた時よりもかなり厳しい試練であった。スウィンバーンはこの時セオドアの妹テレサ嬢と一緒にシーフォード海岸の長い朝の散歩に出かけてきていた。気付いて見ると、満潮のために退路が絶たれるという危機に見舞われたのである。スウィンバーン自身は海の申し子であったから平気であったが、連れている女性のことが心配で、彼女の手を引いて満ちてくる潮の中を砂利や滑りやすい岩を渡って、びしょ濡れになりながら、辛うじて難を逃れたのである。

この年セオドアは『エイルウィン』の校正を忙しく友人たちの手助けでやっていたが、マドックス・ブラウンから、この小説に登場する画家やそのモデルについて、あるいはスタディオの細部について貴重なヒントを手紙で受けていた。

一八八六年には二人はイーストボーンのシーサイド・ロード近くに宿を取った。その次の年から三年続けて(1887-89)ランシング・オン・シーに行ったが、大抵は九月であり、No.2テラスに宿を取った。ここでもセオドアは忙しく仕事に追われた。この間にもまだ『エイルウィン』の校正は続いたが、セオドアは『アシニーアム』の仕事で忙しいので、校正は完了しなかった。ランシング・オン・シー滞在中セオドアは、毎日のようにパトニー・ヒルに一緒に暮している妹のテレサに自分の知的フラストレーションについて書き送っている。

海辺の避暑でなく友人の屋敷に滞在した場合でも、セオドアは仕事に没頭した。メアリ・ゴードン夫人(スウィンバーンの伯母)の邸宅(ノースコート)に滞在中でも、『エイルウィン』のことでハースト&ブラケット出版社に手紙を書いて、連絡先を教えている。翌年一八九一年秋にも再びセオドアとスウィンバーンは、メアリ・ゴードン夫人の邸宅に滞在した。この滞在中二人はグロースターシャー、アンドーバーズフォードのブロックハンプトン・パークを訪れている。一八九四年九月にダーズリーのスウィンバーンの家族の所に滞在中、セオドアはスウィンバーンと一緒にシェイクスピアとグロースターシャーの関係を調査し、シェイクスピアがこの州と密接な関係にあったことを知って満足した。シェイクスピアはここダーズリーに家族の者と滞在していたことがあり、劇の中でもここの地名がよく出てきて、その場所が特定できたと言う。

ダーズリーでのシェイクスピア探索の結果をセオドアはF・H・グルームやクールソン・カーナハン（二人ともセオドアの親しい友人）にも書き送った。

チェスタルに家族と滞在していたスウィンバーンは、セオドア宛の手紙（一八九四年八月一四日付）に、チェスタルの自然について書いているが、セオドアはこの自然描写を優れた散文として保存しておいた。このスウィンバーンの手紙の中には、ケルムスコット出版の『アタランタ』をセオドアと母に名前入りで送ったことが記されている。この手紙への返礼として、セオドアはケルムスコット版『アタランタ』を自分の宝物として重宝する旨述べているし、またスウィンバーンによるコッツウォルズの描写を散文による描写力の最高の見本と評している。

その他にも、オックスフォード大学のベイリヤル・カレッジの学寮長であったジョウェット教授からオックスフォードへの誘いの手紙（一八八四年四月一八日）を貰って、セオドアとスウィンバーンは出かけて行ったことがあった。ジョウェットの別荘のあるボアーズ・ヒルからオックスフォード大学まで朝霧の中、丘を下って行き、帰りには牛が夕日を浴びて光っていた時の光景が、セオドアの美しいソネット「ボアーズ・ヒルからの最後の散歩」を生み出させている。亡きジョウェットへの追悼の詩である。その他にも二人はジェーン・スウィンバーン夫人の所へもよく滞在した。

(13) 最後の日々

スウィンバーンの死（1909）がセオドアの衰退期に大きな空白を残すことになったのは、言うまでもないことである。セオドアの人生における顕著な目標――ロセッティという目標よりさらに顕著なもの――が取り除かれたのだから。スウィンバーンがパインズ邸に足を踏み入れてから終焉を迎えるまでの間、スウィンバーンと彼の安寧のみがセオドアの心を支配していた最たるものであった。セオドアの深い責任感が最も強く発揮されたのは、スウィンバーンを助成することにおいてであった。近代文学上の友情の様々な記録の中でも、これに匹敵するものはない。蔦が単調な正面を覆う二戸建郊外住宅に二人の詩人は友として三〇年もの間、素晴らしい調和の内に住み暮らしたのである。二人の生活を取り巻いていたロマンティックな雰囲気が日常生活の単純化を示すようなところがあるとすれば、それを新鮮なものとしたのが、上述したような「真夏の休暇」であった。

驚くべき活力の持主にも拘らず、スウィンバーンの健康は、死期の近付く少し前から衰え始めていた。彼が朝の散歩から帰って来た時には、以前には見られなかった疲労の印が、日毎に明らかに見られるようになった。スウィンバーンの死の前に経験していたような例外的な健康と生々とした活力を、セオドアが友人の死後も維持していたか否かは定かではない。彼ははっきりと苛立ちの兆候を示していたからである。それは彼がただ単に唯一のスウィンバーンの遺産受取人だからというだけでなく、スウィンバーンの唯一の遺産管理人に指定されていたからである。それでセオドアは、自分が文学上のそして実務上の事柄の過剰な重荷を背負わされたと思い始めたのである。

スウィンバーンの残した原稿や手紙類、彼の地所に関する書類、その他の彼の家族に関する書類、これらが詩人の死後法的金庫室から発掘されたので、それら全てを精査する仕事が生じ、その厄介な仕事に向き合うと思うと、健康の衰えたセオドアを落胆させ、尻込みさせたのである。だが生まれもっての責任感から、仕事のエキスパートとして、セオドアはそれを成就するのが己の必須の義務であると感じた。法律上の経験から、この仕事は延期することはできないと判断したセオドアは、相当に疲れてはいたが、これに必要な細心の注意を払った。こうして実務上の仕事は満足に終えたものの、セオドアには他になすべきさらに厄介な仕事が待っていたのである。それはスウィンバーンの公の伝記を書くことであった。友人たちはセオドアが最適任者であるから、彼が実質上、そうした伝記に必要な材料全てを所有または利用し得る立場にあったからである。だが全ての者の期待をよそに、セオドアがしたことは、ただ『スウィンバーン選集』の最新版(18th edn., 1913)に序文と追記を書いて、スウィンバーンの伝記には僅かに触れただけであった。

スウィンバーンの訃報を伝えるべくセオドアが書いた数少ない手紙の最初のものは、スウィンバーンの妹イザベル宛のものである。セオドアは、「今朝確かに終焉がやって来た…だが誰もが思っていたよりもずっと早く来た。あなたに電報を打ってすぐ彼は身罷った、平穏に、唇には幸せそうな微笑を浮かべて。私が彼に逢ったのは昨晩が最後で、その時こんな幸せで陽気な人を見たことがないと思ったが、それは当然のことで、彼ほど善良な人はいなかったからです。彼の悪口を言ってきたパリサイ人たちは、彼が亡くなったことをこの上ない教訓とすべきです」と述べている。

セオドアは亡き詩人の友人たち――セオドア自身の友人でもあったが――から多くの慰めの手紙を貰ったが、その内の一通をとりわけ重宝した。それはジョージ・メレディスからのもの（一九〇九年三月一九日）で、そこにはスウィンバーンの死の打撃が彼に重くのしかかっているが、それよりもセオドアが受けた打撃の鋭さは如何許りであろうと、友のことを思いやり、スウィンバーンは我が国、否世界の抒情詩人の内で最も偉大な詩人であったと言ってもよいと述べ、セオドアが健康を回復したら逢いに行くからと言い、細君によろしくと結んでいる。だがこの手紙の日付から五週間後に、メレディスも亡くなってしまったのである。誠に悲しい死の連鎖だ。そしてセオドアはそれから五年後の一九一四年に亡くなる運命にあった。

一九〇九年初秋にまだ体調のすぐれないセオドアは、マーゲイトの海辺近くにバンガローを借りて、そこに数週間ワッツ＝ダントン夫人と滞在した。これまでスウィンバーンと共にイースト・アングリアや南の海辺への休暇旅行の間に見られたあの旺盛な頭脳活動の表れは、この時も健在であった。休みなく活動するというあの深く染み込んだ習慣は、以前にもまして不屈のもののように思えた。いつも持参している旅行鞄の中には、参考書物の中に長年にわたって書き続けてきた出版用の原稿『カルニオーラ』が入っていた。その完成は間近であった。セオドアの意図は、マーゲイト滞在中この小説原稿を初めから終わりまで通して読むことに毎朝の時間を割当てることであった。こうしてはじめの三、四週間が過ぎた頃、思わぬ悪天候のせいで軽いカタルに罹り、仕事を途中で止めてパトニー・ヒルに戻ることを余儀なくされた。

セオドアの晩年の最後のふた秋はイーストボーンに滞在した。ここでも早朝に仕事にかかるという彼の癖は健在であった。だが昼近くには、ワッツ＝ダントン夫人と海辺までよく散歩に出た。夫の好きな小説のどれかを高価な避暑用の部屋で夫に読んで聴かせるのが、夫を大層喜ばせた。

何らかの形での頭脳活動は、セオドアの生涯にわたる支配的情熱であった。だが当然のことながら、寄る年波の体調不良のせいで、想像力を要する仕事に必要なエネルギーは、よく中断されることがあった。しかし、こうした時でも頭脳活動の停滞の印は全く見られず、手紙の口述筆記という軽めの仕事に充てられた。こうして書かれた手紙の場合も、作品の場合同様に、セオドア一流の習慣で、満足のいくまで繰り返し修正を施したのである。

セオドアの晩年には、彼の伝記的事実を教えてほしいという雑誌記者の友人や未知の人からの依頼がよくあった。高貴な女性で、当時イタリア雑誌への寄稿者として文学仲間ではよく知られていたマダム・ガレンベルティが、セオドアの伝記を書こうとして、彼の人生について手紙を寄こしたが、それへの返事（一九一三年四月二二日付）にセオドアは、「私の初恋のそして唯一の愛は文学、特に韻文でした」と言い、彼は自分のことをよい弁護士、少なくとも公正な弁護士と呼ぶが、「法律は人間のより高度な能力に何の負荷もかけないし、極めて不満足なものでしかない。だから私はそれを放棄してからもう何年にもなります」と述べているが、セオドアが法律の専門職から身を引いたのは、一九〇〇年であった。さらに彼の伝記的事実に関して、同じ手紙の中で、「最近は科学に深く関心を抱いています」と言い、「最近の科学の発見は人を圧倒し、驚愕させ、殆ど詩さえ圧倒する威力がある」として、詩の最近の流派の目指す所の「リアリスティックな効果」というのが散文作品のそれだとこれまで思われてきたが、彼らは力強い詩人で、見たところのものをそのまま描く力量のある作家だと評価し、その中の一人ウィリアム・ワトソンという詩人の最新作は、響きがよくて芸術的詩行が心地よいと言い、特にこの詩人が妻に宛てた抒情詩を高く評価している。

セオドアが最後に書いたエッセイは、『キーツの書簡、書類、その他の遺物』(1914) に付した「諸言」である。この本はウィリアムソンが編集し、フォーマンがイントロダクションを書いたハムステッド公共図書館のディルク遺贈書であるが、これにセオドアが「諸言」を書くことになったのは、スウィンバーンの妹のイザベルがウィリアムソン博士にそれをセオドアに依頼するよう勧めた結果であった。この仕事を引き受けたことを報せるウィリアムソン博士への手紙の中で、セオドアは、キーツについては言いたいことが沢山あるが、「諸言」では簡潔に纏めると約束し、嘗て一八九四年七月一六日ハムステッド教区教会でキーツのアメリカン・メモリアル胸像の除幕式の際にセオドアが書いた「ローマで眠りについた者に捧ぐ」というソネットが朗読され、出版されたが、「諸言」の中でそのソネットの一部を引用する旨伝えている。

そしてセオドアはこの「諸言」を或る朝、ウィンブルドン・コモンのサンザシの木の下で、スウィンバーンの好んだ場所近くの椅子に座して、二、三時間かけて秘書に口述筆記させたのであった。時は一九一四年早春で、柔らかい南風が吹いていて、頭上では元気よく雲雀が歌っていた。これ以上心地よい朝は想像できないほどであった。「諸言」の口述が終わると、セオドアは自分を取り巻くサンザシの蕾を眺めやりながら、これまでにも幾度となくこうして春の朝にしたようにコールリッジの「希望なき仕事」(“Work without Hope”)を深い熱狂的な調子の声で暗唱し始めたのである――

自然は全て活動開始だ。ナメクジが塒から這い出し――
ミツバチが動き出す――小鳥たちも羽根をひろげる。

セオドアがキーツの詩の研究に深い喜びを抱いていたことは、サー・シドニー・コルヴィンの『キーツ伝』(1887)について一八八七年八月二〇日の『アシニーアム』に載せたセオドアのエッセイを読めば明白である。セオドアは、批評家としての柔軟性と他者の作品に対して抱く関心という点で、リー・ハントとの近似性を時折指摘されてきた。リー・ハントが、若い頃のまだ羽根の生えかけのキーツを激励したように、少しでも才能のあるところを見つけると、若い志望者の良さを認めてやるのに敏《さと》いセオドアは、リー・ハントの時代に生きておれば、きっとキーツの初期の詩の中に素晴らしさを約束するものを素早く見出していたであろうと思うと、トマス・ヘイクは述べている。

晩年のセオドアは彼の二つの最も重要なエッセイ――『ブリタニカ百科事典』と『チェンバーズ英文学百科事典』に掲載したもの――を一冊の本にすべく、執拗に手を加えていた。その本はセオドアの死後、秘書のトマス・ヘイクの編集により、セオドアの大傑作『詩論と不思議の復活』(1916)として出版された。

パインズ邸におけるワッツ=ダントン夫人の「日曜『来客歓迎』」には、セオドア晩年の頃の文学・芸術仲間の最もよく知られた者の大半がやって来た。この集りを特に興味深いものにしたのは、色々ある中でも、来訪者の一部の者の存在で、彼らの回想がヴィクトリア朝中期の頃へと彼らをフラッシュ・バックさせたからである。つまり彼らの存在は、ぼんやりとして半ば忘れ去られた時代とのリンクを形成したという点である。セオドアが友人のトレロニーを媒体として、この一部の仲間を「不思議の復活」の時代と結びつけていたという事実そのものが興味深かった。

この集りへの訪問者の中でウォルター・ジェロルド夫妻の姿が頻繁に見かけられた。ジェロルド氏の親戚に当たる有名なダグラス・ジェロルドに関する話が、セオドアを大層喜ばせた。というのは、セオドアほどダグラスの才能を高く評価していた者はいなかったからである(ちなみに、ダグラス・ジェロルドは、イギリスの劇作家・ジャーナリストで軽喜劇を得意とし、初期の代表作『黒い瞳のスーザアン』ほか、『ラドゲイトの花嫁』などで好評を博した。『パンチ』に創刊時より関係し、'Q'の署名で寄稿を続け、特に一八四五年に連載した『クローデル夫人のレクチャー』は大いにこの雑誌の人気を高めた。彼の墓はノーウッド墓地のセオドアの墓のすぐ傍にある)。

この集りにやって来た者は、ひとり人残らず、何か特別のやり方でセオドアに関心を抱かせた。セオドアはシェイクスピア研究のことでアーネスト・ロウとの長談義を喜んだし、また煤煙のために傾いたとの噂のある尖塔の古い教会を持つ町アンドウェルを描いた秀逸の短篇集『傾いた尖塔』(1911)やその他多くの「自然」に関する著者ジョージ・デューワーと牧草地や川でのお互いの経験に関して意見を交換するのが、セオドアの飽きることのない楽しみの一つであった。

だがパインズ邸来訪者の中で、屢々夫人同伴でやって来たジェイムズ・ダグラスの頻度に勝る者はいなかった。このオリジナルで輝く才能の持ち主のダグラスを相手にセオドアの話は、最も軽い町の話題から哲学的で深淵な話題にまで及んだ。この話を聞いたダグラスは、セオドアのその何でも貪る貪欲な精神に呆気にとられてしまい、「もし我々が何事にあれ最新情報に通じていたければ、あなたを訪ねることですね」と言ったことがある。

トマス・ジェイムズ・ワイズは有名な古書蒐集家であるが、彼の訪問はいつも歓迎であった。セオドア自身古書蒐集家ではなかったが、ワイズはセオドアの好みの作家の或る人が雑誌に投稿した記事のタイトルや、ボロウ、コールリッジ、そして特にスウィンバーンに関する文献の出版年代についての情報を提供してくれるので、大いに助かったからである（このワイズの古書偽造発覚が醜聞となる頃(1934)には、有難いことに、セオドアはもうこの世にはいなかった）。

それからパインズ邸をよく訪問した人に、アーネスト・パーシヴァル・リースがいる。彼はセオドアが『エイルウィン』の校正の最終段階で、この小説のウェールズの部分を読んで、貴重な協力をしてくれたので、セオドアは大いに感謝していた。『エイルウィン』の「エブロン」版は、このウェールズの友人に献辞されたものである。リース夫人もアイルランド出身の小説家で、彼女の小説（『メアリ・ドミニック』、『エスターセルの魅力』など）をセオドアは屢々口にしたし、高く評価していた。また彼女との友情を大切にしたのは、夫と一緒に彼女が昼食にやって来た時に、スウィンバーンがつねに喜びを表明していたことの想いが、セオドアにあったからである。

パインズ邸への最も不断の訪問者といえば、セオドアの三〇年来の友マッケンジー・ベルであろう。彼はイギリスの作家・詩人・文学批評家であり、クリスティーナ・ロセッティの個人的友人でもあり、彼女の伝記やスウィンバーンの伝記も書いたし、長年『アシニーアム』のメンバーでもあった。さらに『セオドア・ワッツ＝ダントンに捧げるエッセイ付詩集』がある。ベルの文学への関心事は、或る意味では、セオドアの関心事と共通していた。また共通の文学的関心事の持ち主といえば、クレメント・キング・ショーターがいた。ショーターは『イラストレイテッド・ロンドン・ニューズ』の編集者で、『スケッチ』を創刊・編集し、一九〇〇年以降は『スフィアー』の編集者となり、『ブロンテ姉妹の伝記と書簡』や、ボズウェルの『サムエル・ジョンソン伝』の編集なども行っている。

彼の夫人の詩をセオドアは心から讃美した。というのは、ショーター夫人の詩は近代詩人のほんの僅かな者しか達成できない「素朴さ」の全てを備えていたからである。特に彼女の或る昔話に基付いたバラッド「守護天使」とかアイルランドへの愛を謡った「私が立ち上がるとき」にセオドアは感銘を受けたことを、夫人の詩集を送ってくれた夫クレメント・ショーターへの手紙(Nov.17, 1912)で述べている。

もうひとり友人の女流作家でセオドアが高く評価していた人に、ジョン・レーン夫人がいる。ジョン・レーンといえば既に幾度か言及しているが、唯美主義者やデカダン派の書物の出版で名を成した出版社ボドリー・ヘッドの社主であり、セオドアの晩年の著書の出版社でもあるが、ジョンの会社が経済的危機にあった一八九八年にアンナ・アイヒバーグ・キングと結婚し、彼女の資本投資のおかげで会社を立て直すことができたという逸話がある。彼女は「アニー」という名で知られたジュネーヴ生まれの短篇小説家であるが、彼女の父が著名な音楽家であったボストンで育ち、アメリカの弁護士の裕福な未亡人となっていた。彼女とジョン・レーンを結び付けたのはボストンを地盤とした作家で社交夫人であったルイーズ・チャンドラー・モールトンである。結婚後アニーはロンドン文学界の中枢部に移動し、ジョン・レーン夫人という名前で、一九世紀のオランダを舞台にした『キットウィック』を今度は夫の出版社から再版することになった。夫人と一緒にいるのをセオドアは大層好んだ。勿論セオドアが夫ジョン・レーンの家への頻繁な訪問者であったのは、言うまでもない。

もう一人、文学上の友人で、時折パインズ邸を訪れる人にジョージ・サンプソンがいた。彼の書くエッセイがセオドアの眼に留まった。『デイリー・クロニクル』に載った多くのエッセイの内で、シャーロット・ブロンテとロード・ウェルズリーといった多岐にわたる記事をセオドアは真に称讃して読んでいる旨を、本人に手紙で報せている(March 20, 1914)。ウェルズリー卿といえば、リチャード・コリー・ウェルズリーのことで、イギリスの政治家でインド総督を務めた。彼はウェリントン公爵の兄であり、サンプソンが評論で、この二人の兄弟をまさに対照的な性格の持ち主として描いている点が、セオドアを喜ばせた。

セオドアが心から誠実な称讃の気持で歓迎する客に、ウィルフリッド・メイネルとアリス・メイネル夫人がいた。セオドアは一九〇八年九月二八日付の手紙で、ウィルフリッド・メイネルに『フランシス・トンプソンの詩選集』(1908)を送ってくれたことへの礼を述べ、このフランシス・トンプソンが真の詩人であることは間違いないが、その人生は驚くべきものであり、セオドア自身この詩人の人生に関するあるゆる断片を収集してきたことを語り、メイネルと素晴らしい詩人である夫人アリスの比類ない親切と「高貴な行ない」――つまりこの詩集を編集出版し、フランシス・トンプソンを記録に留めたことであろう――に礼を述べている。

セオドアはウィルフリッド・メイネルの『ベンジャミン・ディズレイリー伝』(1903)を特に関心を持って読んでいるが、それに触発されて、未完の小説『カルニオーラ』の中でディズレイリーの人物像を創造したのだとトマス・ヘイクに語ったという。

セオドアがスウィンバーンと一緒にパインズ邸で暮らし始めて(1879)から、スウィンバーンが死去する(1909)までの三〇年間には、これまで言及した友人の他にも二人にとって共通の友人たちが数多く、そこを訪ねて来たり、セオドアの方がそれらの友人の屋敷を訪ねたりした。その一人ひとりについて述べる余裕がここにはないのが残念である。詳しくは拙著『セオドア・ワッツ＝ダントン評伝』の「ヴィクトリア朝中期の友人関係」の項を参照されたい。

例えば、スコットランド生まれのグラスゴー大学の英文学教授ジョン・ニコル、ラファエル前派の画家バーン＝ジョーンズ、建築家兼編集者のサー・ジェイムズ・ノールズ、女流作家の中で最初に友達となり、その女性の詩の才能に関心を抱いていたオーガスタ・ウェブスター夫人、イタリアでシェリーとバイロンに逢い、一八二二年シェリーの火葬に立ち会い、翌年バイロンに伴ってギリシャ独立戦争に参加し、後に交遊録『シェリー、バイロンと筆者の記録』(1878)を著した著述家兼冒険家のエドワード・ジョン・トレロニー、詩人のロバート・ブラウニング、それからD・G・ロセッティの妹で、セオドアが「敬虔な尼僧の気質を備えた情熱的な抒情詩人」と絶讃するクリスティーナ・ロセッティ、晩年のアルフレッド・テニスン、特に親しかったジョージ・メレディス、W・E・ヘンリー、セオドアの愛したジプシー小説『兵棋』の作者F・

H・グルーム、同じくジプシー小説の親玉で、セオドアの憧れのヒーローであった『ラヴェングロウ』の作者ジョージ・ボロウ等々、尽きることがない。

セオドアが眼の酷使から失明の恐れを医者から忠告されたことについては既に述べたが、最後の数年間には、彼は緑色のサングラスを使用していた。困難を伴わないではいられないし、時折は痛みも伴ったが、読むことはできた。だがこれは医者の忠告を無視したものであった。ただし、自分の署名をするのみで、他にペンを使うことはもうしなかった。珍しいのは、中年以降は彼の外観が際立った変化を全く蒙らないでいたことである。四〇歳で成長が完了し、彼の頭髪だけが七〇歳を越えてから白髪になり始めただけである。彼の額は最後まで皺を生じなかったし、目鼻立ちは両親からの遺伝で、人種上の特異性を具えていたことは、自ら認めている。そして眼は緑のサングラスの下でも依然として輝いていた。彼は、或る朝気が付いてみると自分が盲目になっているのではないかという怖れをつねに抱いていた。彼の遺言執行人の一人である近所の古くからの友人フランク・テイラーは、最後の日々の間にセオドアに私的性質の法的問題で貴重な助力を提供した。

セオドアは生涯にわたって不眠症に悩まされたが、その顔には滅多に疲労の影が見られたことはなかった。その眼は殆どいつも輝き、目覚めていたが、彼は夜に四時間続けて眠れたら幸せなことだとよく洩らしていた。セオドアはユーモアの強い感性に恵まれていたが、話の中では決して機知に富んでいることはなく、滅多にユーモラスになることもなかった。それに彼の小説の中のユーモアは、確かに彼の小説の最大の強みではない。だが実人生であれ、文学に於いてであれ、他者のユーモアを味わうことには敏く、スターンのユーモアに関するエッセイなどは、その優れた分析の典型である。彼の死の少し前の或る日、友人が偶々或る出来事を語ったのが、セオドアの関心を惹き、笑い転げて、仕舞いには涙が頬を伝って流れたほどであった。誰も、ロセッティであっても、セオドアが味わったように完全にユーモラスな話を賞味した者はいない。

彼の穏やかな性質、その眼に青い光を点じるあの素早い煌めき、その丸くてバラ色の顔、その強くて深い調子の声、これらの所為《せい》で、彼が八〇歳を越えていると想像することは、無理であった。彼の多忙な人生の終焉時に於いてさえ、精神の活力は少しも衰えを見せなかった。死の一時間前には居間のソファに座って、お茶を飲みながら、ジェイムズ・ダグラスが『スター』誌に寄稿したセオドアの好みの文学欄の文を読んでもらって、注意を要する手紙の口述に取り掛かろうとしていた。

この終焉の時に、偶々秘書のトマス・ヘイクが或る原稿を取りに二階の書斎に行って、また居間に戻ってくると、妹のテレサ・ワッツがソファ近くに座っていて、兄が眠っていると信じていた。然し秘書のヘイクは、セオドアの表情が変なのに気付いて、近付いてよく見ると、何が起こったのかがすぐにわかった。セオドアは彼がいつも文学の仕事に注意を向ける前に一寸午睡をとってひと休みする時にするように、クッションで頭を支えた状態で、一瞬の動きもなく、眠ったまま、心臓停止で死んでいたのである。

(14) クレアラ・ワッツ=ダントン夫人のこと

最後にセオドアの晩年になってようやく結婚に漕ぎ着けることのできたワッツ=ダントン夫人、元の名をクレアレ・ジェーン・ライヒ (Clara Jane Reich) について、述べておきたい。これまで屢々言及してきた、セオドアの秘書で伝記作者のトマス・ヘイクがその『書簡と伝記』の中で、夫人に依頼して「ウォルター・セオドア・ワッツ=ダントン」という回想録を書いてもらい、それを掲載しているが、この夫人に関する具体的事実は、これまで事細かに検証されたことはなく、生まれ故郷も、生年月日も死亡年月日も、埋葬場所も明らかではなかった。

クレアラのこの回想録が述べている所からすると、はじめて彼女がウォルター――クレアラはセオドアのことをファースト・ネームでウォルターと呼んでいるから、ここでは一貫してそう呼ぶことにする――に出逢ったのは、まだ一六歳の女学生の時であった。ウォルターとクレアラが結婚式を挙げて夫婦になったのは一九〇五年一一月二九日、ウォルターが七三歳の時であり、クレアラとウォルターは四〇歳の年の差があったというから、その時クレアラは三三歳ということになろう。従ってクレアラの生まれは、それから逆算すると、一八七二年九月一四日ということになり、クレアラが一六歳で最初にウォルターに出逢ってから結婚まで、実に一九年間の婚約期間があったことになる。そしてウォルターが亡くなったのは一九一四年六月六日であるから、二人の結婚生活の期間は九年しかなかったことになる。

まず、筆者の調査によって最近判明した事実に基づいて、年月日の誤りを正しておきたい。クレアラとウォルターの年の差は彼女が述べているのとは違い、四四歳の差があったのである。すると彼女の誕生年月日は一八七六年九月一四日ということになり、彼女がウォルターと最初に出逢ったという一六歳は、一八九二年であり、結婚式を挙げて夫婦になったのは、一九〇五年一一月二九日、ウォルターが七三歳であるというから、クレアラは三七歳であったことになる。

クレアラの回想記には彼女の死亡年月日は勿論、まだ生きていた時のことであるから、書かれてはいない。それは一九三八年九月一四日で、享年六二歳であり、埋葬場所はパトニー・ヴェイル (Putney Vale) の墓地で、死亡の三日後に火葬に付されたことが判明した。

また不明であった彼女の生誕の地はイギリス北部の港町タインマウス (Tynmouth) という所であることも判明した。このような事実の判明の経過については、紙数の都合で、別の所に譲るが、つい最近わかった重要な事実だけはここに記しておきたい。それは彼女の両親に関する事実である。父親は Gustav A. Reich と言って一八四三年ドイツ生まれで、一九二三年、八〇歳で死亡したロシア商人であり、クレアラの母は Jane Avery Reich（元の姓は Wright）と言って同年の生まれで、一九〇九年六七歳で死亡している。クレアラが生まれた時には、一家は Newcastle Terrace House number 2, Tynemouth, Northumberland に住んでいた。それから一八八九年クレアラ（一三歳）がロンドンの寄宿学校に通うようになって、間もなく一家はロンドンに移り住むようになった。既に一九〇一年の国勢調査では、クレアラは二五歳で、一つ上の兄 Max. W. Reich と両親とともに、Canada Lodge, Marlboro Road, Putney, Wandsworth, London に暮らしていた。

さて、数字等に関する事実は上記のようである。その他の点について、彼女が回想記で述べているところによると、一八九二年一六歳のクレアラがウォルターと出逢ったのは、彼女の母親ライヒ夫人に連れられてウォルターの屋敷パインズ邸を訪ねた時であった。どうして彼女の母がウォルターを知っていたのかについては、ただ彼女の母が音楽の才があり、本の鑑識眼の持主であって、ウォルターに逢ったと言うだけで、詳しいことは何も語られていないので不明だが、兎に角、母親が娘を連れて行った目的は、文学好きな娘を高名な批評家に引き合わせて喜ばせてやろうという単純なことであったようである。ところがクレアラはウォルターをひと目見て、その深いよく響く声で挨拶されると、たちまちウォルターに魅了されてしまったのである。

またクレアラがウォルターに逢う前に既に彼の書いたソネット「三つのファウスト」を読んでいたというので、筆者はこれを捜索し、そのソネットが最初に掲載されたのがEleonore D'Esterre Keeling ed., *The Music of the Poets: A Musicinas' Birthday Book* (London: Walter Scott, Ltd., 1889) であることを突き止めた。つまり、クレアラがウォルターにはじめて逢った一八九二年よりは三年前の出版ということになり、辻褄が合う。これは一月から一二月までの作曲家の誕生日に合わせて、各作曲家の作品をもとにして詩人がそれぞれ好みの作曲家の作品について歌（詩）を作ったものを、順に掲載して一冊の豪華本にしたものである。ウォルターは、グノー、ベルリオーズ、そしてシューマンのそれぞれ作曲したゲーテの『ファウスト』に基付く楽曲を聴いて、それぞれの特徴を生かして、「地獄の歌」、「地上の歌」そして「天上の歌」という副題を付けて、三様の「ファウスト」のソネットを作ったのである。

お互いにひと目逢ってから、歳の差は関係なく、生涯の伴侶はこの人でなければならないと直感し、婚約したも同然のようになったが、一緒に暮らすことはなく、忙しいウォルターは行く先々から一筆啓上の短い手紙を頻繁に送って来たという。そしてクレアラはそれからずーっとウォルターを待ち続けて来た。夏の避暑の旅行などには、スウィンバーンも同伴で、ウォルターはクレアラを誘って行ったこともヘイクの伝記からは読み取れる。

結婚後はパトニーのパインズ邸で、スウィンバーンを交えて三人の同居生活が始まった。スウィンバーンと彼女の仲はよく、ウォルターと共にクレアラはスウィンバーンの死を看取ったし、彼と暮らした日々からこの大詩人の人柄や行動についてのエッセイも本にして出版している。

勿論ワッツ＝ダントン夫人となってからは、ウォルターの大勢の文人の友人をパインズ邸に招待する「日曜『来客歓迎』」を催して、晩年の夫の手助けをしたことは、既に述べた通りである。

一九一四年に夫ウォルターが亡くなってからも、二人の愛の巣であったパインズ邸を離れることなく、夫の遺品の書籍やロセッティからの贈物の絵画に囲まれた部屋で死を迎えるまで暮らした。そして一九三八年に身罷ってからは、彼女の遺言で、その翌年にサザビーがワッツ＝ダントンの遺品を競売に付した。だが、その中には未刊の小説『カルニオーラ』の原稿も、もう一冊別の未刊の小説『バルモラル』の原稿も含まれてはいなかった。

そうして夫人の死以降は、一世を風靡した詩人であり、小説家であり、類い稀な批評家であったセオドア・ワッツ＝ダントンの名は、立ち昇る煙が空に消えゆく如く、消えて行った。わが国では明治期に夏目漱石が『エイルウィン』を読んで、いち早くそれについて雑誌『ほととぎす』に紹介し、大正期の始めには戸川秋骨がその小説の翻訳を試みたが、それから昭和期に二、三の比較文学関係の論考が書かれたくらいで、彼に関する一冊の書物も出版されることなく今日に至り、日本のみならず、イギリス本国においても、もはや完全に文学史からその名が消え去った。

筆者はかねがねこのことを極めて残念に思っていたが、定年になるまで諸事に追われ、彼の復活を実現することができなかった。だが、あの優れた詩論を書き、一世を風靡した詩と小説を書いた大文豪が、かくも虚しく忘れ去られることに耐えられず、この度、その詩論共々伝記を執筆して、細やかながら、大文豪の復活を期した次第である。

二　『小説　ヴェスプリー・タワーズ』について

まず、この小説が出版されていることを発見した経緯についてから始める。昨年（2015）の秋に拙著『セオドア・ワッツ＝ダントン評伝』を出版してから、筆者はこの評伝で何度も言及している未完の『カルニオーラ』の原稿の行方を必死になって追っかけてきたが、何故かこの『小説　ヴェスプリー・タワーズ』の方の原稿は、最初から捜すのを諦めていた。ところが筆者が自分のパソコンが古くなってきたので、新しいものを購入する羽目になり、序にブリタニカのCD―ROMもアップ・デートすることを余儀なくされた。そして新版をインストールして、セオドアの妻クレアラの生年月日等が、ひょっとしてブリタニカには書かれていないかと思い、入力検索してみたが、出てきたのは夫のセオドア・ワッツ＝ダントンの項目だけで、クレアラは彼の夫人とあるのみであった。

その時までインターネットを駆使して、クレアラの生年月日や死亡年月日、生誕の地などを捜してきたが、全くわからず、それが判明したのは今年の春になってからである。その経緯については、稿を改めたい。ここでは、新版ブリタニカのワッツ＝ダントンの項――僅か数行であるが――の中に、驚くべき事実が一行の文句に書かれてあったことを報告するに止める。セオドアの著作物として既に出版された詩集 *The Coming of Love and Other Poems* と小説 *Aylwin* の他に、*Vesprie Towers* (1916) とあったのである。筆者は夢を見ているのではなかろうかと、わが眼を疑った。そう言えば、最近特に眼の調子がよくなくて、掛りつけの眼科医からも、見放されかけているからである。

早速インターネットでよく利用する洋書の古書店を捜索すると、初版が二冊残っていた。勿論筆者は喜んでその内の一冊を注文し、入手したというわけである。そしてもう一冊の未刊小説『カルニオーラ』の探索を続ける傍ら、早速これを読んで、そのセオドアらしい内容に心を打たれ、名作『エイルウィン』に勝るとも劣らぬことを発見した。それで、これを独り占めにしておくのに気が引けて、文学好きの読者諸氏にも楽しみを分かちあってほしいと思い、翻訳することにした次第である。勿論忘れられた作者の名の復活をも実現したいというのが、本音である。セオドアの名講義「不思議の復活」にちなんで、「ワッツ＝ダントンの復活」と行きたいところである。

では、『小説 ヴェスプリー・タワーズ』の内容について、簡単に解説をしておく。まずこの題名であるが、ヴェスプリーというのは中世以来のイギリス中部ウォリックシャーの貴族の名家（架空の）の名前であり、タワーズとあるのは、その館のことで、幾つかの塔（タワー）が並ぶ古風な屋敷というわけである。べンジャミン・ディズレイリーの小説に『ロタール』(*Lathair*, 1870) というのがあり、その中に大富豪の御曹司ロタールの館が、"Muriel Towers" として出てくる。この小説を下敷きにして、物語をさらに展開しようとしてセオドアが書いたのがもう一つ別の小説（これも未刊）『バルモラル』であるから、セオドアは、恐らくVesprie Towers の題名をそこから思いついたのではないかと思われる。従って、『ヴェスプリー館』としてもよいのであるが、Towers の持つ意味を生かして、原名の呼び名を採用した。

この館のヴェスプリー家には、代々言い伝えがあって、この家屋敷は、如何なることがあろうとも、ヴェスプリー家の者の他は、断じて所有することができないというのである。物語は一九世紀後半に設定されているが、それまでにも幾度か貧に窮して屋敷を競売に掛けざるを得ないことがあったが、その度毎に屋敷は他人の手に渡る難を免れてきたというのである。そして代々の言い伝えでは、これはこの屋敷に備わる「ヴェスプリーの幸運」のせいだとされてきた。

その「ヴェスプリーの幸運」を象徴するのが、代々子孫に受け継がれてきた「ヴェスプリーの黄玉」という宝石である。一九世紀の中頃は、地主を保護してきた『穀物条例』が破棄されて、地主は辛酸をなめる羽目になり、多くの地主が地所を新興成金に売り渡してしまうという社会変動の波を被った。ヴェスプリー家もその例外ではなく、金目のものを売っては何とか生計を立てていたのが、もはやできなくなり、おまけに鉄道株の人気が沸騰していたこともあって、前当主が口車に乗せられてこれに投資したことが原因で、現当主ヴェスプリー氏は地所を抵当に入れざるを得なくなった。それでも抵当維持にかかる利子さえも債権者に支払うことができなくなった。

そこで二人いた子どもの一人の長男が植民地に出稼ぎに行くことになるが、これが運悪く事故死し、ヴェスプリー家の継承者は残る娘一人となってしまった。最初父親は娘が家の継承者であることに難色を示し、落ち込んでいたが、自分の持っている「ヴェスプリーの黄玉」が象徴する「ヴェスプリーの幸運」に取り憑かれ、「願望は信仰の元」という諺を信じ、娘のヴァイオレットを家の継承者に任命し、何としても家を守るために裕福な貴族の息子と結婚せよと言い残して死んでいく。

仲のよかった兄と愛する父を失い、一人大きな館に取り残されたヴァイオレットであるが、彼女には父に劣らず「ヴェスプリー家の幸運」を信じる力が備わっていて、近隣の村からは、ヴェスプリーの者は「誇り高い」と噂されて、誰も近寄らなかったが、一人でいることを全く苦にはせず、むしろ孤独を楽しんでいた。それには屋敷は絶対に他人のものにはならないという信仰の他に、屋敷の周りにいる小鳥や動物たち全てがヴァイオレットにとってはかけがえのない友達であったからである。ヴァイオレットは小鳥と交流することができたのである。つまりヴァイオレットは生まれつきの自然児であって、このことのために、債権者が法的には自分の地所になっている所に一人娘を住まわせておいてやりたいと思うまでに、彼女を愛してしまうほどになったのである。

だが、「ヴェスプリーの幸運」という信仰だけでは、現実には食べてはいけない。債権者の寛大なブランドン氏が生きている間は、ヴァイオレットを屋敷から追い出すようなことはしなかったし、間に合えばヴァイオレットに自分の財産を残してやろうとさえ思っていたのに、それを遺言にする余裕がなく身罷った。それで亡きブランドンの代行を依頼されたロンドンの弁護士ウォルトンは、やむなくヴァイオレットに館を立ち退くよう通告する。

これまで貴族の娘として誇り高く生きてきたヴァイオレットだが、人生の荒波には勝てず、元この館で乳母をしていた婦人が下宿を営んでいるというロンドンに彼女を訪ね、そこに泊めてもらう事にして、野菜を売った僅かばかりの金子を持って館を出る。尋ねてみるとこの元乳母は行方知れずになっていて、訪ねて行ったランベスという貧民街の下宿には別の夫人が住んでいた。カーリッシュというこの夫人は、しかし、話を聞いて、親切心からヴァイオレットに間貸しをしてやる。少し持っていたお金も忽ち底をつくと、夫人の世話で、ヴァイオレットは雑役の仕事に就いてその日を凌ぎ始める。

だが、下宿の女将のカーリッシュ夫人は夫の都合で、ロンドンを引き払いマンチェスターに行ってしまう。下宿に家賃を払って暮らしていけなくなったヴァイオレットは、仕方なく、イースト・エンドにある屋根裏部屋に住んで、そこから製本工場に通うことになる。或る時、自分と同じような貧しい娘を助けようとして、争いに巻き込まれたのを、或る若者が救い出してくれた。この若者は、ヴァイオレットが館を出る前に、近隣の柳の皮剝き職人たちの祭りのゲームで、已む無く彼の額にキッスをする羽目になった、マーティン・レッドウッドであった。

マーティンはもともと彼女の亡くなった兄の友人で、兄は屢々唯一の友としてマーティンのことを妹のヴァイオレットに語っていた。だが誇り高いヴァイオレットはマーティンとはそれまで口をきいたこともなかった。だが、マーティンの方はヴァイオレットの美貌に夢中になっていて、彼女がひとりで広大な屋敷に暮らしている時に、彼女に気付かれないように、夜中に館に忍び込み、彼女を守るようにして、寝ずの番をしたり、暖炉の火を燃やしたり、食糧を調達したりしたのだった。彼女はまさかこれがマーティンの仕業であるなどとは、思いもよらなかった。マーティンは気位の高い彼女を幾ら恋しても身分が違うと思い込んで、船乗りになるべく家を出る前に、最後に今一度ヴァイオレットの顔を見たくて、館に忍び込んだが、夜中にヴァイオレットが安楽椅子で眠っていて夢を見ている時、マーティンは思わずその美しい曲線美の赤い唇にキッスをしてしまう。これをヴァイオレットは夢の中の出来事と思い、その時も「ヴェスプリーの幸運」を夢見ていたのであった。

その当のマーティンがロンドンにいて、プロボクサーで鳴らした乱暴者の父親を捜していたのだが、男に乱暴されているヴァイオレットを見付け、彼女を救出したのである。ヴァイオレットは恐ろしさの余り、マーティンには礼も言わずにその場を立ち去った。或る時屋根裏部屋で寝ていると、外の廊下に物音がして、気になったヴァイオレットが出てみると、若い娘が飢えのため、瀕死の状態でそこに仆《たお》れていた。その娘を部屋に入れて看病してやり、命を取り留めた。この娘は、実は、マーティンの妹で、モリーという名であったが、ヴァイオレットはそうとは知らずに、稼いだ僅かばかりの金で買える食料をモリーと分け合った。だが、モリーは長くは生きられず、ヴァイオレットの懸命の看病も虚しく、最後に自分はマーティン・レッドウッドの妹だと名乗って、彼女に感謝して亡くなってしまう。

大都会のロンドンで身寄りもなく、唯一の友を亡くしたヴァイオレットは仕事にもあぶれて、虚しく屋根裏部屋に帰ってくると、これまで如何なることがあっても手放すことのなかった「ヴェスプリーの幸運」の黄玉の宝石をケースから取り出して、夕日に照らして眺めているうちに、ふとこの夏の季節のヴェスプリーの屋敷の素晴らしい光景を思い出し、今一度故郷に帰ってみたいという已むに已まれぬ望郷の念に突き動かされる。そこで嘗てヴェスプリー家の館を訪れたことのある弁護士のウォルトンの事務所を訪ねる。これが元で、急転直下、ヴァイオレットに新たな人生が開けることになる。弁護士は彼女をずっと捜し求めていたこと、ヴェスプリーの館には目下ある女性が期間限定で暮らしていること、また館の門番にヴァイオレット宛ての彼からの手紙を渡してあるので、それを読んでもらいたいと言われ、ウォルトンに六ポンドの旅費を用立ててもらって、ヴァイオレットは嘗ての我が家に直行する。

待っていたのはヴァイオレットより五歳年上の美しい女流画家のジョセフィーヌ・サールウェルで、彼女はヴァイオレットに関する全てのことを弁護士のウォルトンから知らされていて、近付きになった妹のようなヴァイオレットを優しく労わり、ロンドンでの辛酸から彼女を解放してやる。そして日が経つうちにまたとない友情が二人の間に生まれ、ジョセフィーヌはアメリカの女学校のこと、イギリスへの船旅の途中で海に落ちたのを船乗りのマーティン・レッドウッドに救われたこと、イギリスでは彼女の描いた絵がアカデミーでの展示で注目を引いて、一躍社交界の花形になったこと、だがその華々しい時も終わり、今はこうして館に独り暮らし絵を描いているという身の上話をする。そしてジョセフィーヌは彼女を救出したマーティンがオーストラリア探検隊に参加して土人に殺されてしまったという新聞記事のことも語る。

それからジョセフィーヌはヴァイオレットに、マーティンの妹モリーを捜して母親がロンドンに出かけたが、ロンドンの弁護士に頼み、あらゆる手立てを尽くして捜索しても行方がわからなかったこと、わかった時には既にモリーは身罷った後で、庇護をしていたヴァイオレットは行方知れずとなっていたこと、そして「ならず者」と異名を取った父親が一家を捨ててオーストラリアに行き、金の鉱脈を掘り当てて大富豪になり、ロンドンに戻ってきて妻に金を残して死んでしまったが、妻はそれを相続させる娘も息子も失くしてしまったので、娘によくしてくれたというヴァイオレットに感謝して、全ての財産を遺言に認めて、弁護士のウォルトンに預け、死んでしまったことを明かす。

この話を聴いた後で、心を痛めるヴァイオレットは、嘗てそうしていたように、館の庭園にある大きな枝を張った楡の木の下のハンモックに身を横たえて、物思いに耽っていたが、やがて朝明けの頃、自分の近くに人の気配がするのに気付いて、起き上がってそれに近付いてみると、それは亡くなったはずのマーティン・レッドウッドであった。マーティンはイギリスを離れて船乗りになる前に、館に帰っているというヴァイオレットに妹のことで一言礼を述べたかったから、逢いに来たという。それで名残惜しそうに別れを言って立ち去ろうとするマーティンに、ヴァイオレットはお礼を言うのは、彼女の方であると言い、ロンドンで暴漢から彼女を救出してくれたことへの礼を述べ、彼の母親が残してくれた遺産の半分を本来貰うべき彼に譲りたいと申し出て、その手にキッスをする。これに感極まったマーティンは、彼女を抱きしめる。

一方、ジョセフィーヌは彼女を訪ねてきたマーティンと逢い、池のほとりに座って話をしているのを、ジョセフィーヌを捜しに来たヴァイオレットが、二人の姿を見つけ、彼らの話を思わず立ち聴きしてしまう。二人はレッドウッド夫人が全財産をヴァイオレットに残して死んだことの外に、ヴェスプリーの地所の全ても元のまゝヴァイオレットに譲渡している話をする。こっそり立ち聴きから館に帰ったヴェスプリーに、やがて帰ってきたジョセフィーヌはマーティンと逢ったことを話すと、ヴァイオレットは立ち聴きしてしまったことを白状し、赦しを請う。

ジョセフィーヌはマーティンを彼女のヒーローだと思い愛しているが、彼の愛は自分の前に既にヴァイオレットのものになっていたからと言い置いて、彼女はこれからイギリスを旅立ち、戻らないつもりだと言って、ひとりヴェスプリーを部屋に残して、立ち去って行く。一人になったヴァイオレットが、涙に暮れて、庭園の湖に行ってみると、その水面には天上の虹が映っていた。その虹の傍には、ヴァイオレットに寄り添うマーティン・レッドウッドの影があった。


粗筋はこのようなものであるが、この物語で注目すべき点は二つある。それは物語の冒頭から出てくる

「ヴェスプリーの幸運」の象徴的存在となり物語の最後まで、ヴァイオレットの折れそうな心を生に繋ぎとめる役割をする、「虹の黄玉」である。これは別の物語『エイルウィン』では、ヘンリー・エイルウィンの父フィリップ・エイルウィンがつねに肌身離さず着けていたダイヤモンドとベリルから成る宝石に匹敵する働きをしている。フィリップ・エイルウィンの場合には、亡き妻に与えていたこの宝石を、自分の身に着けて、天国の妻の霊と交流する手段としている。またこのベリル・ストーンという石は、セオドアの友人のD・G・ロセッティが「ローズ・メアリ」と言う詩の中で、娘が吉兆を占う媒体となる神秘の石としての働きがある。

ヴェスプリー家では、代々この石の名前「虹の黄玉」が示唆するように、この石は「虹」と深い関わりがある。空に虹が出た時に、庭園の湖にそれが映し出されると、「幸運」が来るというのである。そしてヴァイオレットは何度も、この湖の水面に映る虹の光景を見てきた。この物語でも、最後にヴァイオレットが湖に行くと、秋の水面に虹が映っている場面に出くわす。その虹の脚の所には彼女自身の影と同時に、もう一人の影が映っていた。それは言うまでもなく、今や彼女が愛してやまないマーティン・レッドウッドの影であった。最後にはマーティンから「ヴェスプリー家の幸運」は時折人の姿となって現れると言われ、ヴァイオレットこそ最も相応しいその化身であると言われるのである。

もう一点は、ロンドンで辛酸をなめたヴァイオレットが帰郷してみると、彼女の館に暮らしているジョセフィーヌという娘がいるが、彼女の話の中に、彼女は四分の一有色人種であるという話が出てくる。この話の序にフランスの小説家アレクサンドル・デュマの名前が出てきて、彼にも黒人の血が流れていることが挙げられているが、アメリカ人はこうしたことに敏感に反応するので、デュマはアメリカを訪問したことがないと言い、これに反して、イギリス人はそうだからこそデュマに関心を持っているという。

訳者が言いたいのは、同じことが『エイルウィン』においても存在するということである。それはジプシー女性のシンフィー・ロヴェルの存在である。彼女は自分の身を犠牲にしてもウィニフレッドを救出し、愛するヘンリーをウィニフレッドに譲り渡して、ひとり立ち去って行く、意志の強い、しかし可憐な女性である。『エイルウィン』の読者は、このシンフィーに幾人涙を流したことだろう。ジョージ・メレディスもその一人であった。ジプシーの血はヘンリーの祖母からヘンリー自身が受け継いでいて、シンフィーとヘンリーは、実は同じ祖母を持つ血の繋がりのある従兄妹同士ということになっている。

『ヴェスプリー・タワーズ』では、ジョセフィーヌは元はアフリカ系のフランス人で、アメリカで教育を受けて育ったという設定になっていて、マーティン・レッドウッドとは血の繋がりはないし、また妹のようなヴァイオレットとも血の繋がりはない。だが、ジョセフィーヌがヴァイオレットに対してとる態度は、まさにシンフィーがウィニフレッドに対してとる態度と共通している。自己を犠牲にして、親友に愛する人を譲って、自らは姿を消してゆく。

愛する人のために自己犠牲をする可憐な女性像というのは、恐らく、作者セオドアの理想とする女性像ではなかっただろうか。そういえば、初めて出逢った一六歳から結婚するまで一九年間も待ち続けた献身的な彼の妻クレアラこそ、この種の女性ではなかったであろうか。彼女は『回想録』の中で、四〇歳以上年の違う夫婦でも、世間で言う「歳の差結婚」などということは考えたこともなく、幸せであったと回想している。

さて、最後に訳者はこの小説を次のように評価するが、読者諸氏の評価は如何がなものであろうか。この小説は、一世を風靡した小説『エイルウィン』同様に、ヴェスプリー・タワーズの自然と一体化して生きる少女ヴァイオレットを描く作者の詩的精神を具現化した部分（第一部と第三部）と、大都会ロンドンの中での極貧を生きる主人公を描く作者のリアリスティックな散文表現の部分（第二部）とが、お互いの対照性を照射し合うように見事に配置された、まさに詩人・小説家セオドアの面目躍如たる名作といってよいのではないかと思うのである。

訳者

訳者あとがき

拙著『セオドアワッツ＝ダントン評伝』（英宝社、二〇一五）を出版した時には、「結語」に、「次の拙著を待っていて欲しいとは、予告しない」と、読者諸氏とはお別れのような挨拶をしたが、その舌の根も乾かぬうちにまたしても拙著を、今度は今まで試みたことのない「翻訳」を手掛けることになった。その経緯の一端は本書の「解説」に述べた通りである。ふとしたことで、存在するとは思ってても居なかったセオドアの小説を発見したからである。天から舞い降りた幸運といおうか、訳者の細やかな努力へのセオドアからの贈り物といおうか、この小説『ヴェスプリー・タワーズ』の翻訳の仕事を賜ったのである。

いつものように英宝社の社長佐々木元氏には出版を快くお引き受けいただいたことに厚くお礼を申し上げます。また、長年編集長をしてこられ、拙著の大半の産婆役を務めてくださった宇治正夫氏が、定年で退職されるというのにも拘わらず、老体に追い打ちをかけるようにこの翻訳の産婆役を、最後にお願いした。この翻訳が無事に陽の目を見ることができたのも、偏に宇治氏のお陰である。最後のお礼を言わせていただきたい。

大正四（一九一五）年に戸川秋骨が『エイルウィン』を訳してから、丁度百年を閲した。この小説『ヴェスプリー・タワーズ』が名作『エイルウィン』に続いて読者のご贔屓に与るのであれば、訳者冥利に尽きるというものである。よろしくご愛読のほどを、願い奉ります。

【訳者略歴】
河村　民部（かわむら・みんぶ）

専攻　英文学
1945年　兵庫県に生まれる
1967年　天理大学外国語学部英米学科卒業
1969年　広島大学文学研究科英語学英文学修了
2012年　近畿大学文芸学部定年退職
現　在　近畿大学名誉教授

著書『ヴィクトリア朝小説のヒロインたち』（共著　創元社、1988)、『子どものイメージ』（共著　英宝社、1992)、『佐藤春夫と室生犀星』（共著、有精堂 1992)、『比較文学を学ぶ人のために』（共著　世界思想社、1995)、『山頂に向かう想像力――西欧文学と日本文学の自然観――』（単著　英宝社、1996)、『ヴィクトリア朝――文学・文化・歴史――』（共著　英宝社、1999)、『漱石を比較文学的に読む』（単著　近代文藝社、2000)、『ヴィクトリア朝小説と犯罪』（共著　音羽書房鶴見書店、2002)、『「岬」の比較文学――近代イギリス文学と近代日本文学の自然描写をめぐって――』（単著　英宝社、2006)、『詩から小説へ――ワーズワスとロマン派の末裔――』（単著　英宝社、2008)、『ワーズワス「抒情民謡集」再読』（単著　英宝社、2014)、『エロスとアガペ　饗宴の比較文学――ヴィーナス・タンホイザー伝説から川端康成まで――』（単著　英宝社、2014)、『セオドア・ワッツ＝ダントン評伝――詩論・評論・書評概説と原文テキスト付――』（単著　英宝社、2015)

小説　ヴェスプリー・タワーズ

2016年12月20日　印　刷　　　2016年12月28日　発　行

著　者 © セオドア・ワッツ＝ダントン
訳　者　河　村　民　部
発行者　佐　々　木　元
発　行　所　株式会社　英　宝　社
〒101-0032 東京都千代田区岩本町2-7-7
Tel.［03］(5833) 5870　Fax.［03］(5833) 5872

ISBN 978-4-269-82048-7 C1098
［組版：(株)マナ・コムレード／製版・印刷：(株)マル・ビ／製本：(有)井上製本所］

定価（本体3,800円＋税）